KB253673

마지막 네안데르탈인,
아오

소설로 읽는 3만 년 전의 인류사

마지막 네안데르탈인, 아오

AÔ L'HOMME ANCIEN

마르크 클라프진스키 지음 · 양진성 옮김

살림Friends

이 작품을 쓰는 동안
영감을 불어 넣어 주고,
격려와 사려 깊은 충고를 아끼지 않은
클레르와 쥘리에게 이 책을 바칩니다.

이 이야기는 지금으로부터 3만 년도 더 전에 지금의 유럽 땅에서 일어난 일이다. 그 시기에는 광활한 지역에 걸쳐 툰드라가 펼쳐져 있었다. 숲은 깊은 계곡이나 유럽 대륙 남쪽 깊숙한 곳에 숨어 있었다. 겨울이면 바람이 눈 덮인 평야와 고원 지대를 휩쓸었고, 여름이 되면 그곳으로 들소와 순록 떼가 모여들었다. 그때, 이미 지금의 우리 모습과 닮은, 아프리카 지역에서 살던 인간들이 중동 지방을 지나 천천히 북쪽으로 이동했다. 그들은 날씨는 춥지만 사냥감이 풍부한 유럽 지역에 정착했다. 그러면서 짧은 시간 동안 그 호락호락하지 않은 환경에서 살아가는 데 필요한 요령을 몸에 익혔다.

하지만 이들이 툰드라를 정복한 최초의 인간은 아니었다. 이보다 앞서 수만 년 전에 또 다른 인간, 훨씬 원시적인 외모의 인간들이 기후가 따뜻해진 틈을 타 유럽 북쪽의 넓은 평야 지대로 모험을 떠나 왔다. 그리고 세상이 다시 거대한 빙하로 뒤덮였을 때, 인류 역사에서 최초로 그러한 자연의 도전을 받아들인 인간이 있었다. 그는 풍부한 사냥감을 바탕으로 북극이나 다름없는 이 지역에서 혹독한 기후에 적응하며 생존했다. '네안데르탈인'이라고 불리는 이 인간에 얽힌 수수께끼는 현대인들에게 여전히 매력적인 연구 주제로 다가온다.

선사 시대의 고고학 연구에서 현재 확보된 자료들은 연대학, 환경, 문화적 접근 등이 전반적으로 일치한다. 최근의 새로운 발견과 더불어 점점 정확성을 더해 가는 연대 측정 기술로 인해 네안데르탈인과 해부학적으로 크로마뇽인이라고 불리는 현대인뿐만 아니라, 각 집단에서 문화적 전통이 확연히 구별되는 인간들이 먼 과거에 유럽 땅에서 공존했다는 사실이 확인되었다.

네안데르탈인의 이러한 특성은 최근에야 밝혀졌다. 당시 유럽에 분포했던 현대적 외모의 인간들이 남긴 문화(오리냐크 문화: 후기 구석기 시대의 문화. 프랑스의 오트 가론 현의 오리냐크 동굴 유적에 연유하여 붙여진 이름)를 살펴보면, 그들은 특정 지역에서 우세한 문화와 기술을 발달시켰다(샤텔페롱 문화: 프랑스 남서부를 중심으로 융성하였던 후기 구석기 시대 초기의 문화). 또 그런 반면에 다른 지역에서는 그보다 훨씬 초보적이고 이전 시기의 특징을 답습하는 고대의 전통 문화(무스테리안 문화)가 오래 지속되었다.

이런 특이한 상황은 만 년이 조금 안 되는 인류 진화의 역사에서 볼 때 상대적으로 짧은 기간 동안 나타났다. 우리가 확보한 당시의 흔적들은 보잘것없지만, 이를 통해 현재 인류의 직계 조상들의 전유물이 아닌 정신적, 예술적 탐구가 꿈틀거리는 또 다른 세계를 들여다볼 수 있다. 다시 말해, 훨씬 고대인에 가까운 모습을 한 인간들도 인류의 진화 과정에 참여했음을 짐작할 수 있다. 이들이 초기 수준의 기술에 의존한 것을 보면, 진화가 훨씬 덜 된 종족이 좀 더 진화된 인간들의 침입을 받았을 때 문화 변용(둘 이상의 서로 다른 문화가 접촉했을 때 한쪽 또는 양쪽 문화의 형태에 변화가 일어나는 현상-옮긴이)을 일으킨다는 이론이 꼭 들어맞는 건 아니라는 사실을 알 수 있다. 이는 '침략자'들에 대한 관용이라기보다는, 그들이 사냥을 하고 열매를 따던 땅을 지키면서 수천 년 동안 유럽 대륙 일부에서 살아남는 생존 능력을 갖추게 되었다는 사실을 보여 준다.

아주 오랫동안 제한된 공간에서만 살아왔기 때문에 그런 일이 일어나리라고는 단 한 번도 상상조차 하지 못했을 이들이 자신들과 너무나 다른 인간들을 만났을 때, 과연 어떻게 관계를 발전시켜 나갔을까?

아마도 이 문제에 대해서는 하나가 아닌 여러 가지로 답할 수 있을 것이다. 특수한 만남 하나하나에 각기 다른 답변을 할 수밖에 없기 때문이다. 그 하나의 답들을 모으면 거의 알려지지 않은 이 시기의 긴 역사를 구성할 수 있다. 비극으로 점철되었지만 반드시 오늘날보다 더 폭력적이고 덜 인간적인 것만은 아닌 그런 역사가 될 것이다.

이 소설은 바로 그런 매력적인 상황을 바탕으로 전개된다.

군데군데 호수와 이탄지가 있고 끝없이 넓게 펼쳐진 고원과 평야를 상상해 보라. 그곳의 겨울은 길고 가혹하다.

약 7만 5천 년 전쯤 마지막 빙하기가 시작될 무렵, 극심한 추위가 찾아왔다.

남자들이 눈 속을 천천히 걸어간다. 아마도 사냥꾼들일 것이다. 얼음장처럼 차가운 바람이 매섭게 몰아쳐 고개를 숙이지 않으면 걸음을 내디딜 수조차 없다. 몸에 여러 겹의 가죽을 두껍게 두르고 가죽 끈으로 허리를 동여맨 채 열심히 걸음을 옮긴다. 오늘은 사냥의 성과가 좋았다. 두 명이 한 조로 긴 장대를 끌고 간다. 장대 끝에 나뭇가지를 이어 붙여서 만든 원시적 형태의 썰매 위에는 짐이 한가득 실려 있다. 툰드라에서 많이 볼 수 있는 말과 움직임이 빠르고 활발한 작은 초식동물들의 시체가 보인다.

그들은 숲을 향해 다가간다. 키는 약간 작고 사지도 짧은데 어깨는 무척 넓다. 땅딸막한 체구지만 엄청난 힘이 느껴진다. 얼굴에서는 아주 오래전 옛 사람들의 특징이 엿보인다.

큰 두개골은 두껍고 짧은 목과 간신히 구분된다. 낮고 뒤로 젖혀진 이마, 밑으로 깊고 둥글며 큰 안와와 깊숙이 들어간 눈이 보인다. 날카로운 얼굴은 부리처럼 앞으로 튀어나왔다. 무성한 털 사이로 넓고 커다란 코가 삐죽 솟아 있다. 얼굴에는 추위에 빨개진 피부가 겨우 보일 만큼 빽빽하게 난 털이 정수리부터 볼을 타고 목덜미까지 뒤덮고 있다.

손에 들고 있는 무기는 어설퍼 보인다. 그래도 인내심 강하고 끈질긴 사냥꾼들은 북극이나 다름없는 이 지역에서 그 무기를 가지고 수천 년 동안 가장 위협적인 포식자로 군림했다.

부족 사람들이 숲에서 나와 사냥꾼들에게 달려왔다. 그들은 무척 흥분해서 눈 속에서 소리를 지르며 활발하게 움직였다. 마치 춤을 추는 것 같았다.

사냥꾼들도 장대를 던지고 팔다리를 크게 휘두르면서 한 판 놀이를 벌였다. 그들은 힘차게 으르렁거리고 손짓, 몸짓으로 사냥하는 흉내를 냈다. 정확하고 표현력도 매우 풍부한 몸짓이다. 정말 장관이었다. 눈이 내리기 시작했다. 초원을 매섭게 휩쓰는 북풍에 휘말려 눈이 그들 주위에서 소용돌이쳤다. 하지만 사냥꾼들은 끄떡도 하지 않고 계속 춤을 췄다. 드디어 낮에 볼 수 있었던 희미한 빛마저 사라지자 그들은 다시 길을 떠나기로 했다. 그곳에서 멀지 않은 강변의 절벽 사이에 있는 동굴 입구에 큰 불이 타오르고 있다는 것을 알고 있었다. 그곳은 이 부족의 겨울 캠프였다. 올해는 봄이 늦게 찾아오는 바람에 저장해 둔 음식도 동이 났다. 하지만 오늘 저녁, 그들을 끈질기게 괴롭히던 배고픔의 시간은 이제 끝이 날 것이다. 그리고 사냥꾼들은 또다시 불 옆에서 춤을 출 것이다.

많은 세월이 흘렀다. 기후도 따뜻해졌다. 4만 년 전 그리고 그 후로 수천 년이 계속되는 동안 이 대륙에는 훨씬 생식력이 강하고 솜씨도 좋은 다른 인간들이 정착하기 시작했다. 전에 살던 인간들보다 키도 크고 호리호리한 몸매의 그들은 오늘날의 인간과 흡사했다. 그들은 추위를 두려워하지 않았다. 이제 추위에 적응하는 방법을 터득했기 때문이다. 사냥감이 풍부하다는 점은 용감한 사냥꾼들에게 또 하나의 행운이었다. 그 어느 것도 이들이 세력을 확장해 나가는 것을 막을 수 없었다. 돌이나 뼈는 물론이고 상아나 사슴뿔까지 포함하여 다양한 광석을 다듬는 기술과 사냥 방법을 터득한 그들은 어떤 환경에도 적응할 수 있었다. 한편, 이 가운데 대륙의 북쪽으로 길을 떠난 인간들은 이미 그곳에 살고 있던 옛 인간들과 마주쳤다.

이 개척자들은 초보 단계의 인간이라고 의심되는 이 이상한 인간들의 몸짓과 으르렁거리는 소리를 이해할 수 없었다. 그래서 그들은 이상한 소리를 질러서 동물 떼를 달아나게 하는 기존의 유목민들과 그 지역의 풍부한 사냥감을 나누려 하지 않았다. 유목민들과 자신들이 닮은 점을 인정하길 거부하면서 그들은 조금씩 영토를 확장해 갔다.

수천 년 전부터 유럽 북부 지역에 살던 고대 부족 사람들은 새로 도착한 사람들이 사용하는 위협적이고 효율적인 무기와 그들의 난폭한 기질에 놀라 드넓은 땅으로 제각기 흩어졌다. 극히 일부만 좀 더 함께 모여 살았고, 대부분은 아주 작은 단위로 나뉘어 버티다가 결국 죽거나 혹은 나무도 자라지 않는 북쪽 지방으로 도망쳤다.

주요 등장인물

아오 무스테리안 문화권에서 나온 네안데르탈인 부족의 생존자.

○ **호수 부족 인간** – 오리냐크 문화권에 속하는 현대인의 특징을 갖춘 인간. '크로마뇽인'에 속한다.

아키 나아 사냥꾼 아타 마크의 아내. 새(鳥) 부족 인간들에게 붙잡힌다.

키파 코오 아키 나아의 남동생. 부족의 샤먼인 나파 말리의 후계자.

나파 말리 부족의 샤먼.

와갈 탈릭 부족장. 키파 코오와 아키 나아의 아버지.

마 와미 부족의 젊은 사냥꾼. 키 미의 남편.

카 마이 부족의 나이 든 사냥꾼. 키 미의 아버지.

아타 마크 부족의 사냥꾼. 아키 나아의 남편.

이 타아 새 부족 인간들에게 끌려간 젊은 여자.

키 미 새 부족 인간들에게 끌려간 젊은 여자. 마 와미의 아내이자 카 마이의 딸.

타아 위크 부족의 나이 든 석공.

○ **강 부족 인간** – 호수 부족과 혈연관계인 부족.

아크 타아 호수 부족에게 메시지를 전달하러 온 젊은 사냥꾼.

이크 와그 부족장.

오 모크 강 부족의 두 번째 젊은 사냥꾼.

○ **새 부족 인간** – 호전적이며 현대인의 특성을 가진 인간. 아오가 속했던 네안데르탈인 부족의 옛 땅을 차지했다.

이빨 깨진 인간 새 부족의 부족장. '거인'이라고 불릴 만큼 몸집이 아주 크다.

○ **산 부족 인간** – 현대인의 특징을 갖춘 인간 부족. 호수 부족, 강 부족과
혈연관계다.

○ 샤텔페롱 문화에 속하는 네안데르탈인 부족

약 6천 년 동안 존재했던 구석기 시대 초기 단계와 비슷한 초창기 문화에
속하는 부족으로, 주로 서유럽에 정착해 살았다.

네안데르탈인들에게서만 보이는 이 문화는 무스테리안 문화(구석기 시대 문
화의 중간 단계)와 확연히 구분된다. 주인공 아오는 이 샤텔페롱 문화의 후
반기를 대표하는 인물이다. 이 문화권의 인간은 기술 혁명을 겪었고 오리
냐크 문화와 자신들의 문화를 비교할 기회가 있었다. 오리냐크 문화는 당
시, 특히 동유럽과 북유럽을 차지했던 현대인이 발전시킨 문화다.

내가 지도에서 이 부족의 근거지로 선택한 장소는 대략적으로 욘(Yonne)
지역의 남동쪽 언덕에 있는 아르시 쉬르 퀴르(순록 동굴)의 선사 시대 지층
과 일치한다. 이곳은 매우 이례적인 부지로, 발굴 결과 과거 인류의 집단
거주 지역으로 밝혀졌다. 그리고 이와 함께 샤텔페롱 문화와 결합한 네안
데르탈인 문화 중에 가장 발전된 형태의 무기(단순한 돌 조각이 아니라 칼날
이 생기기 이전 단계인 돌 절단기, 다양한 도구, 칼등을 무디게 한 송곳과 칼날, 핀,
뼈로 만든 송곳, 손잡이 등)와 장신구(뽑아낸 짐승의 이빨 혹은 홈을 파서 매다는
장식, 상아를 잘라 둥글게 만든 조각 등) 그리고 당시 인간들의 특수한 기술을
알 수 있게 해 주는 물건들이 발견되었다. 이는 이 문화권의 사람들이 현대
인에 속하는 인간 진화의 마지막 단계인 수준 높은 구석기 시대 문화의 초
기 단계와 결합되었음을 보여 주는 증거다.

프랑스 영토에는 여러 가지 지층이 발견되는데, 발굴 결과 특히 자원이 풍부한 곳이 여럿 있었다. 예를 들면 특히 주목할 만한 것 중에 알리에의 샤텔페롱 표준 유적지나 완전하지는 않지만 이 문화와 결합된 네안데르탈인의 유물을 볼 수 있는 샤랑트 마리팀의 생 세자르 유적지, 라 비엔의 퀸세이와 레 코테 유적지 등이 있다.

그 밖에 다소 의미 있는 곳으로는 프랑스 남서쪽에 있는 오르도뉴, 코레즈, 피레네 지방, 랑드, 로트 지방의 유적지 등이 있다. 초기 문화권은 지리적으로 널리 확장되지 못했으며, 대략 이 지역들을 따라 경계를 그어 볼 수 있다.

또 같은 시기에 이탈리아 중부와 남부에서도 샤텔페롱 문화와 공통점을 보이는 울루치엔이라는 문화권의 존재를 확인할 수 있다.

빙관

마지막 빙하기 유럽의 대략적인 윤곽

아오의 여정

① 아오의 출발 지점

② 새 부족 인간의 마을

③ 아오와 아키 나아가 만난 지점

④ 호수 부족 마을

⑤ 강 부족의 첫 번째 마을

⑥ 강 부족의 두 번째 마을

⑦ 산 부족의 마을

⑧ 대 종족과 무스테리안 문화권에 속하는 네안데르탈인들과 만난 지점

⑨ 네안데르탈인들과 대치했던 언덕 부족 마을

⑩ 샤텔페롱 문화권에 속하는 네안데르탈인들이 어디에 살고 있는지 아는 현대인의 마을

⑪ 샤텔페롱 문화권에 속하는 네안데르탈인들의 마을. 아르시 쉬르 퀴르에 있는 순록 동굴의 부지와 일치한다.

⑫ 대 종족의 초기 근거지

1

사냥꾼은 이제 죽음이 머지않았음을 깨달았다. 상처가 몹시 심했다. 추위 때문에 굳어진 피가 서서히 눈 속으로 흘러 들어갔다. 그럼에도 죽기까지는 긴 시간이 이어졌다. 이번이 그의 마지막 사냥이 될 것이다. 불안감 때문에 더 고통스럽게 느껴졌다. 왜 조상들은 내 부족을 지켜 주지 않았을까? 그는 남은 자들에 대해 생각했다. 아내와 아이는 죽음을 면하기 어려울 테고 노인도 마찬가지일 것이다. 하지만 이제 소년이 된 그의 아들은 좀 더 살 수 있을 것이다. 그는 이곳 생활에 조금도 미련이 없었다. 지금까지 이 황폐한 땅에서 끝을 모르는 겨울을 견디며 살아왔다. 돌과 얼음 속에 파묻혀, 성난 바람 소리와 죽어 가는 이들의 신음 소리를 자장가 삼으며 자라야 했다. 배고픔과 추위는 일상이었다. 그러나 바로 그 때문에 약해지기는커녕 오히려 더 강해졌다. 그는 부족의 옛 사냥

터 쪽으로 돌아가 아직 살아남은 다른 부족 사람이 있는지 찾아
볼 것이다. 이곳에서는 더 이상 인간이 살 수 없다.

사냥꾼은 자기 배에 상처를 낸 짐승을 눈으로 좇았다. 치명상을
입은 짐승은 힘겹게 걸음을 옮기며 핏자국을 남겼다. 그 짐승도 이
번이 마지막 싸움이리라. 짐승의 살은 부족의 마지막 인간인 아오
의 먹이가 되고, 두꺼운 가죽은 추위를 막아 줄 것이다.

아오와 노인은 꽁꽁 얼어붙어 죽어 있는 사냥꾼을 발견했다. 사
냥꾼의 팔은 상처 입은 곰이 사라진 방향을 가리키는 듯 어딘가
를 향해 딱딱하게 굳어 있었다.

곰은 사지가 부러지고 살 속에 창이 깊숙이 박혀 있어서 걸음을
내디딜 때마다 피가 흘러내렸다. 하지만 결코 죽음을 받아들이지
않았다. 아직은 더 걸을 수 있어! 곰은 본능적으로 자신의 동굴을
향해 걸음을 옮겼다. 여태껏 곰은 자기 영역을 벗어나 이렇게 멀리
까지 와 본 적이 단 한 번도 없었다. 이곳까지 떠돌게 된 건 순전히
굶주림의 고통 때문이었다. 기억을 더듬어 보았다. 감히 자기에게
대적하고 자기를 보고도 도망치지 않는 놈을 만난 건 이번이 처음
이었다. 곰은 자신에게 일어난 일을 도무지 이해할 수가 없었다. 갑
자기 눈앞에 나타난 그 연약한 동물의 모습이 머릿속에서 떠나지
않았다. 끔찍한 싸움의 기억이 되살아나자 곰은 분노에 차 으르렁
거렸다.

곰은 몇 미터 앞에서 길을 가로막고 선 인간의 모습을 떠올렸다.
인간은 기다란 물건을 흔들며 곰을 자극했다. 지금 그 물건은 곰의
가슴에 깊숙이 박혀 있다. 처음에 곰은 전혀 인간을 경계하지 않

았다. 힘만큼은 정말 자신 있었기 때문이다. 그런 보잘것없는 동물이 자신에게 이런 치명상을 입히리라고 상상이나 했겠는가?

곰은 빨리 놈을 해치우고 허기를 달래려 앞으로 달려갔다. 그런데 앞에 서 있는 놈은 꼼짝도 하지 않았다. 인간은 창으로 두 발 사이의 땅을 단단하게 받치고 손에는 몽둥이를 든 채 때를 기다렸다. 덩치 큰 짐승이 다가오자 인간은 순식간에 짐승의 심장 부위에 창을 찔러 넣었다. 갑작스런 공격을 당한 곰은 뾰족한 창끝에 깊숙이 찔리고 말았다. 끔찍한 고통에 숨도 제대로 쉴 수 없었다. 곰은 머뭇거리다 한 발 뒤로 물러섰다. 그러자 허약해 보이는 두 발 짐승이 곰을 향해 달려들었다. 곰은 육중한 몽둥이가 자신의 다리를 내리치는 것을 느꼈다. 아직도 뼈 부러지는 소리가 곰의 머릿속에 울리는 것 같았다.

뾰족한 발톱으로 놈을 공격하려고 했지만 그러기에는 인간이 너무 가까이 접근해 있었다. 곰은 서둘러 뒤로 물러섰지만 너무 늦었다. 더 이상 서 있을 수 없게 된 곰은 허공을 허우적거리다가 쿵 소리를 내며 앞으로 쓰러졌다. 인간도 곰의 치명타를 피하지 못하고 배가 찢긴 채 몇 미터 밖으로 나가떨어졌다.

곰은 머뭇거렸다. 힘이 쭉 빠진 데다 숨을 쉴 때마다 심한 통증이 밀려왔다. 사냥꾼은 피가 흐르는 배를 부여잡고는 힘겹게 일어나 곰과 마주 섰다. 사냥꾼은 이제 무기가 없지만, 곰에게 그 사실은 중요하지 않았다. 이미 두려움을 맛본 곰은 먹잇감인 사냥꾼을 포기한 채 그 자리를 떠났다.

대결이 시작된 것은 해가 거의 저물어 갈 무렵이었다. 피를 많이 쏟아서 조금만 움직여도 견디기 힘든 고통이 밀려왔지만 곰은 계속 앞으로 나아갔다. 이제는 자신이 먹이가 되리라는 걸 깨달았기 때문이다.

곰은 한낮에 방금 자신에게 치명상을 입힌 놈과 같은 종족을 여럿 보았다. 그 이후로, 인간들은 자신의 흔적을 놓치지 않고 쫓아왔다. 곰은 이제 자신의 굴까지 갈 수 없을 것이다. 시야가 흐려졌다. 이제 사지도 말을 듣지 않았다. 곰은 무거운 몸을 지탱하지 못하고 끝내 쓰러졌다. 두 인간에게 발견되었을 때, 곰은 이미 죽어 있었다.

노인은 이제 지칠 대로 지쳐 있었다. 그는 심장이 고동치기 시작한 후로 50번의 겨울을 보냈고, 그동안 별다른 잘못을 저지르지 않고 살았다. 자신을 짓누르는 온갖 악조건들로 미루어 머지않아 끝이 오리라는 사실을 알았지만 두렵지는 않았다. 더 이상 굶주림의 고통과 살을 에는 듯한 추위, 죽음 앞에서 느끼는 절망, 식구들이 죽어 가는 모습, 부족이 사라지는 모습을 무기력하게 지켜보는 게 싫었다. 자리를 내주지 않고 그냥 그곳에 남아 있을 것을!

목구멍에서는 분노의 신음 소리가 새어 나오고 입술은 원망으로 일그러졌다. 그가 본 자들은 인간이었을까? 그들은 납작한 얼굴에 눈이 불룩 튀어나왔고, 입에서 이상한 소리를 냈다. 그의 부족 사냥꾼들만큼 힘이 세지는 않았지만 훨씬 키가 크고 머리는 길쭉했다. 머리 꼭대기에는 새의 깃털이나 말의 갈기와 꼬리털을 꽂은 장식을 올려놓았고, 드물게는 어린 순록의 뿔과 머리카락을 한데로 엮기도 했다. 그들은 나무와 돌을 이어 붙여서 예리한 투창을 만들 줄도 알았다. 뾰족한 창끝은 살 속 깊이 박혀 들어갔다. 호전적인 그들과 닮은 무기를 힘껏 던져 일단 손에서 벗어나기만 하면, 그것은 공기를 가르고 날아가 표적을 놓치는 일이 거의 없었다.

부족의 몇몇 사냥꾼은 예전에는 동물의 영혼이 고대인의 편을 들었지만 이제는 그 새로운 인간들 쪽으로 돌아섰다고 말했다.

노인은 작은 버드나무 숲 한가운데 웅크리고 숨어서 그들을 관찰하던 날들을 떠올렸다. 그들의 마을은 전에 노인의 부족이 거주하던 계곡 끝의 반대편 기슭에 있었다.

그들은 매머드나 다른 커다란 동물의 뼈와 나뭇가지로 뼈대를 세우고 여기저기서 모은 가죽으로 덮은 움막에서 살았다. 아이들이 많았지만 먹을거리는 늘 부족하지 않았다. 사냥꾼들은 빈손으로 돌아오는 법이 없었다. 그들은 덫으로 작은 동물을 잡고 초목 사이로 사슴을 모는 방법도 알았다. 툰드라의 거대한 포유류를 사냥하는 것은 고대인들보다 훨씬 능숙했다. 이제는 그들이 이 사냥터를 독점할 것이다. 그 놀라운 종족의 나이 든 사냥꾼은 삶과 죽음에 관련된 여러 가지 의식을 진행했다. 그런 의식에서 하는 행동들의 정확한 의미를 전부 알 수는 없었지만, 노인은 그들이 영혼과 소통하거나 영혼을 끌어들이는 능력이 있다는 사실만큼은 의심할 수가 없었다.

부족 사냥꾼들은 복병의 공격을 받은 데다, 침입자들은 사냥꾼들이 없는 틈을 타 마을까지 공격했다. 그 공격으로 여러 부족민이 살해되었다. 그 후로 급격히 줄어든 부족의 생존자들은 커다란 평야에서 찬바람이 불어오는 방향으로 먼 길을 떠났다.

이렇게 북쪽으로 이동하는 동안, 그들과 같은 이유로 툰드라 지역에서 방황하던 다른 부족의 도망자들이 합류했다. 그들은 남자보다 여자와 아이들의 수가 훨씬 많았다. 남자들은 대부분 살해당했고, 살아남은 몇 안 되는 사냥꾼들은 굶주린 부족을 먹여 살리느라 지칠 대로 지쳐 있었다.

노인과 함께 눈 속을 헤쳐 오며 곁에서 분주히 움직이는 소년은 그들 부족의 마지막 생존자가 될 것이다. 한참 뒤처져서 바위 아래 구멍에 몸을 피하고 있던 여자와 아이는 이미 죽었을 게 뻔했다. 여자는 아이에게 먹일 젖도 나오지 않았다. 음식을 먹지 못해 쇠약해진 그녀의 몸은 이 얼음장 같은 추위를 오래 견디지 못할 것이다. 이제 남은 건 아오뿐이다. '아오'는 그냥 남자라는 의미일 뿐, 그에게는 아직 이름도 없다!

아오는 옛 부족의 땅으로 돌아가야 한다. 혼자라면 새(鳥) 부족 인간들을 피해서 이 지역을 빠져나가기가 훨씬 수월할 것이다. 하지만 인간이 혼자서 살 수 있을까?

노인은 소년을 바라보았다. 소년은 부족에서 제일 돌을 잘 던지는 훌륭한 사냥꾼이었다. 나이는 아직 어리지만 누구보다 힘이 세고 인내심도 강했다. 그런데 왜 우리가 새로운 인간들에게 자리를 내주어야 하는가? 노인은 도무지 알 수가 없었다.

노인은 멍하니 생각에 잠겨 있다가 신선한 피에서 풍기는 시큼한 냄새를 맡고 퍼뜩 정신이 들었다. 아오가 곰의 경동맥을 갈랐다. 그러자 왈칵 피가 튀며 그의 얼굴을 뒤덮었다. 아오는 기쁨에 겨워 으르렁거리며 아직 미지근한 귀중한 액체를 벌컥벌컥 들이마셨다. 노인은 몸이 마비될 지경이었지만 무거운 몸을 질질 끌고 가 곰의 피를 몇 방울 핥았다. 하지만 고기는 먹지 않고 아오에게 내밀었다. 이제 죽을 날이 머지않았는데 음식은 먹어서 무엇 하겠는 가? 게다가 이제는 곰의 질긴 살을 씹을 힘도 없었다.

나이 든 사냥꾼이 젊은 동료에게 말했다.

"얼어붙기 전에 짐승의 살을 잘게 잘라야 한다."

아오는 가진 연장이 거의 없었지만 수완이 아주 좋았다. 게다가 추위 속에서 일하는 데는 이미 도가 텄다. 짐승은 몸집이 너무 커 서 밤이 되기 전에 일을 마치려면 서둘러야 했다.

노인은 더 이상 움직이지 않았다. 하지만 아직은 살아 있었다. 소년은 노인의 몸에 낡은 가죽을 덮어 주었다. 그는 아직 남아 있 는 노인의 온기를 조금이라도 더 지켜 주고 싶었다. 아오는 죽은 곰 의 커다란 몸 아래로 꽁꽁 언 땅이 나올 때까지 맨손으로 갓 내린 눈 속에 구덩이를 팠다. 그리고 바닥에 낡은 가죽을 깔고 그 위에 노인을 눕힌 다음, 곰의 뼈가 섞인 가죽으로 포근하게 감쌌다. 아 오는 밀려오는 피로에 금세 잠이 들었다. 곁에 있는 노인은 이제 살 을 에는 듯한 추위도, 배고픔도 느끼지 못했지만 심장만은 아직도 약하게 뛰고 있었다.

새벽이 되기 직전에 소년이 잠에서 깼을 때, 나이 든 사냥꾼의 몸은 이미 차갑게 식어 있었다. 순록을 의미하는 표시로 머리 위 로 팔을 엇갈리면서 '아오 타아르'라는 이름을 가진 이 남자의 영 혼은 이제 육신을 떠났다. 타아르는 아무 동물이나 가리키는 말이 었다. 정확히 어떤 동물을 의미하는지 알리려면 손짓으로 표현해 야 했다. 이 인간들이 사용하는 어휘는 그다지 풍부하지 않았다. 그들은 의사소통을 할 때 말과 몸짓을 함께 사용했다. 그들이 사용하는 단어의 소리는 대부분 으르렁거리는 소리와 비슷했다. '눈(雪)'을 가리키는 단어는 한 가지뿐이었지만 정확한 몸짓을 더하면 특징이 다양한 여러 종류의 눈을 완벽하게 표현할 수 있었다. 다른 단어도 마찬가지였다. 소리로는 일반적인 개념을 표현하고, 몸짓으로 더욱 구체적인 대상을 가리켰다. 여기에 부르는 소리나 집합 소리, 또는 경고를 나타내는 소리까지 합하면, 훨씬 풍부한 어휘를 사용하는 새로운 인간들의 언어와 거의 비슷한 수준으로 의사소통을 할 수 있었다.

'아오'는 인간 혹은 남자를 뜻하는 단어였고, '마아'는 여자를 의미했다. 어른이 되면 꿈에서 받은 표시를 스스로 해석해 자신의 이름을 지었다. 그들은 꿈을 꾸는 동안 자신의 영혼이 바람을 타고 초원을 날아다닌다고 생각했다.

이름을 받고 나서도 아직 생명체를 자기 손으로 죽여도 되는지는 알 수 없었다. 그것을 알아내려면 자기 손으로 직접 만든 무기를 가지고 혼자서 사냥감을 찾아 나서야 했다. 동물을 죽이지 못하고 돌아오는 일은 드물었다. 대부분 지쳐 쓰러질 때까지 포기하지 않고 끝까지 사냥감을 쫓기 때문이었다. 하지만 사냥에 실패하고 돌아와도 부족에서 완전히 쫓겨나지는 않았다. 하지만 이후로 짐승을 죽이는 일에는 직접 참여할 수 없고, 다른 활동에서 능력을 보이면 사냥감의 일부를 나눠 먹을 수는 있었다. 여자들도 같은 시험을 치러야 했다. 여자들도 시험에서 동물을 죽이는 데 성공하면 함께 사냥을 할 수 있었다. 그러나 여자들이 사냥에 참여하는 일은 드물었고, 사냥보다는 채집 같은 활동을 했으며, 사냥은 주로 남자의 몫이었다.

도대체 어떤 법을 어겼기에 정령들은 고대인들에게 등을 돌린 것일까?

아오는 이제 자신이 부족의 마지막 생존자라는 사실을 깨달았다. 그는 노인의 죽음에 슬픔조차 느끼지 못했다. 이젠 무언가를 할 힘이 조금도 남아 있지 않았다.

아오는 고인의 가슴 위에 무기와 고깃덩어리를 올려놓았다. 바람의 정령에게 고인이 부족의 생존을 위해 마지막 힘이 닿을 때까지 사투를 벌인 사냥꾼이었다는 것을 보여 주기 위한 것이다. 먼저 죽음의 길을 떠난 다른 사람들처럼 노인은 이제 아오가 고대인들의 영혼이 머무는 곳까지 그의 영혼을 안내해 줄 거라고 믿었다. 그때까지는 바람과 함께 툰드라 지역을 떠돌아다닐 것이다.

아오는 주위를 둘러보았다. 온통 끝없는 눈과 고요뿐이었다. 그는 벙어리장갑을 벗었다. 장갑은 가죽 한 겹을 접어서 구멍을 뚫고 가죽 끈을 끼운 다음 손목 부위를 묶어서 만든 것이다. 그는 허리에 차고 있던 작은 가죽 가방을 뒤적였다. 그 안에는 소중한 불을 피우는 데 쓰는 막대기와 돌 몇 개, 규석 조각 그리고 눈을 집어넣고 체온으로 녹인 물을 보관하는 순록의 방광이 들어 있었다. 그는 불을 피울 때 사용하는 단단한 끈과 조약돌 하나를 집어 들었다. 추위에 마비된 손가락으로 악착스럽게 짐승의 커다란 송곳니를 뽑아냈다. 세 개는 깨졌지만 네 번째 것은 부서뜨리지 않고 뽑을 수 있었다. 만족한 아오는 송곳니를 다른 소소한 물건들과 함께 조심스럽게 가방 안에 집어넣었다.

아오는 짐승의 시체에서 잘라 낸 가장 좋은 부위의 고깃덩어리를 낡은 가죽으로 감쌌다. 그리고 별로 힘들이지 않고 커다란 고깃덩어리를 어깨 위에 올렸다. 다른 어깨에는 몽둥이와 투창을 짊어진 채 앞만 보면서 그가 걸어온 방향으로 결연히 나아갔다.

날씨는 춥고 건조했으며 바람이 약간 불었다. 아오는 노인과 함께 걸어온 길을 거슬러 그들의 발자국을 밟으며 나아갔다. 짊어진 짐은 무거웠지만 겨울의 희미한 빛을 받으며 빠른 걸음으로 걸었다. 목숨을 걸고 싸워 곰을 쓰러뜨린 사냥꾼의 시체를 발견한 건 한낮이었다. 사냥꾼의 시체는 충격적이었다. 무릎을 꿇은 채 얼어붙은 사냥꾼의 시신은 툰드라의 끝없는 평야에서 유일하게 불쑥 튀어나와 있었다. 소년 아오는 사냥꾼이 일어나 자신에게 걸어오기를 기대했다. 하지만 사냥꾼은 움직이지 않았다. 아오는 사냥꾼의 목에 매달린 작은 가방의 끈을 풀었다. 그리고 그 가방 안에 귀중한 곰의 송곳니를 집어넣고, 다시 조심스럽게 끈을 맸다. 이 단순한 일을 하려고 그는 한나절이나 길을 되돌아온 것이다. 하지만 이 전리품을 보면 바람의 정령이 이 고대인의 용기를 인정하고 이 훌륭한 사냥꾼의 이야기에 귀 기울여 줄 것이다.

그것으로 만족한 아오는 더 지체하지 않고 방향을 바꾸어 이번에는 남쪽을 향해 다시 걸음을 옮겼다.

2

아오는 밤이면 뻣뻣한 곰 가죽으로 몸을 감싸 바짝 여미고 몇 시간씩 잠을 잤다. 때로는 땅바닥의 구덩이나 그보다 좀 더 넓게 패인 곳에 들어가 자기도 했지만 대개는 몸을 피할 곳도 없이 눈 덮인 광야 한복판에서 자야 했다. 아오는 반쯤 얼어붙은 고기를 한참 씹느라 에너지 대부분을 소비했다.

날씨가 맑을 때는 걷기가 한결 수월했다. 그러나 특히 이 시기에는 바람 없는 날이 매우 드물었다. 일시적이라도 맑은 날씨 속에서는 추위를 훨씬 덜 느꼈다. 툰드라에 서식하는 동물들은 추운 계절에는 대부분 남쪽으로 이동하거나 겨울잠을 잤고, 드물게는 땅속에 숨어 지내기도 했다. 주변은 온통 고요했다. 하지만 아오는 외침 소리를 들었다. 그는 혼자가 아니었다. 그는 일행과 함께 걸었고 그들의 얼굴을 보고 냄새도 맡았다.

소년 아오는 인간의 삶에서 중요한 사건이 있을 때 열리는 큰 의식을 별로 겪어 본 적이 없었다. 그가 태어났을 때 부족의 생존자들은 이미 북쪽으로 향하는 중이었다. 그래서 생존과 관련된 의식이 아니라면 부차적인 의식들은 행하지 않게 되었다. 그러다 보니 사람들은 자신들의 상황에 대해 더욱 낙담하고 체념하는 일이 많아졌다. 정령들의 마음이 돌아섰다고 생각한 이들은 다른 부족의 얼마 안 되는 생존자들과 대치하면 늘 희생자가 되었고, 살을 에는 듯한 끔찍한 추위에 적응하기 위해 필사적인 싸움을 벌여야 했다. 먼저 어린아이들과 노인들이 세상을 떠났다. 생존자들도 이제는 춤을 추지 않았다. 사냥꾼의 수가 부족해지자 아오는 적정한 나이가 되기도 전에 사냥터에 따라나서야 했다. 그러면서 그가 겪은 것은 초원에서의 끝없는 사냥과 늑대와의 치열한 대결, 견디기 힘든 배고픔, 불도 없이 보내야 하는 얼음장 같은 밤들뿐이었다. 더 이상 싸울 수 없는 사람들의 시신은 잘게 잘라서 부족의 종말을 조금 더 연장하는 데 사용했다. 예전에는 특별한 의식을 행할 때만 인육을 먹었지만 이제는 일상적인 일이 되어 버렸다. 고대인들의 발자취는 이 비참한 남은 자들에 의해 점철되었다.

고대인들은 그렇게 한 명씩 세상을 떠났다. 그 가운데서도 아오는 살아남았다. 그는 정말 보잘것없는 것에서도 먹이를 얻고 힘을 비축하는 방법을 배웠다. 하지만 이 꽁꽁 언 땅은 인간들을 위한 땅이 아니었다. 이곳은 바람의 땅이었다. 아오는 인간들이 사는 곳으로 돌아가야 했다. 그리고 그곳에 남아 있을 자신과 같은 종족을 찾아야 했다. 그때까지는 발끝에 걸리는 떠돌이 짐승들과 가끔 꿈에서 만나는 고인들의 영혼만이 그의 마음을 가라앉혀 줄 것이다.

아오는 아이를 끝내 포기하지 않고 아이와 함께 남은 여자가 있던 구멍 바로 옆을 지났다. 그들은 이미 오래전에 죽었다. 아오는 걸음을 멈추지 않았다. 지금은 먹을 고기도 충분했다. 그는 걸음을 늦추지 않고 남쪽으로 가던 길을 계속 갔다. 단조로운 몇 날 며칠이 흘렀다. 눈 위로 아오가 끌고 가는 곰의 시체가 그동안 지나온 길에 길게 자취를 남겼다.

다시 바람이 불기 시작했다. 낮 동안에는 바람이 부는 것도 괜찮았다. 등 뒤에서 바람이 불어와 훨씬 수월하게 걸을 수 있었기 때문이다. 하지만 밤에는 사정이 달랐다. 곰 가죽만으로는 제대로 추위를 막을 수 없었다. 그는 매일 저녁 몸을 피할 곳을 찾아야 했다. 얼어붙은 눈이 두껍게 쌓이지 않아 잠을 잘 구덩이를 파기도 어려웠기 때문이다. 적당한 곳이 없으면 찾을 때까지 걸어야 했다. 그래서 몸을 누일 곳을 찾으면 낮이든 밤이든 가리지 않고 아무 때나 잠을 잤다.

안개에 가린 지평선 쪽에 희미하게 불룩 솟은 무언가가 점점 뚜렷하게 보였다. 그것은 '검은 언덕'이었다. 침식된 바위가 작은 돌기처럼 보였다. 북쪽에 불쑥 나와 있는 황량한 언덕은 착각이었다. 벌거숭이 언덕 뒤에는 작은 계곡들이 감춰져 있는데, 예전에 그의 부족은 여러 해 동안 겨울을 날 때마다 그 계곡 아래쪽을 피난처로 삼았다. 아오는 당시 어린아이여서 그때의 기억이 희미했다. 하지만 사냥꾼들은 정기적으로 그곳을 찾아 무기와 도구를 만드는 데 필요한 귀중한 회색 돌을 구하곤 했다.

계절이 몇 번 바뀌는 동안 고대인들은 계속 그곳에 머물 수 있을 거라고 믿었다. 겨울을 견디기 어렵다는 단점이 있지만 그곳은 살기 좋은 장소였다. 겨울을 보내러 그곳을 찾는 동물들의 종류도 아주 다양했다. 그래서 사냥꾼들은 따뜻한 계절에 비축해 둔 고기가 얼마 남지 않았을 때도 부족을 먹여 살릴 수 있었다. 시로미 열매도 넘쳐나서 여름이 끝날 때쯤이면 땅을 파서 헛간을 만들고 그 속에 새콤달콤한 장과(과육과 액즙이 많고 속에 씨가 든 과일. 감, 귤, 포도 등이 있다–옮긴이)들을 저장해 겨울 동안 얼려 놓고 먹을 정도였다. 봄이면 수풀이나 암굴 속에서도 식용 식물들이 자랐다. 물고기가 많은 작은 호수 근처나 바람이 잘 불지 않는 언덕에는 작은 관목이나 난쟁이나무, 노간주나무, 자작나무, 버드나무가 있었고, 드물지만 작은 소나무도 자라서 무기를 만들거나 불을 피울 땔감이 충분했다.

그러던 어느 날, 사냥꾼 한 무리가 언덕 안쪽까지 쳐들어왔다. 부족의 남자들은 그들을 죽였다. 그리고 시신에서 빠져나온 죽은 이들의 영혼이 그들의 부족에게 이 사실을 알리지 못하도록 입 안에 돌을 쑤셔 넣었다. 그러고 나서는 사냥꾼들의 시신을 먹었다. 그들이 입고 있던 옷과 가지고 있던 무기는 조심스럽게 보관해 두었다. 남자들은 그들을 오랫동안 주시했다. 새 부족 인간들이 가진 힘의 비밀이 사냥꾼들의 두 손 안에 있다고 생각했기 때문이다.

고대인들의 진영에 그 사냥꾼들이 쳐들어왔을 때 가장 눈에 띈 것은 투창이었다. 고대인 부족의 사냥꾼들은 오리나무나 소나무로 만들어 끝 부분이 단단하도록 불에 달군 무거운 저창밖에 사용할 줄 몰랐다. 그것은 그다지 효율적인 도구는 아니었다. 그런데 새 부족 침입자들의 무기는 예리하고 튼튼했다. 무엇보다 돌이나 뼈, 순록의 뿔 등을 예리하게 다듬어 만든 끝부분에 나무로 된 자루를 이어 붙인 것이 놀라웠다. 부족의 석공이 대충 끝을 갈아 만든 그들의 저창과는 비교도 되지 않았다. 사냥꾼들은 그런 무기를 만들어 보려고 여러 모로 애썼지만 부족에서 가장 기술이 뛰어난 이들도 이렇다 할 결과물을 내지 못했다.

단지 조상에게 도움을 요청하는 의식을 치르는 것만으로는 다른 부족 인간들이 언덕 안까지 침입해 들어오는 것을 막을 수 없었다. 이번에는 수가 너무 많았다. 적들을 몇 명 죽이긴 했지만, 그들 중 일부는 요행히 도망쳤다. 싸우는 중에 심각한 부상을 입은 부족의 사냥꾼 두 명은 얼마 지나지 않아 세상을 떠났다. 모두 그새 부족 인간들이 되돌아올 것이라는 사실을 알고 있었다. 하는 수 없이 체념하고 다른 곳으로 떠나는 수밖에 없었다.

그때부터 삶이 무척 고단해졌다. 적들과 대치하는 것을 피하기 위해 그들은 동물 떼가 지나는 곳에서 북쪽으로 멀리 떨어진 새로운 땅을 찾아 나섰다. 겨울에 부족이 정착할 만한 장소는 어디에도 없었다. 어떤 때는 순록도 보이지 않았다. 그래서 부족은 기근을 겪었다. 한겨울이라도 사냥꾼들은 드물게 동물들이 숨어 있는 곳을 찾아 툰드라 지역을 누비고 다녔다. 대부분 그들은 자신들의 옛 땅을 차지한 놈들과 마주칠 위험을 무릅쓰고 검은 언덕 쪽을 급습해야 했다. 가장 약한 자들은 얼마 안 되는 음식을 가지고 뒤로 처졌다. 여력이 있는 남자와 여자들은 굶주린 배를 움켜쥐고 사냥에 나섰다. 그들이 보잘것없는 사냥감을 포획해 돌아와 보면, 항상 생존자의 수는 더욱 줄어 있고 모두 훨씬 약해져 있었다.

아오는 그 기간이 오래가지 않으리라는 걸 알고 있었다. 툰드라의 북쪽에서는 인간이 살 수 없었다.

이번에는 언덕에서 걸음을 멈추지 않을 것이다. 그는 사냥꾼들이 말했던 숲 가장자리까지 가 볼 생각이었다. 부족의 옛 땅은 그 숲에서도 훨씬 먼 곳이었다. 그곳까지 가려면 한낮에 해가 가장 높이 뜨는 방향으로 양손의 손가락을 전부 셀 만큼 며칠이나 더 걸어야 했다.

날씨가 나빠지고 있었다. 저녁이면 구름이 하늘을 뒤덮고, 아침이면 굵은 눈발이 날렸다. 바람은 완전히 잦아들었다. 지평선이 사라져 어디가 하늘이고 어디가 땅인지도 알 수 없었다. 이젠 방향을 가늠할 방법이 없었다. 온통 하얀색이었다. 아오는 결국 계속 걷기를 포기하고 곰의 두꺼운 가죽 속에 몸을 움츠렸다. 지금은 기다려야 할 때였다.

아무런 변화 없이 이틀이 지났다. 그는 질식하지 않도록 가끔 자기 위에 쌓인 눈을 털어냈다. 그 안에서는 춥지 않았다. 주위는 온통 고요했다. 눈을 감으면 자신의 심장이 느리게 뛰는 소리만 들렸다. 아오는 질긴 곰고기를 한참 씹었다. 물은 모자라지 않았다. 금방 내린 신선한 눈을 순록의 방광에 넣어 녹여서 허리춤에 차고 있었기 때문이다. 몸에 약간 마비 증상이 오는 것 같았다. 이런저런 생각에 잠긴 그는 문득 툰드라에서 무릎을 꿇은 채 죽어 있던 아버지의 모습을 떠올렸다.

아버지는 죽을 때까지 자신에게 다가온 죽음의 그림자를 몰아내고 죽을 수밖에 없는 운명을 뒤엎으려 노력했다.

계속해서 쌓인 분노에 자극받은 그는 싸움을 포기하려는 자들에게 비난을 퍼부었다. 아오는 혼자서 사나운 흰곰과 싸움으로써 마지막으로 영혼들과 소통하려 한 아버지를 이해할 수 있었다. 노인과 아오가 흰곰을 본 것은 그때가 처음이었다. 흰곰은 아마 곰의 조상이었을 것이다. 사냥꾼인 아오의 아버지는 도전하는 삶을 받아들이면서 고대인의 가치를 보여 주었다. 이제 흰곰의 영혼은 아오와 다른 부족의 생존자들 중에서 그와 결합할 사람들의 몸으로 들어가 하나가 되었다.

아오의 머리 위로 몰아치던 눈보라가 그쳤다. 바람은 마지막 눈송이들을 흩날렸다. 구름 뒤로 보이는 희미한 빛으로 해가 있는 곳을 알 수 있었다. 아침이었다. 이제 다시 떠나야 할 때가 되었다.

축축하게 젖은 봄눈에 발을 감싼 가죽이 젖어 들고, 자꾸만 발이 눈 속 깊은 곳으로 빠졌다. 걸음이 전보다 훨씬 느려졌다. 고대인들은 자연의 흐름으로 시간의 흐름을 완벽하게 알았다. 주기적으로 변하는 달의 모양이나 태양이 이동하는 각의 변화, 해빙, 눈의 용해, 툰드라로 이동하기 전에 모여드는 동물들의 무리, 거위나 고니 혹은 철따라 이동하는 다른 동물들이 돌아온 것을 보거나 짝짓기, 해산, 수액이 올라오는 기간, 그들이 잘 아는 식물들의 여러 다른 변화를 보면서 말이다.

그렇게 아오도 북쪽으로 이동하기 전에 순록 떼가 모여드는 모습을 보고 이제 곧 툰드라에서 나무가 훨씬 많은 지역에 다다르리라는 사실을 알았다. 자신이 온 곳과는 반대 방향으로 숲을 향해 계속 걸어가면 해가 지는 쪽으로 흘러드는 강에 도달할 것이다. 물줄기 양쪽으로 펼쳐진 평야와 높은 산 동쪽에 있는 언덕의 모습이 지평선에 들쭉날쭉하게 보였다. 그곳이 바로 부족의 옛 땅이었다.

몇 날 며칠 비슷한 날들이 지났다. 해는 하늘에서 점점 더 높이 떠올랐다. 땅 위를 뒤덮은 눈은 어느새 다 녹았다. 아오는 남아 있는 곰의 썩은 고기를 먹었다. 이제 사냥을 해야 했다.

눈앞에 펼쳐진 골짜기에 다양한 지형이 나타났다. 군데군데 어두운 점처럼 박힌 곳은 숲이었다.

처음으로 나무의 모습이 눈에 띄기 시작했다. 툰드라의 움푹 팬 땅은 자작나무로 뒤덮여 있었다. 아주 크지는 않았지만 나무 기둥이 변형된 것을 보니 어려운 조건에서 자라고 있다는 것을 알 수 있었다. 하지만 그건 진짜 나무는 아니었다. 땅에는 물이 잔뜩 스며들어 있었다. 초원에서 가장 낮은 부분은 거대한 늪지로 변해 있었지만, 그 주변에는 풀과 이끼가 자라고 드물게 꽃도 보였다. 아오의 옷 겸 이불인 곰 가죽은 계속 축축하게 젖어 있었다. 아오는 들소 떼의 발자국을 보았다. 사흘 전부터 그는 수액을 잔뜩 머금은 버드나무와 어린 여우가 도망치느라 먹다 버린 뇌조의 살을 빼고는 아무것도 먹지 못했다. 하지만 덩치 큰 초식동물에는 관심이 없었다. 그는 배고픔을 달래기 위해 그저 쓴 뿌리 몇 개를 씹는 것으로 만족했다. 기운이 별로 없었다. 그를 해치려는 사냥꾼들이 멀리서 그의 모습을 발견할 수도 있기 때문이다. 어서 나무가 우거진 곳에 도착하고 싶은 마음에 걸음을 재촉했다.

그때까지 아오는 멀리서만 숲을 볼 수 있었다. 가까이 다가가서 보니 소나무는 어마어마하게 커 보였다. 아오는 감격해서 딱딱한 나무껍질을 쓰다듬으며 나무의 정령들에게 이 땅을 무사히 건너게 해 달라고 빌었다. 나무 아래쪽은 아주 어두웠다. 위쪽의 크고 굵은 가지들 때문에 아래에는 햇볕이 들지 않았다. 얼음이 녹은 땅은 축축해서 이끼가 낀 데다 썩은 나무뿌리와 뾰족한 잎들이 한데 섞여 두껍게 굳은 마그마 같았다. 그나마 햇빛이 좀 드는 곳에는 봄의 첫 버섯들이 모습을 드러냈다. 두꺼운 나무 사이를 뚫고 숲 속으로 떨어진 눈이 여기저기 녹지 않고 남아 있었다. 날씨는 선선하고 습기가 많았다. 그리고 가장 높이 있는 나뭇가지가 흔들리는 모습으로만 바람이 부는지를 알 수 있었다. 그곳은 고요함과는 거리가 멀었다. 밤이 다가오면 곤충들의 울음소리가 끝없이 들려왔다. 가끔 딱따구리가 나무를 쪼아대는 소리가 숲에 울려 퍼졌다. 그가 지나는 길에 경고를 알리는 어치의 울음소리가 들렸고, 순간적으로 푸드덕대며 날아오르는 새의 날갯짓 소리와 다양한 새들이 지저귀는 소리, 방울새의 노랫소리도 들렸다.

아오는 완전히 방향 감각을 잃고 어둠 속을 더듬거리며 걸어 나갔다. 어느 순간, 질퍽한 땅을 밟고 미끄러져 모래와 솔잎이 쌓인 작은 구릉에 부딪혔다. 집을 짓고 있던 개미들이 분주하게 움직이는 것을 보고 개미를 잡아 허기를 좀 달랬다. 개미는 씹힐 때 바삭거리며 쌉쌀한 맛이 났다. 언덕 꼭대기로 보이는 곳에 다다르자 아오는 소나무를 타고 올라가려 했다. 나뭇가지가 군데군데 죽거나 부러져 있어서 위험했지만, 그는 바람에 흔들리며 조심스럽게 나무 꼭대기까지 올라갔다. 다행히 전부터 방향을 가늠하느라 계속 눈여겨봤던 산꼭대기가 멀찌감치 보였다. 아오는 땅에 내려갔을 때 다시 방향을 혼동하는 일이 없도록 조심스럽게 한 방향으로만 내려갔다. 하루에도 몇 번씩 그런 과정을 반복해야 했다.

밤이 되면 그는 굶주린 배를 움켜쥐고 축축한 곰 가죽으로 몸을 감싼 채 덜덜 떨었다. 잠도 푹 잘 수가 없었다. 조용한 황혼이 지나가면 시끄러운 밤이 찾아왔다. 여우가 울부짖는 소리가 들리면 이어서 올빼미 울음소리가 들려왔다. 멀리서 사냥하는 늑대들의 울부짖음도 들렸다. 가까운 곳에서 숨죽인 채 걷는 짐승의 발소리인 듯 아주 작게 바스락거리는 소리도 들렸다. 한밤에도 분노에 찬, 죽음의 외침 소리가 여러 차례 들렸다. 멀리서 사자의 포효가 두 번 들려와 숲을 뒤흔들면 잠시 동안 모든 동물이 숨을 죽인 채 침묵했다.

아오는 이렇게 시끄러운 밤을 보낸 적이 한 번도 없었다. 게다가 모기들이 곰 가죽을 파고들어 와 끊임없이 물어 대며 그를 괴롭혔다. 그런 역경을 견디고 나면 새벽이 오기 직전에 극심한 피로가 몰려와 어느새 잠이 들었다.

아침이 되자 아오의 얼굴 바로 옆 나무 둥치 위로 어치 한 마리가 날아와 염치없이 재잘거리며 잠을 깨웠다. 그 소리에 눈을 뜬 아오는 이끼 속에서 먹이를 쪼아 먹는 새를 발견했다. 그다지 큰 새는 아니었지만 개미와 나무뿌리밖에 먹지 못하던 그에게 고기는 큰 행복이었다. 그는 아주 느린 동작으로 가방에서 부싯돌 조각을 하나 꺼냈다. 어치는 고개를 들었다. 그리고 날아오르기 위해 날개를 펼쳤지만 이미 늦었다. 새는 정확히 날아온 돌멩이에 맞아 죽고 말았다.

작은 새의 뼈가 튼튼한 인간의 턱뼈에 으스러졌다. 그는 배고픔을 달래기에는 너무나 부족한 이 작은 축제를 조금이라도 오래 즐기려고 새의 하얀 살을 한참 동안 씹었다.

낮이 된 지도 벌써 한참된 것 같았다. 아오는 나무 기둥 사이로 힘겹게 계속 나아갔다. 얼마 지나지 않아 나무가 눈에 띄게 줄어들고, 조금씩 시야가 트였다. 땅은 갈수록 더 축축해졌다. 곧이어 진짜 늪지대가 나타났다. 소나무 대신 습기를 잘 견디는 버드나무와 오리나무가 나타났다. 봄이 되면서 녹은 눈과 빙하로 불어난 강이 넓게 퍼져서 흐르다가 호수를 만들었다. 호숫가 한쪽에는 가파른 절벽 위에 평원이 펼쳐지고, 숲이 우거진 다른 한쪽의 가장 낮은 곳은 물속에 잠겨 있었다.

아오는 서쪽으로 흐르는 강가를 지나 평원과 언덕이 있는 쪽으로 들어갔다. 아오 타아르 노인의 말대로라면 그곳이 고대인 부족의 옛 땅이었다. 그는 자신과 가까운 언덕에서 그나마 덜 가파른 쪽으로 올라갔다. 북풍에 노출된 바위 언덕에는 나무가 훨씬 드물었다. 이끼 대신 풀과 지의류 식물들이 자라고 있었다. 마른 땅을 밟자 기분이 좋아졌다. 꼭대기에 다다르니 부족의 옛 땅이 눈에 들어왔다. 땅은 산 쪽으로 길게 이어지고 부분적으로 나무가 자라는 작은 계곡이 군데군데 보였다. 여기저기서 언덕의 경사면을 타고 급류가 흘러내렸다. 저 멀리 나무 사이로 피어오르는 연기의 소용돌이가 눈에 띄었다.

평원 근처에 인간이 있다! 아마도 고대인들일 것이다.

3

아오는 여러 강줄기 가운데 강과 맞닿은 가파른 언덕에 줄지어
자란 버드나무를 붙잡고 조심스럽게 경사면을 내려갔다. 고원 깊
은 곳에서부터 흘러나온 물이 불어나 여러 갈래의 강줄기를 만들
었다.

물의 흐름은 빨랐다. 큰 소용돌이가 물결을 뒤흔들었다. 아오는
자칫 잘못해서 넘어지지 않도록 조심했다.

거의 밤이 되어서야 언덕이 모여 고원을 이루는 곳에 다다를 수
있었다.

아오는 강이 시작되는 협곡 안쪽으로 들어가기 전에 다음날까
지 기다리기로 했다. 그 협곡으로 들어서면 연기가 피어오르는 곳
으로 갈 수 있을 것 같았다.

견디기 힘든 굶주림과 사람을 볼 수 있다는 기대감에 설레어 쉽

게 잠을 이룰 수 없었다. 아오는 위경련을 달래기 위해 나뭇잎을 씹으면서 해가 뜨길 기다렸다.

새벽의 첫 미광이 비치자 협곡으로 들어갔다. 얼마 지나지 않아 강줄기가 두 갈래로 갈라지는 교차점에 다다랐다. 잠시 망설이던 그는 큰 강줄기를 거슬러 올라가기보다는 두 번째 강줄기를 따라 내려가 보기로 했다. 그러나 곧 그다지 좋은 선택이 아니라는 걸 깨달았다. 그가 접어든 계곡은 협곡과 다를 바 없었다. 물속으로 걸어가지 않으면 강줄기를 따라가기가 어려웠다. 급류의 양쪽에는 절벽에서 떨어져 나온 돌들이 어지럽게 널려 있어 식물도 거의 자라지 않았고, 물길도 바뀌었다. 양쪽으로는 현기증이 날 정도로 절벽이 높이 솟아 있었다. 아오는 더 앞으로 나아가는 것을 포기하고 교차점으로 돌아왔다.

아오는 강을 거슬러 올라가면서 물이 흘러나오는 길을 알아보았다. 처음에는 훨씬 좁았지만 곧 넓은 계곡이 나타났다. 목표 지점에 다다랐다고 생각하자 온몸의 감각이 깨어났다. 그는 가능한 한 강가의 늪지대에 난 덤불과 바위 뒤로 몸을 숨겼다. 진흙 바닥에는 물을 먹으러 온 동물들의 발자국이 여기저기 흩어져 있었다. 아오는 오늘이 가기 전에 이곳으로 다시 돌아와 여길 찾아오는 동물들을 엿보아야겠다고 생각했다. 사냥감을 잡을 생각에 벌써부터 입안에 침이 고였다.

계곡은 나팔 모양으로 한없이 벌어져 있는 것 같았다. 강폭도 넓어졌다. 그다지 깊지 않은 물이 잔잔하게 흘렀다. 오리나무와 버드나무가 물가에서 자작나무와 사시나무를 밀어내며 자리싸움을 벌이고 있었다. 더 높은 곳에서는 소나무와 노간주나무가 발치에 바위 더미를 거느리며 우위를 점했고, 절벽 한쪽에는 산만하게 자라나는 작은 관목들이 히이드와 월귤나무에 둘러싸여 있었다. 땅에서 가장 넓은 부분에는 얼마 안 되는 잔디 위로 꽃과 엉겅퀴, 다양한 크기의 조약돌이 군데군데 점점이 박혀 있었다.

아오는 다양한 식물들을 보고 감탄했다. 그가 모르는 종류도 몇 가지 있었다. 별다른 변화 없이 한나절이 흘렀다. 동물들이 물을 마시러 오는 장소로 돌아가려면 어떻게 가야 하는지 생각하던 중에 신기한 것이 아오의 눈에 띄었다. 사람 걸음의 반 정도 되는 간격으로 돌들이 강을 가로지르며 나란히 놓여 있었다. 사람이 해 놓은 것일 수도 있었다. 아오는 물가로 갔다. 반대편에 난 오솔길은 덤불 속으로 이어져 있었다. 자세히 보니 계곡 반대편 경사면에 마을이 있었다.

아오는 몇 걸음 달려 다른 쪽 강가로 접어들었다. 그곳에서 인간의 발자국을 여러 개 발견했다. 아오는 주변을 경계하기 시작했다. 사람들이 자주 왔다 갔다 하는 곳 같았다. 그는 조금만 의심스러운 소리가 나도 바로 숨을 수 있도록 만반의 준비를 갖춘 채 조심조심 사람들의 발자국을 따라 마을 쪽으로 걸었다. 자극적인 연기 냄새가 코를 찔렀다. 거기에 특이한 향기가 더해져 바람을 타고 날아왔다. 인간들의 마을 근처 공기 중에 떠다니는 냄새였다. 아오는 더욱 신중하게 행동했다. 어느 순간에 인간들이 눈앞에 나타날지도 모르기 때문이다.

아오는 수풀 뒤에 숨어서 마을을 관찰했다. 마을은 계곡 전체에 드리운 절벽에 기대어 있는 커다란 바위판 위에 자리 잡고 있었다.

가죽과 나뭇가지로 덮인 기다란 오두막집 세 개가 눈에 들어왔다. 집의 뼈대를 구성하는 말뚝들이 높이 서 있고 그 아래쪽에는 커다란 돌을 쌓아 중심을 잡고 있었다. 절벽을 따라 작은 폭포가 흘러내리다가 마을 한쪽 끝에서 다시 솟아올랐다. 빨간 불 여러 개가 타닥타닥 소리를 내며 황혼을 밝히고 있었다. 남자들과 여자들이 오두막집 사이에서 분주하게 움직였다. 고대인들은 아니었다. 고대인보다 훨씬 호리호리한 그들은 새 부족 인간의 머리 모양을 하고 있었다. 아오는 화가 나서 으르렁거렸다.

이제 어떻게 해야 할까? 금세 어둠이 내렸다. 아오는 자신의 상황이 불안정하다는 것을 알고 있었다. 배고픔의 고통이 시작되었다. 아무리 견뎌 내려 해도, 매일 오래 걷다 보니 온몸이 피곤했다. 동물들이 물을 마시러 오는 장소까지 되돌아갈 시간이 아직 있을까? 그곳에서 사냥을 하며 오래 지체할 수는 없을 것 같았다. 계곡은 작았다. 다행히 아직은 사람들에게 발견되지 않을 것 같았다. 서둘러 허기를 달래고 몸을 누일 장소를 찾아야 했다. 하지만 아오는 망설였다. 새 부족 인간들은 그의 부족의 적이었다. 아오는 처음으로 그들에게 가까이 갈 기회를 얻은 것이다. 더 가까이에서 그들을 보고, 잠시나마 그들의 모습을 관찰하고 싶었다. 훌륭한 사냥꾼은 동물의 습성을 잘 알아야 한다. 새 부족 인간들에게 대항하려면 아오는 우선 그들을 염탐하면서 그들이 어떤 방법으로 영혼들의 협력을 얻어 내는지 이해하고 그들의 약점을 찾아야 했다.

마을이 자리한 장소는 썩 잘 선택한 편이었다. 마을로 들어가는 길은 바위 더미 사이로 올라가는 오솔길밖에 없고, 양쪽으로 바위벽이 높이 서 있어서 접근하기가 힘들었다. 하지만 뒤쪽으로 몇 사람의 키 정도 되는 거리에 절벽이 허공으로 불쑥 튀어나와 있고, 그 위로 앙상한 소나무 몇 그루가 뿌리를 내리고 있었다. 그중 몇 그루는 망을 보기에 아주 이상적이었다.

아오는 결심했다. 오늘도 그는 고기를 먹지 않을 것이다.

그는 절벽을 따라 마을을 멀찌감치 돌았다. 어둠 속에서 길을 찾기가 쉽지는 않았다. 절벽의 아래쪽은 미끄럽고 가파른 데다 붙잡을 만한 것이 거의 없었다. 그는 마을을 더 멀리 돌아가야 했다. 몇 번의 헛된 시도 끝에 인내가 마침내 결실을 맺었다. 높은 곳까지 구불구불하게 이어진 단층을 따라가다 보니 마침내 평평한 곳에 다다를 수 있었다. 그 위에서 힘들이지 않고 마을 위로 절벽이 불쑥 튀어나온 부분에 다다랐다. 이제 숨을 곳만 찾으면 되었다.

집집마다 켜 놓은 잉걸불빛 덕분에 방향을 잃지 않고 언덕으로 조심스럽게 나아갈 수 있었다. 달이 뜨지 않아서 모습을 들키지 않는 건 좋았지만, 너무 어두워서 불안정하게 더듬거리며 걸어가야 했다. 칠흑 같은 어둠 속에서, 이런 높이에서 추락하면 분명히 치명적인 부상을 입을 것이다. 그는 발을 내디딘 자리에서 흙 조각이나 아주 작은 돌멩이라도 허공으로 굴러 떨어질 때면 잠시 동안 걸음을 멈춰 가면서 아주 조심스럽게 천천히 나아갔다. 아래쪽으로 한 사람 키 정도 되는 거리에 작은 관목 같은 것이 보였다. 불쑥 튀어나온 바위 부분은 미끄럽고 불룩했다. 절벽에 몸을 바짝 붙인 아오는 허공으로 몸을 살짝 내밀어 보았다. 조금 속도를 내기 시작하려는 순간, 다리에 소나무 가지가 걸렸다! 그중 하나가 와지끈 소리를 냈다. 아오는 순간적으로 다른 나뭇가지를 붙잡아 다행히 아래로 떨어지는 것은 피할 수 있었다. 나무는 구부러졌지만 완전히 부러지지는 않았다. 그의 귀에는 그 소리가 천둥소리처럼 거대하게 울려 퍼졌다. 마을 전체가 알아차렸을 것이 분명했다. 그는 떨리는 마음으로 얇은 나뭇가지 위에 걸터앉아 기다렸다. 그러나 아무 일도 일어나지 않았다. 아오는 아래쪽으로 시선을 던져 보았다. 어두워서 거리를 가늠하기가 어려웠다. 나무는 그가 생각했던 것보다 훨씬 마을과 멀리 떨어져 있었다. 아오는 이제 마을 바로 위에까지 다다랐다. 천천히 자신이 발을 내린 돌출부를 잘 살펴보았다. 나무뿌리 사이에 움푹 팬 곳이 모래로 덮여 있어서 몸을 웅크리기에 충분했다. 그걸 확인하니 마음이 놓였다.

밤이 계속되었다. 날씨는 선선했다. 아오는 구멍 속에 쪼그리고 있다가 잠이 들었다. 마을과 그 주변 지역은 조용했다. 이따금 하이에나의 울부짖는 소리가 그의 단잠을 방해했다. 이제 곧 해가 뜰 시간이었다. 어느 순간, 사람들의 외침 소리가 들리더니 불이 타면서 타닥거리는 소리가 들려왔다. 마을은 천천히 침묵에서 벗어나고 있었다. 아오의 뱃속에서 꼬르륵 소리가 심하게 났다. 그는 소나무 껍질에서 벌레를 끄집어내거나 모래를 파서 애벌레를 몇 마리 잡아먹는 것으로 만족해야 했다. 얼마 안 되는 어치 고기는 이미 소화된 지 오래였다. 그러나 적어도 물은 모자라지 않았다. 그의 가죽 물통은 가득 차 있었다. 그는 갈증을 해소하기 위해 물을 벌컥벌컥 들이켰다. 그리고 무릎을 꿇은 채 할 수 있는 만큼 몸을 쭉 펴서 모래 위에 소변을 눴다.

웅성거리는 소리가 점점 크게 들렸다. 저 아래 평지에서 남자와 여자들이 분주하게 움직이고 있었다.

소리가 하도 또렷하게 들려서 아오는 마치 그들과 함께 있는 것 같은 느낌이 들었다. 그는 소나무 뿌리 너머로 왔다 갔다 하는 사람들을 관찰했다.

두 여자가 집 안에 있는 잉걸불에 공기를 불어넣고, 세 번째 여자가 나뭇가지를 한 아름 들고 왔다. 가장 젊은 여자는 임신한 상태였고, 다른 여자는 가슴에 아기를 안고 있었다. 아기는 포대기에 싸여 머리와 다리만 보였고, 포대기는 엄마의 어깨에 두꺼운 가죽 끈으로 묶여 있었다. 한 남자가 나른한 걸음걸이로 다가갔다. 키가 아주 컸다. 그가 뭔가 말하려고 입을 열었을 때, 아오는 그의 위쪽 앞니 몇 개가 빠진 것을 알아차렸다. 그는 여자들에게 몇 마디를 내뱉었다. 아오는 그가 여자에게 욕설을 퍼부었다고 생각했다. 아기를 안고 있는 여자가 고개를 끄덕이더니 불을 쑤시고 있던 임신한 젊은 여자 쪽으로 돌아섰다. 그녀는 화가 난 듯 여자에게 날카로운 목소리로 쏘아붙였다. 아오는 여자의 입에서 나오는 많은 말들에 놀라움을 금치 못했다. 그는 늙은 아오 타아르가 새 부족 인간들의 능력을 저런 언어로 판단했던 것을 기억했다.

소년 아오는 불의 열기가 자신한테까지 올라오는 것을 느꼈다. 나이 든 여자가 막 잡은 순록의 시체에서 살점을 떼어 내 잉걸불이 올라오는 납작한 돌 위에 올려놓았다. 고기가 우그러지며 사방으로 냄새가 퍼졌다. 아오는 견디기 어려울 정도로 고통스러웠다. 혀 밑에 침이 고였다. 눈앞에 펼쳐진 구미 당기는 음식에서 그는 시선을 떼지 못했다. 자신도 모르게 신음 소리가 새어 나왔다. 남자들이 하나둘 나타나 불 주위로 모여들었고 여자들은 따로 떨어져 있었다. 사냥꾼들이 먼저 고기를 먹었다.

남자들 가운데 한 명이 아오의 주의를 끌었다. 알몸인 상반신에는 상처로 보이는 줄무늬가 여러 개 나 있었다. 머리 꼭대기에 장식한 둥근 돔 모양의 흰색 점토는 그의 여윈 얼굴을 더욱 길쭉해 보이게 했다. 그 안에는 다양한 색깔의 깃털들이 꽂혀 있었다. 여러 갈래로 땋은 긴 머리카락에 다양한 형태의 작은 물건들이 매달려 반짝였다. 머리를 움직일 때마다 작은 장식들이 짤랑거렸다. 사냥꾼들은 사이를 벌리며 불 옆의 자리를 남자에게 내줬다. 그러는 동안 여자들은 두 번째 불판을 만들어 아이들과 함께 음식을 나눠 먹었다. 큰 아이들은 남자들 곁에 남아 있기도 했지만 이야기에 끼어들지는 못했다. 음식을 다 먹은 남자들은 마을 한구석에 한데 모여 춤을 추었다. 어떤 이들은 동물의 모습이나 사냥하는 모습을 흉내 냈고, 어떤 이들은 말뚝 두 개에 걸친 낡은 가죽 위에 돌이나 나무 조각을 던지기도 했다. 그중 몇몇은 아주 호전적이어서 다른 사람들이 별 관심을 보이지 않는데도 자기들끼리 치열하게 싸움을 벌였다.

임신한 여자가 나무껍질로 만든 그릇에 물을 담아 사냥꾼들에게 가지고 갔다. 출산이 임박한 것 같았다. 여자는 무겁게 걸음을 내디뎠다. 다른 여자들은 제각기 흩어졌다. 여자들 중 일부는 잔가지를 엮어 만든 이상한 모양의 우묵한 그릇을 들고 강으로 내려갔다. 다른 세 명 중에 임신한 여자는 힘겨운 몸 상태에도 제일 힘든 일을 맡아서 하는 것 같았다. 그녀는 땅바닥에 무거운 돌로 고정해 놓은 가죽들을 세게 긁기 시작했다. 이제 불 옆에는 여자 두 명만 남아 있었다. 두 여자는 바위에 앉아 수다를 떨며 아기에게 젖을 먹였다. 나이 든 한 여자는 숲과 마을 사이를 왔다 갔다 하며 불을 지피는 데 필요한 나뭇가지를 옮겼다.

남자들은 장황하게 이야기를 했다. 이가 빠진 가장 큰 남자와 빼빼 마른 늙은이가 이야기를 나누는 모습이 아오의 시선을 사로잡았다. 다른 사람들은 무기들을 한데 모았다. 사냥을 떠나려고 준비하는 것 같았다. 아오는 그들을 주의 깊게 관찰했다. 남자들은 허리와 허벅지에 간단한 천을 두르고 넓은 순록 가죽을 배에 묶어 고정했다. 두꺼운 장화는 무릎까지 올라왔고, 구멍을 뚫어 얇은 가죽 끈으로 묶은 허벅지 보호대의 끝부분과 맞닿아 있었다.

가슴 위쪽과 팔은 맨살을 드러냈다. 여러 사람들이 화살 모양의 거무스름한 표시를 피부에 하고 있었는데, 주로 팔과 이마, 볼에 표시를 남겼다. 머리카락에는 다소 위엄 있는 깃털 장식을 했다. 대부분 여러 가지 물건을 엮어 만든 목걸이를 하고 있었는데, 다양한 색깔의 둥글고 작은 자갈과 치아, 신기한 형태의 뼛조각 등이 보였다. 키가 제일 큰 거인의 목걸이는 특히 다채로웠다.

그들의 다리는 아오의 부족보다 길었고, 매끈한 얼굴에 반짝이는 눈을 지니고 있었다. 얼굴빛은 윤기가 없이 약간 누랬다.

여자들은 키가 더 작았지만 건강해 보였다. 옷차림은 남자들과 비슷했다. 머리 위로 하나로 묶은 머리카락에는 나무나 뼈로 만든 긴 핀이나 깃털이 꽂혀 있었다. 목걸이는 하지 않았다.

남자들은 토론을 마치고 서너 명씩 나뉘어 차례로 마을을 떠났다. 잠시 후, 마을에는 샤먼[신령·정령·사령(死靈) 따위와 영적으로 교류하는 능력을 가지며, 예언·치병(治病)·악마·퇴치·공수 따위의 행위를 하는 사람]을 포함한 노인 몇 명과 절뚝거리는 젊은 남자 한 명만 남았다. 여자들은 사냥꾼들을 따라나서지 않았다.

양손의 손가락으로 셀 수 있을 만큼 다양한 나이의 아이들도 마을에서 점차 멀어져 갔다. 어린아이들은 돌을 가지고 있었고, 큰 아이들은 짧은 투창을 흔들어 댔다. 그중 한 명이 불에 달구어진 나뭇가지를 가지러 돌아왔다가 다시 서둘러 떠났다. 아오는 그들을 보지 못했다. 그들은 강 주위 어딘가에 있었는데, 거기에서 연기가 피어올랐다. 그리고 곧이어 그들의 외침 소리를 들었다.

갑자기 한 소년이 마을로 뛰어들어 왔다. 그가 큰 흰색 염소 한 마리를 흔들어 보이자, 곧이어 염소를 추격하는 사냥꾼 무리가 나타났다. 그들은 마을 안에서 함께 야만적인 소리를 지르며 즐거워했다. 염소가 소년의 손에서 도망치자 곧 사람들이 고함을 지르며 염소를 포위했다. 동물을 잡느라 마을은 아수라장이 되었다. 제일 어린아이조차 동물 잡는 일에 동참했다. 절뚝거리는 젊은이도 나섰다. 얌전해 보이는 그가 절름거리면서 염소에게 다가가 거칠게 몇 번 내리치더니 피 흘리는 염소를 집어 들었다. 칼로 살점을 크게 떼어 내고는 주위에 모여 있던 아이들을 향해 남은 것을 건방지게 던져 주었다. 그러자 그곳은 또 금세 아수라장이 되었다. 그 보잘것없는 전리품은 사방에서 잡아당기는 손길로 삽시간에 잘게 찢겼다. 고기 조각을 얻은 아이들은 귀중한 물건을 지키느라 혈안이 되었다. 하지만 힘센 아이들만 고기를 지켜 낼 수 있었다. 그들은 빈손인 아이들의 공격을 막아 내려고 암암리에 서로 협력했다. 그래서 고기를 뺏으려는 아이들은 결국 손도 대지 못했다.

두 무리의 아이들은 두 번째 화로 쪽으로 옮겨 갔다. 아오는 더 이상 그들을 볼 수 없었다.

다시 고함 소리가 들려왔다. 무리 중 가장 어려 보이는 아이가 아오의 시야에 나타났다. 그는 어른들이 경계를 늦춘 사이에 주인이 굽기 시작한 고기 조각을 훔치는 데 성공했다. 그는 마을을 가로질러 전속력으로 도망쳤고, 곧 고기 주인이 그 뒤를 쫓았다. 그리고 이런 흥분되는 상황이 재미있으면서도 부러운 어린아이들이 그 뒤를 따라 달려갔다.

잠시 후, 그들은 다시 반대 방향으로 지나갔다. 그러자 덩치가 제일 큰 사람이 몸짓을 섞어 이야기하고 비난하면서 야유를 퍼부었다. 아오는 도망친 아이들이 붙잡히지 않은 것을 알았다. 어린아이들은 큰 아이들이 버린 뼈에 붙은 살점을 조금 맛보는 것으로 만족했다.

그러면서 한나절이 흘러갔다. 맑은 하늘의 태양이 대기를 기분 좋게 달구어 주었다. 아이들은 제각기 흩어졌고, 마을에는 다시 고요가 찾아왔다. 아침 일찍 강 쪽으로 떠났던 여자들이 새싹과 뿌리가 가득한 그릇을 들고 돌아왔다. 아이 엄마 두 명이 돌아온 여자들과 합류해서 풀을 분류하고 깨끗이 씻었다.

그다음에는 사냥꾼들이 마을로 돌아왔다.

이 빠진 남자도 거기에 있었다. 그들은 빈손으로 돌아오지 않았다. 지난 해, 햇빛 좋은 철에 태어난 나이 어린 사슴이 두 남자가 든 장대에 매달려 있었다. 그들은 아이들과 여자들의 환호를 받았다.

아오는 여전히 같은 곳에 숨어 있었다. 이제는 배가 고파 정신을 잃을 지경이었다. 그는 돌판 위에 아무렇게나 놓인 동물의 시체에서 시선을 뗄 수가 없었다.

남자들은 숨어 있는 아오의 시야에서 벗어난 어느 집 주위에 모여 있었다. 다른 사람들은 마을에 제각기 흩어져 있었다.

머리를 하나로 묶지 않은 임신한 한 여자만 칼을 들고 고기가 있는 쪽으로 다가갔다.

그녀는 혼자였다. 아오는 이제 사정거리에 든 그 음식에만 집중했다. 더는 생각할 여지가 없었다. 그는 절벽을 따라 내려갔다. 땅에 발이 닿는 순간, 여자가 그를 발견했다. 여자는 너무 놀라 움직이지도 못하고 끔찍한 표정으로 아오를 쳐다보면서 소극적인 방어의 의미로 그를 향해 작은 칼을 내밀었다. 아오는 여자를 죽이고 싶지 않았지만, 목표 지점까지 가려면 그녀를 지나쳐야 했다. 그는 팔 바깥쪽으로 그녀를 밀치고 먹이를 향해 냅다 달렸다. 여자의 외침 소리가 마을에 울려 퍼졌다. 사냥꾼들은 갑작스런 상황에 놀랐을 텐데도 마치 예상한 것처럼 재빨리 반응했다. 아오가 어린 염소 고기를 어깨에 짊어진 순간, 투창 하나가 날아와 동물의 시체에 깊이 박혔다. 다른 두 개는 몇 걸음 떨어진 바위에 떨어졌다. 아직 도망갈 길이 열려 있었다. 아오는 강 쪽으로 달려가 굴러떨어질 위험을 무릅쓰고 돌을 하나씩 밟으며 경사면을 내려갔다. 하지만 재빨리 도망치지 못했다. 투창 여러 개가 그를 스쳐 갔다. 어깨에 짊어진 짐승의 무게와 그가 항상 가지고 다니는 몽둥이, 저창 때문에 아무리 노력해도 추격자들을 따돌릴 수가 없었다. 그는 화가 나서 분노의 고함을 질렀다.

아오는 최대한 빨리 뛰었다. 저들을 따돌릴 시간이 많지 않다고 느꼈다. 약간의 거리를 유지하는 데만 해도 엄청난 에너지가 소비되었다. 오랫동안 제대로 먹지 못해 체력이 약해진 데다 무거운 짐까지 짊어졌으니 결코 오래 달리지 못할 것이다.

불쑥 튀어나온 돌에 여러 차례 걸려 넘어질 뻔했지만 가까스로 균형을 유지할 수 있었다. 사람들은 그 틈을 타고 조금 더 거리를 좁혔다. 어린 사슴의 사체가 점점 무겁게 어깨를 짓눌렀다. 이제 곧 저들의 처분에 따라야 할 것이다.

그러자 아오는 말할 수 없는 분노를 느꼈다. 선조들의 땅과 생명을 잃은 고대인의 분노였다. 이번에는 그가 고함을 질렀다. 분노가 그에게 날개를 달아 주었다. 아오는 다시 속력을 냈다. 이 상태로 밤이 될 때까지 계속 달리면 저들의 추격에서 벗어날 수 있을지도 모른다.

흘러내리는 땀과 동물의 피로 시야가 흐려졌지만 강과 징검다리가 보였다. 강 한가운데 다다랐을 때, 그는 자신이 내디딘 돌멩이가 굴러떨어지는 것을 느꼈다. 그를 짓누르는 무게 때문에 다시 중심을 잡을 수가 없었다. 결국 아오는 앞으로 넘어지고 말았다. 그러나 그다지 깊지 않은 물속에서 금세 무릎을 꿇고 일어났다. 바로 뒤에 이미 강가에 도달한 사냥꾼들이 보였다. 기뻐하는 사냥꾼들의 외침을 들은 아오는 두려움과 분노에 차서 으르렁거리는 소리를 내며 얼른 다시 일어나 도망치려 했다. 하지만 그렇게 하는 데 엄청난 힘이 필요했다. 순간적으로 심장박동이 굉장히 빨라졌다. 목이 타고, 공기를 들이마시기도 힘들었다. 물은 그의 무릎 위까지 올라왔다. 그는 겨우 힘을 쥐어짜 내 반대편 강가를 향해 몇 걸음 옮겼다.

다시 투창이 그의 옆으로 날아들었다. 화가 난 아오는 뒤로 돌아 놈들과 마주 섰다. 그리고 아주 가까이에서 던진 동물의 시체가 제일 앞서 강으로 뛰어든 사냥꾼에게 부딪혔다. 정면으로 강타

당한 남자는 물속으로 쓰러졌다.

갑작스러운 공격에 놀란 세 남자는 강가에서 걸음을 멈췄다. 그들은 꼼짝도 하지 못한 채 아오가 자신의 동료에게 달려들어 동물의 시체로 짓누르며 몽둥이를 휘두르는 모습을 보았다. 남자는 이제 다시 일어서지 못할 것이다. 단단한 짐승의 대퇴골이 남자의 머리를 세게 내리쳤고, 그 충격으로 남자의 두개골이 호두처럼 쩍 갈라졌다.

어린 사슴 고기는 먹을 수 없게 되었지만 아오가 살아날 길은 아직 있었다. 희망을 품고 으르렁거리면서 그는 강을 건너 다시 달리기 시작했다. 다른 쪽 강변에 발을 내디딘 순간, 투창 하나가 그의 옆구리를 스치고 지나가 살이 찢어졌다. 그 충격으로 아오는 절름거렸다. 피가 곰 가죽에 얼룩을 만들면서 흘러내렸다. 또 다른 투창이 그의 목덜미를 스쳐 갔다. 끔찍한 고통에도 아오는 계속 달렸다.

한편, 그의 뒤에서는 나머지 세 명의 사냥꾼이 다시 정신을 차리고 분노와 증오에 사로잡혀 서둘러 강을 건너고 있었다.

아오는 그들 중 한 명을 죽였다. 이제 그들은 절대로 아오를 놓치려 하지 않을 것이다.

짐을 버렸지만 아오는 걸음을 내디딜 때마다 온몸으로 고통을 느꼈다. 그는 조금밖에 앞서 나가지 못했다. 그는 강가의 그다지 깊지 않은 물속을 마구잡이로 달렸다. 새 부족 사냥꾼들이 그를 바싹 뒤쫓았다. 강 주변에 자라나는 식물들 사이로 도망칠 시간은 없을 듯했다. 조금만 망설여도 치명적일 수 있다. 그보다는 차라리 그냥 드러내 놓고 냅다 달리는 편이 나을 것 같았다. 밤이 될 때까지 기다려야 했다.

걸음을 내디딜 때마다 발이 진흙에 빠져 속도가 느려졌고 앞으로 나아가는 데 방해가 되었다. 하지만 추격자들도 어렵긴 마찬가지였다. 심지어 아오가 조금 더 거리를 벌린 것 같았다.

아오는 이제 추격자가 단 한 명밖에 남지 않은 것을 보았다. 앞니가 빠진 그 거인이었다. 다른 두 명은 그를 앞질러 길을 가로막으려고 지름길로 간 것 같았다. 그들은 이 근처 지형을 잘 안다는 이점이 있었다. 도망자 아오는 좀 더 속력을 내 보려고 애썼다. 계곡은 점점 좁아졌다. 아오는 이제 자신이 있는 장소가 어딘지 알 것 같았다. 그곳은 강이 갈라지던 분기점이었다. 아오는 앞쪽에 사냥꾼 두 명이 있는 것을 보았다. 그들은 언덕으로 이어지는 왼쪽 협곡 입구에 떡 버티고 서서 아오가 그쪽 방향으로 지나가지 못하게 투창을 위협적으로 흔들어 댔다. 아오에게는 그들과 싸울 힘이 남아 있지 않았다. 세 번째 사냥꾼은 이제 그의 발치까지 따라와 있었다. 그는 망설임 없이 새 부족 사냥꾼 두 명이 서 있는 곳의 반대쪽으로 방향을 틀었다. 전에 위쪽 길로 접어들었다가 되돌아 나온 그곳이었다. 그것밖에는 다른 방법이 없었다.

첫 번째 길은 넓었다. 아오는 계속해서 달렸다. 두 남자는 서 있던 자리에서 움직이지 않았다. 그들은 끝까지 아오를 따라올 생각이 없는 것 같았다. 곧이어 아오는 이제 아무도 자신의 뒤를 쫓아오지 않는다는 것을 깨달았다. 아오는 속도를 늦추고 걷기 시작했다. 그러면서도 계속 틈틈이 뒤를 돌아보았다.

잠시 걸음을 멈추고 숨을 고르며 물도 마시고 상처도 살펴보았다. 아픈 부위는 걱정했던 것보다는 상처가 그다지 깊지 않았다.

투창이 옆구리를 스쳐 지나간 덕분이다. 피는 이제 거의 멎은 상태였다. 갈증도 해소했으니 더는 지체할 수 없었다. 밤이 깊었다. 추격자들이 더 쫓아오지 않은 것도 아마 이 때문일 것이다. 좀 더 앞서 나가려면 이때를 이용해야 했다. 그들은 여기서 멈추지 않을 것이기 때문이다. 그들은 자신들이 해야 할 일을 알고 있다. 그리고 아오도 쉽게 속을 사람이 아니었다. 그는 그들의 술수를 이미 파악했다. 세 남자는 아오를 이 협곡 안에 가둬 놓으려 한 것이다. 양쪽의 미끄러운 절벽을 살펴본 아오는 그 이유를 더 확실히 알 수 있었다. 자신이 선택한 방향에는 출구가 없었다. 그러니 추격자들이 서두를 필요가 없었던 것이다. 그는 덫에 걸린 것이다. 그들은 숨어서 아오가 되돌아 나오기만 기다릴 것이다. 그러나 아오는 희망을 버리지 않았다. 어떻게든 이 덫에서 빠져나갈 방법을 찾을 것이다.

달은 거의 보름달에 가까웠다. 달의 희미한 빛이 협곡 안쪽 깊숙한 곳까지 들어와 물 표면에 반사되었다. 아오는 계속해서 강을 따라 내려갔다. 이윽고 전에 걸음을 멈췄던 장소에 도착했다. 협곡의 폭이 더욱 좁아졌다. 바위 더미를 조심스럽게 기어 내려가 보니 그 아래쪽은 더 이상 물이 흐르지 않았다. 그러나 여전히 빠져나갈 구멍은 양쪽 어디에도 없었다. 급류가 더욱 좁아졌다. 현기증이 날 정도로 높은 절벽을 따라 올라가는 것은 불가능했다.

체력이 한계에 이른 아오는 이제 어디서라도 눈만 감으면 곧장 달콤한 잠에 빠져들 수 있을 것 같았다. 그는 어지럽게 널려 있는 바위들 중에 꼭대기 부분이 거의 판판한 돌 위로 힘겹게 올라갔다. 오늘밤은 더 이상 멀리 가지 못할 것 같았다.

그는 너무 지쳐서 배고픔조차 느끼지 못했다. 잠을 자면서도 힘이 들었다. 오늘밤 그의 영혼은 툰드라 지역을 떠돌아다녔다. 꿈속에서 그는 백발의 할아버지였다. 치명적인 상처를 입은 그는 멀리 떨어진 옛 땅으로 다시 돌아가려고 애썼다. 아오는 곰의 끔찍한 고통, 쫓기는 짐승의 공포를 느꼈다.

이제 강한 근육들이 그를 바람의 속도로 전진하게 했다. 그의 갈기는 바람에 날리고, 주위의 눈구름이 말굽에 비쳤다. 어느 순간 굶주린 사냥개 떼가 그의 뒤를 쫓았다. 그는 있는 힘을 다해 달렸지만, 마지막에는 결국 절망적인 말 울음소리를 내며 가루 같은 눈 속으로 풀썩 쓰러졌다. 몸에 경련이 일고 시야는 흐려졌다. 맹수들이 잔인하게 그의 옆구리를 물어뜯었다. 하지만 그의 본능은 포기하기를 거부했다. 그는 마지막 남은 힘을 쥐어짜내 몸을 일으켜서 그 죽음의 그림자에서 벗어나려고 애썼다. 어느새 송곳니들이 두꺼운 곰 가죽 속으로 깊이 파고들고, 피가 솟구쳐 올랐다. 그는 더 이상 아무것도 느끼지 못했다. 그의 영혼은 그저 초원 속을 날아다녔다. 아오는 먹이가 되었다.

그는 소스라치게 놀라 잠에서 깨어났다. 이미 해가 떠오르고 있었다. 상처가 쿡쿡 쑤셔 괴로웠다. 입 안은 바짝 말랐고 머리는 무거웠다. 타는 듯한 목마름을 해소하기 위해 아오는 힘겹게 바위를 내려가 강물을 마셨다. 그리고 뻣뻣하고 고통스러운 다리 근육을 펴면서 으르렁거렸다. 배고픔의 고통 대신 구토와 극심한 피로감이 몰려왔다.

하지만 아오는 걱정하지 않았다. 그는 며칠 굶었을 때 찾아오는 불쾌한 느낌을 잘 알았다. 그런 느낌은 배를 채우면 금세 사라질 것이다. 아오는 힘든 몸을 이끌고 주변을 자세히 살펴보았다. 높이 올라가 보니 바위 더미 앞쪽의 협곡 부분까지는 충분히 시야가 확보되었다. 아무도 보이지 않았다. 안심한 아오의 눈에 바위 사이로 작고 맑은 연못이 몇 군데 있는 것이 들어왔다. 그는 보통 급류의 돌 아래에는 은빛 물고기들이 숨어 있다는 사실을 알고 있었다. 그는 꼼짝도 하지 않고 가끔 상류 쪽으로 시선을 던지면서 참을성 있게 기회를 엿보았다. 새 인간들이 올까 봐 두렵긴 했지만, 위험을 무릅써야 했다. 오늘은 무슨 일이 있어도 먹어야 했다.

그는 안도의 표시로 으르렁 소리를 냈다. 그리고 맑은 물속에서 이리저리 움직이는 송어 한 마리를 포착했다. 가까이 다가가 보니 두 마리가 더 보였다. 꽤 큼지막한 녀석들이었다. 아오는 물고기들이 놀라서 돌 밑에 숨어 있기를 바라며 물속에 조약돌을 하나 던졌다.

완전히 발가벗은 소년은 차가운 물속으로 들어갔다. 숨을 참고 돌 옆에 몸을 웅크렸다. 그리고 손으로 돌 주변을 더듬으며 구멍 입구를 찾아냈다. 하지만 구멍 깊은 곳까지 손을 넣으려면 완전히 잠수해야 했다. 아오는 물고기들이 숨은 곳으로 이어지는 구멍으로 팔을 깊숙이 집어넣었다. 마침내 손가락이 미끌미끌한 비늘에 닿았다. 송어는 빠져나가려고 했지만 아오는 잽싸게 물렁물렁한 살 속으로 손톱을 깊이 박아 넣었다. 그리고 송어를 붙잡은 손에 힘을 꼭 주고 부드럽게 송어를 수면으로 집어 올렸다. 아오는 기쁨에 넘쳐 크게 소리를 내질렀다.

바라던 것처럼 배를 채우자 몸의 이상 증상들이 점차 사라졌다. 다른 장소에서도 그런 작업을 반복하면서 물고기 여러 마리를 잡았다. 아오는 그중에 한 마리를 더 먹고 남은 것은 가방 속에 집어 넣었다.

이제 다시 떠나야 할 시간이었다. 태양은 협곡 위로 올라와 있었다. 아오는 얼핏 인간들의 목소리를 들은 것 같았다. 새 부족 인간들이 다시 사냥을 시작한 것이다. 그의 앞에 있는 계곡의 폭이 점점 줄어들어 입구가 거의 닫힌 것처럼 보였다. 이제부터는 도망치는 게 훨씬 어려워질 것이다.

바위 더미 너머에는 좁은 길이 완전히 물에 잠겨 있었다. 아오는 가죽옷을 가방에 걸쳐서 짐을 줄이고 물건을 들기 쉽게 만들었다.

식사를 하고 나서 다시 기운을 차린 아오는 천천히 강 한가운데로 나아갔다. 차가운 물이 허리까지 차올라 왔다. 귀를 기울여 보니 멀리서 으르렁거리는 소리가 들리는 것 같았다. 이제는 수영을 해야 했다. 강에는 굽이가 여러 군데 있었다. 그는 강가의 바위에서 한 사람 키만큼 떨어져 안쪽으로 들어갔다. 물의 흐름이 점점 빨라졌다. 아오는 물살에 밀려 앞으로 앞으로 나아갔다. 작은 폭포들로 물길이 나뉘어 깊은 물구덩이를 여러 번 건너야 했지만 큰 어려움은 없었다. 물소리가 점점 더 거세졌다.

차가운 물속에 오랫동안 들어가 있다 보니 견디기가 힘들었다. 그래서 물 밖으로 튀어나온 바위가 나올 때마다 기어 올라가서 잠시 숨을 고르고 햇볕을 쪼이며 몸을 말렸다. 뒤쪽에서 이번에는 더욱 또렷하게 사람 목소리가 들렸다. 추격자들은 이제 가까이에 있었다.

아오는 그들의 의도에 도전하는 의미로 울부짖었다. 그는 여전히 그들의 포위망을 빠져나가는 것을 포기하지 않았다. 더 이상 전진할 수 없다면 오히려 그들이 있는 쪽으로 돌아 나갈 것이다. 그래서 놈들을 하나씩 죽이든지, 자신이 죽든지 할 것이다.

물의 흐름이 더 세졌다. 아오는 아무리 자신이 원한다 해도 뒤쪽으로 가기는 어렵다는 것을 깨달았다. 덫은 차츰 닫히고 있었다. 이제 으르렁거리는 소리는 귀를 먹게 할 정도로 크게 들렸다. 표면에서 잔물결이 심하게 일었다. 어느 순간, 소년은 거대한 액체 덩어리에 빨려들어 갔다! 그는 흐르는 물의 힘에 저항하기를 포기하고 수면 아래 솟아 있는 바위나 절벽에 부딪힐 때마다 전해지는 충격에서 가능한 한 몸을 보호하는 것으로 만족해야 했다.

아오는 소용돌이치며 움직이는 물 밖으로 계속 머리를 내밀고 있기가 제일 힘들었다. 문득 아오는 물거품 사이로 앞니 깨진 남자를 알아보았다. 그는 발걸음을 멈춘 마지막 바위에 올라서서 웃고 있었다.

아오가 소용돌이에 휩쓸리기 전에 마지막으로 본 것이 바로 그의 모습이었다. 아오는 자기 몸을 마음대로 움직일 수 없었다. 입과 코로 계속해서 물이 들어왔다. 그는 엄청난 굉음을 내며 소용돌이치는 물속으로 빠르게 휘말려 들어갔다.

4

나파 말리는 중얼거리며 잠자리로 돌아갔다.

소년은 당황하지 않고 노인이 푹 덮고 있는 가죽 천을 가만히 잡아당겼다.

마침내 노인이 버럭 화를 내며 말했다.

"뭘 더 어쩌란 말이냐? 잠도 자지 않고 정령들과 소통하려는 사람을 어떻게 이렇게 다룰 수가 있단 말이냐!"

소년은 웃음을 터뜨리고 자신 있게 어깨를 으쓱해 보였다. 움막의 어둠 속에서 새하얀 이가 반짝였다. 소년은 부족장 와갈 탈릭의 아들 키파 코오다. 그는 노인에게 모욕당한 자들의 불평 소리에 익숙했다. 샤먼이 소년의 재능을 발견한 후로, 두 사람은 긴밀한 공모 관계로 맺어졌다.

아이들이 다 그렇듯이 키파 코오도 흙장난을 좋아했다. 하지만

다른 아이들이 점토를 둥글게 뭉치거나 대강의 형태만 만들어 내
는 수준인 반면에 키파 코오는 작은 손끝으로 모든 종류의 동물
을 실제로 살아 있는 동물과 놀라울 만큼 흡사하게 빚어냈다. 노
인은 아이를 격려하며 영혼이 준 귀중한 선물인 그 능력을 개발하
도록 도와주었다.

　나파 말리는 얼굴을 찌푸리며 이끼 침대 위에 앉았다. 그리고 눈
앞에서 다리를 저는 소년을 보며 지난여름에 벌어진 사건을 떠올
렸다.

　사냥꾼들이 없는 사이에 얼굴에 검은 줄을 칠하고 머리에 깃털
을 꽂은 남자들이 소리를 지르며 마을에 나타났다. 나파 말리는
그들의 언어를 알아듣지 못했다. 그들 중 한 명은 정말 거인처럼
몸집이 컸다. 거인은 여자 세 명을 가리키며 앞으로 나오라고 손짓
했다. 두 명은 겨우 어린애 티를 벗은 젊은 여자들이었다. 샤먼이
그사이로 끼어들었다. 그러자 거인은 비웃는 듯 미소를 지으며 천
천히 투창을 들어 올렸다. 나파 말리는 꼼짝도 하지 않고 손을 머
리에 올려 영혼들을 깨웠다. 그러자 거인은 잠시 망설이더니 갑자
기 투창의 자루로 노인을 내리쳤다. 노인은 땅바닥으로 나뒹굴었
고, 깜짝 놀란 두 어린 여자는 자신들의 운명을 체념하며 거인의
명령에 복종했다. 세 번째 여자는 사냥꾼 아타 마크의 아내이자 키
파 코오의 누이인 아키 나아였다. 그녀는 용감한 여자였다. 아키
나아는 앞으로 나서기를 거부했다. 하지만 놈들이 그녀를 붙잡아
두 여자 쪽으로 밀어붙였다. 그들은 여자들의 옷을 찢고 기분 나
쁘게 웃으며 벗은 몸을 관찰했다. 그러고는 서로 손짓하고 이야기

를 나누면서 웃고 소리를 질러 댔다. 그리고 여자들에게 다시 옷을 입게 하고 손목을 등 뒤로 묶어 마을 바깥쪽으로 사정없이 밀쳤다. 그 순간, 소년 키파 코오가 끼어들었다. 소년은 부족 사람들이 만류하는데도 돌멩이 하나를 집어 들고 거인 일행의 뒤를 따라 달렸다. 버드나무 숲을 돌아 놈들을 앞질러서는 앞을 보고 걸어가던 거인 앞에 우뚝 섰다. 키파 코오는 한 손을 등 뒤로 한 채 무섭게 생긴 사냥꾼에게 말을 건넸다.

"내 누이를 풀어 줘라. 안 그러면 널 죽이겠다!"

남자는 웃음을 터뜨렸다. 그가 다음 행동을 하기 전에 키파 코오가 있는 힘을 다해 돌을 던졌다!

그가 던진 돌은 거인의 입 근처를 딱 맞혔다. 그와 동시에 그의 역겨운 미소가 사라졌다. 거인은 터진 입술에 손을 대 보고는 믿을 수 없다는 표정을 지었다. 위쪽 앞니 세 개가 부러졌다. 미칠 듯이 화가 난 거인은 소년에게 달려들어 땅에서 들어 올린 다음 근처에 있는 바위에 힘껏 패대기쳤다.

어디선가 외침 소리가 들렸다. 어느새 마을 입구에 모여 있던 주민들이 소리를 내지르며 다가오고 있었다. 나이 든 남자 한 명이 꼿꼿한 걸음걸이로 사람들에게서 떨어져 나와 투창으로 위협적인 몸짓을 해 보였다.

나파 말리가 서둘러 쫓아가 나이 든 사냥꾼의 분노를 가라앉히려 애썼다. 하지만 그는 아무것도 할 수 없었다. 사냥꾼은 그의 코 앞에서 쓰러져 즉사했다. 목과 가슴에 창 두 개가 꽂혀 있었다.

순식간에 벌어진 일에 마을 사람들은 분노로 으르렁거렸다. 여자들과 아이들은 돌을 집어 들었다.

나파 말리가 소리쳤다.

"그만둬라! 선동하지 마라!"

그는 두 패 가운데로 가서 섰다. 자기 부족 사람들이 냉정을 유지하게 하려고 일부러 사냥꾼들에게 등을 돌리고 섰다.

그의 필사적인 방법은 효과를 거두었다. 여자들을 얻는 데 이미 값을 톡톡히 치렀다고 생각한 거인은 필사적인 싸움에서 동료를 잃는 위험을 무릅써야 하리란 것을 깨닫고, 샤먼이 개입한 틈을 타 동료들과 함께 자리를 뜨기로 했다. 그들은 여자 세 명을 데리고 재빨리 모습을 감추었다.

사람들은 모두 움직이지 않고 바닥에 가만히 누워 있는 아이에게 달려갔다. 아직은 살아 있었지만 왼쪽 다리를 심하게 다친 상태였다. 뼈가 여러 군데 부러졌다. 그리고 경솔하게 덤벼든 노인은 죽고 말았다.

며칠 후, 부족의 사냥꾼들이 돌아왔다. 아타 마크는 침략자들을 쫓아가려 했지만 와갈 탈릭이 그를 말렸다. 와갈 탈릭도 딸을 잃었고, 아들은 평생 불구자가 되었다. 나이 든 사냥꾼은 그들의 만행에 피해를 입은 다른 부족 남자들에게서 그 잔인한 부족이 해가 뜨는 쪽에 산다는 사실을 들었다. 아타 마크는 다른 아내를 얻는 것으로 해결책을 찾아야 할 것이다. 하지만 아타 마크는 고집을 부렸다. 그는 머리에 깃털을 꽂고 얼굴에 색을 칠한 남자들도 다른 이들과 똑같은 인간이라고 말했다. 그들이 마을에 부족 사냥꾼들이 없는 틈을 타서 여자들을 차지하러 온 것은 사냥꾼들의 분노를 사는 것이 두려웠기 때문이다. 그들은 노인을 죽였고, 어린아이를 다치게 했다. 아타 마크는 그 나쁜 인간들이 두렵지 않았다. 멀리 그들의 땅까지 가려면 한참 더 길을 가야 했다. 그러니 아직은 그들을 따라잡을 수 있었다.

와갈 탈릭은 다시 한 번 젊은이를 설득하려고 했다. 그는 호수 부족은 인간을 죽이지 않는다는 점을 상기시켰다. 그러나 아타 마크는 어떤 말도 들으려 하지 않았다. 그러는 사이 다른 사냥꾼들 가운데서 그에게 동참하겠다는 목소리가 나오기 시작했다. 여자들도 분노에 으르렁거렸다.

와갈 탈릭은 한숨을 내쉬고 도움을 요청하기 위해 눈으로 샤먼을 찾았다. 나파 말리는 모두 입을 다물라고 하고 정령들의 이름으로 말하기 시작했다. 그는 아타 마크가 옳다고 말했다. 새 부족은 단순한 인간이다. 하지만 그와 동시에 강하고 앙심 깊은 영혼들과 맺어진 난폭한 인간들이다. 또 와갈 탈릭의 말도 옳다. 사냥철은 아직 끝나지 않았다. 겨울 동안 먹을 식량을 아직 다 비축해 두지 못했다. 그러므로 사냥꾼들은 사냥을 중단할 수 없다. 그리고 그는 여자들의 분노를 이해하며 정령들이 진노했다고 말했다. 부족의 남자들은 그들의 여자와 아이들을 지켜야 한다. 능숙한 사냥꾼 세 명이 못된 놈들의 뒤를 추격하되, 여자들을 되찾아오는 것은 적당한 때를 기다려야 한다.

와갈 탈릭은 그 말에 찬성했다. 그렇게 하면 사냥하는 데 방해를 받지 않을 수 있다. 부족은 세 명의 사냥꾼이 없는 동안 그 가족에게 필요한 것을 조달할 것이다. 아타 마크는 성급하지만 용감하고 부족을 위해 모든 것을 헌신하는 젊은이였다. 그는 더 강해지고 더 노련해져서 돌아와 언젠가는 훌륭한 부족장이 될 것이다.

마 와미가 아타 마크와 함께 가겠다고 나섰다. 아키 나아 말고 붙잡혀 간 여자 두 명 중 한 명인 키 미는 얼마 전에 그의 아내가 되었다. 이 조용한 소년은 지난번 사냥철에는 사냥꾼 대열에 끼지 못했지만 이미 연장자들에게 능력을 인정받았다.

키 미의 아버지이자 나이 많은 사냥꾼인 카 마이도 그들과 합류했다.

거리가 많이 벌어질까 봐서 그들은 다음날 날이 밝자마자 길을 떠났다.

나파 말리의 주술과 간호 덕분에 키파 코오는 살아남았다. 그는 사경을 헤매는 동안 흰색과 검은색 껍질에 작은 잎이 부드럽게 살랑이는 나무, 즉 조상 나무를 보고 그 이름을 받았다. 그들의 아버지들의 아버지들이 북쪽으로 이동하면서 만난 나무 중 하나였다. 그 나무는 사람이 동물, 식물과 결합하던 시기에 어떤 활엽수도 감히 뿌리내릴 생각을 하지 못하던 그곳에서 매우 가녀린 모습을 한 채 바람 앞에서도 꿋꿋하게 버티고 있었다. 조상들은 그 나무의 용기에 감탄해서 심지어는 그들이 처음 정착한 땅에 그 나무를 심었다. 하지만 소년의 다리는 이미 뒤틀어져 영원히 절룩거리는 신세가 되었다.

그리고 성급한 노인의 영혼을 달래고 그의 영혼을 조상들의 세계로 돌려보내기 위한 의식이 거행되었다.

샤먼은 늑대의 정령에게 고인의 영혼을 인도해 달라고 부탁해 답을 받아 냈다. 그래서 그의 시신은 더 이상 살아 있는 사람들을 감염시키지 않게 되었다. 그러면 사람들은 이제 그의 시신을 버릴 수 있고, 영혼은 망자의 심연으로 내려갈 수 있었다. 그리고 살아남은 사람들의 삶은 다시 계속해서 가던 길을 갈 것이다.

아키 나아는 뱃속의 아이가 위험에 처했음을 느꼈다. 겨울 동안, 새 부족 사람들은 그녀가 임신했다는 사실을 알게 되었다. 아키 나아는 새 부족의 땅으로 오기까지 긴 여행을 하는 동안 자신이 아이를 가졌다는 사실을 깨달았다. 새 부족 여자들이 이곳 남자들은 인척 관계가 없는 다른 부족 사냥꾼의 영혼을 이어받은 것으로 의심되는 아이를 절대로 살려 두지 않을 것이라고 알려 주었다. 아키 나아의 아이는 죽임을 당하고 그녀는 다른 여자들의 노예가 되어 남자들이 욕구를 해소하는 도구로 쓰이게 될 것이다. 잔인한 사냥꾼의 아내가 되면 그나마 다행이었다.

그러나 아키 나아는 자신에게 다가온 죽음의 운명을 거부했다. 그녀는 아이를 지키고 자신의 부족에게로 돌아가고 싶었다. 물론 자기 부족이 사는 커다란 산 아래까지 홀로 기나긴 여행을 하면서 살아남을 가능성은 별로 없다는 것을 알고 있었다. 그래도 그녀는 떠날 생각이었다.

붙잡힌 세 여자 중에 가장 어린 키 미는 그곳까지 오는 동안 사냥꾼들의 가혹 행위로 죽고 말았다. 이 타아는 그나마 가장 나은 편이었다. 그녀를 아내로 삼은 사냥꾼은 그렇게까지 나쁜 사람은 아니었다. 남편의 온화한 성격을 보고 그녀는 돌아가기를 포기하고 말았다. 아키 나아는 자신의 탈출 계획을 이 타아에게 말해 주었지만 그녀는 그곳에 남기로 했다.

지금까지는 임신했다는 것 때문에 남자들이 아키 나아를 비교적 조용히 내버려 두었다. 그러던 어느 날, 곰 인간의 갑작스런 침입이 마을을 온통 혼란 속으로 몰아넣었다. 마을에 남아 있던 사냥꾼 세 명이 그를 추격하러 나섰다. 여자들은 동요했고, 아이들은 고함을 지르며 어지럽게 왔다 갔다 했다. 아키 나아는 정신이 퍼뜩 들었다. 지금보다 좋은 기회는 없을 것 같았다. 지금은 아무도 그녀에게 주의를 기울이지 않았다. 그녀의 잠자리가 있는 움막 안에는 아무도 없었다. 젊은 여인은 바닥에 아무렇게나 돌을 깔고 가죽을 덮어 놓은 바닥에 쭈그리고 앉았다. 힘겹게 무거운 돌 하나를 들어 올리고 손가락으로 단단하게 다져진 흙을 열심히 파려고 했다. 그런데 배가 불편했다. 그때, 무슨 소리가 들렸다. 누군가가 가까이에서 속삭이고 있었다. 깜짝 놀란 아키 나아는 꼼짝도 할 수 없었다. 불규칙한 심장의 고동 소리가 귀에까지 들리는 것 같았지만 그녀는 그 목소리를 들어보려고 애썼다.

"아키 나아! 거기 있어? 나야, 이 타아! 대답해! 네가 거기 있는 거 알아!"

마음이 놓인 아키 나아는 한숨을 내쉬었다.

"응, 나 여기 있어. 들어와."

이 타아는 입구의 구멍을 막고 있는 무거운 가죽을 들어 올리고 움막 안으로 들어왔다.

그녀는 땅을 파느라 분주한 친구를 보면서 미소 지었다.

"네가 오늘 떠날 줄 알았어. 너한테 인사도 하고 행운을 빌어 주려고 왔어. 나도 너처럼 용기가 있으면 따라나설 텐데. 하지만 난 그럴 용기가 없어. 내 영혼은 네 영혼보다 훨씬 약한가 봐. 하지만 내가 죽고 나면 산으로 돌아갈 거야."

아키 나아는 고개를 끄덕이며 친구의 비단결 같은 머리카락을 부드럽게 쓰다듬어 주었다.

"난 널 비난하지 않아. 너와 같이 사는 남자는 훌륭한 사냥꾼이
야. 다른 사냥꾼들처럼 난폭하지도 않고. 하지만 난 떠나야 해. 안
그러면 내 아이가 죽을 테니까. 내 아이를 지키기 위해 아무것도
하지 않는다면, 내 영혼이 나를 용서하지 않을 거야. 그렇지 않으
면 인생이 훨씬 고달플 거야."

이 타아는 옷 속에서 가죽으로 감싼 좁고 기다란 물건을 꺼냈다.

"너에게 줄게. 내 남자한테서 훔쳤어."

그녀는 웃었다.

"그 사람은 아직도 그걸 찾고 있어!"

아키 나아는 멋진 단도를 보고 감탄하지 않을 수 없었다. 날카
로운 칼날과 다른 쪽 끝에 새겨진 홈, 손잡이 역할을 하는 부분을
손가락으로 쓰윽 문질러 보았다.

아키 나아는 감격해서 젊은 여자의 팔을 꽉 붙잡았다.

"난 이제 떠나야 해. 널 잊지 않을게. 네 영혼은 네가 말한 것만
큼 약하지 않아. 날 위해 용기를 내서 이 칼을 훔쳤으니까. 내 뱃속
에 있는 아이가 사내면, 사냥꾼이 되었을 때 이 칼을 주면서 네 이
야기를 들려 줄 거야. 그러면 이 타아는 우리 부족의 기억 속에 남
아 있게 될 거야. 이제 가. 나와 함께 있는 걸 들키면 안 돼."

아키 나아는 친구가 떠나길 기다리지도 않고 다시 열심히 땅을
파기 시작했다. 그리고 자신을 향한 부족 사람들의 감시의 눈길을
피해 그동안 몰래 훔쳐다 감춰 놓은 물건들을 땅 속에서 하나씩
꺼냈다. 어떤 사냥꾼이 마을 주변에서 잃어버린 것을 주워서 숨겨
놓은 투창 하나와 작은 돌과 뼛조각 몇 개, 작은 부싯돌, 물을 담
아갈 순록의 방광 그리고 가장 귀중한 물건인 가죽으로 싸서 말린

고기 몇 조각 등이었다. 아키 나아는 옷으로 사용하는 커다란 천으로 덮어 감춰 둔 큰 가방 안에 물건을 전부 집어넣었다. 그리고 힘겹게 다시 일어섰다. 머리가 어지러웠다. 밖으로 나서기 전에 숨을 크게 한 번 들이마시고 주변을 둘러보니 아무도 없었다. 그녀는 나무껍질로 만든 그릇 하나를 집어 들고 고개를 숙인 채 천천히 폭포 쪽으로 다가갔다.

마을에는 큰 동요가 일었다. 믿기 어려우리만치 대담한 곰 인간이 사냥꾼들을 속이고 마을 주변에 있었다는 사실에 마을에서는 토론이 벌어지고 전체적으로 극도로 흥분한 상태였다. 곰 인간이라는 이름을 붙인 것은 그 사람의 얼굴이 길쭉하고 털이 많이 나 있는 데다 으르렁거리는 소리를 냈기 때문이다. 오래전에 완전히 사라졌다고 생각한 인간이 다시 나타나 무례하게도 그들의 부족 한가운데 있는 음식을 훔쳐 간 것이다.

아키 나아는 뒤쪽으로 한 번 시선을 던졌다. 아무도 그녀를 보는 사람은 없었다. 이제 출산이 임박한 여자가 마을에서 도망쳐 고독과 야생 동물들과 싸울 수 있으리라고 누가 상상이나 하겠는가?

아키 나아는 바위들이 어지럽게 널려 있는 길을 재빨리 건너갔다. 그리고 숨을 크게 들이마시고 주먹을 불끈 쥐고는 잠시 무슨 소리가 들리지 않는지 귀 기울여 보았다.

아무 소리도 들리지 않았다. 그녀는 작은 수풀 속으로 뛰어들어 갔다. 이제 젊은 여자의 모습은 마을에서 보이지 않았다. 안심한 그녀는 정상적으로 호흡하려고 애썼다. 그래도 걸음을 늦추지는 않았다. 시간이 그다지 많지 않다는 것을 그녀도 잘 알고 있었다. 자신이 사라졌다는 사실을 오랫동안 들키지 않을 수는 없을 것이다. 곧 다른 사냥꾼들이 마을로 돌아올 것이다. 갈림길에 다다른 그녀는 강 반대편 쪽에서 이곳에 잡혀올 때 지나온 오솔길로 가지 않고 반대편 길로 접어들었다. 장과와 그 밖에 먹을 식물들을 채집하러 갔을 때 그 길로 가 본 적이 있었다. 아키 나아는 그곳에서 계곡에 불쑥 튀어나온 절벽 위로 펼쳐진 거대한 고원의 황량한 언덕으로 향하는 길을 발견했다. 자신이 이쪽 길로 갔다고는 사냥꾼들도 생각하지 못할 것 같았다. 조금이라도 그들과 거리를 벌리고 싶었다. 고원을 지나서 해가 지는 곳의 왼쪽으로 계속 걸어가면 하류에 다다를 것이고, 강을 따라가면 자신의 부족이 사는 땅까지 갈 수 있을 것이다.

하지만 정말 그곳까지 도달할 수 있을까? 이제 곧 아이가 나올 것 같았다. 아이를 낳으려면 빨리 안전한 거처를 찾아야 했다. 그때까지는 사냥을 하면서 동시에 도망쳐야 했다. 그녀는 모든 것을 잘 알고 있었다. 그리고 자신이 살아남을 가능성이 아주 적다는 사실도 알고 있었다. 하지만 자신이 선택한 길을 조금도 후회하지는 않았다.

아오는 새 부족 인간들의 외침 소리가 멀리서도 들리지 않자 안심했다. 소용돌이에 휩쓸리고 나서 그는 깊은 물속으로 빨려 들어가 몸이 사방으로 흔들렸다. 팔에도, 다리에도 더 이상 감각이 사라지고, 천천히 무의식 속으로 빠져들어 소용돌이치는 물의 움직임에 따라 이리저리 휩쓸렸다. 하지만 고대인들의 영혼은 그들의 마지막 생존자를 살려 주라고 요구했다. 그래서 강은 마지못해 소용돌이 밖으로 아오의 몸을 뱉어 냈다.

그가 허리에 단단히 묶어 둔 가죽 봇짐 안으로 공기가 들어가 축 늘어진 그의 몸을 수면으로 떠오르게 했다. 그는 물살에 떠밀려서 물가의 자갈밭까지 올라와 몸 아랫부분만 물에 잠겨 있었다. 영혼이 몸 안에 계속 머무르는 것을 망설이기라도 하듯이 그는 아주 오랫동안 그 자세로 잠들어 있었다. 마침내 깨어났을 때, 아오는 뼈마디가 제각각 떨어져 나간 것 같았다. 눈 안쪽과 가슴, 목 안은 마치 불이 난 것처럼 뜨거웠다. 조금만 움직여도 온몸이 쑤셨다. 다리에 닿는 물은 차가웠다. 아오는 몸을 덜덜 떨었다. 여러 번 시도한 끝에, 겨우 네 팔다리로 기어서 움직일 수 있었다. 위에서는 심하게 경련이 일었다. 그는 배를 부풀리던 물을 왈칵 토해 냈다.

앉아서 몸 전체를 손으로 매만져 보았다. 허리에 난 상처 외에 다른 상처는 없는 것 같았다. 무척 고통스럽긴 했지만 사지는 조금씩 감각을 되찾았다. 타박상 말고는 골절도 없었다.

아오는 자신이 살았다는 것을 깨달았다. 목이 많이 아팠지만 그는 야생의 고함 소리를 질렀다. 고대인들의 영혼은 강했다. 아오는 이번에도 살아남았다. 그는 새 부족의 마을 한가운데까지 들어가 새 인간들에게 도전했고, 그들을 따돌리는 데 성공했다. 이곳에서도 빠져나갈 수 있으리라고 믿어 의심치 않았다. 잠시 시간을 두고 물에 적응한 그는 급류가 휩쓸려 들어가는 입구 쪽에서 희미한 빛을 보고 석회암 안에 커다란 굴 같은 곳이 있다는 사실을 어림 짐작으로 알아냈다. 양쪽 가에 있는 물은 그다지 깊지 않았다. 아오는 그쪽으로 돌아서 가기로 했다. 다행히 그의 몽둥이와 투창도 강물에 함께 휩쓸려 왔다. 아오는 단단한 무기가 폭포 속으로 떨어지지 않은 것을 확인하고 만족스러워했다.

수면 여기저기에서는 소용돌이가 일었는데, 그것은 강이 계속해서 깊은 곳으로 빨려들어 간다는 뜻이었다. 절벽을 따라 균열된 곳에서 물이 흘러내렸고, 그곳에서도 희미한 햇빛이 새어 나왔다. 아마도 고원 표면에 떨어진 빗물이 이곳까지 스며들면서 생긴 길로 물이 흐르는 모양이었다.

그중 하나는 손이 닿을 만큼 가까이에 있는 듯했다. 하지만 축축하고 미끌미끌한 돌 때문에 거기까지 접근하기가 어려웠다. 그래도 포기하지 않고 여러 차례 시도한 끝에 마침내 좁은 입구의 가장자리를 붙잡을 수 있었다. 비가 내린 지 오래되었는지 아주 가느다란 물줄기가 흘러나왔다. 올라가는 첫 부분은 무척 힘들었다. 매끄러운 절벽은 거의 수직이라고 할 만큼 가팔랐다. 아오는 등을 절벽 쪽에 대고 천천히 발을 뗐다. 자칫 잘못하면 한순간에 아래로 미끄러져 떨어질 것만 같았다. 모퉁이를 돌 때는 뱀처럼 몸을 뒤틀어야 했다. 다행히도 갈수록 경사가 눈에 띄게 완만해졌다. 균열도 넓어졌다. 이제는 손발로 기어서 움직일 수 있을 정도였다. 하지만 그것도 일시적이었다. 절벽은 다시 좁아졌다. 순간적으로 아오는 더 이상 이곳을 지나갈 수 있을지 의심스러웠다. 계속 여기에 갇혀 있을 생각을 하자 두려움이 밀려왔다.

그는 눈에 띄지 않을 만큼, 아주 조금씩이지만 계속해서 나아갔다. 어느 순간, 바위에 머리를 부딪혔다! 조심스레 눈을 들어 보니 위쪽의 한 부분이 커다란 돌로 막혀 있었다. 할 수 있는 만큼 몸을 쭉 펴 보았지만 소용이 없었다. 그 장애물을 넘어서 갈 수는 없었다. 그 돌을 치우지 않으면 지나가는 것이 불가능했다. 지금 이곳에 갇혀 있고 또 소용돌이 속으로 다시 내려가야 한다는 두려움에 열 배는 더 힘이 들었다. 어깨로 힘껏 밀어 보니 돌의 중심이 약간 움직였다. 용기를 얻은 아오는 계속 힘을 써 보았다. 장애물을 걷어 내려고 애쓰는 와중에 허리에 난 상처가 다시 벌어졌다. 거친 돌에 살이 찢겼다.

초인적 노력을 기울인 덕분에 아오는 마침내 어깨를 앞으로 움직일 수 있었다. 몸의 나머지 부분도 따라 움직였다. 균열은 움푹한 곳으로 이어져 있었다. 바위 더미로 이루어진 둥근 지붕에 빛줄기가 나타나는 것으로 보아 거기서 표면이 가까운 것 같았다. 아오는 옆구리에 느껴지는 통증으로 숨을 헐떡이며 작은 동굴 안에서 잠시 휴식을 취했다.

물은 경사진 바닥을 따라 흘렀지만 아오는 그중에 위로 올라온 부분은 젖어 있지 않다는 것을 발견했다. 그곳은 거의 평평하고 모래가 덮여 있어서 잠자기 좋은 자리였다.

소년은 그곳이야말로 자신이 찾던 장소라는 것을 알아차렸다. 바위 사이의 공간이 충분하고, 가장 가까운 입구까지 구불구불한 길이 이어져 있었다. 얼마 후, 아오는 환한 곳으로 빠져나왔다.

어둠 속에서 며칠을 보낸지라 환한 빛에 적응하는 데 시간이 걸렸다. 하지만 타박상을 입은 피부에 바람이 닿으니 기분이 정말 상쾌했다!

그는 식물이 아주 듬성듬성 나 있고 조약돌과 광물밖에 보이지 않는 고원 위로 올라갔다. 그곳에는 바람만 세차게 불고 있었다. 눈에 잘 띄지 않는 동굴 입구를 발견한 아오는 무척 만족스러웠다. 동굴은 바위 아래 있는 단순한 피난처처럼 보였다. 주의 깊게 살펴

봐야만 그 작은 동굴로 향하는 길을 발견할 수 있었다. 그는 고대인들을 찾으러 떠나기 전까지 기운을 차리면서 쉬기에 좋은 장소를 찾아냈다. 때마침 뱃속에서는 그가 음식을 먹은 지 오래되었다는 점을 상기시켜 주었다.

물고기를 잡아서 바로 먹었더니 정말 기분이 좋아지는 것 같았다. 배고픔을 달래려고 충분히 먹었다. 그러고도 며칠 더 먹을 만큼 생선이 남아 있었다. 하지만 아직도 해가 가장 높은 곳까지 올라가지 않아서 해가 질 때까지 사냥을 더 할 수 있었다. 오늘 저녁에는 동굴로 돌아가 잠을 잘 것이다.

도망친 지 하룻밤이 지나고 다시 해가 떠올랐다. 아키 나아는 성공적으로 고지대로 올라갔다. 그녀는 자신이 찾아가려고 했던 하류에서 멀리 떨어진 강 쪽으로 계속해서 나아갔다. 지금 자신의 상황이 일시적이라는 것을 모르지 않았다. 보름달이 뜬 덕분에 거의 밤새도록 쉬지 않고 걸을 수 있었다. 한 손에는 투창의 자루를 쥐고, 다른 손으로는 칼자루를 쥐었다. 멀리서 사나운 짐승들이 으르렁거리는 소리가 들렸다. 그 짐승들이 언제 나타나 그녀를 삼켜 버릴지 알 수 없는 일이었다. 아키 나아는 나뭇가지 위나 바위 틈에서 음식을 조금 먹고 잠시 졸 때, 아주 잠깐씩만 발걸음을 멈추었다.

마을 밖으로 벗어나 처음으로 어둠의 세계에 직면했다. 그곳에서는 아직 달래 주지 못한 영혼들에게서 뿜어져 나오는 열기도 느껴졌다. 한 걸음 한 걸음 내디딜 때마다 그녀는 밤의 힘에 짓눌려 간담이 서늘해졌다. 심지어는 다리도 움직일 수 없었다. 그녀는 자신의 영혼이 미쳐서 육신을 떠나려는 것 같다는 느낌이 들었다. 소리와 그늘은 시시각각 끔찍한 동물의 형상으로 눈앞에서 아른거렸다. 하지만 아무 일도 일어나지 않았다. 그래도 끔찍한 고독감은 계속해서 그녀를 짓눌렀다. 다시 걸음을 내딛자 무시무시해 보이던 이상한 모양의 그림자들도 바람에 사라졌다.

새벽녘에 그녀는 용기를 되찾았다. 자신의 선택이 옳았다. 그녀가 예상한 대로 새 부족 인간들은 강까지 이어지는 하천을 따라온 그녀와 반대 방향으로 간 것 같았다. 이미 기진맥진했지만 그녀는 사냥꾼들과 벌어진 거리를 유지할 수 있다는 생각에 성큼성큼 걸어 나갔다. 이런 벌판에서는 사냥꾼들이 그녀를 쉽게 따라잡을 수 있을 것이다.

아키 나아는 추격자들이 자신을 따라오는 것을 포기하도록 하류에서 충분히 멀리 떨어져 아래쪽으로 흐르는 강을 따라갔다. 거기서 먹을 것을 찾고, 강가와 경계를 이루는 덤불숲에 숨어 아이를 낳을 것이다.

하지만 고원의 황폐한 표면은 한없이 넓게 펼쳐져 있었다.

구름이 하늘을 시커멓게 뒤덮었다. 바람도 거세지더니 비가 내리기 시작했다. 처음엔 조금씩 내리다가 점점 빗줄기가 굵어졌다. 지평선 저쪽에 번개가 줄무늬를 만들고 천둥소리가 우르릉거렸다. 돌풍이 얼굴을 때려 고개를 숙여야 했다. 그래도 그녀는 있는 힘을 다해 바람과 빗줄기와 싸우며 앞으로 나아갔다.

아키 나아는 이런 조건에서는 오래 걸을 수 없다고 느꼈다. 지금 그녀는 완전히 지친 상태였다. 이틀 동안 끔찍한 두려움에 사로잡혀 필사적으로 노력한 탓인지 한 걸음씩 내디딜 때마다 뱃속이 심하게 수축되기 시작했다. 다리 사이로 따뜻한 물이 흘러내렸다. 순간, 아키 나아는 강한 불안감에 휩싸였다. 양수가 새고 있었다! 아이는 지금 이 폭풍우 속에서 밖으로 나오려고 한다. 이제 곧 수축이 더 강해질 것이다.

당황한 아키 나아는 필사적으로 피난처를 찾았다. 빗줄기는 더욱 굵어졌다. 그녀는 하이에나들이 밤에 고원을 돌아다닌다는 것을 알고 있었다. 피 냄새를 맡으면 금세 쫓아올 것이다. 이곳에서 아이를 낳을 수는 없다. 그러면 아이와 함께 죽게 될 것이 뻔했다.

엄습하는 고통에 몸을 웅크린 아키 나아는 피난처를 찾을 수 있을지도 모른다는 기대감을 안고 바위가 쌓인 곳으로 다가갔다.

요란하게 고동치는 심장 소리를 들으며 질식할 것만 같던 그녀는 처음 발견한 구멍 안에 쪼그려 앉았다. 그러다 돌 더미 밑으로 좁은 통로가 이어져 있는 게 눈에 띄었다. 빗물로 만들어진 냇물 속을 첨벙첨벙 걸어서 가능한 한 멀리 구불구불 나아가니 좀 더 넓은 공간에 다다랐다. 이제는 정말 힘이 다 빠져서 더는 나아갈 수가 없었다. 적어도 고원 지대에 내리치는 굵은 빗줄기는 피할 수 있으니 다행이었다.

그녀는 물이 흐르는 곳에서 안전하게 떨어진 가장 높은 구석까지 기어 올라갔다. 진통 간격이 점차 짧아지고 있었다. 그녀는 호흡을 제대로 할 수 있게 입을 벌리고 몸을 웅크린 채 힘을 주었다.

더 강한 수축이 밀려와 비명 소리가 터져 나왔다! 그리고 아이가 밖으로 나왔다.

5

아오는 기분이 나빴다. 거센 폭풍우가 몰아쳐 사냥감을 찾으러 나갈 수가 없었기 때문이다. 어두운 자갈이 펼쳐진 한가운데 마치 길을 잃은 듯 혼자 서 있는 소나무의 빈약한 잎 아래서 몸을 웅크리고 앉아 숨을 헐떡거렸다. 어느새 어둠이 내려앉았다. 이제 피난처로 돌아가 좀 쉬어야겠다고 생각했다. 아오는 장대같이 퍼붓는 빗속에서 추위에 덜덜 떨었다. 폭풍우는 그를 경멸하는 것처럼 더욱 세차게 내렸다. 번개가 하늘에 줄무늬를 만들며 황량한 고원에 빛을 비춰 주었다. 홀로 서 있는 나무에 벼락이 내리칠 수도 있었다. 그는 나무 밑에서 벗어나 몇 발자국 떨어져서 곰 가죽으로 몸을 꼭 감싸고 폭풍우가 지나가기를 기다리기로 했다. 하늘의 분노를 잘 알고 있었지만 이번처럼 심하게 진노한 모습을 보는 건 처음이었다. 순간, 하늘이 찢어지며 물을 비워 냈다. 그때 혼자 서 있던 소나무도 뇌우의 공격을 받았다. 소나무는 맹렬한 기세로 불어닥치는 광풍에 몸을 비틀어 꼬았다. 나무의 빈약한 가지는 사방으로 흔들렸고, 폭풍우 속에서 솔잎이 사정없이 흩날렸다. 하지만 나무는 저항했다. 어쩌면 벼락이 너그럽게 그 나무를 살려 줄지도 몰랐다. 아오는 이 불운한 동지에게 존경과 연민을 느꼈다. 그는 소나무를 위해 용기를 북돋아 주는 의미로 으르렁거리는 소리를 냈다. 나무는 번개의 불빛에 맞춰 춤을 추면서 마치 돌풍을 비웃기라도 하듯 더 크게 몸을 흔들며 아오에게 대답했다.

아오는 자리에서 일어섰다. 진흙물에 젖은 무거운 가죽이 바람에 날렸다. 아오는 나무의 춤을 흉내 내려고 몸을 꼬고 이리저리 움직였다. 밤 동안 아오는 소리를 지르면서 천둥의 우르릉거리는 소리에 대답했다. 화가 난 폭풍우는 마침내 비를 몰고 다니는 바람과 함께 멀어져 갔다. 온통 흠뻑 젖은 고원 위로 새벽이 찾아왔다.

아오는 나무와 인사를 나누고 다시 보기 드문 사냥감을 찾으러 돌아다녔다. 어제의 폭우로 크게 불어난 물이 소란스럽게 흘렀다. 아오는 진흙이 씻겨 내려간 좁은 협곡을 따라 걷기 시작했다.

하지만 협곡을 건너는 건 불가능해 보였다. 강이 잠잠해지려면 며칠은 더 걸릴 것이다. 아오는 지쳐 있었다. 물고기를 잡으려면 수위가 충분히 낮아졌을 때 다시 와야 할 것 같았다. 아오의 가방 안에는 아직 며칠 먹을 분량의 물고기가 남아 있었다. 그때까지는 작지만 마른 동굴 바닥에서 잠을 잘 것이다. 아오는 몹시도 절실한 잠을 청하러 가려고 서둘렀다. 멀리서 아직도 천둥소리가 메아리쳐 들렸다. 구름이 걷힌 곳곳에 햇볕이 공기를 따뜻하게 달궈 주었다.

물은 빠르게 증발되어 땅 위를 떠다니는 가벼운 안개로 변했다. 아오는 성큼성큼 걸었다. 밤이 되기 전까지는 피난처에 다다를 수 있을 것 같았다. 아까 주의 깊게 보아 둔 표시들 덕분에 쉽게 동굴 입구를 찾을 수 있었다.

아오는 입구에서 갑자기 우뚝 멈춰 섰다. 코끝이 찡했다. 동굴에서 친숙한 냄새가 흘러나오고 있었다. 한순간 당황했지만 곧 인간의 냄새에 시큼하고 강한, 신선한 피 냄새도 섞여 있다는 걸 알아차렸다. 상처를 입은 사람이나 사냥감을 가진 사람이 폭풍우를 피해 이곳까지 들어온 것인지도 몰랐다. 아직도 안에 있을까?

아오는 위험을 무릅쓰고 조심스럽게 바위 아래로 들어갔다. 작은 동굴로 이어지는 길 안쪽에서 계속해서 냄새가 났다. 어떻게 해야 할지 몰라 앞으로 계속 나아가기가 망설여졌다. 오늘은 그냥 쉬고 싶을 뿐이었다. 새 부족 인간과 싸울 생각을 하니 기분이 좋지 않았다. 그냥 다른 피난처를 찾아보는 게 현명한 방법일지도 몰랐다. 하지만 호기심이 생겼다. 몽둥이를 들고 조용히 안쪽으로 들어가자 사람 냄새가 더 강하게 풍겼다. 약하게 우는 소리가 들렸다. 젖먹이 아이의 울음소리였다. 깜짝 놀란 아오는 마침내 작은 공간으로 들어섰다. 그곳에는 자신이 누우려 했던 구석 자리에 여자와 아주 작은 아기가 웅크리고 있었다.

그 순간, 여자가 눈을 뜨고 어둠 속에서 군데군데 희미하게 보이는 땅딸막한 형체의 존재를 알아차렸다. 두려움이 가득 찬 여자의 눈이 점점 커졌다. 그녀는 소리를 지르려 했지만 입에서는 아무 소리도 나오지 않았다. 이 바위 밑으로 들어올 때 정확히 뭔지는 알 수 없었지만 약한 냄새가 있었는데 이제야 그 이유를 알 것 같았다. 그녀는 괴물의 소굴로 들어온 것이다.

아오는 움직이지 않았다. 그 역시 그녀를 알아보았다. 새 부족에 침입해 들어갈 때 그가 떠밀었던 임신한 여자였다. 마을에서 멀리 떨어진 이곳까지 혼자 와서 도대체 뭘 하고 있는 걸까?

아키 나아는 아기를 두 팔로 꼭 안았다. 나무랄 데 없는 잘생긴 사내아이였다. 아키 나아는 바위에 구멍이라도 뚫어서 빠져나가고 싶어 하는 듯 동굴 끝 쪽으로 할 수 있는 만큼 뒤로 물러섰다. 그녀는 동굴 벽에 기대어 몸을 웅크리고 아기를 꼭 감싸 안았다. 그리고 두려움에 사로잡혀 동그랗게 커진 눈으로 이 반인반수의 생명체를 쳐다보았다. 이제 자신의 목숨은 눈앞의 생명체에게 달려 있었다.

아오는 움직이지 않고 생각에 잠겼다. 이 여자는 새 부족 마을을 도망쳐 나온 게 분명했다. 새 부족의 다른 여자들이 이 여자에게 보이던 적대감이나 그들과 확연히 다른 외모, 배가 많이 불렀는데도 힘겨운 일들을 도맡아 하던 그녀의 모습을 떠올렸다.

그는 한 발 앞으로 나아갔다. 죽음이 임박했다고 생각한 아키 나아는 이를 부딪치며 덜덜 떨었다. 아이가 버둥거리며 울기 시작했다. 아이도 엄마의 두려움을 느낀 것이다. 불편해하는 아이를 보자 아키 나아는 엄마로서의 본능이 깨어났다. 그녀는 자기의 분신을 보호해야 했다. 아기를 조심스럽게 자신의 등 뒤에 내려놓고 주변을 더듬거리며 자신의 소중한 투창을 찾았다. 하지만 손에 잡힌 것은 단도뿐이었다. 그래도 그것만으로도 만족했다. 아키 나아는 짧게 숨을 내쉬고 축축하고 울퉁불퉁한 바닥에서 기댈 곳을 찾으며 일어섰다.

아오는 한 발 더 앞으로 나아갔다. 그는 여자를 더 이상 겁주지 않으려고 갑작스럽게 움직이지 않으면서 몽둥이를 바닥에 내려놓았다.

아키 나아는 현기증으로 비틀거렸다. 오랫동안 걸은 데다 아이를 낳느라 기력이 소진된 상태였다. 이 생명체는 포식자처럼 행동하지 않는다. 그랬다면 이미 자신에게 달려들었을 것이다. 그런데 도대체 왜 아무런 행동도 하지 않고 가만히 있는 것일까?

아오는 젊은 엄마를 계속해서 관찰했다. 그는 여자의 용기에 감탄했다. 그리고 그녀에게 아무런 분노도 느끼지 않았다. 단지 그녀의 존재가 좀 성가실 뿐이었다. 이제 그만 쉬고 싶은데 그녀가 이미 자리를 차지하고 있었던 것이다. 그는 여자가 손에 들고 있는 길고 예리한 단도를 보고 속으로 감탄했다. 지금까지 이렇게 훌륭한 단도는 한 번도 본 적이 없었다. 저 여자는 어떻게 저 칼을 손에 넣을 수 있었을까? 아오는 그 단도를 손쉽게 빼앗을 수 있었지만 그렇게 하지 않았다.

아키 나아는 계속 공격을 기다렸다. 다시 용기가 솟아났다. 그녀는 늑대의 암컷처럼 자신의 아이를 지켜 낼 것이다. 두 사람은 서로 마주 서서 오랫동안 움직이지 않고 그대로 있었다. 그렇게 시간이 흘러 피곤해진 아키 나아는 천천히 팔을 내렸다. 그녀는 이 침입자를 슬쩍 훑어보았다. 가까이서 보니 큰 두개골을 빼면 곰과 닮은 데라고는 하나도 없었다. 그에게서 느껴지는 동물적인 힘은 몸 전체에서 뿜어 나오는 것 같았다. 그의 얼굴과 몸에는 털이 많았지만 곰 가죽과는 확연히 달랐다. 얼굴은 앞쪽이 길쭉하게 튀어나온 생김새였는데, 그렇다고 짐승의 얼굴과 닮은 것은 아니었다. 그리고 입과 치아는 인간의 것이었다. 눈도 안쪽 깊숙이 박혀 있긴 했지만 인간의 눈빛이었다. 게다가 곰은 옷을 입지 않는다. 곰은 몽둥이를 사용하지도 않는다.

저 사람은 누굴까? 그의 몸을 유일하게 덮고 있는 저 커다랗고 흰 가죽은 어디서 난 걸까? 아키 나아는 저만한 크기의 동물 가죽을 본 적이 없었다. 거대한 곰처럼 보였지만 아키 나아는 세상에 흰 곰이 존재한다는 사실을 알지 못했다. 이 이상한 존재는 그녀가 모르는, 얼마나 먼 곳에서 온 사람일까?

아키 나아는 옛날에 살았다던 고대인들에 대해 나파 말리에게 들은 이야기가 기억났다. 사냥꾼들은 그중 일부가 살아남아 아직도 산 저편에 살고 있다고 주장했다. 이 사람은 아마도 살아남은 고대인 중 한 명일 것이다.

식은땀이 등줄기를 타고 흘러내렸다. 저 고대인은 아마도 여자는 아닐 것이다. 그렇다면 자신을 아내로 취하려 할 것이다. 그녀는 이 짐승 같은 존재와 몸을 맞댈 생각만 해도 소름이 끼쳤다. 둘 사이에 태어난 아기는 어떤 모습일까? 다시 두려움이 엄습했다. 그녀를 짓누르는 희미한 절망감에 시야가 흐릿해졌다. 다시는 호수로 돌아가지 못하고 그녀의 부족과 항상 자신에게 상냥하던 남동생, 아버지 와갈 탈릭, 말로써 불행과 두려움을 쫓아내 주던 샤먼 나파 말리 그리고 머릿속에 하나하나 새겨져 있는 사람들 모두 만나지 못할 것이다. 이런 서글픈 운명이 어디 있단 말인가! 그녀는 거칠지만 평화로운 자신의 삶을 사랑했다. 부족 사람들은 평화적이고, 여자들은 새 부족 여인들보다 훨씬 존중받고 좋은 대접을 받았다. 남자들은 여자들의 말에 귀를 기울였다. 그녀의 남편은 용감하고 배려심이 많은 사냥꾼이었다. 한 번도 자신을 혹사시킨 적이 없다. 배를 곯아 본 적도 없다. 아키 나아는 이제 그 모든 것을 되찾을 수 없을 것이다. 그녀에게 남은 것은 죽을 때까지 싸우는 일일 것이다.

아오는 여전히 어떤 태도를 취해야 할지 결정하지 못했다. 자신이 저 여자에게 두려움을 주고 있다는 사실만큼은 분명했다. 그는 계속해서 여자를 조심스럽게 살펴보았다. 지금까지 한 번도 저런 종족의 사람을 가까이서 볼 기회가 없었다. 가냘픈 몸과 얼굴, 매끄러운 갈색 피부를 관찰했다. 여자는 자신의 부족 여자들처럼 건장해 보이지 않았다. 좁고 평평한 얼굴은 이상했다. 가늘고 긴 코 양쪽에서 반짝이는 눈은 얼굴의 많은 부분을 차지하고 있었다. 어둠 속에서 눈이 빛났다. 여자는 열이 나고 지쳐 있었다. 그리고 피로와 두려움에 떨고 있었다. 그녀는 자신과 아기의 목숨이 위태로울까 봐 불안해하고 있었다. 아오는 조심스럽게 무기를 바닥에 내려놓았다. 이 여자는 자신에게 위험스런 존재가 아니었다. 이 동굴을 포기하고 다른 곳으로 가야 하는 걸까? 주변에서 물이 빠질 때까지 머무를 다른 피난처를 찾을 수 있을 것이다. 여기서 더 지체할 생각은 없지만, 어쨌든 새 부족 마을에 머물던 여자를 만난 건 행운이었다. 부족의 적에 대해 더 자세히 배울 기회가 될 수도 있지 않은가? 하지만, 그녀와 어떻게 대화를 할 것인가가 문제였다.

아키 나아는 이제 아무것도 할 수 없었다. 서 있는 것조차 그녀에게는 고문이었다. 다리가 후들후들 떨렸다. 저 사람은 왜 움직이지도 않고 계속 쳐다보기만 하는 것일까? 단번에 그녀를 죽일 수도 있는데 그는 자신과 아이에게 어떤 적대감도 나타내지 않았다.

그는 계속해서 꼼짝도 하지 않고 자신의 얼굴을 들여다보고 있었다. 아키 나아는 점점 불안해졌다. 혹시나 그의 분노를 일깨울까 두려워 시선을 마주 볼 수가 없었다. 아기는 계속해서 버둥거렸다. 배가 고픈 모양이었다.

이런 기묘한 상황이 계속해서 이어졌다. 아키 나아는 제대로 서 있으려고 안간힘을 썼다. 하지만 자꾸만 의식이 희미해졌다. 그녀의 귀에는 점점 커지는 아기 울음소리도 들리지 않았다. 몸은 중심을 잃고 조금씩 흔들리고, 점점 시선도 흐려졌다.

아오는 상황에 개입하기로 마음먹었다. 여자가 팔로 안고 있는 아기를 가리키며 무뚝뚝하게 으르렁거렸다. 목이 막힌 채 나오는 소리였지만 작은 동굴 안에서는 크게 울렸다. 그 소리에 아키 나아는 퍼뜩 정신을 차렸다. 아기는 목청껏 소리 높여 울부짖고 있었다. 두려움이 가득한 젊은 여자의 시선이 남자의 눈과 마주쳤다. 이번에도 아키 나아는 그의 시선에서 아무런 공격성도 읽을 수 없었다. 그가 아이를 향해 내민 팔을 보고 아키 나아는 기계적으로 바닥에서 사지를 떨고 있는 아이 쪽으로 천천히 움직였다.

그녀의 움직임에 만족한 아오는 동굴 반대편 끝으로 가서 앉았다. 몹시 피곤했다. 하품을 한 아오는 빨리 어딘가에 눕고만 싶었다. 하지만 자신은 지금 동굴에서 부분적으로 물이 찬 낮은 쪽에 있었다. 동굴 안을 휘휘 둘러보다가 물이 좀 덜 스며든 자리를 발견했다. 그 정도면 만족했다. 아오는 그곳에 함께 있는 다른 두 사람에게 더 이상 관심을 기울이지 않고, 만족스러운 듯 으르렁 소리를 내며 자리에 누웠다. 여자가 당황한 시선으로 지켜보는 가운데 그는 편안하게 잠에 빠져들었다.

아키 나아는 두 팔로 아기를 안아들었다. 젖이 불어서 가슴이 아팠다. 아기는 울고 배고파서 시뻘게진 얼굴로 마침내 젖꼭지를 찾았다. 그러고는 질식할 것처럼 정신없이 젖을 빨기 시작했다.

아키 나아는 더 생각할 힘이 없었다. 육체적으로나, 정신적으로나 모두 지칠 대로 지쳐 있었다. 피로에 지친 그녀의 머릿속에는 단 한 가지 생각밖에 없었다. 어서 눈을 감고 잠에 빠져드는 것.

동굴에는 어린 아기의 젖 빠는 소리와 남자의 깊은 숨소리밖에 들리지 않았다. 마침내 배불리 먹은 아이는 엄마를 따라 곧 잠이 들었다.

아키 나아가 가장 먼저 잠에서 깨어났다. 곰 인간은 움직이지도 않고 조용히 자고 있었다. 그녀는 아직도 희미한 정신을 애써 가다 듬으며 어젯밤에 일어난 사건들을 뒤죽박죽으로 기억해 냈다. 그 녀는 배고프고 목이 말랐다. 물통에는 아직 물이 반 정도 남아 있 고, 말린 고기 조각도 마지막 하나가 남아 있었다. 그녀는 고기 조 각을 한참 동안 씹었다. 아기가 일찍 나오는 바람에 계획에 차질이 생겼다. 원래는 아기를 낳기 전까지 강에 도착해서 자리를 잡고 음 식을 비축해 둘 생각이었다. 이 황량한 고원에서 아이와 함께 갈 곳도 없이, 몸은 쇠약해진 채로, 이제는 먹을 것도 없이, 인간이라 고 부르기도 뭣한 끔찍한 생물체에게 자신의 운명을 맡겨야 하는 지금 상황은 너무도 불안했다. 하지만 아키 나아는 잠을 자면서 조금 기운을 차렸다. 이제 자신의 마지막 힘이 다할 때까지 싸울 것이다. 아키 나아는 고대인이 잠을 자는 틈에 이곳을 빠져나가서 다른 피난처를 찾아봐야겠다고 생각했다.

아키 나아는 아무 소리도 내지 않고 일어섰다. 아기도 잠에서 깨어 손가락으로 엄마의 가슴을 만지작거리고 있었다. 그녀는 잠시 현기증이 가시기를 기다렸다가 천천히 입구 쪽으로 걸어갔다. 밖으로 나가려면 자고 있는 남자의 몸을 넘어가야 했다. 마음을 다잡고 남자의 위로 지나가려는 순간, 아키 나아는 남자가 눈을 뜨고 조용히 자신을 쳐다보는 것을 알아차렸다. 깜짝 놀란 그녀는 서둘러 동굴 입구를 향해 걸음을 옮기다가 남자의 가슴에 발을 부딪히고 말았다. 그런데 남자는 미동도 없이 그저 눈으로만 그녀를 좇았다. 아키 나아는 남자가 자신에게 달려들 거라고 생각했다. 급한 마음에 서두르다가 그만 울퉁불퉁한 바닥에 부딪히고 말았다. 심장이 터질 것 같았다. 밖으로 나가는 길이 끝도 없이 길게 느껴졌다. 마침내 입구에 다다랐다. 뒤쪽에서는 아무 소리도 나지 않았다.

아키 나아는 얼굴을 때리는 신선한 공기를 허겁지겁 들이마셨다. 비가 많이 내리고 있었다. 들판 너머로 저 멀리 지평선 쪽을 살펴보았다. 이런 곳이라면 도망치더라도 남자가 쫓아오면 쉽게 붙잡힐 것이다. 지금이라도 어느 순간 갑자기 밖으로 나올지도 몰랐다. 숨을 만한 다른 곳을 찾아야 했다. 아키 나아는 필사적으로 주변을 둘러보며 몸을 숨길 만한 조금이라도 돌출된 바위의 구석 같은 곳을 찾아보았다.

하지만 그런 곳은 없었다. 심지어는 지붕 없이 웅크리고 있을 만한 작은 틈 같은 곳도 없었다. 빗물에 이미 옷이 흠뻑 젖었다.

추위를 느끼며 다시 동굴 쪽을 바라본 아키 나아는 남자를 발견했다. 그는 바위에 기대서 조용히 그녀를 보고 있었다. 아키 나아는 짐짓 멀리 떠날 것처럼 행동했다. 그는 움직이지 않았다. 한참 걷다가 뒤를 돌아봤을 때도 그대로였다. 여전히 비는 세차게 내리고, 아기가 젖을 달라고 울기 시작했다.

아키 나아는 더 멀리 갈 수 없다는 것을 깨달았다. 아직 더 쉬어야 했다. 결국 체념하고 왔던 길로 다시 돌아갔다. 남자는 어느새 서 있던 자리를 떠났다. 아마도 동굴로 돌아갔을 것이다. 남자의 태도에 젊은 엄마는 어리둥절하지 않을 수 없었다. 왜 그렇게 수동적으로 행동하는 것일까?

밖에 있는 동안 빗줄기는 두 배로 굵어졌다. 만약 남자에게 그녀를 해칠 마음이 있었다면 벌써 그렇게 했을 것이다. 하지만 남자는 전혀 공격적인 태도를 보이지 않았다. 단순히 호기심을 느꼈을 뿐인 것 같았다. 빗속에서 움직이느라 체력이 떨어진 아키 나아는 잠시 앉아 있어야 했다. 이제 머리부터 발끝까지 흠뻑 젖어 있었다. 아키 나아의 몸을 타고 아기의 머리 위로 물방울이 떨어지자 아기가 진저리를 쳤다. 아키 나아는 할 수 없이 동굴로 되돌아갔다.

남자는 조금 전에 그녀가 누웠던 곳에 자리를 잡고 있었다! 그는 조용히 잠을 자고 있었다. 젊은 여자가 돌아오지 않을 것이라고 생각한 것이다! 그는 자신에게 아무런 해를 끼치지 않았을 뿐만 아니라 단지 더 좋은 자리를 차지하려고 그녀가 떠나기를 기다린 것이다!

아오는 우선 아기 엄마와 아기가 떠나자 약간은 안심이 되었다. 그들이 있으면 새 부족 사람들이 찾아올지도 모르기 때문이다. 하지만 다시 호기심이 밀려왔다. 저런 갓난아기를 데리고 그녀는 어디로 갈 수 있을까? 아이의 가족은 어디에 있을까? 그녀는 어떻게 먹이를 구할까? 이곳까지 며칠을 걸어오는 동안 아오는 사람을 한 명도 보지 못했다. 여자 혼자서, 게다가 어린 아기를 데리고 혼자서 살아남을 수는 없었다!

결국 아오는 동굴 밖으로 나가 당황한 눈빛으로 그녀의 움직임을 쫓았다. 여자는 기력이 하나도 없어 보였다. 자신처럼 새 부족에서 도망친 게 분명했다. 자신이 일으킨 소동을 틈 타 도망쳐 나왔을 것이다. 그녀는 왜 달아난 걸까? 아오는 알 수 없었다. 하지만 출산이 임박한 몸으로 혼자서 떠날 결심을 한 걸 보면 아주 급박한 이유가 있는 게 틀림없었다. 확실한 건 강력한 영혼이 그녀가 이곳까지 오도록 도움을 주었으리란 점이다. 그 여자는 새 부족과는 다른 부족이고, 필사적으로 자기 부족을 찾으려 하는 것이다. 하지만 멀리 가지는 못할 것이다. 아오는 앞으로 여자가 어떤 운명에 처할지에 대해서 아무런 환상도 품을 수 없다는 걸 알았다. 새 부족 사람들에게 금방 붙잡히지 않는다 해도, 그녀는 굶주리거나 지쳐서 죽고 말 것이다. 혹은 동물에게 잡아먹혀 죽을 것이다. 어쩌면 바로 자신이 여자를 죽여야 할지도 몰랐다. 어쨌든 죽음만이 그녀를 기다리는 운명이었다. 새 부족 사람들에게 자신은 이미 죽었다고 믿게 하는 것이 아오에게는 유리했다. 그런데 저 여자 때문에 새 부족 사냥꾼들이 자신이 여전히 살아 있다는 것을 알게 될 수도 있다. 또, 저 여자가 새 부족 사냥꾼들에게 자신이 숨어 있는 곳을 가르쳐 주거나 자신이 이동한 길로 안내할지도 몰랐다. 아오는 으르렁거렸다. 여자가 자기 길을 가기만 한다면 아오는 여자를 해칠 이유가 전혀 없다. 그녀에게는 새 부족 인간들에게 느끼는 것과 같은 적대감을 느끼지 못했다. 물론 아오는 새 부족 사냥꾼들과 싸움을 해야 하더라도 그다지 크게 걱정되지는 않았다. 일단 잠을 좀 더 자고 나서 이 동굴에서 멀리 떠나면 그들은 더 이상 자신을 따라잡을 수 없을 것이다. 잠에 스르르 빠져들면서 아오는 고독한 여자와 그녀의 아이에 대해 알 수 없는 연민과 그녀가 혼자서 도망치기로 마음을 먹은 그 비상한 용기에 일종의 존경심을 느꼈다.

아오는 오락가락하는 마음에 쉽게 결정을 내리지 못하고 동굴 안에서 시간을 더 지체했다. 아오는 젊은 여자가 버려 두고 간 자리로 가서 누웠다. 밤에 누웠던 자리보다 훨씬 편안했다. 아오는 금세 원기를 회복시켜 줄 잠에 빠져들었다.

아키 나아는 남자가 차지했던 구석 자리로 만족해야 했다. 그리고 혹시나 남자를 깨워 화를 돋우는 건 아닐까 두려워 아무 소리도 내지 않으려고 애썼다. 남자가 어서 가 버렸으면 하는 마음뿐이었다.

우선 배고픈 아기에게 젖을 먹였다. 머릿속에서는 걱정이 떠나지 않았다. 저 괴물이 자신을 살려 두긴 했지만 상황은 여전히 절망적이었다. 얼마 안 되는 식량으로 조금 더 버틸 수는 있지만, 강까지 가서 사냥할 힘이 있을까? 음식을 먹지 않으면 젖도 금세 말라 버릴 것이다. 어찌어찌해서 거기까지 간다고 해도, 어떻게 끔찍이도 추운 겨울을 홀로 견뎌 낼 수 있을 것인가?

피로가 밀려왔다. 아키 나아는 어느새 졸기 시작했다.

아오는 오랫동안 잠을 잤다. 젊은 몸이라 지난 며칠 동안 겪은 고생에서 금세 회복되어 원기를 되찾았다. 그를 깨운 건 어린아이의 울음소리였다. 여자가 돌아와 있었다. 여자는 자신에게 조심스럽게 눈길을 던졌다가 다시 고개를 숙였다. 이상하게도 아오는 그 젊은 여자가 돌아온 것이 기뻤다. 아오는 가방에서 송어 한 마리를 꺼내 둘로 나누고 낮게 으르렁거렸다.

아키 나아는 눈을 들어 남자가 자신에게 물고기 조각을 흔드는 모습을 보았다. 자신의 눈을 믿을 수가 없었다.

머릿속이 혼란스러웠다. 솔직히 아키 나아는 지금 배가 몹시 고팠다. 자신과 아이의 생존이 지금 남자가 내미는 저 살점 하나에 달렸다는 것을 알고 있었다.

하지만 저 물고기를 받으면 어떤 대가를 치러야 하는 것일까? 아키 나아는 싫지만 어떤 대가를 치르게 될지 생각해 보았다. 곰 인간은 혼자였다. 그에게는 아내가 없다. 그는 어떤 것을 요구할까? 아이는 살려 줄까? 그는 우연히 만난 자신에게 나쁜 의도가 전혀 없는 것 같았다. 그리고 자신은 아이를 살릴 수만 있다면 무엇이든 할 준비가 되어 있었다.

아오는 계속 기다릴 수가 없었다. 여자는 먹고 싶지 않은 것일까? 음식을 먹지 않으면 어떻게 아이에게 계속 젖을 줄 수 있을까? 혹시 여자가 자신의 손짓을 잘못 해석한 걸까?

아키 나아는 떨리는 마음으로 자신에게 다가오는 남자를 바라보았다. 가까이에서 보니 그는 더욱 인상적이었다. 그에게서는 강한 냄새가 났다. 길고 두꺼운 팔은 살이 그대로 드러나 있고, 털 많은 피부 아래 근육이 불룩 나와 있었다. 그가 아키 나아에게 몸을 기울였다. 그의 얼굴이 그녀의 얼굴 가까이 다가왔다. 그의 동그랗고 깊은 눈에서는 여전히 아무런 증오심도 보이지 않았다. 단지 호기심만 엿보였다. 그것도 유쾌한 호기심이었다. 그는 물고기를 내밀었다. 아키 나아는 천천히 물고기를 받아들었다. 그는 곧바로 돌아가지 않았다. 아키 나아의 옆에 있는 칼을 계속해서 쳐다보았다. 아키 나아는 그에게 무기를 주고 싶은 마음이 털끝만큼도 없었다. 하지만 그는 순식간에 칼을 낚아채 몇 걸음 떨어진 곳에 가서 앉았다.

젊은 여자는 남자를 몰래 쳐다보며 천천히 물고기를 먹었다. 그는 칼을 돌려 가며 여러 각도로 자세히 살펴보았다. 마치 그녀가 어떻게 이런 칼을 만들었는지 알아내려는 것 같았다. 그건 정말이지, 동물의 행동과는 달랐다.

칼을 살펴보면서 그의 태도는 달라졌다. 으르렁거리며 입을 굳게 다물었다. 눈빛은 강렬한 무언가를 표현하고 있었다. 아키 나아는 심장이 터질 것만 같았다. 그녀는 막 울기 시작한 아기를 아주 꼭 끌어안았다. 하지만 남자는 두 모자에게는 아무 관심 없다는 표정으로 아키 나아의 곁에 칼을 던져 놓고 다시 자기 자리로 돌아갔다.

그는 그녀의 정면에 앉았지만 아키 나아를 쳐다보지는 않았다. 혼자 무슨 손짓을 하면서 크게 소리를 질러 댔다. 그의 머릿속에 어두운 생각들이 스쳐 지나가는지 그의 얼굴 표정이 바뀌었다. 긴장하고 있는 것이 분명했다. 그의 얼굴은 아주 오랜 세월을 보낸 사람의 얼굴처럼 쭈글쭈글해졌다. 젊은 여자는 혼란스러웠다. 그리고 더 이상 그를 두려워하지 않는 자신이 놀라웠다.

6

낯과 밤이 똑같이 흘러갔다. 작은 동굴의 지붕을 이루는 바위 위로 빗방울 떨어지는 소리가 멀리서 단조롭게 들려오고, 작은 틈으로 물이 스며들어 바닥으로 흘러내렸다. 아키 나아는 덜 젖은 곳을 찾아 계속해서 자리를 옮겨야 했다.

남자와 여자는 깊은 잠에서 깨어난 뒤에 번갈아 가면서 또 잠깐씩 잠을 잤다. 두 사람은 상대방이 자는 사이에 조용히 상대방을 관찰했다. 때때로 두 사람의 시선이 잠시 마주치기도 했다. 아키 나아는 이제 시선을 피하지 않았다.

아오는 계속해서 젊은 여자와 음식을 나눠 먹었다.

허벅지의 상처는 완전히 아물었고, 이제 기운을 완전히 되찾은 느낌이었다. 아오는 어서 빨리 비가 그쳐 떠날 수 있기를 초조하게 기다렸다. 비축해 둔 물고기가 빠르게 줄어들고 있었다.

오늘 아침에는 동굴로 더 이상 물이 스며들어 오지 않았다. 아키 나아는 아오를 보고 있었다. 매일 그랬듯이 아오는 고원 위로 가볍게 몸을 풀러 나갈 준비를 했다. 그런데 이번에는 얼마 안 되는 짐까지 전부 챙겨 들었다. 그는 떠나면서 마지막 남은 물고기를 그녀 곁에 놔두었다.

비는 그쳤다. 가벼운 미풍이 구름을 쫓아 버렸다.

젊은 여자는 스스로도 자신의 마음을 알 수가 없었다. 그냥 이곳에 남아 있고 싶은 걸까? 새 부족 인간들은 이 동굴을 찾지 못할지도 모른다. 그리고 강이 그리 멀지 않은 곳에 있으니 그녀가 물고기를 잡을 수도 있을 것이다.

아오는 더 이상 지체할 이유가 없었지만 선뜻 결정을 내리지 못하고 있었다. 그는 젊은 여자가 나타나길 바라기라도 하는 것처럼 동굴 입구를 유심히 살폈다. 하지만 여자는 나타나지 않았다. 아오는 무거운 발걸음을 떼며 천천히 멀어져 갔다.

아키 나아는 곰 인간이 떠난 것에 기뻐해야 했다. 그런데 마음은 그렇지가 않았다. 심지어 정말로 그럴 거라고 생각해 본 적도 없었는데 그가 돌아오길 바란다는 사실을 깨닫고 깜짝 놀랐다. 그녀는 그가 물건을 챙겨서 불쑥 나온 바위 위에 물고기를 올려놓는 것을 물끄러미 보고 있었다. 그는 자신을 홀로 버려두었다. 하지만 그렇다고 해서 무얼 더 바랄 수 있단 말인가? 자신은 그에게 감사 표시를 하기는커녕 불신과 두려움만 드러냈다. 그는 자신에게 먹을 것을 나눠 주었다. 그리고 자신을 조용히 내버려 두었다. 심지어 훌륭한 단도도 가져가지 않았다. 게다가 자신에게 자리까지 양보했다! 더 이상 뭘 어떻게 할 수 있단 말인가?

젊은 여자는 후회했다. 그와 의사소통을 해 보려 하지 않은 것을 후회했다. 그는 자신이 강까지 따라가는 데 동의했을지도 모른다.

그리고 그가 없으면, 자신은 굶어 죽을지도 모른다. 기력을 되찾으면서 아키 나아는 다시 희망을 품었다. 그녀는 그가 떠나고 남은 빈자리를 확인했다. 아기와 단둘이 남은 동굴은 을씨년스러워 보였다. 요 며칠 동안 아키 나아는 말없는 존재와 함께 있는 데 익숙해졌다. 그가 먹을 것을 나눠 준 것은 자신에게 연민을 느꼈다는 증거였다. 아키 나아는 이제 그 짐승 같은 외모의 생명체가 사람이라는 것을 의심하지 않았다. 과묵함과 그에게서 풍기는 특별한 힘이 그녀의 마음을 편안하게 해 주었다. 그의 존재 덕분에 안전하다는 느낌이 들었다.

다시 불안감이 엄습했다.

아키 나아는 갑자기 자신이 살아남을 수 있는 유일한 기회가 멀어져 가고 있다는 사실을 깨달았다. 그를 멀리 가게 놔두어서는 안 된다. 멀찌감치 떨어져서라도 그를 따라갈 것이다. 혹시 그를 쫓아가지 못할까 봐 두려워졌다. 서둘러야 한다.

다리는 아직도 무거웠지만 이제 현기증은 나지 않았다. 밖에는 햇빛이 밝았다. 곰 인간의 땅딸막한 형체가 서쪽에 또렷하게 보였다. 다행히 그는 자신이 가야 하는 방향으로 가고 있었다. 아키 나아는 망설이지 않고 성큼성큼 걸어갔다.

그때 갑자기 어디선가 외침 소리가 들렸다. 순간 혈관 속의 피가 얼어붙는 것 같았다. 새 부족 인간들이었다. 세 남자가 그녀의 뒤쪽에서 빠르게 바위 사이를 지나 다가오고 있었다. 그들은 그녀를 보고 손가락으로 가리키며 흥분해서 소리를 질러 댔다. 그들은 그다지 멀지 않은 곳에 있었다. 이젠 도망칠 수 없을 것이다. 그런데 그들은 아직 곰 인간을 발견하지 못한 것 같았다. 문득 그들을 곰 인간이 있는 곳까지 유인해서 서로 싸우게 해야겠다는 생각이 들었다. 아키 나아는 죽을힘을 다해 곰 인간이 간 방향으로 달렸다.

아오는 이미 멀리 가고 있었지만 외침 소리는 들었다. 새 인간들은 아직 그가 있다는 사실을 알지 못했다. 그들 세 명은 눈앞의 먹이에만 눈독을 들이고 있었다. 그들은 여자가 자신들을 따돌리지 못할 것이라고 믿고 걸음을 재촉하지 않았다. 아키 나아는 두 배로 더 힘을 내어 달렸다. 추격자들과 거리를 벌릴 수 있을 거라고 자신하지는 않았지만, 앞에서 곰 인간이 걸음을 멈추는 것을 보았다. 그녀는 곰 인간도 위험해졌다고 생각했다. 하지만 그것 말고는 저들의 손에서 빠져나갈 방법이 없었다.

아오는 자신을 향해 달려오는 젊은 여자를 보고 바로 그녀의 술책을 눈치 챘다. 지금 당장 출발하면 자신은 충분히 거리를 벌릴 수 있을 것이다. 그러면 놈들의 눈에 띄지 않게 달아나서 싸움을 피할 수 있을 것이다. 조금이라도 지체하지만 않으면 자신은 걱정할 것이 전혀 없었다. 하지만 아오는 움직이지 않았다. 자신의 뒤에서 벌어지는 장면에 무관심할 수가 없었다. 새 부족 인간들은 그의 적이었다. 그는 그 앞에서 도망치고 싶지 않았다.

아키 나아는 더 이상 도망칠 수도 없었다. 아오가 여전히 멀리 있는 것처럼 느껴졌다. 목은 타고, 숨이 차올라 질식하기 직전이었다. 그녀가 미친 듯이 달리는 바람에 마구 흔들리자 아기는 목이 터져라 울어 댔다. 바닥은 온통 자갈밭이었다. 한두 번 넘어질 뻔한 아키 나아는 균형을 잡으려 애썼다. 하지만 그러려면 팔을 쓸 수밖에 없어서 결국은 그만 앞으로 쿵 하고 넘어지고 말았다. 아키 나아는 아기를 보호하려고 옆쪽으로 굴렀다. 재빨리 몸을 일으키기도 전에 사냥꾼들이 다가왔다. 그들은 여전히 아오를 보지 못했다. 그때 아오는 창 두 개만큼도 안 되는 거리에서 바닥에 웅크리고 숨어 있었다. 그들은 비웃으며 여자를 둘러쌌다.

아키 나아는 일어섰다. 차가운 분노가 끓어올랐다. 반드시 어떻게든 최후까지 싸우다 죽을 것이다. 그들은 절대로 자신을 살려 두지 않을 것이다. 아키 나아는 아이를 한 손으로 가슴팍에 끌어안고 단도로 놈들을 위협했다. 그녀의 사납고 결의에 찬 표정을 보고 사냥꾼들은 잠시 멈춰 섰다. 그 틈에 아키 나아는 호흡을 가다듬었다. 세 남자는 여자와 일정한 거리를 유지했다. 그들은 믿을 수 없는 행동을 하는 분노에 찬 여자를 경계했다. 여자가, 그것도 출산이 임박해서 홀로 도망쳐서는 고독과 녹록하지 않은 세상과 싸우고, 이토록 오랫동안 살아남은 것만으로도 그들의 상상을 뛰어넘는 일이었다.

게다가 그녀는 지금 목숨을 살려 달라고 애원하기는커녕 자신들에게 도전하고 있지 않은가!

하지만 그런 믿지 못할 용기에 존경심을 느낄 수는 없는 일이었다. 그녀는 그들과 함께 사는 순종적인 여자들과 조금도 닮지 않았다! 그녀는 단지 여자일 뿐일까? 그녀의 눈은 분노로 가득 차 있었다. 그것은 암컷 늑대의 눈빛이었다.

사냥꾼들은 여자를 산 채로 데려오라는 명령을 받았다. 그들은 시간이 충분하므로 당분간은 그냥 그녀를 관찰하는 것으로 만족하기로 했다. 혹시나 저 호전적인 여자를 보호하는 강력한 영혼이 개입하기라도 해서 자신들이 모르는 무언가가 더 있는 것인지 의심스러웠다.

아키 나아는 곰 인간이 있던 방향을 쳐다보았다. 작은 언덕이 지평선을 가리고 있어서 더 이상 그가 보이지 않았다. 이미 멀리 가 버렸을 것이다. 자신을 기다려 줄 이유가 없지 않은가? 자신의 계획은 실패로 돌아갔다. 필사적인 도주는 여기서 끝이다. 그러자 기진맥진함과 두려움이 사라지고 대신 무력감과 순간적인 분노가 그녀를 사로잡았다. 갑자기 생각지 못했던 기운이 솟아난 아키 나아는 순간적으로 가장 가까이 있던 남자에게 달려들어 있는 힘을 다해 쳤다. 단단하고 뾰족한 무언가가 두꺼운 옷 속으로 파고들어 남자의 배 깊숙이 들어갔다. 어느새 피가 옷에 배어 빠르게 번져가자 남자는 믿을 수 없다는 놀란 표정으로 그녀를 쳐다보았다. 그러나 그녀는 아랑곳없이 남자의 배에서 칼을 난폭하게 뽑아냈다. 그리고 바로 손을 쳐들어 한 번 더 찌르려고 했다. 하지만 나머지 두 사냥꾼 중 한 명이 나섰다. 그는 아키 나아의 팔을 잡고 비틀어 무기를 떨어뜨렸다. 세 번째 남자는 아기를 빼앗으려고 했다. 그러자 아키 나아는 있는 힘을 다해 몸부림쳐서 남자들에게서 벗어났다. 그리고 미친 듯이 달렸다. 두 사냥꾼은 소리치며 바로 그녀의 뒤를 쫓아왔다. 아키 나아는 바로 등 뒤에서 쫓아오는 남자들의 호흡이 느껴졌다.

그 모든 장면과 사건의 추이를 지켜보던 아오는 젊은 여자의 용기에 놀라는 한편으로 왠지 모르게 기뻤다. 여자는 자신을 보지 못하고 옆으로 지나갔다. 사냥꾼 두 명이 그녀의 발뒤꿈치까지 쫓아갔다. 하지만 그들은 결코 젊은 여자를 붙잡을 수 없을 것이다. 마치 마술처럼, 어느 순간 아오가 사나운 소리를 지르며 그들 앞에 떡하니 나타난 것이다! 갑자기 땅에서 솟아나기라도 한 듯 나타난 그에게 화가 난 첫 번째 사냥꾼이 난폭하게 아오에게 몸을 부딪쳤다. 그러나 땅 위에 굳건하게 서 있는 아오는 그 충격에도 까딱하지 않았다. 오히려 침착하게 한 손으로 남자의 팔을 붙잡고 다른 한 손으로는 좀 전에 집어 든 돌로 강하게 내리쳤다.

남자는 머리가 깨져서 바닥에 나뒹굴었다. 유일하게 멀쩡한 세 번째 남자가 몇 걸음 앞에서 멈춰 섰다. 남자는 너무 놀랐는지 잠시 멍하니 서 있었다. 아오는 그 틈에 얼른 창을 집어 들었다. 그리고 거의 몸을 맞대듯이 달려들어 남자의 가슴에 창을 찔러 넣었다.

아키 나아는 아주 잠깐 사이에 벌어진 끔찍한 싸움을 고스란히 지켜보았다. 그러다 갑자기 좀 전에 자신이 심각하게 부상을 입힌 사냥꾼이 아오의 뒤에서 힘겹게 일어서는 것을 보았다. 아키 나아는 아오에게 주의를 주려고 힘껏 소리쳤다. 아오도 남자의 존재를 느끼고 돌아서는 순간, 커다란 돌이 그의 이마를 세게 내리쳤다. 충격에 몸이 휘청거리면서 시야가 흐려지고 끔찍한 통증이 허벅지를 타고 발끝까지 전해졌다. 그리고 바로 이어서 관자놀이에 두 번째 돌이 부딪쳤다. 소년은 다리에 기운이 쭉 빠지는 것을 느꼈다. 그리고 의식을 잃으며 뒤로 쿵 하고 넘어졌다.

새 부족 사냥꾼은 피도 많이 흘렸고 이미 죽음의 그림자가 드리
웠는데도 승리의 표정을 지어 보였다.

그는 끝장을 보려는 듯 동료 한 명의 투창을 집어 들고 아오에게
다가갔다. 한 걸음 내디딜 때마다 고통에 신음하며 아주 천천히 걸
었다. 그는 심장을 확실하게 내리칠 생각이었다. 이제 더는 싸울 힘
이 없다고 느꼈기 때문이다.

고통에 괴로워하며 증오에 눈이 먼 그는 젊은 여자가 자신의 바
로 뒤에 다가오는 것을 알아차리지 못했다. 아키 나아는 근처에 떨
어진 아오의 육중한 몽둥이를 들어 가능한 한 높이 들어 올렸다가
남자의 머리를 세게 내리쳤다. 목표 지점을 살짝 빗나간 몽둥이는
남자의 오른쪽 관자놀이에 부딪치고 귀를 뭉갠 다음, 어깨를 무겁
게 강타했다. 몽둥이가 사물에 부딪칠 때의 충격은 참기 힘든 정도
였다. 너무 두꺼운 손잡이 부분이 아키 나아의 양손 안에서 사정
없이 흔들렸다. 결국 그녀는 무기를 놓치고 말았다. 치명적인 공격
은 아니었지만 부상을 입은 사냥꾼의 균형을 무너뜨리기에는 충
분했다. 사냥꾼은 무릎을 꿇었다. 갑작스러운 충격에 창도 놓쳐 버
렸다. 아키 나아는 재빨리 몽둥이를 다시 집어 들었다. 이번에는
남자의 위치가 낮아 겨냥하기가 쉬웠다. 그녀는 좀 전보다 훨씬 강
하게 몽둥이를 내리쳤다. 남자는 미처 돌아볼 틈이 없었다. 머리
한가운데를 정확히 얻어맞은 남자는 고통과 분노의 울부짖음도
멈춰 버렸다. 그리고 히스테리에 사로잡힌 아키 나아가 이미 죽은
남자에게 달려들었다.

팔이 더 이상 말을 듣지 않을 때가 되어서야 겨우 숨을 헐떡거
리며 멈췄다. 얼이 빠진 그녀는 자신의 분노가 만들어 낸 작품을

가만히 바라봤다. 남자의 머리는 이제 그저 살과 핏덩이에 지나지 않았다. 얼굴은 형체도 없어졌다. 아키 나아는 경련이 일어나 덜덜 떨리는 몸으로 한참 동안 멍하게 온몸의 기운이 다 빠져나간 듯 가만히 있었다.

사람을 죽였다. 그녀는 이제 곧 영혼의 분노를 살 것이다. 아키 나아의 부족에서는 다른 인간의 생명을 앗아간 자는 큰 벌을 받았다. 살인자는 죽은 자와 그의 가족, 그가 속한 부족 정령들의 분노를 사서 부족 전체를 위험에 빠지게 만들기 때문이다.

그런 일이 일어나면 복잡하고 다양한 의식을 치러 유족의 요구를 들고 그들의 정당한 분노를 가라앉혀야 했다. 그들은 얼마든지 사건의 당사자를 죽이라고 요구할 수도 있다. 정령들의 능력을 가늠하고 그들의 노여움을 달래는 일은 샤먼의 몫이었다.

아키 나아는 이치를 따져 보려고 애썼다. 자신은 단지 아기와 자신의 목숨을 지키려고 했을 뿐이라고 자위했다. 하지만 사냥꾼은 이미 치명상을 입은 상태였다. 자신에게 아무런 해도 끼칠 수 없었다. 그냥 아이를 데리고 떠나기만 해도 괜찮았을 것이다. 아키 나아는 곰 인간의 생명을 지키려고 나선 것이다. 그러나 자신이 저지른 광기 어린 살인 행위에 아키 나아 본인도 소름이 끼쳤다.

아키 나아의 시선이 흥건한 피 속에 놓여 있는 시신들에 꽂혔다. 아오는 아직 살아 있었다. 아키 나아는 그의 가슴이 규칙적으로 움직이는 것을 보았다. 그런데 얼굴 왼쪽이 아주 많이 부어오른 상태였다. 한쪽 눈은 시커멓게 부풀어 오른쪽 눈두덩이에 가려 마치 눈을 감고 있는 듯했다.

창끝이 여전히 그의 허벅지에 박혀 있었다. 상처에서 피가 흘러내렸다. 아키 나아는 창의 자루를 부러뜨렸다. 그러자 남자가 고통에 겨운 신음 소리를 냈다. 그녀는 남자를 끌고 동굴까지 가기로 했다. 그런데 생각보다 남자의 무게가 엄청났다. 아키 나아는 땅을 디딘 발에 힘을 주어 지탱하면서 있는 힘껏 남자를 끌어당겼다. 그는 마치 바닥에 붙어 있는 것 같았다. 그래도 아키 나아는 악착스럽게 그 작업에 몰두했다. 배에 묶어 놓은 아기가 젖 달라고 울부짖는 소리도 들리지 않았다. 남자의 머리가 자갈에 부딪히자 그는 약하게 신음 소리를 냈다.

이렇게 해도 그가 살아남을 수 있을까?

서둘러야 했다. 해가 지면 멀리서부터 피 냄새를 맡고 하이에나들이 몰려올 것이었다. 아키 나아는 계속 힘을 쓰며 그를 끌고 가는 데 집중했고, 숨을 가다듬거나 팔을 움직이지 않을 때만 잠깐씩 쉬었다.

점점 날이 어두워졌다. 싸운 장소와 동굴 입구 사이의 중간 정도밖에 가지 못했는데, 어둠 속에서 커다란 하이에나들의 반짝이는 눈을 발견했다. 그들은 소리 없이 새 부족 인간들의 시신 주위로 천천히 원을 그리며 간격을 좁혀 오고 있었다.

당황한 아키 나아는 아오를 버려두려고 했다. 그는 더 이상 움직이지 않았다. 이미 죽었는지도 몰랐다. 그를 위해 할 수 있는 만큼 최선을 다했다. 하지만 결단을 내릴 수가 없었다. 자신은 그에게 목숨을 빚졌다. 아까 그는 분명히 그 상황을 조용히 빠져나갈 수도 있었다. 그런데 곰처럼 으르렁거리는 이 이상한 인간은 자신을 구하려고 세 남자와 맞서 싸웠다. 아무리 힘이 세다고 해도 상대가 훨씬 많은 그 싸움에서 죽을 게 뻔하다는 걸 모르지는 않았을 것이다!

그가 고대인이든, 영혼이든, 동물이든, 그건 중요하지 않았다. 아키 나아는 하이에나들이 그를 잡아먹게 놔둘 수 없었다.

다행히 아키 나아에게는 잠시 여유가 생겼다. 지금 하이에나들은 자신과 남자에게는 관심이 없었다. 이빨 부딪치는 소리와 뼈 부서지는 소리, 간간이 들리는 날카로운 울부짖음 소리로 미루어 하이에나들의 축제가 시작된 모양이다. 아키 나아는 두 배로 열심히 움직였다. 한 발, 한 발 점점 목표 지점에 가까워졌다.

막 바위 아래로 들어가려 할 때, 커다란 수컷 하이에나 한 마리가 다가왔다! 아키 나아는 잠시 축 늘어진 곰 인간의 몸을 내려놓고 날카롭게 소리를 지르며 일어섰다. 그 소리에 움찔한 하이에나는 조금 뒤로 물러섰다. 아키 나아는 그 틈에 얼른 돌 하나를 주워 그쪽으로 세게 던졌다. 돌에 주둥이를 맞은 하이에나는 조심스럽게 물러갔다. 아키 나아는 다시 서둘러서 아오를 동굴 입구 안쪽으로 끌어당겼다. 그녀는 좀 더 자유롭게 이동하기 위해 그를 잠시 홀로 놔두고 먼저 동굴 안쪽으로 들어가서 아이를 내려놓았다.

다시 곰 인간에게 돌아와 보니 입구에 하이에나의 옆모습이 또렷이 보였다. 역겨운 냄새가 코를 찔렀다. 여자가 고함을 지르며 던진 돌멩이에 짐승은 또 한 번 뒤로 물러서야 했다. 아키 나아는 그 틈을 놓치지 않고 곰 인간을 조금씩 끌어당겼다. 그러나 곧이어 하이에나들이 친구를 따라 몰려왔다. 하이에나의 숨소리를 듣고 고개를 든 아키 나아는 동굴 입구 앞에 어른거리는 커다란 형체를 보았다. 다행히 동굴 입구는 하이에나들이 한 번에 한 마리만 겨

우 들어올 정도로 좁았다. 아키 나아는 축 늘어진 남자의 몸을 당
겼다 밀었다 하면서 머리가 바위에 부딪치지 않도록 조심했다. 밤
공기는 서늘했지만 그녀의 얼굴에는 어느새 땀이 비오듯 흘렀다.
마침내 가장 좁은 통로도 통과했다. 바닥 여기저기에 있는 울퉁불
퉁한 수많은 바위 조각 덕분에 그럭저럭 통로를 막아 놓을 수 있
었다. 하이에나들은 몇 번인가 침입을 시도하다가 먹이를 포기하
고 가 버렸다. 그 짐승들은 새 부족 인간 세 명의 남은 시신을 해치
우러 돌아갔다.

기진맥진한 아키 나아는 마침내 작은 동굴 문턱까지 다다랐다.
아기 울음소리가 울려 퍼지고 있었다. 어느 순간, 곰 인간의 옷이
바위 모서리에 걸려 벗겨지는 바람에 그는 완전히 벌거벗은 상태
가 되었다. 목숨은 여전히 붙어 있었지만 호흡은 고르지 않았다.
돌에 맞은 얼굴 한쪽이 심하게 부어올라 남자의 왼쪽 눈은 거의
보이지 않았다. 아키 나아는 골절된 부위가 있는지 살펴보려고 손
으로 부드럽게 남자의 머리를 매만졌다. 남자가 신음 소리를 냈지
만 머리는 다치지 않은 것 같았다.

아키 나아는 안심하고 남자의 허벅지에 깊이 박힌 투창 끝부
분의 날카로운 돌 조각을 홱 잡아 뽑았다. 피가 흘러내렸다. 그녀
는 얼른 자기 옷을 조금 잘라서 상처를 단단히 묶었다. 그러고 나
서 부상당한 남자의 몸, 단단한 근육, 두꺼운 관절로 이어진 긴 팔
을 살펴보았다. 이제는 남자가 괴물로 보이지 않았다. 그의 털은 비
단처럼 부드러웠고, 몸 전체를 덮고 있지도 않았다. 피부는 그녀의
피부보다 좀 더 연한 색이었다. 남자의 성기는 다른 남자들과 비슷
했다. 출혈이 약간 멎는 듯하자 아키 나아는 통로에 두고 온 커다

란 흰 가죽과 아오의 가방을 찾으러 갔다. 그 가방에서 끈 하나를 찾아 상처에 댄 천을 단단하게 동여매는 데 사용했다.

그리고 곰 가죽으로 부상당한 남자의 몸을 조심스럽게 덮어 주었다. 남자는 눈을 뜨고 잠시 아무 말 없이 그녀를 쳐다보다가 다시 눈을 감았다.

아기는 계속해서 젖을 달라고 울고 있었다. 그녀는 젖을 먹이고 나서 기운이 빠져 곧 잠이 들었다. 얼마나 지났을까? 아키 나아는 배가 고파서 잠에서 깼다. 온몸이 쑤셨다. 남자는 여전히 그 자리에 누워 있었다.

아키 나아는 그의 입술 사이로 물을 흘려 넣어 주었다. 이제 물통도 곧 빌 것이다. 비가 그치자 흘러내리던 물도 말라 버렸다. 이제 물과 먹이를 찾아 나서야 했다. 그때까지는 그동안 내버려 두었던 아기를 돌봐 주었다. 그녀는 젖을 먹이는 중간중간 잠을 잤다. 그러다 마지막 물 한 방울까지 비우고 나서야 밖으로 나설 결심을 했다.

낮이 밝은 지 한참이 지났다. 하이에나들은 떠나고 없었다. 두개골과 굵은 뼈 몇 개만이 강한 짐승들의 턱뼈에도 부서지지 않고 남아 있었다. 흰 여우 두 마리와 커다란 검정 까마귀가 얼마 남지 않은 너덜너덜해진 살점을 뜯어먹고 있었다. 아키 나아는 자신의 칼과 아오가 죽인 사냥꾼 한 명의 창을 집어 들었다. 그리고 강이 흐르는 쪽으로 걸어갔다. 아기는 엄마가 걸어갈 때마다 엄마 보폭에 같이 흔들리며 평화롭게 잠자고 있었다.

아오가 멈춰 섰던 협곡 가에 도착했을 때는 해가 지평선 너머로 사라진 뒤였다. 아키 나아는 바위 안쪽에 반쯤 걸쳐진 오래된 소나무의 가장 높은 가지 위로 올라가 잠을 자지 않고 밤을 보냈다. 적어도 소리가 들리는 사나운 짐승들로부터는 안전했다.

새벽에, 물이 흘러 작은 연못을 이룬 곳으로 동물들이 물을 마시러 왔다. 가장 먼저 나타난 것은 아기들을 데리고 온 엄마 곰이었다. 아키 나아는 어미 곰이 자상한 눈으로 지켜보는 가운데 물속에서 장난치는 새끼 곰 두 마리를 보며 웃었다. 다음에는 여우 한 마리가 슬그머니 나타나 물을 마셨다. 그런 다음 영양 떼가 조심스럽게 다가왔다. 어미들은 물이 흐르는 곳으로 새끼들을 밀면서 둘러싸려고 애썼다. 그 짐승들은 아키 나아가 있는 것을 알아차리지 못했다. 그녀는 나무 기둥 뒤에 숨어서 아래로 내려왔다. 시간이 많지 않았다. 겁 많은 짐승들은 오래 머물지 않을 것이기 때문이다.

나뭇가지 하나가 살짝 부러졌다. 그 소리에 주변은 온통 아수라장이 되었다. 그 소란 통에도 아주 어린 새끼 영양 한 마리가 뒤쪽에 남아 있었다. 그 영양이 잠시 망설이는 것을 보고 어미가 큰소리로 아기 영양을 불렀다. 아키 나아는 우둘투둘한 나무 기둥을 따라 미끄러지듯 내려갔다. 그때 새끼 영양이 그녀를 보았다. 그러고는 그제야 물이 있는 곳을 떠나려 했다. 하지만 두 발 짐승이 앞을 가로막을까 두려워 어미 곁으로 달려가지는 못했다. 새끼 영양은 불안한 듯 길게 울음소리를 내며 어미가 부르는 방향으로 달렸다.

아키 나아는 숨을 크게 들이마시고 그 방향으로 창을 던졌다. 서툴게 던진 무기는 영양의 등에 부딪쳤다가 튀어 나갔다. 하지만 새끼를 넘어뜨리기에는 충분했다. 아키 나아는 새끼 영양이 일어날 틈을 두지 않고 달려들어 돌을 내리쳤다. 어미 영양은 여전히 같은 자리에 서서 새끼를 계속 불렀다. 아키 나아는 젊은 어미가 느낄 슬픔을 생각하니 마음이 아팠다. 그녀는 사냥꾼들이 으레 하는 말을 중얼거렸다. 그리고 목숨을 빼앗은 것에 대해 영양의 영혼에게 용서를 구했다.

새끼 영양은 그다지 무겁지 않았다. 아키 나아는 손쉽게 동물을 어깨 위에 둘러맸다. 이 고기를 먹고 곰 인간은 다시 힘을 찾을 것이다. 아키 나아는 웃음이 나왔다.

날이 저물 때쯤이 되어서야 동굴로 돌아왔다. 아오는 여전히 살아 있었다. 열이 심한지 땀이 얼굴에 흥건하고, 몸을 덮고 있는 가죽은 뜨끈뜨끈했다. 다행히 그는 의식이 있었다. 그의 반짝이는 눈은 그녀를 응시하고 있었다. 아키 나아가 입 안으로 물을 흘려 넣어 주자 벌컥벌컥 마셨다. 아키 나아는 그의 허벅지 상처를 살펴보았다. 상처는 곪은 상태였지만 죽음을 예고하는 냄새는 나지 않았다. 곰 인간은 젊었다. 그는 살아남을 것이다.

갈증이 가시자 남자는 눈을 감고 다시 잠에 빠져들었다. 그는 이따금 보이지 않는 적과 싸우느라 자면서도 진저리를 쳤다. 그리고 아키 나아가 물을 줄 때마다 눈을 떴다. 아키 나아는 좀 더 편하게 간호를 하려고 그의 곁으로 자리를 옮겼다. 그렇게 며칠이 지나자 천천히 열이 내리기 시작했다.

오늘 아침, 아오의 상태가 훨씬 나아졌다. 조심스럽게 뻣뻣하고 통증이 느껴지는 다리를 움직여 보았다. 일어서려고도 해 봤지만 고통이 너무 심해 포기해야 했다. 다시 아주 조심스럽게 누웠다. 아직은 많이 약한 상태였다. 새 부족 인간들과 사투를 벌인 여파가 남아 있었다.

아오는 새 부족 사냥꾼들이 나타났을 때 떠나지 않고 있었다. 그는 여자와 아기가 자기 부족 사람이라도 되는 것처럼 행동했다. 그 자신도 이유는 알 수 없었다. 상처를 입긴 했지만 그는 만족했다. 아오는 자기 옆에서 아기를 안고 웅크리고 있는 아키 나아를 오랫동안 바라보았다. 세 사람은 평화롭게 잠을 잤다.

그는 세 번째 사냥꾼에게 죽은 목숨이었다. 이 여자가 도와주었다는 것 말고는 자신이 여전히 살아 있는 이유를 설명할 수 없었다. 그녀가 자신을 이곳까지 끌고 오느라 얼마나 애를 썼을지 충분히 짐작이 갔다. 신선한 고기 냄새가 코를 찌르며 빈속을 자극했다. 뱃속에서 요란한 소리가 났다.

아기가 움직였다. 아기는 팔을 감싼 가죽에서 빠져나오려고 발버둥을 치고 있었다. 아기의 시뻘게진 작은 머리와 초점 없는 시선이 자기를 바라보는 소년에게 향했다. 아기는 엄지손가락을 찾았지만 매번 입에 가까이 가다가 놓치고 말았다. 아오는 조심스럽게 자신의 큰 손으로 아기의 작은 손을 잡고 아기 입에 가까이 가져다 대 주었다. 그때 아키 나아가 갑자기 잠에서 깨어났다. 그녀는 자신에게 몸을 기울이고 있는 곰 인간을 보고 뒤로 흠칫 물러났다. 여자의 눈빛에서 두려움을 읽은 아오는 바로 손을 빼고 뒤로 물러났다. 순간 자신이 오해했음을 깨달은 아키 나아는 그들 사이에 자리한 어색함을 해소하고 싶었다. 그래서 아기를 안고 그를 향해 내밀며 부추기는 뜻으로 상냥한 미소를 지어 보였다. 아오는 망설이다가 서툴게 아기를 안았다. 아기는 아무렇지도 않게 아직도 부어 있는 남자의 얼굴을 만지작거렸다. 아오가 작게 으르렁거리자 아기는 만족스러운 듯 옹알거리며 환한 미소로 답했다.

남자는 몇 가지 으르렁거리는 소리를 더 내며 아기를 웃게 했다. 아키 나아도 웃었다.

아오는 이 여자와 동맹 관계가 된 것이 기뻤다. 그는 이 희한한 만남을 이루게 해 준 정령들에게 마음속으로 감사했다.

이제 여자와 아기는 아오의 보호를 받게 될 것이다. 그가 충분히 회복되면 그는 두 사람을 위해 사냥을 할 것이다.

하지만 상처가 깊은지라 아직은 여러 날을 더 기다려야 제대로 움직일 수 있음을 알고 있었다.

아키 나아는 주의 깊게 그를 관찰했다. 그리고 그가 아직 젊다는 걸 알아차렸다.

그녀는 아오가 어떻게 살아왔는지, 커다랗고 두꺼운 흰 가죽 동물이 사는 그의 부족 땅은 어디인지를 알아내기까지 오랜 시간이 걸렸다. 그녀는 그에게 질문을 하려고 애썼다.

아오는 그녀의 입에서 나오는 이해할 수 없는 소리에 귀 기울이며 몸을 흔드는 그녀를 쳐다보았다.

젊은 여자는 더 이상 참을 수가 없었다. 그녀는 손으로 자기 가슴 쪽을 가리키며 음절을 하나하나 끊어 자신의 이름을 여러 번 반복했다.

"아, 키, 나, 아."

아오는 상대방의 입 모양을 따라하려고 했지만 잘되지 않았다.

'이' 발음을 할 수가 없었다. 또 세 음절을 연이어 발음하기도 어려웠다.

"아…… 카아아."

하지만 젊은 여자는 그의 노력에 기뻐하며 그런 결과만으로도 만족하는 듯 보였다. 그녀는 손으로 자기 허벅지를 치며 요란하게 기쁨을 표현했다. 용기가 난 소년은 이제 자신의 이름, 아니 적어도 그녀가 부를 수 있는 고대인의 이름을 가르쳐 주었다.

"아오."

아, 고대인들도 이름이 있었다! 게다가 발음하기도 쉬웠다.

"아오!"

그녀는 손짓으로 물었다.

"아오는 어디서 왔어?"

젊은 여자는 그의 침묵을 잘못 알아들었다.

아키 나아는 자신이 더 기다려야 한다고 생각했다. 그들의 협력 관계가 길어지면 자기 부족의 언어 기초를 그에게 가르쳐 줄 시간이 있을 것이다.

아오는 그녀의 질문을 제대로 이해했다. 하지만 그의 부족이 겪은 비극적인 운명을 떠올리지 않고 어떻게 그녀의 질문에 대답할 수 있을까? 여기까지 올 수밖에 없게 만든 사건들을 전부 떠올리고 알려 주려면 몸을 제대로 움직일 수 있을 때까지 기다려야 했다.

기다리는 동안 그는 잘 먹고 매일 운동하면서 점점 더 먼 거리를 걷는 연습을 했다.

아키 나아는 여러 번 강가로 가서 사냥을 하고 돌아왔다. 강가의 덜 가파른 부분에 자라난 식물 사이에 놓은 덫 때문에 한 번도 빈손으로 돌아가는 적이 없었다. 오늘 그녀가 만든 바구니는 장과와 오리 두 마리로 가득 찼다. 아키 나아는 막대기에 바구니를 매달아 어깨에 짊어졌다.

아키 나아는 아오가 자신을 향해 걸어오는 것을 보았다. 약간씩 절뚝거리기는 했지만 이제 상처가 거의 다 나은 것 같았다. 소년은 새 두 마리와 바구니의 무게를 덜어 주었다. 아키 나아는 그가 다리를 다시 움직일 수 있게 된 것을 보고 무척 기뻤다. 말하지는 않았지만, 시시때때로 젖을 먹여야 해서 항상 데리고 다녀야 하는, 점점 더 무거워지는 아이를 안고 물과 사냥감, 나무에서 딴 과일까지 들고 고원을 가로질러 한참을 걸었더니 많이 지쳐 있었다. 그녀는 다음 사냥을 나가기 전에 기운을 다시 차리기 위해 남은 시간 동안은 잠을 자야 했다. 이제 남자가 어서 몸을 추슬러 사냥을 도맡고, 자신은 기운을 회복해 아이에게 더 많은 시간을 쏟았으면 하고 바랐다.

아오가 옆에서 몸을 흔들며 그녀의 주의를 끌었다. 그는 짐을 내려놓고 멈추라는 신호를 했다. 오늘 그는 그녀의 질문에 대답을 해 주고 싶었다. 아키 나아는 그의 의도를 금방 알아차리지 못했다. 소년의 눈은 그녀의 눈 깊이 파고들어 와 마치 그녀를 미지의 세계 어딘가로 데려가는 것 같았다. 처음에는 약간 느리게 움직이다가 점점 공간을 넓혀 갔다. 그는 춤을 춘 지도 오래되었고, 허벅지가 다 나았다고는 해도 아직 좀 뻣뻣했다. 하지만 조금씩 유연성과 기억력을 되찾아 갔다. 그의 팔, 다리, 손, 눈, 입, 몸 전체가 움직이면서 툰드라 근처에 자리 잡고 있던 고대인들의 역사를 되살려 냈다.

아키 나아는 부족 내에서 의식을 치를 때 추는 춤을 알고 있었다. 하지만 이와 같은 춤은 한 번도 본 적이 없었다.

동작은 때로는 느리고 때로는 빨랐다. 으르렁거리는 소리도 더해져 계속해서 다양한 사람의 삶을 보여주었다.

그녀는 고대인 남자, 여자, 아이, 노인의 모습을 보았다.

그들은 강을 따라 열심히 걷고 툰드라 지역에서 멀리 여행을 했다. 그들 뒤로는 말과 들소, 순록, 드물게는 거대한 매머드도 보였다. 그들은 수가 많았고, 사냥꾼들은 늘 많은 사냥감을 잡아 돌아갔다. 아키 나아는 그들과 함께, 오늘날 새 부족이 살고 있는 계곡 안에서 겨울을 보냈다. 그녀는 과일을 따고 벌꿀과 달콤한 장과들을 모았다.

그러다 새 부족 인간들이 침입해 왔다. 그들은 계곡을 차지했다. 그들은 고대인들의 몸짓과 소리를 이해하지 못했다. 그들은 호전적이고 사나웠다. 그들은 사냥꾼들이 없는 틈에 여자들과 노인들, 아이들을 죽이고, 남자 한두 명도 불시에 습격했다.

아키 나아는 고대인 부족과 함께 떠돌아 다녔다. 그녀는 추위와 배고픔을 함께 느꼈다. 그리고 하나하나 죽어 가는 사람들을 보았다. 아오는 아버지가 흰 곰과 멋지게 싸우는 장면을 한참 동안 보여 주었다. 이제 남은 건 아오뿐이었다. 그녀는 아오가 부족의 옛 땅으로 돌아가 살아남은 자들을 찾으려 한다는 사실을 이해할 수 있었다. 그녀는 남자의 손짓과 춤을 이토록 쉽게 이해할 수 있다는 사실이 놀라웠다.

그녀는 새 부족의 땅에 곰 인간이 침입하는 모습을 다시 보았다. 그녀는 아오를 따라 협곡을 지나 도망쳤고, 땅속 깊숙한 곳으로 들어가 사라졌다.

젊은 여자는 감동했다. 그리고 고대인들의 비극적인 운명에 연민을 느꼈다. 생각에 잠긴 아키 나아는 고대인들 사이에 멈춰 섰다. 그녀는 자신의 감정을 표현하고, 아오에게 기운을 북돋아주고, 자신의 부족은 새 부족 인간들과 다르며 사람을 죽이지 않는다고 말하고 싶었다. 하지만 그녀의 몸짓은 서툴렀다. 그녀는 남자가 한 것처럼 어떤 장면을 연상시켜서 표현할 줄 몰랐다.

하지만 그녀는 자신도 새 부족 마을에서 도망쳐 나왔고, 하늘과 가까운 산 아래 커다란 호수 근처에 사는 자기 부족을 찾아가려 한다는 것을 그에게 이해시키려고 애썼다. 그리고 걱정스럽게 그에게 그곳까지 함께 갈 수 있겠느냐고 물었다.

아오는 그렇다고 대답했다. 그는 여자를 그 부족의 영토까지 데려다 주겠다고 했다. 그동안 그녀를 위해 사냥을 할 것이고, 그녀와 아기를 먹여 살릴 것이다. 그리고 새 부족 인간들의 분노와 난폭한 야생 동물의 위협으로부터 두 사람을 지킬 것이다.

아키 나아는 크게 안심이 되었다. 고마움을 표현하는 말들이 입술을 맴돌았지만 그녀는 아무 말도 하지 않았다. 아오는 그런 말들을 알지 못했다. 그들은 조용히 동굴까지 함께 걸었다. 동굴 안에 들어선 순간, 아키 나아는 갑자기 자신이 얼마나 지쳐 있는지 깨달았다. 그녀는 정신없이 잠에 빠져들었다. 자신의 품안에서 잠자는 아기의 평화로운 숨소리도 듣지 못했다. 도망쳐 나온 뒤 처음으로, 그녀는 거리낌 없이 잠에 빠져들었다.

7

아오와 아키 나아는 어젯밤에 갔던 강을 따라 조용히 걸었다.
바위 아래 피난처를 떠난 지도 한참 되었다. 날씨가 더운 것을 보
니 한여름이다. 초식동물들은 달려드는 곤충 떼를 피하고 또 눈이
녹은 틈을 타 북쪽 초원에 자라는 이끼나 화본을 뜯어먹기 위해
무리를 지어 북쪽으로 이동했다.

강 주변에는 동물의 개체수도 많고 종류도 다양해서 아오와 아
키 나아가 사냥감을 구하는 데는 아무 문제도 없었다. 강가에는
여러 종류의 새와 작은 포유류 동물들이 서식했다. 나뭇잎이나 뿌
리, 장과 같은 식용 식물도 많았다.

아오와 아키 나아는 천천히 걸어가면서 풍부한 먹을거리를 마
음껏 누렸다. 하지만 필요 이상으로 너무 많이 저장하지도 않고 그
날그날 잘 먹는 것으로 만족했다. 강물이 햇볕에 데워져 따뜻하고

잔잔한 곳에 이르면 아기 옷을 빨거나 아기가 물놀이를 할 수 있
도록 오래 머물기도 했다.

추운 계절을 보낼 거처는 좀 더 나중에 찾고 그때까지 두 사람
이 겨울을 지낼 음식을 비축하기로 했다.

아키 나아는 기분이 좋았다. 젖도 충분하게 나오고 아기도 쑥쑥
잘 컸다.

강 주변에 많이 있는 늪지대나 강가에는 모기떼가 많아서 두 사
람은 모기떼의 공격을 피하기 위해 동물의 기름을 진흙에 섞어 몸
에 발랐다.

그런데 아오는 젊은 여자의 벗은 몸을 보고도 욕구를 느끼지 않
는 것 같았다. 그는 어떤 경우에든 아키 나아와 거리를 유지했다.

아키 나아는 그런 것이 한편으로는 안심이 되기도 했지만, 한편
으로는 화도 났다. 그녀는 자신이 매력적인 여자라고 생각했다. 건
강하고, 활발하고, 열정적이고, 여자들이 도맡아 하는 일에도 능수
능란했다. 예전에 부족 남자들의 눈빛을 보면 자신을 원한다는 걸
알 수 있었다. 아이 아버지인 아타 마크 역시 많은 여자들이 잠자
리를 하고 싶어 할 만큼 인기가 많은 남자였다.

그녀는 무관심한 아오가 놀랍기만 했다. 남자들은 보통 그 나이
가 되면 정액이 가득 차서 여자에게 관심을 보이게 마련이었다. 그
렇다면 아마도 자신에게는 그의 부족 여자들과 같은 매력이 없는
모양이었다. 아니면 자신을 존중하는 의미로 봐야 하는 것일까?

하지만 아키 나아는 이 거칠고 원시적인 남자가 그런 배려를 하
리라고는 상상하기 어려웠다. 그는 얼마든지 자신에게 강요할 수도
있다. 그리고 그런 요구는 얼마든지 정당화될 수 있을 것이다.

이제 그녀와 아기를 먹여 살리고 보호해 주는 것은 이 남자가 아니던가?

때때로 아키 나아는 말없이 자신을 한참 동안 관찰하는 그의 눈길을 느꼈다. 그럴 때면 자신도 모르게 그의 어떤 표현이나 태도를 초대나 욕구의 의미로 해석할 수 있는지 살핀다는 것을 깨달았다. 하지만 그러다가도 그의 시선에서 단순한 호기심 외에는 다른 어떤 뜻도 엿보이지 않는 것을 느끼면 약간 화가 나기도 했다.

아키 나아는 문득 아오가 속한 부족의 관습이나 행동, 사람들끼리 맺는 관계 등에 대해 자신이 전혀 아는 바가 없다는 것을 깨달았다.

하지만 이런 식으로 상대방을 계속 의식한다는 것은 썩 기분 좋은 일이 아니었다.

지금과 같은 속도로 움직인다면, 아마도 겨울을 나기 위해 이동을 멈출 때쯤이면 자신의 부족 땅에서 그리 멀지 않은 곳에 도달할 것이다. 그리고 다시 눈이 녹을 때 달이 한 번 차고 기울 동안 만큼 걸어가면 부족의 땅에 이를 수 있을 것이다. 아직도 먼 이야기지만 그런 상상을 하는 것만으로도 기분이 좋아졌다. 아키 나아는 곰 인간이 곁에 있다는 사실만으로도 부족 땅에 무사히 도착할 수 있을 거라는 강한 확신을 느꼈다. 그가 자신과 아이를 보호해 주는 한 그들 세 사람에게는 아무 일도 일어나지 않을 것이다. 새 부족 인간들은 자신을 추격하는 일을 포기했을 것이다. 새 부족에서는 아직도 자신을 찾으러 마을을 떠난 사냥꾼 세 명을 기다리고 있을지도 모른다. 자신과 곰 인간이 함께 있으리라고 상상이나 할 수 있겠는가? 곰 인간이 지금껏 살아 있는지도 알지 못하는 상황에서. 더군다나 여자 혼자서, 그것도 임신한 상태이거나 막 아이를 낳고 쇠약해진 몸으로 싸움에 능한 사냥꾼들을 죽일 수 있을 거라고 어느 누가 상상이나 하겠는가!

아키 나아와 아오는 조심스럽게 사냥꾼들의 흔적을 전부 없앴다. 뼛조각이 된 세 사냥꾼의 잔해를 돌로 파묻어 놓았으니 새 부족이 그들을 찾아낼 가능성은 거의 없었다. 그들의 실종은 미스터리로 남고, 새 부족 사람들은 젊은 여자가 죽었다고 결론 내렸을 것이다. 만삭인 여자 혼자 며칠 이상 살아남을 거란 생각은 아무도 하지 못할 게 분명했다. 아키 나아는 잔인한 새 부족 인간들이 놀라고 분해할 것을 생각하니 무척 기분이 좋았다. 그들은 이 설명할 수 없는 사건에 관해 영혼들에게 끊임없이 묻고 질문할 것이다.

아오와 아키 나아는 매일 조금씩 만들어 낸 은어로 기본적인 의사소통을 할 수 있게 되었다. 각자의 언어에서 따온 몸짓에 소리를 결합한 것이다.

두 사람은 자기 방식대로 상대방의 미지의 세계, 신비롭고 때로는 이해할 수 없지만 놀랄 만큼 비슷한 상대방의 세계 속으로 들어가려고 애썼다. 그들 사이를 갈라놓는 것 같던 심연은 생각보다 그리 깊지 않았다.

아오는 아키 나아의 능숙한 솜씨와 능력에 놀랐다. 그리고 그녀가 사용하는 기술 몇 가지는 그의 부족에서 쓰던 것과 비슷했다.

음식을 저장하는 방법은 과정이 똑같았다. 가죽을 처리하거나 썩지 않게 할 때 사용하는 물질도 비슷한 성질의 것이었다.

여러 세대가 지나면서 축적된 지식을 정확하고 완벽하게 알 수는 없더라도, 아오는 상대적으로 부족한 부분을 적어도 아키 나아와 동등한 기억력과 호기심으로 대신 채웠다. 두 사람은 상대방의 부족에만 존재하거나 더 복잡한 분류 체계가 있으면 그쪽을 참조했다. 어느 한쪽이 살았던 환경에서만 볼 수 있었던 생물과 무생물은 그쪽의 분류법을 따랐다. 그러면서 아오는 자신이 여자의 능란한 손놀림과는 상대가 되지 않는다는 것을 깨달았다. 아키 나아는 그때까지 여자들이 쓰는 물건밖에 만들어 보지 않았는데도 돌이나 뼈를 깎아서 무기와 그 밖에 중요한 기능을 하는 다양한 도구를 만들어 냈다. 소년은 여자의 몇 가지 작업 방식을 보고 여자의 종족이 외적으로는 연약해 보여도 자기 종족보다 훨씬 정교한 기술을 가지고 있다고 확신했다. 전반적으로는 자신의 부족 사람들과 비슷했지만 더 힘들고 복잡한 일을 할 때는 자기 부족 사람들보다 능력이 훨씬 뛰어났다. 그런데 젊은 여자는 종종 자신의 작품이 불만족스러운 것 같았다. 단순한 용도의 면보다는 미적인 완성도를 좀 더 높이고 싶어 하는 듯 보였다.

사물에 자신의 의도를 부여하는 아키 나아의 손놀림이 무척 인상적이었다. 여자는 돌이나 뼈에서 뾰족한 날을 만들어 내 송곳이나 옷을 여미는 데 쓰는 작은 핀으로 사용했다. 만들어 내는 물건마다 각각 특별한 용도가 있었다.

아키 나아는 아는 것도 많았지만 아오가 만든 아주 초보적인 수준의 작품들을 보고도 무시하는 일이 한 번도 없었다. 그녀는 그런 물건들에서 효율성이나 독창성을 찾아내 짚어 주었다. 특히 아키 나아는 볼라나 둥근 돌 같은 것을 만드는 데 관심이 많았다. 볼라는 끝에 돌을 단 투척용 밧줄로, 사냥감을 잡을 때 사용했다.

말뚝으로 바위를 깨뜨려 둥근 돌을 만들고 가죽 끈을 연결하면 멀리서 도망치는 초식동물을 잡을 때 훌륭한 무기가 되었다.

아키 나아는 당기면 죄어지는 매듭 짓는 법을 아오에게 가르쳐 주었다. 아키 나아의 부족 남자들은 덫으로 작은 사냥감을 잡을 때 그런 매듭을 이용했다. 아오는 버드나무 가지를 엮어서 먹을 것을 옮길 때 사용하는 튼튼한 바구니를 만드는 법도 배웠다.

소년은 불을 피우는 돌을 보고 깊은 인상을 받았다. 부싯돌을 부딪치면 거기서 불꽃이 튀며 불이 만들어졌다.

그는 돌 안에 불이 숨어 있는 줄은 몰랐다.

아오도 불을 피우는 방법은 알고 있었다. 부드러운 나뭇가지에 구멍을 파고 그 안에 막대기를 넣어 짜증이 날 정도로 한참 뱅글뱅글 돌려서 열이 나게 해야 비로소 아주 가느다란 연기가 피어올랐다. 하지만 대개 불이 금방 꺼져서 처음부터 다시 시작해야 했다. 고대인들은 아주 어렸을 때부터 이 기술을 전수받았다.

겨울 동안 그들의 거처에는 불이 꺼지지 않고 계속 타올랐다. 불은 고대인들에게 큰 관심의 대상이었다. 불은 부족 내에서 하나의 온전한 구성원이었다. 불이 좋아하는 음식은 나무였지만 툰드라 지역에서는 쇠똥을 모아서 주기도 했다. 동물의 기름도 괜찮았다. 아오는 한겨울에 고대인들이 걱정하던 것이 생각났다. 그들은 더 이상 불에게 먹이로 줄 것이 없었던 것이다.

아키 나아는 아오를 보면서 놀랍기도 하고, 매혹되기도 했다. 아오는 무척 섬세한 것까지도 느끼고 읽어 내는 것 같았다. 아오가 무감각하다고만 여겼는데, 알고 보니 자신의 생각과는 정반대였다.

그는 끊임없이 깨어 있고 주의를 기울여 주변의 아주 세밀한 변화까지 감지했다.

그는 특히 감각이 잘 발달해서, 자신이 전혀 알아차리지 못한 것을 보고 듣고 느꼈다.

하지만 때때로는 아주 단순한 질문들도 이해하지 못하는 것 같았다. 그래서 아키 나아는 한나절 동안이나 그에게 맞춰 단어를 여러 번 반복해서 설명하거나 그의 언어를 사용해서 서툴게 질문해야 했다. 또 그의 행동 때문에 당황스러운 적도 많았다. 그럴 때면 막막한 벽에 부딪힌 느낌이었다. 무엇보다 아오는 아키 나아가 질문하는 동안 그녀의 눈에서 시선을 떼지 않는 적이 많았다. 그러면서도 마치 아무 관계없는 사람처럼 멍한 눈빛으로 가만히 있었다. 때로는 그녀를 의아한 표정으로 뚫어져라 쳐다보거나 웃기도 했다. 또 어떤 때는 당황한 표정으로 중얼거리고 손짓을 하기도 했는데, 그녀의 의견에 반대한다는 의미인 것 같았다. 아오가 그녀에게 질문하는 일은 거의 없었고, 오랫동안 관찰하거나 그녀의 행동이나 몸짓을 주의 깊게 바라보는 것으로 만족했다.

어떤 정보를 전달하거나 사건을 이야기할 때, 고대인들은 자기 종족의 모습이나 장면을 몸짓이나 춤으로 직접적으로 재현해 냈다. 어떤 감정들은 말하지 않고도 표현하거나 인지했다.

그때까지 아오는 살아남았다. 그는 위급한 상황에서 자신이 배운 지식을 활용할 줄 알았다. 특히 그는 자신의 본능과 행동이 고대인들의 일상적인 태도를 반드시 반영하지는 않는 쪽으로 발전되도록 내버려 두었다. 조상들이 행하던 관습들은 고대 부족 사람들의 기억 속에서도 사라진 지 오래여서 아오에게까지는 이어 내려오지도 않았고, 터부는 언젠가부터 자연스럽게 어기게 되었다. 그의 부족 사람들은 새로운 인간들의 적대감에 대처하고 끝없이 이동하며 극한의 환경에 적응해야 했기에 생존과 직결된 행동들만 수용했다. 또 자신들의 땅에서 다른 종족의 침입을 받자, 종족의 미래에 의문을 품고 세계 속에서 자신들이 차지하는 위치도 다시 생각해 보게 되었다. 그러다 보니 확실한 사실도 고의로 무시하거나 의심하는 일이 많아졌다.

이처럼 새로운 인간들이 나타나기 전에 살았던 그의 부족 사람들의 영혼과 달리, 아오의 영혼은 고지식한 면이 별로 없었다. 아오는 어린 시절부터 그날그날 생존을 위해 고심하는 데 익숙했기 때문에 몇 가지 현실에 대한 적응 능력을 발달시켰다.

아오는 말을 거의 하지 않았지만, 몰라서 그런 것은 아니었다. 그는 봄에 수분을 가득 머금은 이끼 같았다. 젊은 여자가 관대하게 일부러 설명해 주거나, 혹은 자기도 모르는 사이에 가르쳐 주는 정보들을 쏙쏙 빨아들였다. 그리고 가능한 한 많은 단어를 기억하려고 노력했다. 항상 그녀가 말하는 속도에 맞추어 이해할 수는 없었지만 단어나 결합된 단어의 의미를 이미 많이 알고 있었다. 그러면서 아오는 그녀와 비슷하게 생긴 대담하고 호전적인 종족들이 어떻게 정령들의 호의를 얻었는지 알아내려고 노력했다.

아오는 아키 나아가 자신에게 실망했다는 것을 확실히 느낄 수 있었다. 물론 아직도 질문의 의미를 파악하거나 대답하는 데 어려움을 느끼기는 했다. 하지만 때로는 단순히 뭐라고 대답해야 할지 몰라서 말하지 않을 때도 많았다. 예를 들면 질문이 이상하거나 처음 들어보는 이야기여서, 아니면 전에도 생각하다가 포기한 문제여서, 또는 그의 영혼이 탐험해 보지 않은 분야에서 길을 잃고 방황하거나, 여자가 조급해서, 혹은 여자가 남자의 관심을 끌려고 기울이는 노력에는 관심이 없어서이기도 했다.

아오는 끝까지 호기심을 채우려다가 자신의 무능함만 드러내느니 그냥 입을 다물고 그녀가 마음대로 해석하도록 내버려 두는 편을 택했다.

또 자신을 자극하거나 귀찮게 굴면 화를 내기도 했다. 아키 나아는 꼭 자식을 대하는 여자들처럼 행동했다. 하지만 아오는 어린 애가 아니었다. 고대인 부족에서는 이래뵈도 툰드라 지역의 사냥꾼이었다.

한동안 아오는 강 근처에서 인간의 흔적을 발견하지 못했다. 아키 나아는 그가 자기 부족 땅까지 데려다주기를 바랐다. 자기 부족 사람들이 아오에게 적대감을 보이지 않을 거라고 장담하기도 했다.

아오는 그녀를 믿었다. 그리고 그녀와 아기에게 애착도 생겼다. 이제 그는 아기를 품에 안을 때마다 큰 기쁨을 느꼈다.

아키 나아에 대해서는 혼란스러운 감정을 느꼈다.

그의 부족에서는 남녀가 지금 그들과 같은 친밀감을 형성하는 경우가 드물었다. 고대인들은 부부끼리 따로 떨어져 지내는 일 없이 아주 혼잡하게 뒤죽박죽 얽혀 살았다.

드넓은 땅에서 얼마 안 되는 사람들이 작은 집단으로 나뉜 채 먹을 것이 떨어지거나 사냥감이 이동하거나 기후가 변화하는 것에 맞추어 옮겨 다니며 살았다. 부족민의 수는 상황에 따라 달라졌다. 새로운 집단이 형성되기도 하고, 결합하거나 분열되기도 했다. 부족 사람들은 모두 혈연관계였다. 하지만 직계 가족 이상은 정확히 어떤 관계인지 기억하지 않았다. 특수한 상황에서는 두세 쌍의 부부들과 그들의 자식들로 구성된 집단이 결합해 큰 규모의 부족을 형성했다. 때로는 이런 결합이 일시적인 관계를 넘어 오래도록 유지되면서 공동으로 사냥을 하기도 했다. 하지만 그럴 경우 구성원들의 관계에 긴장이 많아져 이런 결합은 일반적으로 오래가지 않았다. 고대인들은 대규모 공동체에서 결합을 유지하는 데 필요한 사회 구조는 발달시키지 않았다. 한 집단의 구성원은 서른 명이 넘지 않았고, 몇 명으로 제한되는 경우가 가장 흔했다.

부족에 반드시 필요한 균형은 여러 가지 방법으로 유지되었다. 부족 사람들 간에는 철저한 교환 관계가 이루어지기 때문에 부족을 위험에 빠뜨리기만 하고 생존에 도움이 되지 않는다고 판단되면 아이들과 노인들을 무조건 제거하기도 했다. 일반적으로 부족 내 인간관계에서 남녀 간의 결합만이 파트너 중 한 명이 죽을 때까지 유지되었다.

특별한 의식을 행하지 않고 이루어지는 부부 간의 결합은 고대인들의 사회를 구성하는 기반이었다. 고대인들은 부부 관계를 바탕으로 인간관계를 명확히 구별하고 정확하게 업무 분담을 했다. 부부는 서로 긴밀히 의존하면서 진정한 결합을 이루었다. 하지만 척박한 환경에 적응하기 위해 반드시 지켜야 할 특수한 사항들이 있었다. 생존을 위해 상황에 따라서 일시적이거나 장기적으로 특별히 주의할 습관이나 금지된 행동들이 있었다. 때로는 두 사냥꾼이 한 여자와 함께 살기도 했고, 이보다 훨씬 드물긴 했지만 한 남자가 여러 여자와 결혼하는 일도 있었다. 보통은 한쪽 배우자가 죽었을 때 그런 상황이 벌어졌다. 그럴 때는 일반적으로 다른 부족과의 결합을 통해 다시 균형을 맞추었다.

다른 부족의 두 구성원이 만나 새로운 부부로 결합하는 경우는 집단의 수요와 확장 능력에 따라 달랐다. 특히 사냥감이 많고 식용 식물도 풍부한 장소에 거주하는 집단은 규모가 커져서 그 지역의 먹을거리가 마침내 고갈되거나 또는 부족 인원이 줄거나 분열될 때까지 여러 세대가 이어졌다.

남녀 어느 한쪽의 비율이 높으면 그만큼 자연스럽게 다른 집단에 흡수되었다. 하지만 그럴 수 없는 노인들의 생존은 주로 공동체의 생산 활동에 참여할 능력이 있는지 여부에 달려 있었다. 그렇다고 반드시 그런 것은 아니었다. 아이들이나 노인의 수가 너무 많아 부족의 생존에 짐이 되더라도 죽이지 않고 일정 기간 다른 어른들이 대신 일을 더 많이 하거나 소비를 줄이는 방식을 택하기도 했다. 하지만 부족의 공급자들은 항상 상황을 통제하고 그들의 결정권을 지켜 왔다.

고대인들은 아주 오래전부터 자리를 잡고 있었지만, 그들의 존재는 항상 불안했다. 뒤늦게 나타난 현대인들보다 환경에 대한 의존성이 훨씬 높았기 때문이다. 새로운 인간들은 그들과 달리 적은 힘으로 훨씬 다양한 자원에 접근하는 사회 조직과 도구, 방법을 갖추고 있었다.

고대인들은 끊임없이 먹이를 찾아다니느라 집단 전체가 이동하는 일이 많았다. 그러다 보니 생존과 직결되지 않는 활동에는 시간을 할애할 수 없었다. 서로 존중하는 다른 부족을 만나면 이를 기회로 공동 사냥을 하고, 사냥감과 식물, 광맥이나 사용하는 도구 등에 관한 정보를 교환했다. 또 함께 춤을 추면서 그동안 본 장면이나 놀라운 사건, 개인적인 공적 등을 이야기했다. 이것은 남자들이 여자들 앞에서 자신을 드러내는 기회가 되기도 했다.

그들은 춤을 추면 바람과 함께하는 영혼이 떠나는 꿈의 여행에 접근할 수 있다고 생각했다. 꿈은 고대인들이 구분하지 못하는 산 자들의 세계와 죽은 자들의 세계를 지배하는 변덕스럽고 전지전능한 존재였다.

부족 내에서 특권이나 특별한 지위가 주어진 것도 아닌데 다른 사람들보다 훨씬 영혼과 교감을 많이 나누는 사람도 있었다.

또 집단 내에서 분쟁이 일어나는 경우는 드물었다. 가끔 사냥꾼들 사이에서 한 여자를 놓고 경쟁을 벌이느라 폭력을 휘두르는 일이 있기는 했지만, 싸움에서 이기더라도 반드시 그 여자를 정복할 수 있는 것은 아니었다. 청혼을 하더라도 여자에게 받아들이도록 강요할 수 없고, 반드시 여자의 동의가 필요했다.

고대인들에게는 성행위와 생식 간에 필연적인 관계가 없었다. 보통은 엄마의 동반자가 아이들의 아버지로 여겨졌다. 아이들은 부모의 노동과 애정의 혜택을 받고 자랐다. 또 서로 매력을 느껴야 부부로 맺어질 수 있고, 애정이 없는 성관계는 없었다. 남편이 죽고 혼자 남은 젊은 여자라고 해서 반드시 다른 사냥꾼의 아내가 되는 것은 아니었다. 집단에서 맡은 일을 하면 혼자서도 살 수 있었다.

아오는 남자와 여자들이 관계를 맺고 싶을 때 서로에게 어떤 신호를 보내는지 알지 못했다. 그는 여자에게서 어떤 신호도 알아채지 못했고, 신호를 받았을지라도 그런 의미로 해석할 수 있는지 알수 없었다.

이제 겨울이 다가온다는 조짐들이 나타났다. 밤은 점점 추워졌고, 바글거리던 곤충들도 하나둘 모습을 감췄다. 초식동물들은 작은 집단으로 나뉘어 남쪽으로 이동하기 시작했다. 그 방향으로 가다 보면 나무가 많은 계곡이 나오는데, 그곳은 북쪽 지방의 긴 겨울을 보내기에 적합한 장소였다.

아오와 아키 나아도 이제 겨울을 나기에 좋은 장소를 찾아 나설 때가 되었다. 아직은 거처를 찾고 음식을 모을 시간이 충분했지만, 더 지체해서는 안 되었다. 북쪽 지방에서는 겨울이 언제 갑자기 들이닥칠지 알 수 없기 때문이다.

아오와 아키 나아는 계곡을 건너 반대편 기슭으로 올라가서 길을 살펴보았다. 언덕 사이로 구불구불 나 있는 지류를 거슬러 올라가니 자작나무가 쭉 심어진 작은 계곡이 하나 나타났다. 동굴이나 바위 아래에 피난처 같은 것은 없었지만, 두 사람은 그곳에 머물기로 했다. 인간에게 이롭기로 알려진 용감한 나무들이 보기 드물게 많이 자라는 것이 좋은 징조 같았다. 별로 가파르지 않은 언덕 위에는 자작나무 대신 소나무가 자라고 있었다. 계곡 근처에 규칙적으로 자리를 잡은 소나무들은 마치 보초를 서는 듯했다. 물가를 따라 버드나무도 몇 그루 늘어서 있었다. 주변은 평화로워 보였다. 어떤 곳은 자작나무 사이의 공간이 다른 곳보다 훨씬 넓었다. 아키 나아와 아오는 튼튼한 나무들로 둘러싸여 이상적으로 피난처의 기둥 역할을 하는 숲 속의 작은 빈터에 유독 눈길이 갔다.

아키 나아는 매끄러운 나무 기둥을 쓰다듬으며 나뭇잎의 속삭임을 들었다. 그녀는 이 평화로운 나무들에 애착을 느꼈다. 이곳에서 그들은 오래전부터 이 땅에 머물러 온 주인의 보호를 받으며 안전하게 지낼 수 있을 것이다.

두 사람은 돌과 흙, 나무, 얼마 전부터 모아 놓은 가죽을 능숙하게 이어 붙여 나무 사이에 넓고 견고한 움막을 세웠다. 꼭대기에는 넓은 구멍을 만들어서 집 안에서 불을 피울 때 연기가 잘 빠져나가도록 했다. 움막 안에는 소나무 가지를 깔아 땅바닥에서 올라오는 한기를 차단시켰다.

아오는 근처에 있는 또 다른 계곡에서 작은 규모의 순록 무리가 머물던 흔적을 발견했다. 바로 먹이를 찾아 나선 두 사람은 곧 무리를 이룬 순록 몇 마리를 발견했다. 아오가 의심 많은 짐승들이 인간의 냄새를 맡지 못하도록 멀리 돌아서 다가가는 사이에 아키 나아는 순록 떼를 그가 있는 방향으로 몰고 가기로 했다. 하지만 벌거숭이 언덕 꼭대기에는 자연적인 장애물이 없어서 순록들은 그들의 덫을 피해 사방으로 달아났다. 아오와 아키 나아는 침착하게 처음부터 다시 시작했다. 끈질기게 따라붙은 끝에 두 사람은 마침내 결실을 얻을 수 있었다. 몇 마리가 마침 아오가 숨어 있는 능선 쪽으로 달아난 것이다.

아오는 앞서 달리는 동물들이 거의 자신이 숨어 있는 곳까지 다가오자 갑자기 벌떡 일어났다. 그 바람에 순록들은 혼란에 빠졌다. 앞쪽에 있던 짐승들은 깜짝 놀라서 아주 짧은 순간 한데 뭉쳤다가 다시 뒤쪽으로 달아나려 했다. 그 틈에 사냥꾼 아오는 한 손으로 볼라를 던져서 가장 가까이 있던 동물의 뒷다리를 정확히 맞혔다. 볼라를 맞고 넘어진 순록은 그대로 주저앉아 옆쪽으로 굴렀다.
아오는 서둘러 그쪽으로 달려가 짐승의 옆구리 깊숙이 창을 찔러
넣었고 순록은 한방에 숨이 끊어졌다.

아오는 의식에서 행하는 몸짓으로 살을 제공해 준 순록의 영혼
에게 고마움을 표시했다. 그리고 꽤 덩치가 큰 동물을 그 자리에
서 잘게 잘랐다. 그 후로 며칠 동안 두 사람은 순록 세 마리를 더
잡았다.

고기를 움막까지 운반하는 일도 쉽지만은 않았다. 아키 나아는
살점을 잘게 잘라 움막 위쪽에 매달아 놓고 말리며 연기를 쐬었다.
그 과정을 마친 고기는 움막 근처에 땅을 파서 돌로 바닥과 옆면
을 채운 구덩이 안에 넣어 보관했다. 그렇게 하면 겨울 내내 먹을
수 있었다.

아직은 본격적인 겨울 추위가 찾아오지는 않았다. 아키 나아와
아오는 그 틈을 이용해 먹을 수 있는 식물의 뿌리나 새들이 따먹다
가 남겨 놓은 시로미 열매들을 채집해 저장했다.

그리고 앞일을 생각해 근처에서 죽은 나무들도 많이 모아다가
쌓아 두었다. 얼마 지나지 않아 식량 보관 창고는 음식으로 가득
찼다.

마침내 북풍이 계곡으로 파고들어 왔다. 바람은 늦게 온 것에 화
가 나기라도 한 듯 더욱 세차게 몰아닥쳤다. 추위와 눈을 동반한
북풍은 교묘하게 나무 기둥 사이로 비집고 들어와 움막의 내벽을
후려쳤다.

강가 버드나무 숲 사이에 덫을 놓은 덕분에 얼마 동안은 신선한
고기를 더 먹을 수 있었고 저장해 둔 음식도 아낄 수 있었다. 그

후로 추위는 더욱 심해졌고, 사냥감도 드물어졌다.

아오와 아키 나아는 서로 협력한 것이 효율성을 발휘했다는 사실에 무척 기뻤다.

이 작은 계곡을 거처로 정한 것은 옳은 선택이었다. 이곳은 다른 곳보다 바람이 세게 불지 않았다. 불을 꺼뜨리지 않도록 관리를 잘했기 때문에 추위에 떨지 않아도 되었다.

아오는 여자의 아기와 놀아 주는 데 많은 시간을 보냈다.

그들은 집 안에서 갇혀 지내는 동안 무기와 도구들을 고치고 다듬었다. 그리고 아키 나아는 아직 쓸 만한 흰 곰 가죽으로 아오에게 망토를 만들어 주었다.

오랫동안 폭풍우가 몰아치더니 며칠 전부터 바람이 잠잠해졌다. 아오는 매일 아침 해 온 다리 운동을 하러 밖으로 나왔다. 때는 한겨울이었다. 하늘에는 구름이 덮여 있었지만 바람이 불지 않아 그다지 춥게 느껴지지는 않았다. 곱게 쌓인 눈을 밟자 발밑에서 뽀드득 소리가 났다. 그는 혼자서 돌아다니다가 강가에 이르렀다. 강 표면에 쌓인 눈을 치워 보니 얼음이 단단하게 얼어 있었다. 그 위로 걸어 다녀도 위험하지 않을 것 같았다. 주변에 살아 있는 생명체는 하나도 없었다. 그곳에는 완전한 침묵만이 감돌았다. 그러자 지난 겨울 황량하고 얼어붙은 툰드라 지역을 오랫동안 혼자서 걸을 때 느꼈던 감정이 되살아났다. 약한 바람이 강을 가로질러 불어왔다. 아오는 차가운 공기를 가득 들이마셨다.

그때, 무언가가 시선을 사로잡았다. 반대편 강가에 발자국이 있었다. 신선한 고기를 먹을 수 있을까?

발자국은 눈 속에 직선으로 찍혀 있었다. 아오는 놀라서 가까이 다가가 보았다. 발자국의 모양을 자세히 보고는 깜짝 놀라 자기도 모르게 소리를 질렀다. 그것은 사람 발자국이었다.

8

조심스럽게 발자국을 관찰한 아오는 몹시 흥분했다. 눈이 얼마 전에 그쳤으니 그날 아침에 세 사람이 이곳을 지나간 것이 틀림없었다. 그중 두 사람의 발자국은 깊이 파인 것으로 보아 무거운 짐을 들고 있는 것 같았다. 약간 떨어져서 걸은 세 번째 사람은 여자거나 아이 같았다. 힘을 덜 들이려고 앞서 걷는 사람들의 발자국을 따라 걸었다.

발자국은 오른쪽으로 꺾인 강의 하류 쪽으로 향하고 있었다. 아오는 그 굽이를 지나면 시야가 트여 멀리까지 보인다는 것을 알고 있었다. 세 사람이 얼어붙은 강 위를 계속 걷고 있다면 그들을 볼 수 있을 것이다.

그 모퉁이를 돌자마자 정말로 사람들이 보였다. 그들은 아주 가까이에 있었다. 소년은 강가에 눈 덮인 식물 사이에 숨어 그들을 관찰했다. 그들은 셋이 아니라 넷이었다. 그중 한 명은 부상을 당해 들것에 누워 있고 두 사람이 들것을 운반하고 있었다. 그리고 여자 한 명이 뒤에서 따라 걷고 있었다. 사냥감은 들고 있지 않았다. 그들은 잠시 멈춰서 휴식을 취했다. 아무도 말을 하지 않았고 무척 지친 기색이었다. 고대인은 아니었지만 그렇다고 새 부족 인간도 아니었다.

아오는 당황해서 나서기가 망설여졌다. 그들이 자신을 보고 적대적인 반응을 보일까 봐 두려웠다. 그래서 일단 아키 나아에게 알리기로 했다. 부상자를 데리고 가려면 그사이에 그리 멀리 가지는 못할 것이다. 그는 조용히 그 자리에서 돌아 나왔다. 그리고 그들의 시야에서 벗어나자마자 움막을 향해 달렸다.

아기와 놀고 있던 아키 나아가 미소로 그를 맞았다. 아기는 두꺼운 가죽 카펫 위에 벌거벗은 채 누워서 버둥거리며 놀다가 아오를 알아보고 환하게 웃었다.

소년의 상기된 표정을 아키 나아도 금방 알아챘다. 그녀는 그에게 무엇 때문에 그렇게 흥분했는지 이유를 어서 말해 달라고 다그쳤다.

오랫동안 함께 있다 보니 그들은 은어 같은 것을 만들어서 이제 어느 정도 의사소통을 할 수 있었다.

아오는 사람들을 만난 이야기를 들려 주었다.

"여기서 아주 가까운 강에 사람들이 있어. 남자 셋에 여자 한 명인데, 그중 한 명은 다친 것 같아."

아키 나아는 깜짝 놀라 물었다.

"새 부족 사람들?"

"그건 아닌 것 같아."

"그 사람들 모습을 설명해 봐."

"멀리 있었어. 그 사람들이 날 보지 못하게 가까이 가지 않았어. 그래서 잘 보지는 못했어. 키 큰 남자는 나이가 좀 들었고, 부상당한 남자와 세 번째 남자는 훨씬 젊었어. 여자는 추위를 막으려고 가죽 띠로 얼굴 일부분을 가렸어. 머리는 길고 검었어. 사냥감은 들고 있지 않았고. 모두 무척 피곤해 보였어."

아키 나아는 입을 다물고 생각에 잠겼다.

그들은 누구일까? 그동안 아오와 자신은 주변 언덕과 강가를 샅샅이 뒤지고 다녔다. 근처에 사람 사는 곳이 있다면 못 봤을 리가 없다. 그 사람들은 왜 이런 한겨울에 자신들의 땅을 벗어나 이동하는 것일까? 그들은 불안정해 보였다. 절망적인 상황일지도 몰랐다. 그럼에도 그들은 부상자를 버려두지 않았다!

아키 나아는 궁금해졌다. 그 사람들을 두려워할 필요는 전혀 없었다. 피난처를 빨리 찾지 않는 한, 다시 바람이 불기 시작하면 그들은 오래 살아남지 못할 것이다. 게다가 그들은 먹을 것도 없다! 그들의 목숨은 바람 앞의 등불이나 다름없었다.

아오와 아키 나아는 그들을 도울 수 있다. 저장해 놓은 음식은 충분하고 움막도 넓으니 적어도 부상자의 몸이 회복될 때까지 모두 함께 지낼 수 있다.

"그 사람들 앞에 모습을 드러내지 않은 건 잘했어. 아마 그 사람들은 고대인을 한 번도 보지 못했을 거야. 그러니까 내가 먼저 모습을 보이는 편이 더 나을 것 같아."

아키 나아는 아기를 가죽으로 여러 겹 조심스럽게 싸서 망토로 완전히 덮고 앞으로 안아들어 떨어지지 않게 가죽 끈으로 동여맸다.

그녀가 말했다.

"가자."

아오가 강 쪽으로 앞장서서 걷고 아키 나아도 성큼성큼 따라갔다.

걸음을 재촉한 그들은 얼마 지나지 않아 아오가 사람들을 본 장소에 이르렀다. 지평선 쪽을 살펴본 아키 나아는 흰 복도처럼 길게 이어진 눈 덮인 강 위에서 아주 작은 점들을 발견했다. 그 사람들은 천천히 걷고 있어서 조금밖에 멀리 가지 못했다.

아오와 아키 나아는 얼어붙은 강을 가로질러 건넜다. 몸을 반쯤 구부리고 숲에서 꺾은 나뭇가지로 몸을 살짝 가린 채 강 반대편으로 그들을 따라간 두 사람은 마침내 세 남자와 같은 선상에 다다랐다. 그곳에 가서야 그녀는 사람들을 알아볼 수 있었다.

아키 나아는 깜짝 놀라 눈을 끔뻑였다. 그러다가 마치 있을 수 없는 일을 보고 떨쳐 버리려는 듯 머리를 흔들었다. 심장이 심하게 고동쳤다. 아기도 엄마의 감정을 느꼈는지 가죽 포대기 속에서 마구 버둥거렸다. 망토에 싸인 아기의 작은 머리가 밖으로 나왔다 들어갔다 했다. 아오는 놀라서 젊은 여자의 얼굴을 살폈다. 그리고 눈빛으로 왜 그러느냐고 여자에게 물었다. 하지만 그녀에게는 아오가 보이지 않는 것 같았다. 입을 반쯤 벌리고 이해할 수 없는 말들을 웅얼거렸다.

어느 순간 제정신을 되찾은 듯하더니 아키 나아는 아오 생각은 하지도 않고 갑자기 나무 사이로 열심히 길을 헤치고 나갔다. 얼어붙은 강 위로 모습을 완전히 드러낸 그녀는 사람들을 향해 다가갔다. 그리고 마침내 잠겼던 목구멍에서 외침 소리가 튀어나왔다. 그것은 사람의 이름이었다.

"아타 마크! 이 타아! 마 와미! 카 마이! 나야, 아키 나아!"

두 남자와 여자가 우뚝 걸음을 멈췄다. 천천히 돌아선 그들은 어딘가에서 불쑥 나타나 자기들의 이름을 부르며 달려오는 젊은 여자를 어안이 벙벙한 표정으로 쳐다보았다.

이 타아가 가장 먼저 아키 나아를 알아보았다. 그녀는 두 팔을 하늘 높이 치켜들고 아키 나아에게 달려들었다.

"아키 나아! 아키 나아구나!"

이번에는 세 남자가 소란스럽게 놀라움을 표하며 기뻐했다. 아키 나아는 예전에 새 부족으로 같이 끌려갔던 친구를 두 팔로 끌어안았다.

그리고 다음에는 너무 놀라 멍하니 그녀의 얼굴만 쳐다보던 세 남자에게 조심스럽게 다가갔다. 부상당한 남자가 두 동료의 어깨에 기대어 힘겹게 일어섰다.

다리 부상이 심했다. 다리 모양이 이상한 것으로 보아 여러 군데가 골절된 것 같았다. 하지만 남자의 얼굴은 미소로 환하게 밝아졌다. 그는 반짝이는 눈으로 아직도 믿지 못하겠다는 듯 여자의 이름을 조심스럽게 불렀다.

"아키 나아!"

그는 여자의 이름을 기계적으로 여러 번 반복해서 부르며 그녀의 모습이 허상이 아님을 자신에게 확신시키려는 듯했다. 천천히 여자의 머리에 손을 가져다 대는 그의 눈빛에는 의심과 동시에 희망의 빛이 담겨 있었다.

"아키 나아…… 아키 나아…… 너구나……!"

그의 손가락이 여자의 얼굴을 따라 움직였다.

아키 나아가 고개를 끄덕였다. 그녀의 눈빛은 긍지와 기쁨으로 가득 차올라 반짝거렸다.

그녀는 망토 위쪽의 끈을 풀고 손을 가죽 밑으로 집어넣어 벌레처럼 꼼지락거리는 아기를 끄집어냈다. 깜짝 놀란 남자는 자기 눈앞에서 힘차게 버둥거리는 통통하고 볼이 볼록한 아기를 응시했다.

아키 나아가 짧게 말했다.

"네 아들이야!"

아타 마크는 아무 말 없이 아이를 안았다. 정말 살아 숨 쉬는 아기였다.

그의 아내는 아기를 데리고 어떻게 이곳까지 올 수 있었을까? 그는 안도와 기쁨을 느끼면서도 놀라지 않을 수 없었다. 자기 부족 땅에서 몇 날 며칠을 걸어야 하는 거리이고 새 부족 땅에서도 훨씬 멀리 떨어진 얼어붙은 강 한복판에서, 바로 코앞에서 아내와 아기를 보고 있다니 이 무슨 기적이란 말인가?

하지만 자신의 앞에 서 있는 사람은 분명히 아내였다. 아타 마크는 아내의 냄새를 알 수 있었다. 카 마이와 마 와미도 그녀를 보았다.

아키 나아는 믿지 못하겠다는 듯 자신을 뚫어져라 쳐다보는 두 남자에게도 인사를 건넸다. 그들은 창백하고 비쩍 마른 상태였다. 이 타아는 지쳐 있었지만 기쁨을 감추지 않았다.

아키 나아가 물었다.

"여기서 뭐하는 거야?"

그들 중에 나이가 가장 많은 카 마이가 대답했다. 그는 불만이 가득한 듯 거만한 말투로 말했다.

"그건 우리가 너한테 해야 할 질문이다! 네가 이곳에 있다는 사실이야말로 참으로 이상한 일이지! 그렇지 않니, 이 타아? 우린 새 부족의 땅을 찾아갔어. 거긴 여자들과 아이들, 노인들밖에 없더군. 그들은 우리에게 적대적으로 굴지 않았어. 이 타아는 거기 있었는데 넌 없더구나! 우린 오랫동안 널 찾아다녔어. 그래서 그곳에서 지체하다가 너무 늦게 출발하는 바람에 겨울이 되어 버린 거야."

그는 부상자에게 불만스러운 눈빛을 던지며 말했다.

"널 계속 찾아다녀야 한다고 고집부린 게 바로 저 사람이다. 그러다 내가 우려하던 일이 벌어졌지! 그들이 우리 발자국을 보고 따라와서는 매복해 있다가 공격한 거야. 내가 한 놈을 죽여서 그나마 가까스로 도망칠 수 있었지. 하지만 아타 마크는 부상을 입었어. 우린 큰 추위가 닥치기 전에 부족 땅에 다다를 수 있다는 희망으로 쉬지 않고 걸었어. 하지만 불행히도 아타 마크는 걸을 수가 없었지. 그를 들것에 태우고 걷다 보니 이렇게 지체된 거야. 우리가 너무 천천히 걷는 바람에, 결국 겨울이 우리 발목을 잡았지. 한동안 동굴에서 머물렀지만 먹을 게 금세 떨어졌어. 그래서 추위가 소강상태에 접어들었을 때 다시 출발하기로 한 거야. 정령들이 바람을 막아 주고 우리가 사냥감을 잡는 걸 좀 쉽게 해 주길 기대하면서 말이야."

남자는 한숨을 내쉬었다. 그러고는 낮고 피곤한 목소리로 단숨에 말을 이어 나갔다. 어렵게 이어 가는 그의 말 속에는 소리 없는 분노가 배어 있었다. 그는 다시 한 번 부상자를 향해 불만 섞인 눈빛을 보내며 이런 상황에 처한 게 그의 책임이라는 것을 공공연히 지적했다.

아키 나아는 감동한 눈빛으로 동족들의 쇠약해진 얼굴을 바라보았다. 그리고 고통으로 일그러진 아타 마크의 회색빛 얼굴을 한참 동안 들여다보았다. 마 와미는 아키 나아를 그냥 바라보는 것이 아니라 뚫어져라 쳐다보았다. 그는 더 이상 오래 서 있을 수도 없는지 아예 부상자 옆에 주저앉아 의기소침하게 가만히 있었다. 그나마 카 마이만이 약간이나마 기운이 남아 있는 것 같았다.

"여러분은 지쳤어요. 바람이 언제 다시 휘몰아치기 시작할지 몰라요. 우리 거처가 아주 가까운 곳에 있어요. 모아 놓은 음식도 충분하니까 우리 모두가 먹는다고 해도 한 달은 지낼 수 있을 거예요."

카 마이가 놀라서 물었다.

"우리 거처? 너와 아기를 말하는 게냐?"

"전 혼자가 아니에요."

아키 나아는 아오가 숨어 있을 뒤쪽의 덤불을 가리켰다.

그녀가 아오를 불렀다.

"이리 와, 아오. 가까이 와. 여긴 아타 마크, 마 와미, 카 마이, 이타아야. 모두 우리 부족 사람이야. 아타 마크는 내 아이의 아버지야. 부상을 당했어. 이제 나와도 돼. 겁먹을 것 없어."

아오는 그녀의 말에 따랐다.

그를 보자마자 세 남자와 여자는 뒤로 주춤하며 물러섰다. 여자는 겁에 질려 소리를 질렀다.

그녀는 더듬거리며 말했다.

"저……, 저건……, 곰 인간이잖아!"

카 마이는 창을 집어 들고 위협적으로 흔들어 댔다.

아타 마크가 소리쳤다.

"아키 나아! 이쪽으로 와!"

젊은 여자는 동족들의 적대적인 반응에 놀라 잠시 아무런 반응도 하지 못했다. 카 마이와 마 와미가 소리를 지르며 그녀를 향해 달려오다가 그녀를 지나쳐 갔다.

아오는 아무 느낌도 없는 듯 눈으로 그들을 쫓으며 창을 피할 태세를 갖췄다. 기진맥진한 두 사냥꾼과 싸우는 것은 전혀 걱정이 되지 않았다. 아오의 자신감 있는 모습에 기가 죽은 두 남자는 걸음을 늦췄다. 아오는 그들을 믿지 않았다. 그는 화가 난 듯 눈동자를 이리저리 굴리며 분노를 담아 울부짖었다. 그가 커다란 몽둥이로 바닥을 세게 내려치자 눈이 튀었다. 그리고 제자리에서 발을 구르기 시작했다.

마 와미와 카 마이는 놀라서 꼼짝도 할 수 없었다.

그들은 순식간에 싸울 마음이 없어졌다. 저렇게 성난 야수와 대결하고 싶은 마음은 전혀 없었다. 아오는 자신의 위협적인 행동에 상대가 두려워한다는 것을 알아챘다. 그는 그때를 이용해 겁먹은 두 남자에게 다가갔다.

아키 나아는 냉정을 되찾았다. 얼른 아오에게 달려가 그의 앞을 가로막았다. 그리고 부드럽게 그의 어깨 위에 한 손을 얹었다. 그녀는 아오의 행동을 이해할 수 있었다. 그녀가 조용히 꾸짖자 아오는 즉시 잠잠해졌지만, 놀란 두 남자에게서 눈을 떼지 않았다.

아키 나아는 단호한 목소리로 동족들에게 말했다.

"이쪽은 아오예요. 사람이에요. (그녀는 사람이란 단어를 강조하며 말했다.) 우리 이전에 이 세계 한쪽에서 살던 고대인이에요. 이 사람이 절 보호해 줬어요. 저와 아기를 위해 사냥을 해 주고 나쁜 새 부족 인간들도 죽였어요. 하지만 위험한 사람은 아니에요. 저 사람은 아기와 저를 버려두고 그냥 가 버릴 수도 있었어요. 하지만 우리는 가려는 방향이 같았기 때문에 함께 걸었어요. 아오는 자기 부족 사람들을 찾고 있어요. 저는 호수 부족 사람들이 그에게 적대적이지 않을 거라고 그를 설득했어요."

이 타아가 망설이는 말투로 물었다.

"정말 사람이야?"

아키 나아가 흥분해서 소리쳤다.

"그럼! 당연하지! 다시 한 번 말하지만, 저 사람이 없었다면 난 여기 있지도 않았을 거예요. 자, 이제 우릴 따라오세요. 우리 거처가 아주 가까운 곳에 있어요. 불과 음식도 있으니 거기 가서 얘기해요."

부족 사람들이 아오에 대해 그다지 호의적이지 않은 반응을 보이자 아키 나아는 그들을 만난 기쁨도 줄어들었다. 아키 나아는 이 타아의 눈빛에서 두려움과 혐오감을 읽었다. 하지만 그녀는 그들에게 관용을 베풀려고 노력했다. 자신도 아오가 처음 동굴에 나타났을 때 얼마나 무서웠던가! 이런 있을 법하지 않은 두 종족의 만남은 특별한 상황이기에 가능했다. 그러고 보면 자신의 부족 사람들이 저런 태도를 보이는 것도 전혀 놀라울 것이 없었다. 그들에게도 시간이 필요했다.

아키 나아는 그들에 대해 더는 걱정하지 않기로 했다. 그녀는 아오의 팔을 끌어당기며 움막 쪽으로 단호하게 돌아섰다.

아오는 그녀의 뒤를 따라갔다. 세 남자와 한 여자는 아키 나아의 부족 사람들이었다. 그러니 그들을 해치지는 않을 것이다. 계속 조심하기만 하면 그들을 두려워할 필요는 전혀 없었다. 그들은 모두 지쳐 있었고, 새 부족 인간이 아니었다. 눈빛만 봐도 잔인한 새 부족 인간들과는 전혀 달랐다. 세 남자는 여전히 아무 반응도 없었다. 곰 인간이 젊은 여자의 명령을 따르다니 믿을 수가 없었다. 그들은 서로 눈빛을 주고받았다. 하지만 아무도 말을 하는 사람이 없었다. 아키 나아가 돌아서서 손짓하며 다시 한 번 자기들을 따라오라고 재촉했다. 네 사람은 아무 말 없이 서로를 바라보았다. 아타 마크는 열이 올라서 견디기 어려운 상태였다. 두 동료도 지쳐 있었다. 그들은 추웠고 견디기 힘들 만큼 굶주리기도 했다. 생존을 보장할 수 없는 상태였다. 결국 네 사람은 체념한 듯, 두 남녀가 가는 방향으로 걸음을 옮겼다.

아키 나아가 마 와미 옆으로 다가왔다. 그녀는 물어보지도 않고 들것의 한쪽을 들어 무게를 덜어 주었다. 마 와미도 그녀의 도움을 거절하지 않았다.

그럼에도 그들이 전진하는 속도는 아주 느렸다. 아키 나아는 상상해 보았다. 굶주린 배를 안고, 겨울이 오기 전에 부족 땅에 도착하려면 걸음을 서둘러야 하는데도 부상당한 동료를 포기하지 않고 들것에 들고 가면서 매일 얼마나 힘들었을까? 아무도 말을 하지 않았다. 각자 혼자서 해야 하는 일에 집중하고 있었다. 조용한

가운데 헐떡이는 숨소리만 들렸다.

아오가 앞장서서 걸었다. 약간 앞서 나갈 때마다 그는 걸음을 멈추고 뒤쪽 행렬을 호기심 어린 눈으로 바라보았다. 움막에 다다랐을 때는 이미 날이 많이 저물어 있었다.

각자 바짝 붙어서 움막 안으로 들어가 자리를 잡고 앉았다. 아오는 불꽃을 쑤셔 불을 일으켰다. 아키 나아는 광에서 음식을 가져와 나눠 주었다. 피곤했지만 모두 열심히 음식을 먹었다.

아타 마크만 먹지 않고 있었다. 그는 열 때문에 얼굴이 벌겋게 달아올라 반짝이는 눈으로 자기 아내를 응시하고 있었다. 튼튼한 몸으로 한 달가량이나 애써 견뎠지만, 그는 끝이 멀지 않았음을 느꼈다. 부어오른 다리에서는 죽음의 냄새가 났다. 그는 어떤 환상도 품지 않았다. 끔찍한 고통을 느꼈다. 고통과 열이 계속되는 가운데 혼수상태에 빠지지 않으려 자신과 고된 싸움을 해야 했다. 아오는 그의 맞은편에 앉아 있었다. 두 사람의 시선이 오랫동안 마주쳤다. 아오의 눈을 똑바로 쳐다보는 사람은 아타 마크밖에 없었다. 아오는 공격적이지 않은 시선으로 아타 마크의 얼굴을 찬찬히 살폈다. 그는 고통으로 일그러진 남자의 얼굴에서 어떤 기쁨 같은 것을 읽어 냈다.

잠시 후, 모두 자리에 앉자 아키 나아가 입을 열었다. 사람들의 시선이 그녀에게 쏠렸다. 말은 하지 않았지만 모두 이 젊은 여자가 겪은 일들에 대해 빨리 이야기를 듣고 싶어 했다. 아키 나아는 새 부족 마을까지의 긴 여정과 그들의 난폭한 행동, 키 미의 죽음, 마을에서의 생활, 그들의 괴롭힘과 여자들의 불친절, 하늘의 뜻으로 아오가 새 부족 마을에 침입한 일, 그의 도주, 고원에 불어닥친 폭풍우, 아기의 조산, 바위 아래 피난처를 발견한 일, 갑자기 아오가 동굴 속에 나타난 일 등을 조용하고 차분한 목소리로 이야기했다.

그녀는 아오가 자신에게 음식을 나눠 주었을 때 느꼈던 감정, 두려움과 놀라움에 대해서도 이야기했다. 또 자신의 흔적을 찾아 쫓아온 사냥꾼들의 손에서 빠져나가려고 서둘러 도망쳤던 이야기를 상세히 들려 주었다.

특히 이 곰 인간이 자신을 버려두고 사냥꾼들을 따돌릴 수 있었음에도 기꺼이 혼자서 세 명을 상대해 싸운 이야기를 한참 들려 주었다. 끔찍했던 싸움에 대해서도 자세히 묘사했다. 그리고 강을 따라 한참을 걸으면서 의사소통을 하기 위해 그들이 함께 기울인 노력에 대해서도 이야기했다. 그녀는 큰 가치가 있는 사람의 이름을 말하듯 조심스럽게 아오의 이름을 이야기하고 아오의 용기와 힘, 뛰어난 사냥 실력을 칭찬했다.

하지만 부족 사람들이 아오에게 호감을 느끼게 하려고 열성적으로 이야기하며 노력했음에도 불구하고 그다지 큰 성과를 얻어 내지 못했다. 아오는 가장 나이가 많은, 다른 사람들이 카 마이라고 부르는 사냥꾼의 얼굴을 살폈다. 더는 참을 수 없다는 표정을 지으며 그는 점점 끓어오르는 화를 참지 못하고 마침내 폭발했다. 그리고 벌떡 일어나 젊은 여자의 말을 가로막았다.

"어떻게 죽어 가는 남편 앞에서 감히 그런 말을 할 수가 있지? 넌 자기 아내와 아들을 소유한 자를 보고도 네 남편의 영혼이 평화로울 수 있을 거라고 생각하는 게냐? 너는 저 자가 우리 부족에서 쓸모 있는 사냥꾼이라도 되는 것처럼 말하는구나! 어리석은 여자야, 눈을 떠! 저 괴물은 네 영혼과 네 아이의 영혼을 훔쳐간 거야! 저 자와 함께 있으면 넌 우리 부족에 불행을 가져올 거야. 저자를 죽여서 저 자의 손아귀에서 벗어나야 해!”

아오는 그 말의 의미를 깨달았다. 그는 콧구멍을 벌렁거리며 입술을 젖힌 채 먹이를 향해 뛰어들려고 하는 사나운 야수처럼 으르렁거렸다. 사냥꾼의 눈빛에서 뻔히 보이는 불안한 기색이 그의 분노를 더욱 자극했다.

아키 나아는 아오에게 진정하라는 몸짓을 했다. 그리고 나이 든 사냥꾼의 단호한 발언에 반기를 들었다.

“아키 나아는 곰 인간의 소유가 아닙니다. 우리는 공동의 적에게 맞서 싸우려고 힘을 합친 것뿐이에요. 우린 같은 방향으로 길을 떠났지만 목적지는 서로 달랐어요. 카 마이는 그렇게 말하면 안 돼요.”

안에서 끓어오르는 분노 때문에 젊은 여자의 얼굴이 일그러졌다. 그녀는 경멸 섞인 말투로 말했다.

“당신은 저 사람의 목숨을 앗아갈 수 있을 거라고 생각합니까? 저 사람은 이렇게 쇠약해진 당신들을 모두 죽일 수도 있어요! 그는 여러분이 아내나 딸을 대하는 것보다 저에게 더 잘 대해 주었어요!”

그녀는 아타 마크를 향해 돌아섰다.

“그가 없었다면 지금 저는 이곳에 없었을 거예요. 이 아이, 당신 아들도 죽었을 테고요! 당신들도 저 사람의 집에서 추위를 피하고 저 사람이 사냥한 짐승의 고기를 먹고 있잖아요! 당신들의 발자국을 발견하고 당신들을 먼저 발견한 것도 저 사람이에요. 여러분이 절망적인 상황에 처해 있다고 생각한 것도요! 당신들은 저 사람에게 목숨을 빚졌다고요!"

아키 나아는 화가 나서 미칠 것 같았다. 그녀는 갑자기 자기 아버지 옆, 폭신한 가죽 위에서 평화롭게 몸을 움직이던 아들을 붙잡았다. 아기는 자기 아버지에게는 아주 조금밖에 관심을 보이지 않았다. 아키 나아는 아들을 안고 아오를 향해 성큼성큼 다가갔다.

깜짝 놀란 소년 아오는 두 팔로 아기를 받았다. 아기는 엄마의 거친 행동에 놀랐지만 아오를 알아보고 환하게 웃었다.

그 모습을 본 사람들은 너무 놀라 꼼짝도 하지 못했다. 아키 나아는 금세 자신의 행동을 후회했다. 자신의 그런 행동이 당장 어떤 결과를 가져올지 가늠할 수 없었다. 오히려 사람들이 카 마이의 못된 말을 더 신뢰하게 만든 건 아닐까?

화가 난 아키 나아는 구석에 몸을 웅크리고 앉아 아무 말도 하지 않았다. 움막 안에는 무거운 침묵이 깔렸다. 이 타아와 마 와미는 계속 고개를 푹 숙이고 있었다. 여자의 분노에 찬 행동을 보고 어이가 없어진 카 마이는 부상자의 반응을 기다렸다. 감히 자기한테 이렇게 건방지게 말하는 여자는 한 번도 본 적이 없다! 그는 자신에게 대드는 여자의 모습을 도무지 머릿속에서 지울 수가 없었다. 지금은 저 곰 괴물 때문에 억지로 참고 있는 것이다. 카 마이는 동의할 수 없다는 듯한 눈빛으로 아타 마크를 쳐다보았다. 이 남자는 자기 아내가 부족 어른에게 이런 식으로 말하는 것을 그냥 두고 보기만 하지는 않을 것이다. 하지만 지금 저런 짐승 같은 놈의 도움을 받아야만 하는 것도 다 저 사람의 실수 때문인데 그런 이성적이지 못한 남자에게서 뭘 기대할 수 있을까?

카 마이는 어깨를 으쓱했다. 지금 와서 아타 마크를 비난해 봐야 무슨 소용이 있단 말인가! 아타 마크는 이제 이승을 떠나 긴 여행을 시작해야 하는 상황이었다. 아키 나아는 부족의 조언자인 샤먼 앞에서 자신의 태도를 이해시키려 할 것이다. 그러면 카 마이는 곰 인간은 인간이 아니라고 말할 것이다. 샤먼은 현명한 사람이다. 그러니 그녀의 말을 확인하려 들 것이다. 저런 놈의 존재는 정령들의 분노를 일으키고 진짜 인간들에게 불행을 가져올 것이기 때문이다.

아오는 자기 때문에 분위기가 격앙된 것을 알 수 있었다. 하지만 그의 마음속에서는 정말이지 아무런 동요도 일지 않았다. 그는 분노를 다스릴 줄 알았다. 자신이 저 남자들과 여자에게 불러일으킨 효과가 재미있기도 했다. 아오는 그들을 모두 움막에서 쫓아낼 수 있다는 사실을 알았지만 아무것도 하지 않았다. 그저 이 사람 저 사람의 태도를 주의 깊게 관찰하는 것으로 만족했다. 몇 단어밖에 알아듣지 못했지만 아키 나아가 다른 사람들에게 자신과 함께 있는 이유를 납득시키려고 애쓴다는 것만큼은 충분히 알 수 있었다. 그녀에 대한 아오의 마음은 달라진 게 없었다. 아키 나아는 여전히 아오를 믿었고, 아오는 그녀가 자신에게 보여 주는 신의를 중요하게 생각했다. 어떤 여자가 자기 부족 사냥꾼들에게 아키 나아처럼 말할 수 있단 말인가?

오히려 부상자의 태도가 당황스러웠다. 이상하게도 아기 아버지이자 아키 나아의 남편인 그는 아오에게 가장 호의적인 태도를 보였다. 다른 여자는 계속 눈을 내리깔고 있었다. 아오는 그녀가 피하는 시선에 반대의 뜻과 두려움이 담겨 있는 것을 보고 놀랐다. 그 여자는 계속 입을 다물고 있었다. 아키 나아는 그 여자와는 다른 것 같았다. 그녀는 더욱 강한 영혼의 보살핌을 받고 있었다. 아오는 자신이 그녀와 만난 이유를 알지 못했다. 다만 암늑대처럼 행동하는 여자와 함께하게 되었다는 사실은 느끼고 있었다.

아타 마크는 초인적인 노력으로 일어서려고 애썼다. 그의 얼굴에는 고통이 가득했고, 다친 다리가 땅에 닿을 때마다 소리 없이 괴로워했다. 아키 나아가 얼른 일어나 그를 도와주었고 아타 마크는 여자의 호의를 받아들였다. 그의 찌푸린 얼굴에 옅은 미소가 보였다. 그의 눈은 벌써 영혼들의 세계를 응시하는 것처럼 초점이 먼 곳에 맞춰져 있었다. 움막의 한쪽 벽을 이루는 바위에 기댄 그는 겨우 정상적인 호흡을 되찾았다. 아타 마크의 시선은 아오와 그가 안고 있는 아기에게 향했다. 그의 일그러진 얼굴에서는 증오도, 두려움도 보이지 않았다.

아타 마크는 자기 아내에게 어떻게 이곳까지 오게 되었는지 지친 목소리로 이야기하기 시작했다.

그리고 이미 카 마이가 한 이야기를 일부 반복하면서 몇 가지 사항을 덧붙여 말했다.

"우린 처음에 새 부족 인간들의 공격을 받고 바로 며칠 후에 떠났어. 그들의 발자국을 따라 해가 뜨는 방향으로 나아갔지. 하지만 그들의 마을을 찾지 못해서 그들의 땅 근처에 있는 강가의 절벽에 난 동굴에서 겨울을 지냈어. 봄이 왔을 때 우린 사냥을 시작했고, 돌아가는 길이 힘들 것을 대비해 음식을 비축해 뒀지. 언덕을 넘고 계곡을 여러 개 지나서 마침내 새 부족 마을을 찾아냈어. 사냥꾼들은 그곳에 없더군. 이 타아는 우리에게 키 미가 죽은 일과 곰 인간이 침입한 일 그리고 네가 도망친 이야기를 들려 주었어. 우린 사냥꾼들이 언제 돌아올지 몰라서 오래 지체할 수가 없었어. 우린 널 한참 찾아다녔어. 카 마이는 바로 떠나고 싶어 했지. 그의 생각이 옳았어. 하지만 난 널 더 찾아보고 싶었어. 그러다 너무 지체하고 말았어. 내 실수로 우린 새 부족 인간들의 공격을 받고 말았지. 그들은 세 명뿐이었지만 무척 사납고 무기도 무시무시했어. 그들 중 한 명은 뼈를 깎아서 끝을 날카롭게 만든 묵직한 몽둥이를 사용했어. 그 끔찍한 무기로 단번에 내 다리를 부러뜨렸어. 카 마이는 그와 싸우던 놈을 창으로 죽였지. 동료 한 명이 죽자 나머지 두 명은 조금 몸을 사리더군. 그들은 죽은 자의 시신을 가지고 뒤로 물러섰어. 카 마이와 마 와미는 번갈아 가면서 나를 부축해서 여기까지 데려왔어. 새 부족 인간들은 당장은 추격을 포기한 것 같았어. 겨울이 곧 시작되려고 했으니까. 날씨가 점점 추워졌어. 하지만 나 때문에 빨리 이동할 수가 없었어. 겨울이 금방 우리 발목을 잡았지. 잠시 작은 동굴에 머물렀는데 이동하면서 비축해 둔 음식이 금세 떨어졌어. 그래서 바람이 잠잠해지자마자 우린 다시 길을 떠났어. 곰 인간이 우리가 지나간 흔적을 발견하지 못했다면 우린 죽은 목숨이었을 거야. 우리 부족의 땅까지 가려면 아직도 멀었으니까. 이렇게 굶주리고 지친 상태로는 다시 바람이 불어오면 오래 버틸 수 없었을 거야."

아타 마크는 숨이 차서 입을 다물었다. 길게 말을 하고 나니 기진맥진해졌다.

아키 나아는 다시 아이를 데리고 와서 그의 곁에 앉았다. 사냥꾼은 아기의 머리를 쓰다듬었다.

아키 나아는 남편의 다리를 살펴보았다. 한쪽 다리 전체가 보랏빛이었다. 깊은 상처는 아물지 않고 곪아 고약한 냄새가 났다. 아타 마크는 죽을 운명이었다. 그는 끔찍한 고통을 참으며 담담하게 죽음을 기다리고 있었다.

두 사람의 시선이 마주쳤다. 아키 나아는 그의 눈에서 체념과 애정, 고마움을 읽을 수 있었다.

그가 다시 말했다.

"아타 마크는 이제 곧 죽을 거야. 하지만 영혼은 평안해지겠지."

그렇게 말하면서 아타 마크는 잠시 카 마이를 쳐다보았다.

"제 아내와 아기는 살았습니다. 그게 다 저 사람 덕분입니다."

그는 떨리는 손으로 아오를 가리켰다. 더욱 결의에 찬 목소리는 지금 하는 말이 중요하다는 사실을 상기시켰다.

"그가 누구인지, 어디서 왔는지는 중요하지 않습니다! 이 남자는 내 아들과 아내를 먹여 살렸습니다. 또 그들의 생명을 보호해 줬습니다. 누구든지 그를 비난하는 사람은 내 영혼을 화나게 할 것입니다."

그는 특히 말없이 앉아 있는 젊은 사냥꾼을 향해 말했다.

"당신은 이 남자가 우리 부족 사람들에게 환영을 받을 수 있도록 내 말을 나파 말리에게 그대로 전하라. 그는 충분히 그럴 만한 자격이 있다."

사냥꾼은 벽에 기대어 미끄러지듯 주저앉았다. 그는 더 이상 아무 말도 하지 않았다. 하지만 임종의 순간은 아직 멀리 있었다. 그는 높은 열 때문에 정신을 차릴 수 없었다. 그의 고통을 끝나게 해줄 죽음이 오기 전까지는 아직 며칠은 더 기다려야 했다.

그들은 아타 마크의 시신을 돌무더기 아래 묻었다. 부족의 정령들이 머무는 산까지 그를 데리고 가야 하기 때문에 긴 여행을 하는 동안 그의 영혼이 먹을 수 있도록 무덤 옆에 음식을 놓아두었다. 아키 나아는 늑대의 영혼을 불러 조상들의 땅까지 그녀의 남편을 인도해 달라고 빌었다. 그리고 이 타아가 자신에게 준 훌륭한 칼을 남편의 손에 쥐어 주었다. 그 멋진 무기가 남편의 죽음을 달래 주고, 그의 가치를 인정받게 해 주고, 정령들의 세계에서 조상들 곁에 머물며 사냥을 하게 해 주길 바랐다. 예상하고 준비해 온 일이기는 했지만 막상 아타 마크가 눈앞에서 죽고 사라지니 가슴 깊이 슬픔이 밀려왔다. 그는 무척 사려 깊고 다정한 남자였다. 아키 나아는 아이와 함께 둘이서 오래 살 수는 없다는 걸 알았다. 아들이 있는 여자는 가치가 높아졌다. 이제 자신에게 구혼하는 자들이 많을 것이다. 하지만 그런 생각이 들어도 아키 나아는 전혀 즐겁지 않았다. 다른 남자와 살고 싶은 마음은 조금도 없었다. 자신을 찾기 위해 남편이 겪은 고통을 생각하면 마음이 딱딱하게 굳어 버렸다. 생사조차 모르던 아내와 아들을 다시 만나고 나서 마음 편하게 죽었으니 그나마 다행이었다!

아키 나아는 남편의 얼굴에서 자신뿐만 아니라 아오에 대한 고마움을 읽을 수 있었다. 아타 마크는 똑똑한 남자였다. 그는 아키 나아를 존중하고 그녀를 믿어 주었다. 그는 자기가 곰 인간에게 무엇을 해 주어야 하는지도 알고 있었다. 아타 마크는 죽기 전에 아오에게 존경을 표했다. 아키 나아는 그를 좋은 사람으로 기억할 것이고, 그녀의 아들은 엄마의 이야기를 통해 아버지를 알게 될 것이다. 정령들이 아이의 이름을 알려 줄 때까지 아이는 아버지의 이름을 물려받을 것이다.

낮은 길었다. 아오는 잠시 잠잠해진 틈을 타 움막을 짓누르는 무거운 분위기와 혼잡스러움에서 벗어나려 했다. 시간이 허락할 때마다 사냥을 하러 나가는 아오는 한 번도 두 남자의 도움을 구한 적이 없었다. 아오는 그들에게 완전히 무관심했다. 그러나 한편으로는 감시를 게을리하지 않았다. 아주 사소한 사실이나 몸짓도 놓치지 않았다.

아타 마크가 죽고 나서 카 나이는 자신의 권위를 세우려 했다. 그는 아타 마크가 죽어 가면서 아오에 관해 남긴 말을 따르고 싶지 않았다. 그는 아키 나아의 의견에 동조하지 않는다는 뜻을 여러 번 내비치며 인간 같기도 하고 동물 같기도 한 모습의 아오의 존재는 진짜 인간들과 함께 섞일 수 없다는 뜻을 고집했다. 그는 아오의 존재가 부족을 황폐하게 할 거라고 생각했다. 그런 자를 데리고 가는 데 동의한다면 모든 불똥이 자신에게 튈지도 몰랐다. 그러면서 그는 자신들이 새 부족 땅에 도착했을 때 아키 나아가 그곳에 있었어야 한다는 주장만 되풀이했다. 그랬더라면 서둘러 달아났을 것이고, 사나운 사냥꾼들을 만나지도 않고 아타 마크도 죽지 않았을 거라고 말했다.

그러면 아키 나아도 지지 않고 아이는 그들이 도착하기 전에 태어났으며 아무도 그녀를 죽음에서 구할 수 없었을 거라고 반박했다.

하지만 카 마이는 도무지 그녀의 말을 들으려고 하지 않았다. 그는 봄이 오면 아오가 자기 부족을 찾아 떠나야 한다고 주장했다. 아키 나아는 나이 든 사냥꾼의 고집 때문에 비탄에 빠졌다. 카 마이가 지금은 저렇게 자신에게 불평을 늘어놓고 있지만, 그는 그녀의 남편인 아타 마크를 끝까지 포기하지 않았다. 아타 마크가 고집을 부려서 자기 자신은 물론 두 사람의 목숨까지 위태롭게 했는데도 말이다. 아키 나아는 그 사실을 절대로 잊지 않을 것이다. 그녀는 희망을 품기로 하고 카 마이가 진실한 사람이라고 믿었다. 그도 결국은 생각을 바꾸게 될 것이다. 하지만 그녀는 한편으로 걱정스러웠다. 노인의 태도를 보아 하니 돌아가는 길이 쉽지 않을 것 같았기 때문이다. 부족 사람 중에서도 이 문제에 대해 아예 입을 다물어 버리는 사람들이 있을까 봐 걱정이었다. 이토록 반대가 거셀 줄은 예상하지 못했다.

아키 나아는 그동안 아오가 얼마나 거북했을지 충분히 이해할 수 있었다. 카 마이가 비난을 퍼부었지만, 그녀는 아오가 사냥을 하러 나섰을 때 아기를 이 타아에게 맡기고 그를 따라나섰다. 아오는 뒤에서 달려오는 아키 나아를 보고 기쁜 마음을 감추지 못했다. 그들은 여름에 그랬던 것처럼 둘이서 힘을 합쳐 즐겁게 사냥했다. 그 순간만큼은 아키 나아도 아타 마크의 죽음으로 느끼는 슬픔을 약간은 잊을 수 있었다. 그녀는 사냥에 심취해 끝없이 펼쳐진 공간을 마음껏 달리고 사냥감을 발견하는 기쁨도 맛보았다. 그녀는 이제 여자가 남자처럼 행동해도 정령들이 분노하지 않는다는 사실을 깨달았다.

9

낯이 점점 길어지고 있었다. 땅 위의 얼음도 녹았다. 하지만 겨울은 아직 끝나지 않았다. 추위는 봄볕에 밀려 물러가기 전에 마지막으로 매서운 공격을 퍼부을 것이다.

분위기는 여전히 긴장된 상태였다. 아키 나아가 아오와 함께 나가서 때때로 한나절을 보내고 돌아올 때면 카 마이는 맹렬하게 비난을 퍼부으며 불만을 표시했다. 아키 나아는 여러 번 아오를 변호했지만 아무 소용이 없자 상황을 더 악화시키지 않으려 아예 입을 다물어 버렸다. 그리고 나이 든 사냥꾼의 명령을 귀담아 듣지 않았다.

그녀는 단지 이렇게 말했다.

"아키 나아는 아오와 사냥하러 갈 겁니다."

이 단순한 문장은 투덜거리는 나이 든 사냥꾼의 노여움을 폭발시키기에 충분했다.

"아키 나아는 동물을 죽여서는 안 된다는 사실을 모르는가? 카 마이와 마 와미가 사냥을 나갈 것이다. 아키 나아는 아들을 돌봐야 한다."

하지만 아키 나아는 들은 척도 하지 않았다.

카 마이는 특히 오늘 아침에 더 화가 났다. 날씨가 맑았지만 마 와미와 그는 이틀째 사냥감을 잡지 못하고 빈손으로 돌아왔기 때문이었다. 아키 나아는 이번에도 또 아오와 함께 사냥을 나서려고 했다. 오늘은 아기도 함께 데려가려고 했다.

카 마이는 화가 끓어올랐다. 이렇게 뻔뻔한 여자는 난생처음이었다! 이번에는 기필코 모든 것을 제자리로 돌려놓아야 할 때였다.

아오가 먼저 밖으로 나가 아키 나아를 기다렸다. 카 마이는 그 틈을 타 마음껏 퍼부었다. 그는 화를 내며 젊은 여자 앞에 섰다.

"정령들을 언제까지 모욕할 셈이냐!"

아키 나아도 일어섰다. 남자를 통제할 수 없다는 걸 느낀 그녀는 조심스럽게 아기를 이불 위에 내려놓았다.

남자는 얼굴이 벌겋게 달아올라서 말했다.

"그럼 내가 억지로라도 복종하게 해 주지!"

그는 팔을 들어 젊은 여자의 관자놀이를 세게 후려쳤다. 아키 나아는 비명을 지르며 바닥으로 나뒹굴었다. 카 마이는 팔을 내렸다가 또다시 들어 올려 여자를 때리려고 했다. 그는 아오가 그의 뒤로 다가오는 소리를 듣지 못했다. 손목을 꽉 붙잡히고 나서야 카 마이는 그의 존재를 느꼈다.

카 마이는 이미 나이가 들었지만 힘은 젊었을 때와 별 차이가 없었다. 젊은 혈기로 함부로 그에게 대든 이들은 모두 큰코다쳤다. 카 마이는 자신의 힘을 믿고 뒤로 돌며 어깨로 세게 밀어서 놈의 중심을 무너뜨리려고 했다. 하지만 아오는 그의 강한 타격에도 아무런 충격을 받지 않은 듯 그대로 땅에 붙어서 꿈쩍도 하지 않았다. 카 마이는 꼭 나무에 부딪힌 느낌이었다. 소년의 다른 한 팔이 그의 목을 휘감고 졸랐다. 그러자 공기가 더 이상 폐 속으로 들어오지 않았다. 카 마이는 몸을 비틀며 죽지 않으려고 마구 두 팔을 휘둘렀다. 두려움이 엄습했다. 그의 근육은 곧 힘을 잃고 축 늘어졌다.

마 와미와 이 타아는 그 장면을 지켜보며 공포에 사로잡혔다. 그때 퍼뜩 정신을 차린 아키 나아는 지금 무슨 일이 일어나고 있는지 깨달았다.

그녀가 소리쳤다.

"아오, 안 돼! 그를 놔줘! 죽이지 마!"

하지만 아오에게는 그녀의 소리가 들리지 않았다. 남자에게 맞고 기절했던 그녀는 겨우 다시 일어섰다. 마 와미도 젊은 여자의 울부짖음을 듣고 자극 받아 마침내 행동에 나섰다. 그는 있는 힘껏 아오에게 몸을 부딪쳤다. 하지만 소년은 성난 남자의 공격에도 아주 약간만 흔들릴 뿐이었다. 마 와미는 나이 든 사냥꾼의 목숨이 위태롭다는 걸 깨달았다. 그는 적의 팔을 붙잡아 불쌍한 카 마이의 목에서 떼어 내려고 애를 썼다. 카 마이의 얼굴은 시뻘게지고 눈은 튀어나와 이미 죽음이 임박했음을 알 수 있었다.

마 와미는 이렇게 해서는 아무것도 할 수 없음을 깨달았다. 고대인은 너무 강했다. 그는 뒤에서 이 타아가 소리치는 것을 들었다.

그녀는 창을 들고 있었다. 마 와미는 그녀의 손에서 무기를 빼앗았다. 아주 짧은 순간에 아오가 그에게 살짝 등을 지고 섰다. 마 와미는 창을 내리꽂을 수 있었지만 그렇게 하지 않았다. 그는 아오를 죽이고 싶지 않았다. 아직은 살인을 피할 수 있기를 바랐다.

그가 위협적인 말투로 말했다.

"그를 놔줘."

아오는 결의에 차 있는 듯한 젊은 사냥꾼의 목소리를 들었다. 그는 민첩하게 돌아서서 남자와 마주 보았다. 아오는 나이 든 사냥꾼의 축 늘어진 몸으로 방어하면서 나머지 한 손으로 창끝을 쳤다.

마 와미는 그의 뒤로 돌아가 무기를 휘두르며 공격하려고 했다. 카 마이의 목숨이 위태로웠기 때문이다. 하지만 아오도 사냥꾼의 몸을 방패로 삼아 카 마이와 함께 동시에 몸을 돌렸다.

그사이에 아키 나아가 일어서서 두 남자 사이로 달려들었다. 마침내 아오의 시선을 사로잡은 그녀는 아오의 손목을 붙잡고 사냥꾼을 풀어 달라고 간청했다.

아오가 갑작스럽게 팔을 놓자 카 마이가 땅바닥에 주저앉았다.

이 타아와 마 와미가 그에게 달려갔다. 남자는 죽지 않았다. 벌어진 입에서 가냘픈 숨이 새어 나왔다. 조여 있던 목구멍으로 힘들게 공기가 들어갔다. 두 사람이 나이 든 사냥꾼을 움막 구석으로 끌고 갔다.

신중한 마 와미는 무기들을 모아 손이 닿는 곳에 놓아두었다. 무거운 침묵이 깔렸다. 움막 안에는 카 마이의 헐떡거리는 숨소리만 들려왔다.

사냥꾼이 산 사람들에게로 되돌아오기까지는 긴 시간이 걸렸다.

아키 나아가 움막 한가운데 섰다. 그녀는 당황한 표정으로 아오를 쳐다보았다. 카 마이는 물론이고 아오도 원망스러웠다. 그는 왜 자신이 소리쳤을 때 말을 듣지 않았을까?

아오의 얼굴에는 어떤 감정도 드러나지 않았다. 움막의 다른 한쪽 끝에 웅크리고 앉은 그는 세 명의 적을 조용히 감시했다.

카 마이가 눈을 떴다. 목이 타들어 가는 것 같았다. 머리도 어지러웠다. 그는 자신이 겨우 죽음의 문턱에서 빠져나왔다는 것을 깨달았다.

모든 시선이 그에게 쏠렸다.

그는 공기를 들이마시려 여러 번 말을 멈추면서 아키 나아를 쳐다보지 않고 거친 목소리로 마 와미와 이 타아에게 말했다.

"겨울이 끝나 가고 있다. 우리는 내일 떠날 것이다. 저 여자는 이제 우리 부족 사람이 아니다. 저 여자는 카 마이의 목숨을 앗아가려고 했던 놈의 영혼에게 속해 있다. 저들이 우리 부족 땅에 발을 들여놓으면 쫓아낼 것이다."

아키 나아는 가슴이 철렁 내려앉았다. 마음속으로 조상의 영혼들을 불러 도움을 요청했지만 기도는 먹히지 않았다. 그녀는 카 마이가 화해의 말을 해 주기를 그렇게 바랐건만, 겨우 죽음의 그림자에서 벗어난 남자는 오히려 그녀를 추방하겠다고 선언했다. 그러자 막막했던 마음이 분노로 바뀌었다. 저 사냥꾼은 어떻게 모든 사람 앞에서 저런 말을 할 수가 있을까?

카 마이는 아키 나아에 대해 어떤 권리도 없었다. 그런데도 그는 자신을 때렸다! 아키 나아는 그의 말에 복종하지 않을 것이다. 자기 부족 사람들 앞에서 스스로 자신을 변호할 것이다. 그녀는 마 와미가 의견을 말하면 얼마든지 들어줄 준비가 되어 있었다.

순간, 다른 사람들의 시선이 마 와미에게 쏠렸다. 젊은 남자는 처음으로 모두 앞에서 자신의 의견을 말하려 했다. 지금까지는 마 와미도 연장자의 의견에 찬성하는 것 같았다. 적어도 그는 카 마이와 반대 의견을 낸 적은 한 번도 없었다!

마 와미는 흥분해 있었지만 단호한 목소리로 말하려고 애썼다.

그는 특히 나이 든 사냥꾼을 향해 말했다.

"마 와미는 카 마이의 말에 동의하지 않습니다. 곰 인간이 지은 이 움막 덕분에 우리는 추위를 견딜 수 있었습니다. 우리는 그가 잡은 짐승의 고기를 먹었고요. 카 마이는 아키 나아를 때리지 말아야 했습니다."

그는 아오를 향해 돌아섰다.

"마 와미는 아오의 관대함에 감사하게 생각합니다. 이런 일이 벌어져 유감스럽게 생각합니다."

그는 결론을 내리듯, 다시 카 마이를 향해 덧붙였다.

"마 와미는 서둘러서 떠나지 않을 것입니다. 아직은 때가 아닙니다."

아키 나아는 그를 향해 멍하니 감사의 눈빛을 보냈다.

그녀는 조상의 영혼들이 젊은 남자의 입을 통해 말해 준 것이라고 믿었다. 그녀의 기도는 헛되지 않았다. 그녀의 주문이 영혼들의 귀에까지 들어간 것이다. 아키 나아는 곁눈질로 카 마이를 살펴보았다.

카 마이는 젊은 동료의 말을 듣고 별안간 꼼짝도 하지 않았다. 그는 너무 화가 나서 더듬거렸다.

이 타아도 마 와미의 말에 찬성하지 않는 게 분명했다. 그녀는 분노의 빛을 띤 눈으로 마 와미를 노려보고 있었다.

아키 나아는 카 마이가 다시 발언할 기회를 주지 않고 서둘러 말했다.

"아키 나아는 서둘러 우리 부족을 찾아갈 것입니다. 백조들이 돌아오자마자 아오와 아키 나아는 길을 떠날 것입니다."

아키 나아는 대답을 기다리지 않고 아기를 팔에 안은 채 아오에게 밖으로 따라 나오라는 신호를 보냈다.

남자와 여자는 나란히 걸었다. 서로 아무 말도 하지 않으면서 각자 자기 방식대로 방금 전의 사건을 돌이켜 보았다. 아키 나아는 먼저 무슨 말인가 하려고 했지만 침묵을 깬 것은 아오였다.

"아오는 나이 든 사냥꾼의 말을 들었어. 그 남자는 아오의 적이지만 그의 말이 옳아. 아오는 아키 나아의 부족 사람들이 사는 호수까지 갈 수 없어. 다른 사람들도 그 사냥꾼이랑 똑같이 말할 거야. 아오는 환영받지 못해."

그는 적당한 단어를 찾느라 잠시 말을 멈추었다가 이어서 말했다.

"고대인들은 거기 없어. 아오는 거기서 할 게 아무것도 없어. 정령들은 내가 해야 할 일을 상기시켜 주려고 네 부족 사람들을 만나게 해 준 거야. 아오는 이제 새로운 인간들과는 어떤 협력도 할 수 없어."

아키 나아가 소리쳤다.

"그렇지 않아! 정령들이 우리 부족 사람들을 만나게 해 준 건 단지 사냥꾼에게 자기 아들을 만나게 해 주려고 그런 거야. 그의 영혼이 평화롭도록 살아 있는 가족들 곁에서 이별할 기회를 준 거라고. 카 마이는 그냥 자기 생각을 말한 것뿐이야. 그는 어떤 일도 결정할 권리가 없어. 그 자는 그냥 편협한 늙은 사냥꾼일 뿐이야. 하지만 우리 부족의 다른 사람들은 친절하고 평화로운 사람들이야. 카 마이가 나에게 한 것처럼 여자를 대하는 사람은 거의 없어. 보통은 여자들의 말도 존중해. 그리고 여자들이 짐승을 죽이면 안 된다는 건 정말이야. 하지만 아키 나아가 나 자신과 아기를 지키기 위해 사냥을 할 수밖에 없었다는 걸 안다면 모두 이해할 거야. 그들은 아오에게도 고마워할 거야! 아오가 스스로 떠나기 전까지는 우리 부족 사람들과 함께 지낼 수 있고, 다시 돌아올 때마다 환영 받을 거야. 누구도 카 마이의 말을 듣지 않아! 그 늙은이는 늘 허튼소리만 해. 그가 재난이 일어날 거라고 예언한 적이 많았지만 한 번도 그런 적은 없었어! 그리고 그는 새 부족 인간들이 침입하리란 건 예상하지 못했어! 너도 현명한 마 와미의 말을 들었잖아! 그래 놓고도 네가 생각하고 싶은 대로 해석하는 거야? 내 말 들어! 아무것도 변한 건 없어. 아키 나아는 사냥을 이끄는 우리 아버지와갈 탈릭과 샤먼인 나파 말리를 전적으로 믿어. 부족의 미래와 관련된 일을 결정할 때는 그들의 영향력이 거의 절대적이야. 정령들은 나파 말리에게 뜻을 전달해. 오직 나파 말리만이 정령들의 신호를 해석하고 그들의 의도를 이해할 수 있어."

아키 나아는 말을 멈추고 자신의 말이 상대방에게 어떤 영향을 미쳤는지 살펴보았다. 아오는 입을 다물고 있었다. 젊은 여자는 그것을 고무적으로 받아들였다.

"샤먼인 나파 말리는 누구보다도 오래 살았어. 그는 다른 사람들이 겪지 못한 아주 오래된 일들까지 기억하고 있어. 예전에 우리 부족은 친척뻘 되는 다른 부족들과 함께 살았대. 여기서 아주 먼, 추운 바람이 생기는 장소와 반대편에서……. 그런데 어느 날, 먹을 게 부족해지기 시작했어. 우리 부족 사람들은 넓은 땅을 가로질러 이곳저곳을 돌아다니다가 호수까지 가게 되었어. 그들은 그 호숫가에 머물기로 했지. 한 사람의 반평생에 해당하는 오랜 시간을 방황하면서 그들은 손으로 말하는 낯선 사람들을 만났대. 그때 우리 부족 사람들은 많이 굶주려 있었어. 거의 굶어 죽을 정도였대. 그런데 그 인간들이 음식을 나눠 주고 그 땅에서 함께 살게 해 주었어. 아키 나아는 그 인간들이 아마도 아오랑 비슷하게 생기지 않았을까 생각해. 나파 말리가 그 이야기를 해 줄 거야. 그들의 땅이 어디에 있는지도 알려 줄 테고.”

아오가 관심을 보이며 으르렁거렸다.

아키 나아는 그의 태도에 자극받아 계속 설득해 나갔다.

“다시 한 번 말할게. 카 마이의 적대적인 태도는 마음에 담아 두지 마. 그 자도 교훈을 얻었을 거야. 이제 네가 얼마나 힘이 센지 알았을 테니까. 그 자는 목이 졸려서 거의 죽을 뻔했어. 그러니 이제는 더 이상 나한테 손대지 못할 거야…….”

그녀는 잠시 말을 멈췄다가 덧붙였다.

“…… 네가 옆에만 있다면!”

아오는 부르르 몸을 떨었다. 그녀의 말이 먹혀든 것이다.

그는 걸음을 멈추고 한동안 알 수 없는 표정으로 그녀를 응시했다. 그리고 마침내 말문을 열었다.

“아오는 아키 나아와 아기와 헤어지고 싶다고 말하지 않았어!”

아키 나아는 그의 지적에 당황해서 순간 아무 말도 하지 못했다. 아오의 목소리에 희미하게 질책의 의미가 담겨 있음이 느껴졌다. 생각해 보니 그녀는 문제를 오로지 자신의 관점에서만 생각하고 있었다. 아키 나아는 자신의 부족으로 돌아가지 않는다는 생각은 한 번도 해 보지 않았던 것이다.

아오의 말은 옳았다. 그가 아키 나아의 부족 사람들과 함께 머물러야 할 이유는 전혀 없다.

아키 나아가 어떤 결정을 내리든 간에, 아오는 얼마든지 다른 결정을 내릴 수 있다. 아키 나아는 이제야 그 사실을 깨달았다. 그리고 아오는 이미 그럴 가능성을 고려하고 있었고, 게다가 그것도 구체적으로 표현하고 싶어 했다.

아오를 통해서 그녀는 고대인들이 대부분 두세 부부가 모인 작은 공동체를 이루고 살았다는 것을 알았다. 그렇다면 자신은 아오의 여자가 되길 원하는가?

그녀는 아오가 자신에게 무관심했던 것을 기억했다. 자신이 그의 태도를 잘못 해석한 것일까? 아오의 말을 돌이켜 보면, 아키 나아를 그저 상황 때문에 어쩔 수 없이 맺은 동맹 관계가 아닌, 아내로 맞아들이기를 바라는 것이 분명했다. 그 말을 어떻게 달리 생각할 수 있단 말인가? 그는 자신의 말이 어떤 여파를 미칠지 가늠하고 있을까?

젊은 여자는 생각에 잠겼다. 무슨 말을 해야 할지 몰랐다.

머릿속으로 두 사람이 함께하는 미래의 모습을 그려 보려고 했다. 그녀는 아오와 어린 아타 마크가 서로 애정을 품고 있다는 사실을 의심하지 않았다.

잠에서 깨면 어둠 속에서 더듬거리며 아기를 찾다가 아오의 품에 안겨 자고 있는 아기를 발견한 적이 얼마나 많던가! 아기는 아버지라고 믿는 사람이 나갔다가 돌아올 때마다 얼마나 기뻐했던가!

하지만 자신에 대한 아오의 감정은 좀 헷갈렸다. 두 사람은 함께 생활하면서 일상적인 일을 할 때 긴밀히 협조하며 서로 의존하고 더욱 친밀해졌다. 그래서 더욱 한 발 물러나서 상황을 객관적으로 보지 못하게 된 것이다. 아키 나아는 아오와 함께 있으면 안전하다고 느꼈다. 일시적이지만 강한 이 관계가 마음에 들었다. 그녀는 부족 사람들의 삶을 제약하는 금기 사항과 규칙에 얽매이지 않아도 되는 아오와의 관계에서 예전에는 한 번도 겪어 보지 못한 자유를 맛보았다. 아오에게 일종의 영향력을 발휘하고, 서로 협력하고, 서로에게 관대함을 베풀고, 함께 기쁨을 느끼는 일이 정말 좋았다. 하지만 부족 사람들의 얼굴을 한 번도 잊은 적이 없는데, 언젠가 그들을 다시 만난다는 기대 없이도 살아갈 수 있을까? 하늘과 맞닿은 산과 호수를 다시는 보지 못해도 괜찮을까? 정령들의 화가 그들에게까지 미치는 것은 아닐까? 호수 부족의 여자가 고대인과 결합할 수 있을까? 죽고 나면 자신의 영혼은 부족의 땅에서 멀리 떨어진 곳에서 어떻게 될까?

아키 나아는 이래저래 고민해 보았지만 만족스러운 답을 찾을 수가 없었다. 하지만 한 가지는 확실했다. 아오가 떠나기를 바라지 않는다는 것이었다. 아오는 자신들과 함께 있어야 했다.

그녀는 나파 말리의 현명함을 믿었다. 샤먼은 자신의 생각을 명확히 알려 줄 것이다. 오늘은 공동체 생활의 제약과 불안한 앞날에 대해서는 생각하지 않고, 강을 따라 끝없이 걷던 걱정 없던 나

날들과 셋이서 함께 보낸 평화로운 순간들만 돌이켜 보았다.

자신을 기다리는 어려움에 대해서는 생각하고 싶지 않았다.

아키 나아는 샤먼에 대한 자신의 믿음에 의지해 보려고 했다. 사람들은 주저하는 일이 있을 때 샤먼이 결정을 내리면 이유를 막론하고 그대로 따랐다. 샤먼의 말은 곧 정령들의 생각이라고 여겼기 때문이다. 그래도 아키 나아는 가슴을 조여 오는 불안감을 떨쳐 버리기 어려웠다. 아오가 자신들과 함께 남아 있어야 한다고 설득하기 위해 더 이상 할 말도 없었다.

그녀는 지친 목소리로 말했다.

"아키 나아는 부족으로 돌아가야 해. 하지만 아타 마크와 아키 나아는 아오가 필요해. 지금 두 사람을 버리면 안 돼. 아오는 걱정할 게 하나도 없어. 함께 간 걸 후회하지 않을 거야."

아오는 잠시 생각에 잠겼다.

한참을 생각한 끝에 그가 말했다.

"아오는 샤먼을 만날 거야."

아키 나아는 커다란 안도를 느꼈다.

그들은 더 이상 아무 말도 하지 않고 움막으로 가는 길로 접어들었다.

돌아와 보니 두 남자와 여자는 여전히 그곳에 있었다. 그날 저녁은 아무도 말을 하지 않았고 아기가 옹알거리는 소리만 들렸다. 분위기는 무척 긴장되어 있었다. 아키 나아는 한숨을 내쉬었다. 출발할 때까지는 아직도 시간이 많이 남아 있었다.

카 마이는 금세 회복되었다. 그는 마치 아키 나아와 아오가 존재하지 않는 것처럼 행동했다. 이 타아는 말없이 피해 다녔다. 아오에 대한 그녀의 반감은 분명했다. 이 타아는 두려움에 사로잡혀 있었고, 아오를 같은 사람으로 여기기를 고집스럽게 거부했다. 아오가 부산하게 움직이거나 그들 중 한 명에게 다가가면 그녀는 두려움의 눈빛을 보이며 자신의 감정을 그대로 드러냈다. 그녀는 아오가 악의 화신이며 사악한 영혼들로 만들어진 생명체라고 생각했다. 카 마이의 생명을 빼앗을 뻔했던 사건 이후로 이 타아는 심지어 아오가 두 남자를 죽이고 자신을 취하려고 한다고 생각하기도 했다.

아키 나아가 아오는 이 타아에게 어떤 해도 끼치고 싶어 하지 않으며 단지 자신을 방어하려고 했을 뿐이라고 아무리 설명해도 이 타아는 들으려고 하지 않았다. 그녀는 아키 나아가 말하기 시작하면 손으로 귀를 꼭 틀어막기까지 했다. 이 타아의 고집에 화가 난 아키 나아는 기회가 있을 때마다 심하지 않을 정도로 그녀를 구박하고 짜증을 내기도 했다.

하지만 이 타아의 태도는 부족으로 돌아갔을 때 아키 나아가 우려하는 상황을 더욱 악화시키는 결과를 낳을 것이다. 어떻게 이 타아가 일관성 있고 객관적으로 증언해 줄 것이라고 기대할 수 있겠는가? 그녀는 분명히 나이 든 사냥꾼의 증오와 원한을 사람들에게 그대로 전할 것이 분명하다!

다행히 마 와미가 있었다. 그가 용기 있는 발언을 한 이후로 아키 나아는 그에게 많은 기대를 걸고 있었다. 그리고 카 마이가 젊은 동료에게 모욕당한 일을 아직도 분하게 생각한다는 것을 알았다. 하지만 그렇다고 그가 마 와미를 용서하지 않은 것은 아니었

다. 그는 평소에는 연장자의 결정에 반대하지 않는 신중한 사냥꾼
이 중요한 순간에 그렇게 반대 의사를 내놓을 것이라고는 전혀 예
상하지 못했다. 그래서 처음에는 분하고 화가 났지만, 이러다가는
그의 지지마저 잃을 위험이 있다는 것을 금세 알아차렸다. 어쩔 수
없이 일단은 분노를 삼키기로 했다. 그 사건 이후로 카 마이는 잠
시도 쉬지 않고 열심히 몸을 움직였다. 이미 아키 나아를 사로잡
은 놈의 도움 없이도 얼마든지 생존할 수 있다는 것을 보여 주기
위해서였다. 그렇게라도 하면 부족 전체를 위태롭게 할 불행을 데
려왔다는 책임을 지지 않아도 될 거라고 생각한 것이다.

아키 나아는 카 마이의 압력 때문에 마 와미가 객관적인 태도
를 유지하지 못하고 카 마이의 편에 서게 될까 봐 걱정되었다. 부
족의 모든 사냥꾼처럼 마 와미도 연장자들을 존중했다. 게다가 카
마이는 그가 아내로 삼았던 여자의 아버지였고, 아내의 죽음으로
그는 비탄에 빠져 있었다. 부족의 샤먼 앞에 섰을 때 그가 카 마이
의 압력에서 벗어나 공정하게 사실을 증언할 수 있을까?

때때로 아키 나아가 카 마이의 악의적이고 불공정한 말들에 반
론을 제기해 보았지만 마 와미는 아무런 반응도 보이지 않았다. 그
러자 나이 든 사냥꾼은 마 와미에게 자신의 주장이 먹혀들 것이라
고 확신하고 아키 나아가 어떤 행동을 하든 무시했다.

하지만 아키 나아는 희망을 버리지 않았다. 마 와미는 카 마이
가 있을 때는 자신에게 말을 걸지 않았지만 더 이상 자신을 피하
려고 하지도 않았다. 마 와미도 이 타아와 카 마이처럼 아오와 거
리를 유지했지만 아오를 쳐다보는 그의 눈빛에서는 증오를 읽을
수 없었다. 심지어 그는 놀랍게도 아오에게 관심을 보이는 것 같았

다. 아키 나아는 젊은 남자가 그녀와 일종의 공모를 유지하려 한다는 것을 알아차렸다. 마 와미는 기회가 있을 때마다 그녀에게 가벼운 미소를 짓거나 다른 사람들 몰래 말을 건넸다. 자신은 다른 두 사람과 달리 그녀를 위험에 처하게 하지 않을 것이라는 사실을 알려 주려는 것 같았다. 아키 나아는 그가 카 마이의 태도에 여전히 반대하며 이런 상황을 유감스럽게 생각한다고 확신했다.

아키 나아는 마 와미가 나이 든 사냥꾼을 도와 아오를 위협한 것을 원망하지 않았다. 오히려 잘한 행동이라고 생각했다. 그는 아오를 죽일 수도 있었지만 그렇게 하지 않았다. 그 상황에서 마 와미는 냉정하게 행동했고, 그가 개입함으로써 돌이킬 수 없는 상황을 피할 수 있었다.

아키 나아는 다소 수줍어하는 이 큰 소년에 대해 좋은 감정이 있었다. 호리호리한 몸매에 외모는 소년 같았지만 날렵하고 끈기도 있어서 부족 내에서 인정받는 사냥꾼이었다. 아키 나아는 마 와미가 아내를 새 부족에게서 구출해 내겠다는 희망을 품고 그동안 어떠한 고초를 참아 왔을지 짐작이 갔다. 그러다 아내가 죽었다는 사실을 알고 마음에 크나큰 상처를 입었을 것이다. 지금 그의 마음은 얼마나 혼란스러울까? 또 그녀는 마 와미가 자신의 남편 아타 마크와 나누었던 우정을 기억했다.

하지만 아키 나아의 낙관은 유동적이었다. 몇 가지 고무적인 점들이 있긴 하지만 미래는 여전히 불안정했다. 그녀는 앞으로 힘든 날들이 시작될 것임을 예상했다. 부족으로 돌아갈 날이 가까워졌는데도 예전처럼 기쁘지가 않았다. 때때로 아키 나아는 아오가 옳다는 생각이 들었다. 그는 그녀의 부족 땅에 도착하기 전에 자기 길을 가는 편이 나을지도 모른다. 하지만 그런 생각을 온몸으로 떨쳐냈다. 이제 와서 포기하는 것은 카 마이의 못된 말들을 확인해 줄 뿐이다. 이는 아오와 자신의 관계를 사람들이 상상하는 것처럼 인정하는 꼴이며 그녀에게 잘못이 있음을 시인하는 셈이다!

그건 안 될 일이다! 결과가 어떻든 부족 사람들과 부딪쳐 봐야 한다. 아오에 대한 의리를 지키지 못하느니 차라리 부족에서 거절당하거나 쫓겨나는 편이 나을 것 같았다. 부족 사람들이 카 마이의 거짓말을 조금이라도 믿게 할 수는 없었다. 아오는 진실한 사람이다. 아키 나아는 그의 장점이 자신의 부족에서도 인정받도록 할 것이다. 어떤 타협도 거절할 것이다! 그녀는 조금도 부끄럽지 않았다. 자신의 분신인 아이를 살릴 기회가 있었다면 목숨이라도 바쳤을 것이다! 그녀는 알게 모르게 그런 확신이 들었고, 그 기회는 바로 아오였다!

아키 나아는 때때로 자신의 부족 사람들보다 아오가 더 가깝게 느껴졌다. 이 타아와 카 마이는 의심 많고 너그럽지 못한 성격에다 선입견과 쓸데없는 믿음을 갖고 있어서 객관적으로 판단하지 못했다.

아키 나아가 그렇게 걱정을 하는 반면에 아오는 별달리 신경을 쓰지 않았다. 아키 나아의 설득으로 그녀의 부족이 머무는 땅까지 함께 가기로 하고 나서는 마치 아무 일도 일어나지 않았던 것처럼 움막 안에서 제자리를 찾았다. 하지만 다른 사람들의 태도는 계속해서 감시했다. 사람들이 말을 주고받을 때 아키 나아가 가르쳐 준 단어들을 바탕으로, 그들이 무슨 말을 하는지 추측해 보려고 애썼다. 그가 모르는 단어의 의미는 손짓을 보고 의미를 해석했다.

머칠이 지나자 그의 어휘력은 놀랄 만큼 풍부해져서 이제 사람들이 하는 말의 핵심은 이해할 수 있게 되었다. 하지만 다른 사람들은 그가 여전히 자신들의 말을 아주 조금밖에 알아듣지 못한다고 생각했다.

마침내 봄이 찾아와 버드나무에 싹이 텄다. 툰드라를 덮었던 눈이 녹고 거대한 회색빛 평야는 늪과 지의류로 뒤덮였다. 아키 나아는 소규모로 무리를 지은 바짝 여윈 짐승들이 지나가는 것을 처음으로 보고 기분이 좋아졌다. 얼음 속에 갇혀 있던 동물들이 초원에서 부드럽게 자라나기 시작하는 풀을 뜯으러 얕은 강물을 건너가며 울음소리를 냈다.

출발은 다음날로 결정되었다. 카 마이의 말대로라면 달이 둥근 모양이 될 때까지 걸어야 부족의 땅에 도착할 수 있다.

준비는 그다지 오래 걸리지 않았다. 짐은 각자 나눠서 짊어지고 무기와 도구들도 각자 챙겼다. 마 와미와 카 마이는 서둘러 출발했다. 그들은 새 부족 인간들이 나타날까 봐 두려운 듯 주위를 유심히 살폈다. 그들은 새 부족 인간들이 자신들에 대한 공격을 포기하지 않았다고 믿었다.

10

그들이 따라 걸어온 지류는 어느덧 큰 강으로 합류했다. 그러고 나서 양 손의 손가락을 모두 꼽을 만큼의 날이 흘렀다. 수영해서 건널 수 있을 만큼 물살이 약한 곳에 이르자 그들은 위엄 있게 흐르는 강줄기를 거슬러 북쪽으로 올라가려 했다. 산의 가파른 면이 점점 가까워졌다. 아오는 현기증이 날 정도로 높이 솟은 산에 매료되었다. 산꼭대기의 일부는 흰 눈으로 덮여 있었다. 산꼭대기를 덮고 있는 얼음이 녹아 내려 큰 물줄기를 형성하고 그 물줄기들이 합쳐져 엄청나게 넓은 강을 이루었다.

그 전날은 보름달이 떴었다. 일행은 이제 강가를 떠나 부족의 사냥터 근처까지 다다랐다.

아오는 조용히 무리의 맨 뒤로 옮겨 뒤따라 걸었고, 아키 나아도 걸음을 늦춰 아오와 나란히 걸었다. 다른 세 명은 이제 곧 부족의 땅에 도착할 수 있다는 마음에 기운이 부쩍 솟는지 걸음을 더욱 서둘러 두 사람과 거리가 벌어졌다. 아키 나아는 아오에게 어색한 미소를 지었다.

마음에 동요가 이는지 그녀의 목소리가 가늘게 떨렸다.

"아오, 오늘 저녁에 우리는 호수가 보이는 곳에서 자게 될 거야. 그리고 내일이면 우리 부족 마을로 들어갈 수 있어. 그다음에는 일이 어떻게 될지 나도 모르겠어."

하지만 곧이어 단호한 목소리로 말했다.

"하지만 넌 날 믿어야 해. 우리 부족 사람들은 아무도 너 같은 사람을 본 적이 없어. 고대인이 존재한다는 사실조차 모르는 사람이 대부분일 거야. 그래서 많이 놀랄 테고, 카 마이의 말에 동의하는 사람들도 있을 거야. 그는 사람들이 어떤 것에 두려움을 느끼는지 잘 알아. 그런 두려움 때문에 사람들이 너에게 적대감을 나타낼지도 몰라. 하지만 아무도 널 죽이려고 하지는 않을 거야. 날 믿어. 그들은 정령들의 분노를 두려워하지만 평화로운 사람들이야. 그러니 그들을 너그럽게 봐 줘. 그리고 침착해야 해. 그게 카 마이의 비난에 대응하는 가장 좋은 방법이야. 처음에는 적대적인 반응을 보이더라도 부족 사람들은 결국 샤먼의 말에 귀 기울일 거야. 모두 샤먼을 존경하고, 누구도 정령들이 샤먼에게 한 말을 의심하지 않아."

아오는 친구를 안심시켜 주고픈 마음에 여자의 머리 위에 다정하게 손을 얹었다.

"아오는 네 부족 사람들에게 해를 끼치지 않을 거야. 그들이 날

받아들이지 않으면 나는 떠나면 그만이야."

아오는 걱정하지 않았다. 하지만 경계는 늦추지 않을 것이다. 그는 잃을 것이 하나도 없었다. 그의 부족 사람들을 죽인 자들과 비슷한 사람들의 부족에 가까이 접근해서 함께 살아 보고, 그들이 강력한 정령들을 어떻게 고대인이 아닌 그들 편으로 끌어들였는지 이해하기에 이보다 좋은 기회는 없을 것이다.

아오는 앞을 바라보았다. 다른 사람들은 작은 언덕을 오르고 있고, 그 뒤로 해가 지고 있었다. 오늘은 그곳에서 걸음을 멈출 것이다.

아키 나아는 아오의 침착하고 확신에 찬 모습을 보고 마음이 놓여 조금 긴장이 풀렸다.

그들은 아무 말 없이 다시 걷기 시작했다. 작은 언덕의 꼭대기에 다다랐을 때는 어둠이 내리깔렸다. 추위를 쫓을 겸 피운 커다란 불이 따닥따닥 소리를 내며 타올랐다. 카 마이는 더 이상 그들의 존재를 드러내는 것을 두려워하지 않았다. 그들은 이제 부족의 땅에 와 있었다.

아오가 가장 먼저 잠에서 깼다. 해는 이미 하늘에 떠 있고, 가벼운 바람이 살랑살랑 불었다. 날씨는 아직 추웠다. 자리에서 벌떡 일어나 주위를 둘러보던 아오는 거대한 연못에 시선을 고정했다. 연못은 서쪽이 산의 가파른 경사면으로 둘러싸였고, 주변의 바위 옆에는 호숫가에서 흘러내린 물이 얼어붙어 서로 자리다툼을 벌이고 있는 것 같았다.

아오는 떠오르는 햇볕 아래 반짝이는 넓고 푸른 물을 감탄 어린 눈으로 바라보았다. 이렇게 많은 물을 보는 것은 처음이었다. 더욱 이 수면에 짙게 깔린 안개를 보고 그의 놀라움은 한층 커졌다. 안개 때문에 연못의 끝이 대체 어디인지 정확히 가늠할 수가 없었다.

순간 목덜미에 뜨뜻한 입김이 느껴졌다. 어느새 아키 나아가 소리 없이 일어나 옆으로 다가와 있었다. 그녀는 차가운 새벽 공기에 몸을 덜덜 떨며 아오에게 바짝 달라붙었다. 두 사람은 한참 동안 움직이지 않고 말없이 그대로 서 있었다.

고요를 깨고 투덜거리는 소리가 그들의 주의를 끌었다.

카 마이도 일어나 있었다. 그는 불을 살리려고 바람을 불어 넣고 마 와미와 이 타아를 가만히 흔들어 깨웠다. 이제 그들도 꿈에서 깨어났다.

아키 나아와 아오는 불 옆에 가서 앉았다. 마 와미가 잉걸불 아래서 납작한 돌판을 하나 끄집어내어 그 위에 어제 잡아서 먹다 남은 거위 고기를 올려놓았다. 카 마이는 기다리지 못하고 가장 먼저 고기를 집어 들었다. 그가 칼로 고기를 한 점 떼어 내자 다른 사람들도 따라했다. 하지만 아키 나아는 짐승의 반쯤 익은 살을 보고도 꿈쩍하지 않았다. 그녀는 걱정거리가 많아 위가 경직되었 는지 배고픔도 느끼지 못했다. 카 마이와 이 타아는 서둘러 먹고는 마 와미를 재촉했다.

마 와미는 당장 떠나기를 거부했다.

"왜 서둘러야 합니까? 반나절만 가면 마을에 도착할 텐데! 천천 히 먹게 좀 두십시오!"

그러자 나이 든 사냥꾼은 그를 무섭게 노려보며 냉담하게 말 했다.

"그럼 여기 있어라! 이 타아와 나는 먼저 출발할 테니."

마 와미는 한숨을 내쉬고는 마지못해 연장자의 뜻에 따랐다.

아키 나아는 일어나서 신경질적으로 불 옆을 지나 안개 사이로 마을 전체를 살펴보았다. 그러고는 언덕을 달려 올라가 다시 주변을 살폈다.

카 마이와 이 타아가 먼저 걷기 시작했다. 그들은 아키 나아를 조금도 기다려 주지 않았다. 잠시 미적대며 시간을 지체하던 마 와미는 아키 나아에게 미안해하는 듯한 미소를 지어 보였다. 그리고 무슨 말을 하려는 듯 입을 벌리더니 다시 생각을 고쳐먹었는지 아무 말도 하지 않고 가 버렸다.

아오는 분주히 움직이는 사람들에게 무관심한 듯 조용히 먹기만 했다.

아키 나아가 재촉했다.

"어서 이리 와, 아오! 카 마이와 너무 멀리 떨어지면 안 돼! 충분히 먹었으니까 이제 가자!"

아오는 그녀의 목소리가 긴장된 것을 느끼고 묵묵히 그녀의 말에 따랐다. 떠날 채비를 마친 두 사람은 어제 올라온 언덕의 반대쪽 경사면으로 내려갔다. 다른 세 사람은 벌써 멀리 가고 있었다. 카 마이는 걸음을 서두르며 계속해서 아키 나아와 아오 쪽을 돌아보았다. 하지만 아키 나아는 카 마이의 계략을 이미 눈치 채고 있었다. 그녀가 아오를 재촉하며 열심히 걸었지만 앞선 사람들과의 거리는 좁혀지지 않았다.

아오가 그들을 앞지르려고 하자 아키 나아는 그를 만류하며 그냥 천천히 가자고 말했다. 이제 와서 서둘러 봐야 무슨 소용인가?

저렇게 행동하는 것을 보면 나이 든 사냥꾼은 자신의 주장에 확신이 없는 것이 분명했다. 그렇다면 그가 무슨 말을 하든 부족 사람들의 동의를 얻기는 어려울 것이다. 아키 나아는 서두를 필요가 없으니 그냥 카 마이가 먼저 말하도록 내버려 두는 편이 낫겠다는 생각이 들었다. 달리 생각하면, 아오가 온다는 사실을 부족 사람들에게 미리 알릴 수 있으니 나쁠 것도 없다!

카 마이는 아키 나아가 마을에 도착해서 그동안의 사정을 이야기하기 전에 먼저 사냥꾼들을 설득해서 아오가 아예 마을에 들어오지 못하게 하려는 것이 분명했다. 카 마이가 먼저 부족 사람들에게 아키 나아의 행동에 대한 반감을 심어 놓고 아오에 대해 적대적인 분위기를 만들어 놓는다면 아키 나아는 사람들을 설득하기가 어려워질 것이다. 그러면 아오는 단번에 내쳐지고, 아키 나아는 자신의 잘못과 부족의 법을 어긴 사실을 인정해야 할지도 몰랐다.

거기까지 생각이 미치자 아키 나아는 걱정하는 대신 오히려 더욱 결의를 다졌다. 자신의 행동을 정당화하려면 어떻게 해야 할까? 아기의 생명을 지키고 부족으로 돌아오기 위해 어쩔 수 없는 선택이었다고 완강하게 나갈까? 굶어 죽거나 새 부족 사냥꾼들에게 붙잡힐 운명이었는데, 정령들이 이 낯선 남자를 보내 준 것이라고 할까? 정령들이 자신이 가는 길에 저 남자를 보내 주어서 안전하게 그의 보호를 받다가 이곳까지 올 수 있었다고 주장할까?

어쨌든 잘못을 저지르지도 않았는데 책임을 지는 일은 절대로 하지 않을 것이다. 이제 아키 나아의 마음속에서는 근심이 사라지고 대신 차가운 분노가 끓어올랐다. 그녀는 고개를 들고 주먹을 불끈 쥐었다. 어떤 비난도 납득할 수 없고, 받아들이지도 않을 것이다. 부족 사람들이 마을에 들어오지 못하게 한다면, 아오와 함께 떠날 것이다.

갑자기 어디선가 사람들의 외침과 웃음소리가 들려와 아키 나아는 생각을 멈췄다. 지금까지 계속 마음을 다잡았지만 막상 마을에 와 보니 아무 소용이 없었다. 부족 사람들의 목소리를 듣자 마음이 마구 요동치기 시작했다. 아키 나아는 자신도 모르게 아오의 손목을 잡고 손톱으로 꾹 눌렀다. 그러자 아오가 걸음을 늦춰 그녀가 침착함을 되찾도록 진정시켜 주었다. 이제는 포기할 시간도 없다.

아키 나아는 모든 결심이 사라지는 것을 느꼈다. 마음 깊은 곳에서부터 두려움이 올라왔다. 자신은 부족 사람들에게 버림받거나 경멸당할지도 모른다. 어쩌면 그보다 더 가혹할 수도 있다. 불가능한 선택을 강요당할지도 몰랐다.

아오는 소리를 지르는 사람들이 누군지 알아차렸다. 그들을 마중 나온 아이들의 소리였다. 아마도 전날 밤 피운 불빛을 본 모양이었다. 아이들은 두 사람이 있는 언덕 위쪽은 아예 쳐다보지도 않았다. 마을 사람들은 아오와 아키 나아의 존재는 알아보지 못한 채 두 남자와 한 여자를 마을로 데려갔다. 사람들은 곧 풀숲 뒤로 사라졌다. 아오와 아키 나아도 이제 협곡 안쪽에 다다랐다. 협곡 위쪽으로 향하는 오솔길로 접어들자 거기부터는 아키 나아가 조금 앞서 나갔다. 마을은 그곳에서 아주 가까운 곳에, 호수를 굽어보는 언덕 위에 있었다. 언덕 꼭대기 뒤쪽으로 나뭇가지와 가죽으로 만든 움막이 갑자기 나타났다. 그곳은 거대한 평원이 펼쳐지고 군데군데 바위와 관목들이 보이는 기분 좋은 곳이었다. 돌 사이로 솟아오르는 샘이 시냇물을 이루며 호수 쪽으로 흘러들었다. 호수의 깊은 곳은 물 색깔이 짙었다.

아키 나아는 사람들 사이에서 아버지 와갈 탈릭과 남동생 키파 코오 그리고 샤먼인 나파 말리의 얼굴을 알아보았다. 세 사람은 마을 사람들에게 둘러싸여 앞으로 나와 있었다. 그제야 아키 나아와 아오를 알아본 아이들의 외침 소리에 사람들이 고개를 돌렸다. 키파 코오가 가장 먼저 아키 나아를 알아보았다.

그는 기쁨에 겨운 소리를 내지르며 누나를 향해 달려왔다. 젊은 여자는 절뚝거리는 동생의 모습을 보고 심장이 조여드는 것 같았다. 하지만 장애를 입었음에도 동생은 예전처럼 민첩했다. 어느새 누나 앞에 와서 선 키파 코오는 아오에게는 시선도 주지 않은 채, 아니 아오의 존재도 알아채지 못한 채 마치 먹이를 덮치는 스라소니처럼 달려들어 누나를 넘어뜨렸다. 아키 나아도 기쁨에 겨워 크게 웃음을 터뜨렸다.

그러나 그들의 반가운 인사는 거기서 갑자기 멈췄다. 키파 코오가 아오를 발견한 것이다.

놀란 키파 코오는 입을 다물지 못하고 두 팔을 축 늘어뜨렸다. 그리고 휘둥그레진 눈으로 누나에게서 몇 발자국 떨어진 곳에 꼼짝도 하지 않고 서 있는 이상한 생명체를 뚫어져라 쳐다보았다.

그러더니 마침내 말을 꺼냈다.

"넌 누구냐?"

그때, 카 마이가 이끌고 간 사람들의 고함 소리가 세 사람에게까지 들렸다. 부족 사람들이 모두 세 사람이 있는 쪽을 쳐다보고 있었다. 아키 나아가 아오 대신 짧게 대답했다.

"아오라고 해. 나와 내 아기를 보호해 줬어. 우리 친구야."

아키 나아는 자고 있는 아기를 보여 주었다.

놀란 키파 코오가 무슨 말을 하려는데 갑자기 거친 목소리가 쩌렁쩌렁 울렸다.

카 마이가 화난 목소리로 말했다.

"이쪽으로 오거라, 키파 코오."

나이 든 사냥꾼의 단호한 어조에 놀란 소년은 자기도 모르게 그 말에 따르려고 했다. 그런데 문득 방향을 돌려 누나와 곰 인간 사이에 섰다.

아키 나아는 그런 동생의 어깨 위에 손을 얹고 그를 자기 옆으로 바짝 끌어당겼다. 아오는 여전히 움직이지 않고 조용히 기다렸다.

카 마이는 화가 나 벌게진 얼굴로 다시 명령했다.

"내 말 못 들었느냐! 어서 이리 와."

하지만 소년은 이번에도 꼼짝도 하지 않은 채 아무 말 없이 그대로 서 있었다. 그는 나이 든 사냥꾼의 성난 눈빛에도 전혀 주눅이 들지 않았다.

키파 코오의 태도를 보고 아키 나아는 더욱 용기가 났다. 이제 부족 사람들 전체와 싸울 준비가 되었다고 느낀 아키 나아는 손짓으로 아오를 가까이 오게 했다.

부족 사람들도 세 사람 앞으로 모여들었다.

아키 나아는 사람들을 쭉 한 번 훑어보았다. 그들의 시선에서 놀라움, 걱정, 의심과 두려움을 읽을 수 있었다.

수없이 상상하고, 혹은 두려워하고, 혹은 너무나도 바라던 순간이 마침내 온 것이다. 아키 나아는 예법에 어긋나지 않게 연장자들이 먼저 말을 건네길 기다렸다.

심장이 고원에 내리치는 번개보다 더 강하게 고동치는 것 같았다. 하지만 눈빛만은 누구보다도 단호했다. 그녀는 천천히 한 명 한 명 쳐다보았다.

카 마이가 아오를 가리키며 다시 소리쳤다.

"저 여자가 내 뜻을 거스르며 이곳까지 데려온 저 괴물을 보십시오! 저 자는 저 여자와 아들을 취하려고 아타 마크를 죽게 했습니다. 또한 저 자는 나까지 죽이려 했다는 걸 알아 두십시오! 마 와미가 끼어들지 않았다면 카 마이는 조상들의 세계로 갔을 겁니다!"

그는 자신의 말을 확인시키기 위해 방금 이름을 언급한 남자를 권위적인 눈빛으로 쳐다보았다.

하지만 마 와미는 고개를 숙이고 침묵을 지켰다.

나이 든 사냥꾼의 말을 듣고 사람들이 웅성거렸다. 다들 카 마이의 발언을 듣고 걱정스러워 저마다 한마디씩 했다.

마 와미의 배신에 화가 난 카 마이는 웅성거리는 소리를 누르려고 더 크게 소리쳤다.

"모두 들으시오!"

그는 정령들을 증인으로 부르려 머리를 흔들고 하늘을 향해 두 주먹을 휘두르며 발을 굴렀다.

"저 여자는 저 자가 툰드라에 살던 고대인이라고 주장하지만 그건 사실이 아닙니다! 이 세상에는 단 한 종류의 인간만 존재할 뿐입니다. 저도 저 자가 누군지, 어디서 왔는지는 알지 못합니다. 하지만 그는 분명히 고대인이 아닙니다. 저 자가 진짜 인간들과 섞여 살면 정령들의 분노를 피할 수 없을 겁니다. 저 무기를 보십시오! 저건 인간들의 무기를 대강 흉내 낸 것에 불과합니다! 그리고 저 자의 옷에 속지 마십시오. 저건 저 여자가 만들어 준 것입니다!”

카 마이는 손가락으로 아키 나아를 가리켰다.

그의 경멸 섞인 말에 몇몇 사람이 중얼거리며 이의를 제기하는 소리가 들렸다. 그러자 카 마이는 그 의견들을 무시하고 화난 듯 크게 몸짓을 하며 계속해서 말했다.

“저 자의 목소리는 동물이 내는 소리와 같고, 피부는 부분적으로 털로 덮여 있습니다. 그는 사람도 아니고, 동물도 아닙니다. 그는 위험한 존재입니다. 그를 죽이거나 그가 온 곳으로 돌려보내야 합니다. 우리 부족을 위험하게 만들 게 뻔합니다. 저 여자의 말에 귀 기울이지 마십시오. 이미 저 자의 소유입니다. 저 자는 저 여자가 사냥을 하도록 내버려 두었습니다. 게다가 저 여자의 아들은 저 자를 자기 아버지인 줄 알고 있습니다!”

남자의 가혹한 발언에 무거운 침묵이 흘렀다.

아무도 감히 나서려 하지 않았다. 모두 샤먼이 개입하기를 기다렸다. 이제 사람들의 시선은 샤먼에게로 쏠렸다.

늙은 샤먼은 사람들이 자신이 나서길 기다리는 것을 알았지만 정령들과 대화하는 사람들이 그렇듯이 한동안 시간을 끌었다.

여전히 약간 떨어진 곳에서 꼼짝도 하지 않고 서 있는 아오는 불안한 시선으로 샤먼의 얼굴을 슬쩍 쳐다보았다. 두 사람의 눈이 마주치자 아오는 시선을 아래로 내렸다.

샤먼은 이제 나서기로 했다. 그가 성큼성큼 아오를 향해 걸어가자 다른 사람들이 양쪽으로 길을 비켜 주었다. 아오는 겉으로 아무런 감정도 드러내지 않으며 점점 자신에게 다가오는 샤먼을 쳐다보았다. 샤먼은 아오의 코앞에 와서야 걸음을 멈추었다.

나이가 들었지만 키가 큰 편인 샤먼도 단단한 근육질의 체구로 꼿꼿하게 서 있는 아오의 앞에 서니 가냘프게 보였다. 하지만 노인은 조금도 주눅 들지 않는 것 같지 않았다. 그는 옷 속에서 뼈가 앙상한 손을 내밀어 소년의 얼굴과 어깨를 만졌다. 아오가 움찔하며 뒤로 물러서려고 하자 아키 나아가 걱정스런 표정으로 움직이지 말라고 말했다. 아오는 손짓으로 그녀를 안심시켰다. 그는 노인에게 위협을 느끼지 않았다. 그리고 그녀와의 약속도 지킬 것이다.

아오는 침착하게 샤먼이 자기를 살펴보도록 놔두었다. 남자는 이제 만족스러운 표정으로 아오의 얼굴을 찬찬히 뜯어보았다. 그는 몇 마디 말을 중얼거리더니 아오에게 질문했다.

"우리말을 할 줄 아느냐?"

아오가 입을 다물고 있자 샤먼은 아키 나아 쪽으로 돌아섰다.

"이 자는 우리말을 이해할 수 있는가?"

"네, 그럴 거예요."

아오는 여전히 대답이 없었다.

하지만 노인은 조금도 성급해하지 않았다. 그는 계속해서 말없이 아오의 얼굴을 살폈다. 아오도 그의 시선을 마주 보았다. 그는 노인의 질문을 아주 잘 알아들었다. 노인이 하던 대로 잠자코 있던 아오가 갑자기 으르렁거리며 노인을 떠밀고 빠르게 몇 가지 손짓을 했다.

지켜보던 사람들 사이에서 두려움과 분노가 섞인 포효가 터져

나왔다. 아키 나아는 모두 들을 수 있도록 목소리를 높여 샤먼에게 아오의 손짓을 통역해 주었다.

"우리말을 할 줄 안다고 하는 거예요."

나이 든 샤먼은 알겠다는 뜻으로 고개를 끄덕였다. 그는 우려하는 사냥꾼들에게 손짓해 조용히 하라고 명령했다.

"이제 아키 나아의 말을 들어봐야 한다."

카 마이가 반대하려고 했지만 부족장 와갈 탈릭이 그의 어깨를 붙잡았다. 와갈 탈릭은 눈을 살짝 감았다 뜨면서 사냥꾼에게 자신도 딸의 이야기를 듣고 싶다는 뜻을 내비쳤다. 샤먼의 요구를 따르라는 목소리들이 높아지자 카 마이는 체념하고 입을 다물었다.

아키 나아가 이야기를 시작했다. 그녀는 다시 한 번 잔인한 새 부족 인간들과 키 미의 비극적인 최후, 새 부족 여자들의 냉대, 자신의 아기가 죽게 될 운명에 놓인 이야기를 들려주었다. 아오가 새 부족 마을에 침입해 그곳을 혼란에 빠뜨린 일과 그 틈을 타 자신이 그곳을 도망친 일도 이야기했다. 황량한 고원 위에서 겪었던 하늘의 분노를 묘사하고, 동굴 안에서 아들을 낳은 일과 두 번째로 아오를 만난 일도 말해 주었다. 처음에 두려움을 느꼈던 시간들과 나중에 남자의 관대함에 놀란 것을 이야기했다. 아키 나아는 부족 사람들에게 자신을 이해시키려 가능한 한 모든 상황을 자세히 설명하고, 그가 없었다면 살아남을 기회도 거의 없었음을 강조했다.

그리고 아오가 떠났을 때 너무 당황스러웠으며 결국 아기와 자신의 생존을 위해 그를 따라나서기로 마음먹었다고 말했다. 이어서 포악한 새 부족 사람들과의 싸움을 자세히 묘사하고, 아오가 예기치 않게 개입한 일도 들려주었다. 그녀는 그 싸움에서 아오가 심하게 부상을 당해 자신이 하이에나를 피해 그를 동굴로 데려간 일도 이야기했다. 그리고 그때 세 사람이 먹고살기 위해 여자임에도 사냥을 하지 않을 수 없었다고 설명했다. 또 아오와 의사소통을 하기 위해 오랫동안 많은 노력을 기울인 이야기도 들려주었다. 그리고 아오가 자신과 어린 아타 마크에게 얼마나 친절하게 대해 줬는지, 사람을 얼마나 존중하는지도 빼놓지 않고 이야기했다.

그와 함께 아오에게서 얻은 정보들, 그의 부족의 기원과 관습, 비극적인 운명 그리고 아오가 부족을 찾아 나선 이야기 등도 상세히 들려주었다.

또 아오를 자신의 부족으로 데려가겠다고 약속한 사실을 이야기 중간중간에 여러 번 상기시켰다.

아키 나아의 목소리는 점점 단호해졌다. 그녀는 아기와 함께 셋이 겨울을 나는 동안 카 마이와 아타 마크, 마 와미, 이 타아를 만난 일도 들려주면서 아타 마크의 평화로운 죽음과 죽기 전에 아들을 만나게 해 준 것에 대해 그가 아오에게 고마워한 일도 이야기했다. 그러고 나서 카 마이가 자신에게 화를 내고, 결국은 참지 못하고 폭력을 휘두른 이야기도 들려주었다. 아키 나아는 어느 것 하나 감추지 않았다. 그렇다, 아키 나아는 곰 인간과 함께 사냥을 했다. 그렇다, 아오는 카 마이를 죽일 뻔했다. 하지만 아오는 그렇게 하지 않았다. 그는 단지 아키 나아를 보호하려고 그런 행동을 한 것이다. 그의 부족 남자들은 여자들을 때리지 않기 때문이다.

아키 나아는 긴 이야기를 하느라 숨이 차서 잠시 말을 멈췄다.

카 마이는 화가 나서 얼굴이 붉어졌다. 아오는 여전히 꼼짝도 하지 않았지만 아키 나아가 한 말의 핵심을 이해하고 조용히 다른 사람들의 반응을 살폈다. 사냥꾼들은 이제 마 와미의 말을 듣고 싶어 했다. 모든 시선이 그에게 쏠렸다.

나파 말리가 젊은이에게 말을 하라고 했다.

"마 와미가 말해야 한다."

마 와미가 샤먼의 곁에 와서 섰다. 그는 사람들을 마주 보고 섰다. 그는 아키 나아와 아오를 쳐다본 다음 카 마이에게 시선을 옮겼다. 카 마이는 그를 매서운 눈빛으로 쏘아보았다. 순간, 아키 나아는 맥박이 빠르게 고동치는 것을 느꼈다. 마 와미의 증언이 결정적인 영향을 미칠 것이다. 마 와미는 약간 어색한 미소를 지으며 아키 나아를 안심시켰다. 그는 이런 순간을 피해 갈 수 없다는 걸 알고, 이미 마음의 준비를 하고 있었다. 그는 마치 하기 싫은 일을 서둘러 끝내려는 듯 아무런 수식도 덧붙이지 않고 단호한 목소리로 짧게 말했다.

"아키 나아의 말은 사실입니다. 우리는 절망적인 상황이었습니다. 곰 인간은 우리를 자기 움막에서 지내게 해 주었습니다. 음식을 나눠 주고, 우리 모두를 위해 사냥도 했습니다. 그런데 나중에 카 마이가 아키 나아를 때렸습니다. 곰 인간은 그를 죽일 수 있었지만 그렇게 하지 않았습니다. 그는 아키 나아의 말을 듣고 따랐습니다."

카 마이가 분노에 차서 소리쳤다.

"거짓말이야. 네가 창으로 저 자를 위협했을 때 저 자가 네 말을 듣지 않았다는 건 왜 말하지 않는 거야! 너 역시 그를 죽일 수 있었어! 이 타아의 말을 들어보십시오. 어서 말해! 부족 사람들에게 어떻게 된 일인지 말해!"

젊은 여자는 입을 다물었다. 아오의 당당한 태도와 아키 나아의 이야기, 마 와미의 말을 듣고 보니 확신이 흔들렸다. 그녀 역시 마 와미의 말이 모두 사실이라는 걸 알고 있었다. 하지만 그렇다고 카 마이에게 반대할 용기도 나지 않았다.

카 마이는 욕설을 퍼부었다. 나쁜 말은 전부 끌어다 붙이며 부족 사람들을 동요시키고, 아오를 받아들이면 정령들의 분노를 살 것이라고 말했다. 심지어 곰 인간들의 무리가 쳐들어올지도 모른다고 경고했다. 그러자 겁 많은 사람들은 그의 끔찍한 예언에 솔깃해하는 듯했다.

이제 부족 사람들은 두 편으로 나뉘었다.

샤먼은 다시 한 번 조용히 하라고 요구했다. 그는 아키 나아에게 다가가 아기를 안아들었다.

그리고 사람들 쪽으로 천천히 돌아서서 아이를 들어 올리며 말했다.

"아타 마크다. 이 아이는 부족의 사냥꾼이 될 것이다."

이어서 손으로 아키 나아를 가리키며 말했다.

"아키 나아는 우리 부족의 여자다. 그들은 살아서 우리에게 돌아왔다."

샤먼의 말에 기쁨의 외침 소리가 들려왔다.

이제는 사람들의 호기심이 깃든 눈빛이 카 마이에게 쏠렸다. 나이 든 샤먼은 사냥꾼의 격한 성질을 달래 주어야 한다는 것을 알고 있었다. 카 마이는 딸을 잃었다. 지금은 분노와 증오에 눈이 멀었지만 본래는 선한 사람이다.

샤먼은 사냥꾼의 두려움을 이해한다고 말했다.

"카 마이는 저들을 두려워한다. 그는 부족에서 존경받는 인물이며, 그의 말을 가볍게 여겨서는 안 된다. 하지만 안심하라. 저 자는 진짜 인간이며 사악한 존재가 아니다. 그는 혼자서 이곳에 온 것이 아니다!"

그는 아오와 함께 무사히 부족의 땅으로 돌아온 사람들을 가리켰다.

"저 자는 우리 부족 사람들을 우리에게 데려다 주었다!"

그 순간, 샤먼의 목소리가 사람들의 머리 위에 크게 울려 퍼졌다. 이는 정령들과 소통하는 샤먼의 능력이었다. 그 목소리는 정령들의 말처럼 연약한 몸속에서 솟아올라 믿을 수 없을 만큼 강렬하게 울려 퍼졌다.

"너희 중 감히 저 자가 받아야 할 환대와 존경을 거부할 자가 있는가? 누가 아키 나아의 약속에 이의를 제기할 수 있는가?"

그의 말이 끝나자 침묵이 흘렀다. 나이 든 샤먼은 사람들이 자신의 뜻에 따르는 것이 기뻤다. 누구도 정령들과 그의 특별한 관계를 의심한 적은 없었다. 모두 정령들이 그의 입을 통해 말한다는 사실을 알고 있었다. 카 마이의 말에 불같이 성을 내던 사람들은 고개를 숙였다.

샤먼의 목소리가 부드러워졌다.

"이제 내가 한 가지 이야기를 들려주겠다. 우리 부족의 역사에 관한 이야기다. 이미 그 이야기를 들은 사람도 있지만 세세하게 전부 아는 사람은 없을 것이다. 이제는 그 이야기를 할 때가 되었다. 이는 우리 아버지의 아버지 시대에 있었던 일이다. 여러분 모두 알다시피, 우리 부족은 옛날에 이곳보다 훨씬 크고 소금기를 머금은 호숫가에 살았다. 그곳의 겨울은 덜 혹독했지. 나무가 많은 숲이 있고, 그중에는 이곳에서 자라지 않는 나무들도 있었다. 그 시대에는 많은 사람이 바다와 거대한 숲 사이에 펼쳐진 넓은 지역에서 살았다. 땅은 전부 얼음으로 덮였고, 현재 우리 마을 옆에 있는 산보다 훨씬 높은 산이 있었다. 먹을 것도 충분하지 않았다. 그래서 부족들은 서로 사냥터와 낚시터를 더 넓게 차지하려고 싸웠다. 우리 부족 사람들은 대부분 세계가 그 산에서 끝난다고 생각했지. 그런데 일부 샤먼이 그 반대편에도 세계가 계속 이어진다고 주장했다. 그곳에도 인간들이 살고, 그곳에는 사냥감도 풍부하다고 주장했다. 그래서 사냥꾼들이 북쪽으로 모험을 떠났다. 겨울이 여러 번 지난 어느 날, 몇 사람이 돌아왔다. 그들은 산 반대편에도 세계가 계속 이어지며, 그리로 가는 길을 찾았다고 말했다. 그들은 그나마 덜 가파른 언덕과 산을 가로질러 오랫동안 걸었다고 말했다. 그곳은 가장 높은 꼭대기만 얼음으로 덮여 있고, 그사이에 계곡이 여러 군데 있어서 나무와 동물들이 많이 숨어 있다고 했다. 또 그곳은 달이 여러 번 바뀌는데도 바람은 계속 차갑고 땅은 눈으로 덮여 있었다고 말했다. 그리고 산 너머 멀리에는 끝없는 초원이 펼쳐지고, 바람이 불기는 하지만 동물의 무리가 많이 보였다고 했다. 두꺼운 털로 덮여 있고 사냥하기도 쉬운 동물들이었는데 그중 일부는 한 번도 본 적이 없는 동물이라고 했지. 그곳에는 나무가 드물고 연약하며 인간은 없었다고 했다. 하지만 사냥꾼들은 우리가 그곳에서 살 수 있을 거라고 했지. 그래서 우리 아버지의 아버지 부족을 포함해서 혈연관계에 있는 여러 부족은 춥지만 사냥감이 풍부한 그 지역으로 떠나기로 했다. 나는 조상들에게서 전해 들었을 뿐 개인적으로 우리 아버지들이 예전에 살던 곳을 알지 못한다. 나는 반평생에 걸쳐 이어진 그 긴 여정 중에 태어났다. 우리는 한 번도 같은 장소에서 오래 머문 적이 없었다. 우리 조상들은 숫자가 많았고 한 장소에 머무르면 먹을 만한 것이 금세 고갈되었기 때문이지. 이동하는 사냥감을 따라 움직일 수밖에 없어서 우리는 아주 천천히 북쪽으로 나아갔다. 게다가 우리가 가려는 광활한 평야 쪽으로 가까이 갈수록 겨울이 점점 길고 혹독해져서 우리는 이동하면서도 겨울에 먹을 것을 비축해 두어야 했다. 길을 가는 동안, 부족들은 살기 좋을 것 같은 장소를 발견하고 그곳에 정착했다. 하지만 북쪽으로 계속 걸어간 사람들은 산을 넘어가야 했다. 오늘 우리가 살고 있는 호숫가를 둘러싼 산의 꼭대기 뒤로 멀리 떨어진 곳에 있는 산이었지. 우리 부족 사람들은 그곳에 있었다. 어느 해에는 겨울이 무척 일찍 시작되어서 먹을 것이 턱없이 부족했다. 그때 우리는 어떤 식물을 먹어도 되는지 잘 몰랐다. 동물들은 땅 속 둥지에 숨어 모습을 드러내지 않았고, 사냥꾼들은 먹을 것을 구하기 위해 얼음장처럼 차가운 바람에 맞서야 했다. 대부분 빈손으로 돌아왔고 어떤 이들은 아예 돌아오지 못했지. 그들 중 약한 자들은 죽었다. 아주 절망적인 상황이었지. 그때 우린 낯선 종족을 만났다. 그들은 저 자(그는 손가락으로 아오를 가리켰다)처럼 머리가 큰 인간들이었다. 곰처럼 으르렁거렸고, 손으로 말을 했지. 하지만 그들은 분명히 인간이었다. 그들을 처음 만난 사냥꾼들은 무척 혼란스러워했다. 사람이 없다고 생각한 그 지역에 사람이 살고 있었으니. 그들은 수가 적었고, 그때까지 한 번도 마주치지 못할 만큼 넓은 땅에 흩어져 살고 있었다. 그들도 우리 조상들의 존재를 몰랐던 건 마찬가지였지. 그들이 우리와 같은 인간을 본 건 그 때가 처음이었던 것 같다. 그들도 우리처럼 무척 놀랐다고 했다. 그들의 몸에는 전체적으로 털이 나 있어서 추위를 견딜 수 있었다. 그들은 불을 피울 줄 알았고, 그들의 무기는 우리 아버지들의 무기보다 훨씬 무겁고 덜 다듬어져 있었지만 튼튼하고 충분히 효율적이었다. 그들은 저 자가 아키 나아에게 했던 것처럼 자기들의 음식을 굶주린 우리 부족에게 나눠 주었다. 그리고 우리를 옆쪽의 계곡으로 안내해 주었고, 그곳에서 겨울을 나도록 도와주었다. 힘들었지만 우리는 그들 덕분에 살아남았다. 우리는 그곳에서 겨울을 두 번 보냈다. 따뜻한 계절이 오자 그들은 우리에게 걱정 없이 먹을 수 있는 식물들을 가르쳐 주었다. 그때 우리 부족은 둘로 나뉘었다. 어떤 이들은 그 지역에 사람이 살 만한 장소가 있었다며 그 산 속에 남겠다고 했지. 우리 아버지들은 더 북쪽으로 다시 길을 떠나 툰드라까지 이르렀다. 어떤 가족들은 그곳에 이르러 부족에게서 떨어져 나와 강가에 머물렀고, 다른 가족들은 계속 길을 가서 이곳까지 오게 되었지. 우리가 바로 그 후손들이다. 이제는 내가 그 긴 여행에 대해 알고 있는 마지막 사람이다. 나는 지나가는 부족이나 사냥꾼들을 만날 기회가 있을 때마다 우리를 도와주었던 사람들에 대해 물어보았다. 어떤 이들은 그런 인간들은 존재하지 않는다고 주장했지만 또 어떤 이들은 해가 지는 방향에서 아주 먼 곳에 그런 인간과 닮은 이상한 생명체가 살고 있었다고 말해 주었다.”

샤먼의 목소리는 다시 커졌다. 그는 무척 감격한 듯했다.

“이제 우리가 그들에게 은혜를 갚을 때가 왔다. 하나는 굶주린 우리 조상들을 도와준 것에 대해, 또 하나는 우리 부족 사람들을 보호해 주고 이곳까지 데려다 준 것에 대해서다."

그리고 그는 아키 나아를 향해 말했다.

"저 자가 내 말을 이해하지 못했다면 네가 전해 주거라. 우리는 네 말을 받아들일 것이며, 그는 우리의 손님으로서 원한다면 언제까지나 우리와 함께 있어도 좋다."

그러고 나서 샤먼은 모두에게 말했다. 그의 시선은 고개를 숙이고 있는 카 마이를 향했다.

"그에게 해를 입히려 하는 자는 누구든 조상들의 분노를 사게 될 것이다."

아키 나아는 이제야 다시 숨을 쉴 수 있을 것 같았다. 안도의 눈물이 솟구쳤다. 그녀는 주름이 자글자글한 샤먼의 볼 위로 천천히 흘러내리는 눈물을 보지 못했다.

11

마을에 도착하고 나서 세 번째 해가 떴다. 첫날 샤먼이 환영하는 말을 해 주었음에도 불구하고 아오는 부족 사람들이 만장일치로 자신을 받아들인 것은 아니라는 느낌이 들었다. 직접적으로 적대감을 보이지는 않았지만 대부분의 마을 사람들은 그를 피했다. 아키 나아는 마을을 구성하는 움막 네 채 가운데 그녀의 가족들에게 할당된 한 곳의 구석 자리에서 지냈다. 아오는 아내 없는 남자들에게 할당된 움막에서 마 와미와 함께 지냈다.

아오와 아키 나아는 만날 기회가 전혀 없었다. 젊은 여자는 사냥꾼들의 충고에 따라야 했기 때문이었다.

아오는 마을을 돌아다니며 하루를 보냈다. 자신 때문에 마을 사람들이 불편해하는 것에는 전혀 아랑곳하지 않고 여기저기 다니며 사람들이 뭘 하는지 한참 동안 관찰했다.

아이들은 멀리서만 그를 쫓아다녔다. 대담한 아이들은 가까이 다가오기도 했지만 아오가 조금이라도 화를 내거나 그럴 조짐만 보여도 금방 걸음아 날 살려라 하고 도망칠 태세를 갖추었다. 나파 말리를 제외하면 마 와미와 키파 코오만 드러내 놓고 그에게 호의를 표시했다. 특히 키파 코오는 누나를 이곳까지 데려다 준 것에 대해 정말로 고마워했다. 그는 누나에게 깊은 애착을 보였다. 몇 해 전 겨울에 어머니가 사고로 돌아가시자 아직 어린 소년이었던 그는 누나에게 모든 애정을 쏟았기 때문이다.

다른 사람들은 대개 아오를 두려워했다. 물론 젊은 여자와 아들이 돌아온 것은 기뻐했다. 하지만 부족의 훌륭한 사냥꾼이었던 아타 마크가 죽었다. 그렇다면 이제 정령들은 어떻게 할 계획인 걸까? 그는 왜 이 여자에게 그토록 관심을 보이는 것일까? 카 마 이의 말이 아직도 많은 사람의 귓전에 울리고 있었다. 특히 미신을 믿는 사람들은 곰 인간이 아타 마크를 대신해서 온 것이라고 믿기도 했다.

아오도 알 건 다 알고 있었다. 마을 사람들이 자신을 받아들인 건 오로지 샤먼의 권위 때문이었다. 부족 내에서 늙은 샤먼의 영향력은 놀라웠다. 아키 나아가 괜히 그에게 희망을 심어 준 것이 아니었다. 일부 사람들이 이번에는 샤먼이 잘못 생각한 것이라며 끔찍한 재난이 찾아올지 모른다고 의심하기도 했지만, 자신들의 감정을 공공연히 드러내기를 자제했고 겉으로 불만을 표현하는 사람도 거의 없었다. 샤먼은 새 부족에서 그와 비슷한 역할을 하던 말라빠진 노인과 약간 닮아 있었다. 하지만 그의 회색 눈에서는 다른 샤먼에게서 보았던 분노의 눈빛이 보이지 않았다. 사람들이 그를 존경하는 것은 침착함과 신중한 충고 때문이었다. 아오는 그가 정령들과 특별한 관계를 맺고 있다는 사실을 의심하지 않았다. 그의 부족은 번창하고 있었다. 노인들은 나이가 아주 많았고 여자와 아이들의 수도 많았다.

어떤 남자가 와서 샤먼이 곧 그의 움막으로 아오를 부를 것이라고 알려 주었다. 기다리는 동안, 아오는 이 부족의 생활상을 배우는 시간을 갖기로 했다. 그에게 일을 하라고 요구하는 사람은 아무도 없었다. 그래서 그는 마을 안에서는 자기 마음대로 어떤 일이든 관찰할 수 있었다. 그리고 매일 마 와미에게서 자기 몫의 음식을 받았다. 마을에 돌아오고 나서 마 와미는 눈에 띄게 달라졌다. 부족 내에서 그의 입지도 달라져 이제 카 마이에게 크게 구속받지 않게 되었다. 나파 말리의 말에 용기를 얻은 그는 이제 이 특이한 남자에 관한 일을 공개적으로 나타내는 것을 두려워하지 않았다. 그는 아오의 장점을 칭찬했고, 아오 덕분에 자신이 살아 있다는 사실을 잊지 않았다.

아오는 이 부족 사람들의 수를 세어 보려다 포기하고 말았다. 수가 너무 많았다. 성별에 상관없이 나이가 아주 어린 아이들은 어머니가 통제하고 있었고, 어머니들은 아이들의 나이와 능력에 따라 교육을 했다. 좀 더 큰 아이들은 할머니 할아버지들과 긴 시간을 보내며 그들에게서 어른이 되면 해야 하는 행동과 갖춰야 할 지식을 배웠다. 그들은 온종일 할아버지나 할머니의 지휘 아래 채집을 하거나 죽이지 말아야 할 식물과 동물들을 관찰하며 보냈다. 그런데 가만 보니 아오에게도 그런 금지 사항이 있는 것 같았다. 아무도 그에게 사냥을 하거나 물고기를 잡으러 나가자고 하는 사람이 없었다. 어느 날 저녁, 아오는 마 와미에게 그 문제에 관해 물었다.

"아오는 사냥하고 싶어. 아오는 네 부족에서 어린아이가 아냐."

당황한 마 와미는 잠시 생각하다가 그 질문에 대답했다.

"자기 조상 동물이 어떤 것인지 알지 못하면 누구도 동물이나 식물을 함부로 죽일 수 없어. 자칫 잘못해서 조상 동물이나 식물을 죽일 수도 있기 때문이야. 우린 아직 네 조상 동물이 뭔지 몰라. 우리 부족 사람들은 널 사냥에 참여시켰다가 네 조상 동물 중 하나를 죽이기라도 해서 정령들의 노여움을 살까 봐 그러는 거야."

아오는 당황스러웠다. 모든 인간의 조상은 동물이 아니던가? 아오는 친구에게 설명했다. 사냥에서 먹이를 잡는 것은 단지 사냥꾼의 솜씨가 좋아서만은 아니다. 동물의 동의가 필요하다. 다시 말하면, 그 동물의 정령이 짐승의 살을 제공하는 것을 수락해야 한다. 사람들은 바로 그런 목적에서 의식을 행하는 것이다. 그들은 동물의 동의를 얻어야 하고, 그렇지 않으면 모든 사냥은 실패로 끝난다. 실제로 사냥꾼들은 정령들의 동의를 얻기 위해, 혹은 적어도 죽은 동물의 영혼이 다른 생명체의 몸속에 들어갈 수 있도록 몇 가지 의식적인 행동을 한다. 그렇게 하지 않으면 사냥꾼들은 곧 사냥감이 그들을 피해 달아나는 것을 보게 될 것이다.

마 와미는 의심스러운 듯 얼굴을 찡룩했다.

"모든 동물이 네 조상이라면 아오는 사냥을 할 수 없을 거야. 아무리 생존이 달린 문제라도, 우리는 누구도 네 조상 동물 중 하나를 죽이려 하지 않을 거야! 하지만 아오는 우리 부족에 속하는 사람이 아니야. 마 와미는 아오가 뛰어난 사냥꾼이라는 걸 알아. 아오는 고대인의 규칙을 따라야 해. 평소에는 없던 일이 일어났어.

여자가 사냥꾼이 되었고, 정령들은 그런 일을 좋아하는 것 같지 않아! 마 와미는 왜 그런지는 몰라. 대대적인 사냥이 있기 전에 나 파 말리가 정령들과 접촉할 거야. 그러면 정령들의 뜻이 뭔지 알게 돼. 그때까지는 아오도 참고 기다려야 해."

아오는 친구가 난처해하는 것을 알아차렸다. 그는 친구를 힘들게 하고 싶지 않았다. 그래서 그 답변에 만족하고 샤먼이 답을 줄 때까지 기다리기로 했다. 어쨌든 그곳에서는 배울 게 많아서 그다지 지루하지는 않았다.

아오는 하루하루 계속해서 관찰했다. 그는 이 부족이 정착할 장소를 매우 잘 선택했다는 것을 느꼈다. 비를 가득 머금은 구름은 언덕이 아닌 산으로 모여들었다. 그가 도착한 이래로 한 번밖에 비가 오지 않았다. 또 움막은 짧지만 강렬한 폭풍우에도 끄떡도 하지 않아 아주 튼튼하게 잘 지어졌다는 것을 확인할 수 있었다. 마을에서 가장 작은 길쭉한 모양의 움막은 고대인 부족 하나를 전부 수용할 만큼 넓었다. 움막 안에는 나뭇가지를 엮어 만든 내벽이 세워져 있어서 가족 단위로 각기 독립된 공간에서 기거했다. 뼈대는 긴 나무 장대를 연결해서 세웠고, 흔들리지 않도록 아랫부분에 돌무더기를 쌓아 고정했다. 안쪽 공간에는 땅을 파고 그 위에 가죽을 깔았다. 각 움막은 밑 부분이 땅에 박힌 바위로 둘러싸였다. 뼈대 위에 나뭇가지와 가죽을 단단하게 이어 지붕으로 만들어 덮은 움막은 전체적으로 바람의 공격을 막아 주었다. 겨울에는 눈이 쌓여도 끄떡없이 그 무게를 지탱할 것 같았다.

부족 사람들은 호수와 주변의 강을 그들의 생계 수단으로 삼았다. 물속에는 다양한 크기의 물고기들이 많았다. 그다지 깊지 않은 물 위로 올라온 바위에 낚시꾼들이 올라가 있고, 나이 든 남자와 여자들이 물속에서 커다란 원을 이루고 서서 일제히 손바닥으로 수면을 치며 낚시꾼들 쪽으로 천천히 다가간다. 그러면 낚시꾼들이 물가 쪽으로 처진 물고기들을 주시하고 있다가 창을 던져 맞혔다. 그러고 나서 여자들은 특별히 이런 용도를 위해 돌로 만든 작은 화덕에 물고기를 올려놓고 연기를 쏘이는 일을 맡았다.

낮 동안에는 남자와 여자가 함께 지내지 않았다.

남녀가 하는 일은 엄격히 구분하는 것이 원칙이었다. 여자들에 대한 대우도 새 부족에서보다 훨씬 나은 것 같았다. 겉보기에는 여자들이 사냥꾼들의 뜻과 상관없이 행동하는 것 같지만, 어떤 여자들은 모든 결정을 내리기에 전에 사냥꾼들에게 조언을 구했다.

유심히 관찰해 보니 때때로 아키 나아가 어두운 표정으로 하던 말들을 이해할 수 있을 것 같았다. 사냥꾼들이 공동체 내에서 차지하는 위치와 개인 간의 관계에는 수많은 요인이 영향을 미쳤다.

아오는 당황스러운 점이 있을 때마다 마 와미에게 물었지만 마 와미는 그다지 만족스러운 설명을 해 주지 못했다. 아오는 종종 그들 부족과 대립하는 모습이나 이해하기 어려운 이상한 행동들을 하곤 했는데, 그것은 단순히 정령들의 뜻이라거나 또는 그냥 필요한 일이라서, 혹은 습관이라는 말로 정당화할 때가 많았다.

아오는 각 개인에게 금지되거나 할당된 일들이, 그들이 속한 영혼들에게서 빌려온 능력에 따라 결정된다는 사실을 마침내 깨달았다. 성별이나 나이, 복잡한 혈연관계, 혹은 각자의 행동 등 여러 기준에 따라 일반적으로 적용되는 규칙과 달리, 어떤 규칙들은 여러 가지 특별한 상황에 따라 달라지기도 했다. 예를 들면 사람에 따라 할 수 있는 활동도 달랐다. 어떤 여자는 특정한 식물을 먹을 수 없고, 어떤 남자는 호수에 절대 들어가서는 안 되거나 생선을 먹을 수 없었다. 짧은 시간 안에 다 알아내기는 어려웠지만 그 밖에도 행동에 관한 미묘한 규칙이 여러 가지 있었다.

그런가 하면, 생존 기간이나 일시적인 상황에 따라 때때로 다르게 행동해야 하는 경우도 있었다. 임신한 여자는 여우나 산토끼의 살을 먹으면 안 되었다. 이런 동물은 구멍 속에서 살기 때문에 아기가 엄마 뱃속에서 나오지 않으려고 할 위험이 있기 때문이다. 반면에 임산부나 아이를 가지고 싶어 하는 여자가 먹어야 하는 음식이 따로 있었다. 샤먼도 예외는 아니어서 음식 섭취에 제약이 많았다. 소화가 잘 되지 않으면 통찰력이 흐려질 위험이 있기 때문이었다.

나이가 많아도 일하지 않는 자는 없었다. 더 이상 공동 사냥에 참여하지 않는 노인들이라도 덤불 속에 덫을 놓으면 몸집 작은 짐승들은 충분히 잡을 수 있었다.

그들이 그 지역에 정착한 것은 불과 3-4세대밖에 안 되었지만 그들은 각 시기에 먹을 수 있는 식물들을 많이 알고 있어서 수확하고 나서 바로 먹거나 돌 위에 널어놓고 햇볕에 말려 헛간에 보관하거나 움막 안에 매달아 보관했다.

그들은 어떤 것을 시도할 때마다 매우 정성을 다했다. 아오 같은 낯선 관찰자의 눈으로 볼 때 반드시 필요한 일이 아닌 일을 할 때도 마찬가지였다. 아마도 그들이 뭔가를 할 때마다 매번 성공하는 것은 그 때문인 것 같았다.

남자들은 모두 자신의 무기를 만들고 관리하는 데 많은 시간을 쏟아 부었다. 아오는 도구와 무기를 만드는 데 필요한 회색 돌을 채취하기 위해 희귀한 광맥을 찾아 먼 곳으로 힘겨운 길을 떠났던 일을 떠올렸다. 이곳에서는 아주 작은 돌 조각도 다시 사용했다. 놀랍게도 쓰고 난 돌은 여러 개의 칼날과 무기의 뾰족한 끝부분으로 다시 태어났다.

아키 나아의 능숙한 손재주는 이미 보았지만 일부 석공들의 솜씨는 놀라울 만큼 훌륭했다.

그들은 돌에 주문을 하고 끝없이 무언가를 만들어 내는 손재주가 있었다. 아오는 석공들이 일하는 모습을 아무리 오래 지켜봐도 전혀 질리지 않았다. 하지만 그들은 아오가 옆에 있으면 작품의 질이 떨어지기라도 하는 것처럼 그의 존재를 불쾌하게 여겼다.

아오는 그중에서도 가장 실력이 뛰어난 사람을 찾아냈다. 나이 든 남자였는데 그는 대부분의 시간을 물건 만드는 일에 쏟아 부었다.

종종 남자나 여자들은 가죽이나 음식을 들고 그를 찾아와 자기 무기나 도구를 고쳐 달라거나 정확히 어떤 물건을 만들어 달라고 요구했다.

나이 든 남자는 매우 능수능란하게 일을 했다. 아오가 깜짝 놀랄 정도로 아주 손쉽게 물건을 고치거나 만들어 냈다. 아오는 그에게서 한 발짝 떨어져 선 채로 그가 일하는 모습을 지켜보며 긴 시간을 보냈다. 눈으로 남자의 손만 뚫어져라 쳐다보다가 감탄할 때면 으르렁거리면서 탄성이 터져 나오는 것을 숨기지 않았다. 노인은 자기만의 세계에 따로 떨어져 사는 사람 같았다. 그곳은 돌과 순록의 뿔, 매머드의 엄니나 다른 짐승의 뼈 등으로 이루어진 세계였다. 그는 아오가 옆에 있어도 거북해하지 않는 몇 안 되는 사람 중 하나였다. 그는 아오에게 아무 신경도 쓰지 않는 체했다.

하지만 오늘 아침, 아오는 깜짝 놀랐다. 아오가 기거하는 움막 쪽을 누군가가 뚫어져라 쳐다보고 있었던 것이다. 그러다 아오가 밖으로 나가자 노인은 만족스러운 듯 자기 작업장 옆으로 오라고 손짓했다.

석공은 돌의 무게를 재고 오랫동안 쓰다듬었다. 그의 손가락은 우툴두툴한 부분에서 오래 머물렀다가 자연적으로 둥글게 이어진 부분으로 쓰윽 지나갔다. 그는 아오가 의미를 알 수 없는 말들을 중얼거렸다. 마치 어떻게 하면 가장 좋은 부분을 얻을 수 있는지 돌에게 물어보는 것 같았다. 그러고 나면 노인은 강렬하고 정확한 동작으로 작업을 했다. 그는 계속해서 여러 가지 도구를 바꿔 가며 마침내 작업을 완성했다.

아오는 물건이 완성되었다고 생각했지만 노인은 전혀 그렇지 않을 때가 종종 있었다. 아키 나아를 관찰할 때도 느꼈지만, 아오가 전혀 흠잡을 데 없는 물건이라고 생각하는 것에도 노인은 만족하지 않는 경우가 많았다. 그는 자기 작품을 햇빛에 비춰 보고 여러 각도에서 한참을 살펴보았다. 그래서 만족스럽지 않으면 작업을 계속해서 결국에는 자신이 원하는 형태의 물건을 만들어 냈다. 도구나 무기를 만들 때 노인의 작업 효율이 뛰어난 것이나 일을 부탁한 사람들이 그의 작품을 보고 감탄하는 것도 다 그런 노력에서 나오는 것이었다.

오늘, 노인은 특히 무슨 영감이라도 받은 듯 작업에 더욱 열을 올렸다.

아오는 노인의 작업에 매료되어 있다가 거기에서 헤어 나오려고 애썼다. 감탄할수록 그 사람들과 아오 사이의 거리가 더 멀어져 보였기 때문이다. 아오는 그렇게 실망할 때마다 늘 온갖 의문을 느꼈다.

그의 부족 영혼들은 새로운 인간들의 영혼과 화해할 수 있을까? 대부분은 필요 없어 보이는 저 자들의 이상한 행동도 받아들여야 할까? 그 방법밖에는 없는 것일까? 고대인들에게 다른 해결책은 없는 것일까?

아오는 그다지 고무적이지 않은 생각에 빠져 있느라 아키 나아가 다가오는 소리도 듣지 못했다. 그녀를 보자 침울했던 기분이 순식간에 사라졌다. 아오는 만족스러운 듯 으르렁거렸다.

아키 나아는 아기를 안고 있었다. 마을에 도착한 이후로 아기를 한 번도 보지 못한 아오는 아기를 보자마자 팔을 내밀어 안았다. 아기는 이미 아오를 알아보고 엄마 품에서부터 송어처럼 파닥거렸다. 아키 나아는 두 사람이 서로 좋아하는 것을 보며 웃었다.

"샤먼이 널 오라고 하셔. 나도 함께 있으라고 하셨어. 가자. 우릴 기다리고 계셔."

아오는 고개를 끄덕이고 순순히 여자를 따라 걸음을 옮겼다. 그들은 천천히 마을을 가로질러 갔다. 아키 나아는 기분이 좋았다. 바라던 것보다 일이 훨씬 잘 풀려 갔다. 비록 부족 사람들 중 일부는 여전히 주저했지만 그녀는 낙관적으로 생각했다. 결국에는 모두 아오를 받아들일 것이라고 믿었다.

아오도 그동안 샤먼과 부족 사냥꾼들의 질문에 대답하고 자신의 이야기를 하느라 긴 하루하루를 보내며 느꼈던 긴장감이 사라졌다. 그는 자신의 품에 안겨 웃음보를 터뜨리는 아기와 함께 평화롭게 발걸음을 옮겼다.

아키 나아는 마지막 순간까지 기다렸다가 아이를 받아들고 다른 여자에게 아기를 맡기러 갔다.

아오는 샤먼의 움막 앞에서 아키 나아를 기다렸다. 마을 한가운데 있는 그 움막은 다른 움막과 모양은 비슷했지만 크기가 훨씬 작았다. 아키 나아가 다시 나타나 그와 함께 안으로 들어갔다. 움막 안에는 나파 말리와 키파 코오가 마주 보고 꼼짝도 하지 않은 채 말없이 앉아 있었다. 친구를 보고 안심이 된 아오가 미소를 짓자 키파 코오도 미소로 화답했다. 그는 양손에 자갈을 하나씩 쥐고 있었다.

방 한가운데 놓인 화덕 안에는 벌겋게 달아오른 숯 몇 개가 있었고, 그 주위를 돌들이 둥그렇게 둘러싸고 있었다. 연기가 빠져나가도록 움막 꼭대기에 뚫어 놓은 구멍으로 빛이 조금 새어 들어왔다. 평평하게 만든 바닥에는 두꺼운 가죽들이 깔려 있었다. 샤먼이 눕거나 음식을 올려놓는 커다란 돌도 몇 개 있었다. 아오는 희미한 어둠 속에서도 움막 양쪽으로 매끄럽게 다듬은 나무판자의 다양한 색깔을 알아볼 수 있었다.

샤먼이 앉으라고 손짓했다. 그가 나뭇잎을 한 줌 집어 잉걸불 위에 던지자 움막 안에 시큼한 연기가 퍼졌다가 천천히 바깥으로 빠져나갔다.

아오는 기침을 했다. 머리가 조금 어지러웠다. 불빛에 비친 노인의 모습은 훨씬 나이가 들어 보였다. 머리카락은 희고 길었으며 피부색은 짙고 얼룩과 주름이 군데군데 있어서 마치 오래된 나무껍질 같았다. 아오의 시선이 노인의 눈에서 멈췄다. 그의 눈동자 색깔은 폭풍우가 치는 하늘을 닮았다. 그들은 잠시 서로를 바라보았다. 그곳은 아주 더워서 노인은 웃통을 벗고 있었다. 아오는 노인의 가슴으로 시선을 옮기다가 특이한 물건을 보고 멈췄다. 그런 물건을 이렇게 가까이에서 본 적이 지금껏 한 번도 없었다. 각각의 나무 조각을 동물의 형태로 만들어 이어 붙이고 색을 칠해서 만든 목걸이였다. 나무 조각에 구멍을 뚫고 가죽 끈으로 연결해 목에 걸도록 만든 것이었다. 나무 조각 사이사이에는 달팽이 껍질처럼 보이는 다른 장식도 끼여 있었다. 색깔과 형태는 제각기 달랐다. 몇 개의 진주도 이 신기한 목걸이를 장식하고 있었다.

아오는 춤추는 불빛 속에서 노인의 주위로 이상한 생명체들이 뛰어다니는 것을 보았다. 감각이 또렷하지 않았다. 다른 곳을 보려고 애쓰던 그의 눈이 나무판에 고정되었다. 거기에는 다른 형태의 동물이 이상한 표시와 결합되어 있는 것 같았다. 그 모든 세계가 그의 주위에서 요란하게 춤을 추며 돌아가는 것 같아 보고 있기가 더욱 힘들었다. 현기증이 나고 토할 듯 속이 메스꺼웠다.

샤먼은 점점 나이가 더 들어 보였다. 어떻게 인간이 저렇게 오래 살 수 있을까?

아오는 가슴이 조여드는 것 같았다. 그는 샤먼의 목걸이를 잡아채서 도망치고 싶은 마음을 억누르려고 노력했다. 아무도 그를 막을 수는 없을 것이다. 하지만 그는 스스로 일어설 수 있을지조차 확신이 서지 않았다. 샤먼이 그의 힘을 지배하고 있었다.

아키 나아와 키파 코오는 그에게 관심을 두지 않았다. 그들의 눈은 눈앞의 장면을 응시하느라 초점이 없었다. 샤먼은 눈꺼풀이 반쯤 감긴 채 정령들을 부르고 있었다. 그의 입술이 열리고 들릴락 말락 작은 노래 소리가 흘러나왔다. 공기가 진동하기 시작했다. 아오는 두려움을 느끼고 으르렁거렸다.

노인은 소년의 감정에는 무심한 듯 계속해서 노래를 읊조렸다. 그러다 갑자기 젊은 사람처럼 힘차고 유연하게 벌떡 일어섰다. 키파 코오는 손에 쥔 돌을 점점 더 빨리 내리쳤고, 그 둔탁한 리듬에 맞춰 샤먼이 미친 듯이 춤을 추기 시작했다.

노인은 불 근처에서 오랫동안 뛰어다니다가 잉걸불 위로 올라가 걸어 다녔다. 하지만 아무런 고통도 느끼지 않는 듯했다. 초인적인 원기와 인내였다.

아오는 더 이상 도망칠 생각을 하지 않았다. 샤먼은 아오의 부족에서 널리 행하던 행동을 하기도 했다. 마침내 샤먼이 바닥에 쓰러졌다. 그는 가죽 바닥 위에서 사방으로 구르며 발작을 일으키듯 사지를 떨다가 곧 뻣뻣해졌다. 눈은 찌푸린 채였고 입에서는 거품이 일었다.

안은 더웠지만 아오는 샤먼의 입에서 자신의 부족 언어가 줄줄 나오는 것을 듣고 몸을 부들부들 떨었다. 부족 사람들의 얼굴까지 나타나 마치 샤먼이 더 집중하도록 부추기는 것 같았다.

어두운 움막 안의 시간은 멈춰 버린 것 같았다. 샤먼이 경련을 일으키는 동안 마지막 잉걸불은 이미 오래전에 붉은 빛을 잃었다. 밤이 깊어 가고 있었다. 이제 움막 안은 완전히 어둠에 잠겼다.

정신을 차린 노인은 자리에서 일어나 다시 자기 자리로 가서 앉왔다. 지친 그는 가볍게 머리를 한 번 흔들었다.

긴 침묵이 흐르고, 아키 나아가 가도 되냐고 묻자 샤먼은 고개를 끄덕였다.

떠나기 전에 샤먼이 아오에게 말했다.

"정령들을 만나는 여행은 힘든 여정이지. 나파 말리는 그들의 말을 들었다. 이제 나파 말리는 잠을 좀 자야 한다. 내일 다시 아오를 부를 것이다. 우리는 이제 음식을 나눠 먹고 한 부족처럼 지낼 것이다."

그는 단어 하나하나를 천천히 발음하면서 아오의 언어로 말했다. 그가 아오를 존중한다는 것을 보여 주는 표시였다.

아오는 이제 면담이 끝났다고 생각해 움막을 나서려 했다. 그러자 샤먼이 따라 일어섰다. 그는 무언가 기억을 되살리려고 하는 것 같았다. 그러더니 갑자기 다시 격렬하게 움직였다. 그의 목소리는 확실하지 않았고 몸짓도 정확하지 않았으며 무질서해 보였다. 하지만 아오는 알 수 있었다. 그 강력한 인간의 몸짓은 고대인들이 사용하던 환영의 말이었다.

아오의 영혼은 너무나 혼란스러웠다. 밖에는 어느덧 보름달이 떠 있고 맑은 하늘에서 수많은 별이 반짝였다. 아키 나아는 소년이 자기를 따라 나오기를 기다리며 몸을 덜덜 떨었다. 아오는 멍한 표정으로 그녀를 쳐다보았다.

그녀가 간단히 말했다.

"춥다. 난 자러 가야겠어."

그녀는 서둘러 움막으로 향했다.

아오는 움막으로 돌아가고 싶지 않았다. 그는 산에서 내려오는 신선한 공기를 한가득 들이마시고 싶어 바위에 기대어 앉았다.

너무 흥분되어 잠을 이룰 수가 없었다. 아오는 지금 자신이 겪은 장면들을 다시금 떠올려 보았다. 하지만 금세 피로가 밀려와 흥분도 가라앉았다. 달빛 아래서 잠에 빠져드는 동안 샤먼이 했던 고대인 부족의 환영의 말들이 그의 머릿속에 울려 퍼졌다.

아오는 새로 떠오른 햇빛을 받으며 깨어났다. 아침 이슬이 내려 그의 몸은 축축하게 젖어 있었다. 마을도 아침을 맞아 점점 활기를 띠었다. 그때 아키 나아가 아기와 함께 나타나 말했다.

"오늘은 너 혼자 가는 거야."

아오는 고개를 끄덕였다. 더 이상 걱정되지 않았다. 그는 샤먼이 자신에게 호의와 관심을 보인 것을 잘 알고 있었다. 어서 샤먼을 다시 만나 이야기를 듣고 싶었다.

12

아오는 다시 샤먼의 움막을 찾아갔다. 그가 반쯤 열린 입구로 거리낌 없이 안으로 들어갔을 때, 노인은 불 근처에서 분주하게 움직이고 있었다. 잿더미 속에 묻어 둔 덩이줄기 몇 개에서 풍기는 맛있는 향기가 소년의 식욕을 자극했다.

나파 말리가 앉아서 먹으라고 손짓했다.

입구에서 스며드는 밝은 빛 때문에 나무판자 위에 그려진 그림이 정확하게 보이지 않았다.

샤먼은 환영하는 표정으로 아오의 얼굴을 샅샅이 훑어보며 음식을 먹으라고 권했다. 그러고는 자신도 맛있게 음식을 먹었다.

만족한 아오는 나파 말리가 입을 열 때까지 얌전히 기다렸다.

노인이 말하기 시작했다.

"우리 부족 사람들의 환대에 만족하는가? 우리 중에 자네에게 불평하는 자가 있던가?"

아오는 노인이 자신과 아키 나아가 의사소통을 하려고 만든 은 어를 사용하는 것을 보고 깜짝 놀랐다. 샤먼은 그동안 긴 시간을 들여 아키 나아에게서 그들만의 언어를 배웠다. 샤먼은 단지 아오와 정확한 의사소통을 하기 위해 일부러 그 언어를 배우는 수고를 감내한 것이다!

노인도 아오의 생각을 읽은 것 같았다. 아오가 대답하기 전에 노인이 덧붙여 말했다.

"나파 말리는 이런 순간이 오기를 얼마나 바랐는지 모른다. 나파 말리는 마침내 정령들이 기도를 듣고 호의를 베풀어 두 부족의 여자와 남자가 만나게 해 주어 무척 기쁘다. 처음 이곳에 도착한 날, 내 말을 알아들었다면 우리 부족이 어떤 상황에서 너희 부족을 만나게 되었는지 알았을 것이다. 모든 것이 내가 말한 그대로다. 나파 말리는 고대인들의 땅에서 보냈던 계절을 절대로 잊지 않았다. 우리가 너와 비슷한 사람들로 이루어진 부족을 만났을 때 우리 사냥꾼들은 비싼 대가를 치르고서라도 목숨을 지키려고 만반의 태세를 갖추었다. 우리 부족 사냥꾼들은 자신들이 만난 자들이 인간인지도 확신할 수가 없었다. 추운 땅에서 온 사람들이 그 지역에서는 다른 부족을 만난 적이 없다고 말했기 때문이지. 그때 우리 중에는 모든 부족이 존경하는 샤먼이 한 사람 있었다. 사려 깊은 그 샤먼은 고대인들이 자신들에게 적대적인 것이 아니라 단지 호기심이 있을 뿐이라는 걸 알아차렸지. 그 샤먼에 따르면 고대인들의 옷은 물론 원시적이긴 했지만 추위에 아주 잘 적응할 수 있게 만들어져 있었다. 또 그들의 무기는 무겁고 서툴게 만든 것이지만 그들의 손에서 아주 무서운 무기가 되었지. 그건 아주 오래전 이야기고 그때 나는 어린아이였지만, 지금도 그때의 일을 아주 세세하게 기억할 수 있어. 이미 내 기억 속에 깊숙이 새겨져 있으니까. 고대인들의 수는 많지 않았고, 손 네 개를 합쳐서 손가락으로 수를 셀 수 있을 정도였네. 남녀가 한데 모여 살았는데 그중에는 아이와 나이 든 부부도 끼여 있었지. 우리는 고대인들의 존재를 모른 채 그들의 마을 쪽으로 다가갔어. 그 전날에 우리를 먼저 발견한 그들은 부족 전체가 우리를 만나러 왔다. 처음에 우리는 그들의 몸짓과 으르렁거리는 소리를 이해할 수가 없었다. 그들 부족 내에서 권력을 행사하는 자는 딱히 없는 것 같았어. 그들도 우리 같은 사람들을 한 번도 만난 적이 없는 것 같았지. 그들은 놀라움을 감추지 않았어. 그들은 우리의 언어를 이해하지 못했지만, 우리는 그들에게 우리 상황을 이해시키려고 말을 할 필요가 없었네. 우리 얼굴에는 지치고 고통스러운 표정이 역력했고, 눈빛에는 절망이 가득했으며, 몸은 앙상하게 말랐고, 옷은 낡을 대로 낡아 있었으니까. 아무 말 없이 체념한 채 샤먼의 명령에 따르던 우리 부족 생존자들은 모두 샤먼 뒤에 모여 있었어. 우리에게 닥친 상황을 더욱 비참하게 만들던 얼음장처럼 차가운 비는 그친 상태였지. 그들이 다가와 우리 주위를 빙빙 돌며 소리도 치고 손짓도 했어. 그러더니 우리에게 자기들을 따라오라고 손짓했지. 그들은 우리에게 자기 마을이 아주 가까이에 있다고 안내해 주었어. 고대인들은 절벽에서 허공으로 삐죽이 나온 커다란 바위 위에서 살고 있었지. 그들의 거처에는 온갖 물건이 가득 쌓여 있어서 들어갈 자리가 없었어. 그래서 우리는 불쑥 삐져나온 바위 아래에서 머물렀지. 그들은 불을 지피고 말린 고기를 잔뜩 가져와서 우리 앞에 내밀었어. 우리는 허기진 동물처럼 음식을 향해 달려들었지. 그 고대인들이 우릴 보면서 웃었던 기억이 나네. 그 다음날, 그들은 반나절쯤 떨어진 곳의 바위 아래 있는 또 다른 거처로 우리를 데려갔어. 그들은 우리에게 며칠 동안 먹을 음식도 남겨 주고 갔지. 그다음에는 그들 중 한 명이 다시 찾아왔네. 그중에 가장 나이가 많은 자였지. 우리 샤먼과 그는 대화를 나눠 보려고 애썼어. 그 나이 든 고대인은 우리 부족 사냥꾼들을 다른 계곡 쪽으로 데려가 동물들이 숨어 있는 곳과 우리가 먹을 수 있는 식물들을 가르쳐 주었지. 그는 우리를 여러 번 찾아왔어. 우리는 그들의 기본적인 언어 몇 가지를 배웠어. 그리고 나서는 고대인들이 우릴 찾아오는 일이 뜸해졌지. 날씨가 조금 누그러진 틈을 타서 우리 부족 사냥꾼들이 짐승 몇 마리를 잡을 수 있었어. 여자들은 뿌리도 캐고 장과를 따왔지. 우리는 큰 추위가 닥쳐오기 전에 얼마 안 되는 음식을 비축해 둘 수 있었어. 겨울은 아주 혹독했어. 우리는 겨울 동안 곰 인간들을 한 번도 보지 못했어. 나는 그들도 올 겨울에는 음식이 부족한 모양이라고 생각했지. 저장해 둔 음식을 우리에게 나눠 주기도 했고 우리가 그들의 땅에서 사냥을 하고 열매를 따먹어 사냥감과 식용 식물들이 부족해졌을 테니까. 게다가 우리 부족 사람들의 수가 고대인들보다 적어도 세 배는 더 많았어! 우리에게 그 정도로 호의를 베풀었으니 겨울 동안 그들도 힘들었을 거야. 생존하는 데 무시하지 못할 위협을 받았을 거야. 우리 중에서 그해 겨울에만 여럿이 죽었지. 그래도 우리 부족 사람들은 대부분 살아남았어. 봄이 다가오면서 우리는 그 고대인 부족을 다시 만났어. 그런데 왠지 모르게 그들은 전보다 우리를 훨씬 냉랭하게 대하는 것 같았어. 우리를 안내했던 나이 든 고대인은 이제 없었지. 우리는 다시 길을 떠나기에는 너무 쇠약했어. 그래서 그곳에서 겨울을 한 번 더 나기로 했지. 고대인들과 자주 만나지는 않았지만 분위기는 좋았다네. 그들은 자신들과 비슷한 사람들이 서쪽 계곡에도 살고 있다고 가르쳐 주었어. 우리 부족 사냥꾼들은 가능하면 그들의 사냥터를 침범하지 않으려고 멀리까지 가서 사냥을 했어. 심지어 자신들이 잡은 사냥감의 일부를 고대인들에게 가져다주기도 했지. 고대인들도 그 사냥감을 마다하지 않았어. 그다음 해의 여름이 시작될 때 우리가 떠나면 그들도 훨씬 마음을 놓을 거라고 생각했지. 그런데 우리가 길을 떠날 때 그들은 그곳에 없더군. 그 후로 다시는 그들을 보지 못했어. 그리고 그들이 말했던 다른 고대인 부족도 만나지 못했어. 그때 우리 부족은 둘로 나뉘었어. 우리 중 일부는 고대인들을 만나기 전에 우리가 지나왔던 사람이 살지 않는 어느 계곡에 머무르기로 했어. 그리고 다른 한 무리는 북쪽으로 계속 길을 갔지. 우리는 천천히 나아갔고, 또 겨울을 여러 번 보내고 나서야 툰드라에 도달할 수 있었어. 우리가 마지막으로 올라간 언덕 꼭대기에서 사냥꾼들이 말했던 커다란 짐승 떼를 볼 수 있었네. 숲의 나무들보다 동물의 수가 훨씬 많았지. 그건 순록이었어. 나중에는 말과 들소들도 보았지. 그중에는 이미 우리가 사냥해 본 짐승들도 있었어. 겨울 동안 그 짐승들이 계곡으로 몸을 피하러 내려왔거든. 그다음 이야기는 이미 들려 주었네. 그 후손들이 바로 강 부족과 호수 부족이지."

　노인은 잠시 말을 멈추고 숨을 가다듬었다가 다시 이야기를 시작했다.

"여러 해 전에 내가 훨씬 더 젊었을 때, 지금은 이미 세상을 떠난 사냥꾼 두 명과 나는 고대인들과 그들의 땅 근처에 있는 우리 친척들을 찾아보려고 했지. 우리는 길을 가는 동안 우리 부모님 세대들이 만나지 못했던 다른 부족의 사냥꾼들을 만났어. 그들은 고대인들의 땅보다 훨씬 북쪽에 있는 언덕에서 살았지. 우리가 고대인들의 이야기를 꺼내자 그들은 불신감과 심지어 적대감을 내보이기도 했네. 그 사람들도 고대인들을 만났지만 그리 좋은 관계를 맺은 건 아닌 것 같았어. 우리는 서둘러 그들의 땅을 떠나야 했네. 그리고 우리 부족이 겨울을 두 번 보냈던 그 계곡으로 다시 찾아가 보았지. 하지만 그곳에는 아무도 살지 않았어. 우리는 고대인들이 버려둔 움막에서 추운 겨울을 보냈네. 그러고 나서 봄이 돌아오자마자 예전에 우리와 함께 툰드라를 향해 가지 않고 다른 방향으로 갔던 우리 부족 사람들을 찾아갔지. 하지만 그곳에서도 그들을 찾을 수 없었어. 그래서 그냥 우리 땅으로 돌아오기로 했지. 좀 더 빨리 가려고 우리 조상들의 땅 가운데 우뚝 솟은 높은 산맥을 에둘러 가지 않고 그곳을 가로질러 가기로 했네. 고지대에는 아직도 추위가 매서웠기 때문에 아주 위험한 일이었지. 얼음과 바위로 덮인 그곳에는 폭풍우만 몰아칠 뿐 아무것도 보이지 않았어. 그사이에 비축해 둔 음식도 떨어져가서 거의 포기하려고 했지. 그런데 그때 마침 빙하로 이어지는 길을 찾았고 이 호수의 반대편을 볼 수 있었어. 우리의 시도는 실패로 돌아갔지만, 나는 고대인들에 관한 것을 알아내겠다는 희망을 결코 포기한 적이 없었네. 자네도 알다시피 세상은 넓어. 하지만 얼마나 넓은지 아는 사람은 많지 않지. 자네들이 도착했을 때도 내가 말했다시피, 나는 수년 동안 다른 부족의 사냥꾼들을 만날 때마다 그들에게 물어보면서 그 낯선 사람들의 존재에 관해 일치하는 의견을 모을 수 있었어. 그들은 예전에 우리와 만났을 때 살던 곳에서 아주 멀리 떨어진 해가 지는 곳 근처에서 살고 있다고 했어. 그곳에 도달하려면 우리 조상들이 이 세계가 끝난다고 믿었던 눈 덮인 거대한 산맥을 따라가야 한다네. 그러면 이곳에 사는 사람들과 비슷한 사람들을 만날 수 있을 거야. 어떤 이들은 자네가 적이라도 되는 것처럼 행동할 걸세. 그리고 그다지 사납지 않은 다른 이들도 자네에게 적대감을 보일 수 있네. 그러니 한시도 경계를 늦춰서는 안 되네."

샤먼은 아오가 쓰는 언어에 익숙하지 않아 때때로 손짓이나 발음이 정확하지 않았다. 그런 점을 의식하면서 샤먼은 아오가 이야기의 핵심을 이해하는지 확인하느라 이따금씩 말을 멈췄다.

아오의 눈에서 당황한 눈빛이 전혀 보이지 않자 그는 안심하며 이렇게 이야기를 마쳤다.

"자네의 눈에 우리 부족 사람들이 어떻게 비치는지 물어보고는 자네가 대답할 틈도 없이 나 혼자 말을 너무 많이 했네. 이제 자네 이야기를 들어보세."

아오는 쉽사리 자신의 이야기를 꺼내지 않았다. 대신 이 기회에 사냥 문제를 꺼내기로 마음먹었다.

"아오는 불만이 없습니다. 아오는 마을을 돌아다니며 살펴보았습니다. 사람들은 아오에게는 아무것도 요구하지 않습니다. 아오는 배가 고픕니다. 그래서 친구인 마 와미에게 물었습니다. 이곳 사람들을 관찰해 보니 배울 게 많은 것 같습니다. 하지만 아오는 사냥꾼이지 어린애가 아닙니다. 아오는 아오가 잡아먹는 짐승들을 존중합니다. 아오의 손에 죽는 것을 받아들이는 동물들은 많습니다. 바람의 정령이 아오에게 사냥할 권리를 주었으니까요."

샤먼은 이해했다는 의미로 눈을 깜박거렸다.

"마 와미가 이미 나에게 와서 그 문제에 관해 얘기했네. 마 와미는 자네가 우리 부족 사람들과 함께 사냥하고 싶어 한다더군. 나 파 말리는 곰곰이 생각해 보았네. 인간은 어디에 살든 자기 조상들의 법칙을 따라야 해. 그렇게만 한다면 정령들이 왜 화를 내겠나? 나 파 말리는 사냥을 관장하는 와갈 탈릭에게 그 이야기를 했네. 매년 봄이 되면 순록들이 한데 모여서 북쪽으로 이동하지. 올해는 순록들이 아주 가까이에 있어. 겨우 한나절만 걸어가면 만날 수 있지. 나는 오늘 아침에 그 사실을 알았네. 염탐꾼들이 순록을 보았는데 순록 떼가 아주 많다고 했네. 나는 우리 부족 사냥꾼들을 설득해서 자네를 받아들이도록 했네. 자네는 우리 사냥꾼들이 사냥하는 모습을 보게 될 걸세. 자네가 원하는 만큼 주위를 계속해서 관찰하게. 우리 부족 사람들은 용감한 사람들이라네. 능숙한 어부이자 사냥꾼들이지만 정령들의 분노에는 예민하지. 그들에게 시간을 주어야 하네. 아무 일 없다는 듯 해가 계속 떠오르고 카 마이가 예견한 암울한 일들이 일어나지 않는다면, 그들도 자네의 존재에 익숙해지고 자네에게 호의를 보이는 이들이 점점 많아질 걸세."

아오는 고개를 끄덕였다.

"돌과 이야기하는 노인은 이제 곧 제 친구가 될 것 같습니다."

나 파 말리는 웃었다.

"그건 놀라운 일이 아니군. 타아 위크는 누가 자기 일에 관심을 보이는 걸 좋아하지!"

나파 말리는 아오의 시선이 계속해서 자신의 목걸이를 향한다는 것을 알아차렸다. 그는 목 뒤의 매듭을 풀어 아오에게 목걸이를 만져 보게 했다.

소년 아오는 조심스럽게 귀중한 물건을 받아들었다. 손가락으로 나무 조각의 반들반들한 표면을 쓰다듬다가 각각의 형상을 하나씩 만져 보았다.

"나파 말리는 직접 나무를 조각해서 최초의 인간과 결합한 조상 동물의 형상을 만들었지. 자네에게는 이상하게 보이겠지만, 이 물건들은 커다란 소금물 속에 사는 작은 동물의 집이라네. 우리 아버지들과 아버지의 아버지들이 살았던 곳이지. 이 작은 생명체의 살점은 인간들에게 음식이 되었어. 이건 여러 종류가 있다네. 이 생명체들은 돌에 난 구멍 속에 숨어 살지. 잡으려면 거기서 물을 빼고 기다리기만 하면 된다네. 하지만 늘 하천에 숨어 지내서 잡기도 힘들고, 수가 줄어들어 부족 전체를 먹여 살리기에는 턱없이 부족했지. 그래서 어떤 이들은 사냥감이 풍부한 거대한 평야를 찾아 북쪽으로 길을 떠났어. 그곳에서 온 사람들에게서 그런 이야기를 들었거든……. 피로에 지친 사냥꾼들이 의심하며 매일같이 비밀회의를 열었던 기억이 나네. 지나온 길이 멀었지만 어떤 이들은 그래도 다시 돌아가고 싶어 했어. 여기 이 구석에 돌 위에 붙은 흰색 줄무늬 돌을 보게! 이건 그 시기의 흔적이 남아 있는 돌이네. 홈은 각기 한 번의 겨울을 나타내지. 첫 번째 것은 출발할 때에 새긴 것이고, 마지막 것은 이곳에 도착하면서 새긴 거야."

아오는 손으로 돌을 만져 보았다. 그 돌은 무척 흥미로웠다. 손가락으로 돌에 새겨진 홈을 따라가 보니 홈은 셀 수 없을 정도로 많았다.

나이 든 샤먼이 다시 말했다.

"이 돌은 우리 부족에 아주 소중한 것일세. 이 돌은 우리 아버지들이 어떤 길을 통해서 이곳까지 왔는지 알고 있지. 이 돌에 무늬를 새기는 임무를 맡은 사람은 그곳에 홈을 팔 때마다 조상들의 의도대로 바위와 나무가 있던 장소까지 그곳에 표시해 두었네. 그래서 정령들도 이곳까지 우리를 따라올 수 있었던 걸세."

아오는 샤먼에게 돌을 돌려주었다. 무언가 할 말이 있었다.

"우리 부족도 당신네 부족 사람들과 비슷하게 생긴 사람들에게 쫓겨 조상들의 땅을 떠나야 했습니다. 우리는 차가운 바람이 불어오는 쪽으로 이동해서 더 이상 해가 떠오르지 않는 곳까지 갔습니다. 그곳은 땅이 항상 얼어붙어 있고, 아주 드물게 보이는 짐승들은 눈처럼 하얗고, 바람은 순식간에 사람을 죽일 정도로 매서웠습니다. 그곳은 인간이 살 수 없는 곳이었습니다. 우리 부족 사람들도 한 명씩 죽어 갔습니다. 아오는 고대인 부족의 마지막 생존자입니다."

샤먼은 심각한 표정으로 고개를 끄덕였다.

"자네가 길을 떠나온 자세한 이야기는 아키 나아에게 들었네. 하지만 나파 말리가 이미 말했듯이 세상은 매우 넓어. 산과 호수, 강, 툰드라도 그 일부일 뿐이야. 아오가 필요한 만큼 멀리, 해가 지는 곳까지 길을 떠나는 것을 두려워하지만 않는다면 고대인들을 찾을 수 있을 걸세. 나파 말리는 그렇게 믿네."

노인은 목걸이에서 조개껍질을 빼내려고 각기 다른 동물 형상의 나무 조각을 하나씩 빼놓았다. 그는 조심스럽게 물건을 쓰다듬었다.

"나파 말리의 아버지는 태어난 곳을 기억하기 위해 이 조개껍질들을 간직했네. 모양도 여러 가지지. 이 조개껍질들은 우리 부족에게 큰 가치가 있어. 하지만 이런 조개껍질은 큰 물가에 가면 수없이 많네. 이곳은 육지 안쪽으로 많이 들어와 있어서 이런 물건을 구하기가 쉽지 않지. 이곳 사람들은 이 조개껍질이 마법의 힘, 정령들을 우리 편으로 끌어들이는 힘이 있다고 여긴다네. 나는 찾지 못했지만 산 속에 남아 있는 우리 조상들의 후손을 만나게 되면 그들에게 이 조개껍질을 보여 주게. 그러면 그들은 아오의 말에 귀를 기울이고 아오를 친구로 받아들일 걸세. 자, 이걸 가지게나. 그리고 그 물건 덕분에 자네에게 정령들의 호의가 깃들길 바라네."

아오는 조심스럽게 물건을 받아들었다. 그는 강력한 정령들에게 도움을 청하는 일을 거절할 수 없었다. 늘 목에 걸고 있는 작은 가방 속에 조심스럽게 그 물건을 집어넣었다. 그 가방 안에는 긴 여행을 하면서 어떤 힘을 가지고 있다고 생각하는 물건들을 몇 가지 모아 넣어두었다.

아오는 샤먼에게 고마움을 표했다.

"아오는 호수 부족 사람들 중에 친구를 여러 명 만들게 될 것입니다. 아오는 해가 지는 방향으로 산 반대편으로 가서 나파 말리가 전해 들었던 사람들을 찾을 것입니다. 죽은 자들의 영혼이 아오를 믿기 때문입니다. 하지만 당분간은 이곳에 남아서 당신네 부족 사람들과 사냥을 할 것입니다. 그리고 나서 길을 떠날 것입니다."

나파 말리는 갑자기 지친 기색이 역력했다. 그는 아오의 눈을 똑바로 응시하며 말했다.

"언젠가 자네 부족을 찾는 일을 포기하게 된다면 우리 부족으로 돌아오게. 호수 부족의 조상들도 고대인들의 조상을 환영하며 맞이했을 걸세."

샤먼과의 이야기는 끝났다. 아오는 잠시 기다리면서 샤먼이 자신에게 더 할 말이 없는지 확인하고 나서야 움막을 나섰다.

13

태양은 이미 하늘 높이 솟아 있었다. 씹어 먹은 뿌리 몇 개는 소년 아오의 식욕을 더욱 자극했다. 막 굽고 있는 고기 냄새가 코끝을 찔렀다. 아오는 눈으로 아키 나아를 찾았다. 마을 한구석에 사냥꾼들이 모여 시끄럽게 이야기를 나누고 있었다. 샤먼이 아오에게 참여하라고 권한 그 사냥 이야기를 하는 것 같았다.

키파 코오가 아오에게 다가왔다. 그는 흥분을 감추지 못했다.

"널 기다리고 있었어. 염탐꾼들이 돌아왔어! 순록 떼가 툰드라에 모여 있대. 내일 새벽에 사냥꾼들이 길을 떠날 거야. 와갈 탈릭이 너도 사냥에 참가할 거라고 말했어!"

아오가 웃었다.

"아오도 알고 있어. 지금 막 샤먼에게 그 말을 듣고 오는 길이야."

아키 나아도 이들에게 합류했다. 그녀는 궁금증을 참지 못하고 다그쳤다.

"그래서? 어서 얘기해 봐! 무슨 얘기를 그렇게 오래 했어?"

아오는 그녀의 호기심을 만족시키려고 샤먼의 이야기를 가능한 한 충실히 전달하려 애쓰면서 말했다.

긴 이야기를 듣고도 아키 나아는 한 가지 이야기만 들은 것처럼 물었다.

"그래서 곧 떠나겠다고?"

아오는 아무 대답도 하지 않았다. 그러자 아키 나아의 흥분도 가라앉았다.

두 사람은 아무 말 없이 함께 마을을 산책하다가 사냥꾼들이 모여 있는 곳까지 다가갔다.

마 와미가 그들을 알아보고 가까이 오라고 손짓했다.

그는 아오를 향해 소리쳤다.

"내가 기다리라고 했지! 이제 자네가 바라던 순간이 온 거야!"

사냥꾼들은 움막에서 아주 특이한 가죽옷을 한 벌씩 가지고 나왔다. 가까이 다가가면서 아오는 그것이 순록의 가죽이라는 걸 알아차렸다. 순록의 굽과 머리 꼭대기의 뿔까지 그대로 남아 있는 전체 가죽이었다.

아오가 놀라 물었다.

"그 가죽으로 뭘 하는 거지?"

"사냥 준비를 하는 거야. 이 가죽옷을 입으면 순록처럼 보여서 창을 들고도 순록을 놀라게 하지 않고 아주 가까이 접근할 수 있어. 사냥꾼이라면 이 가죽옷을 하나씩 가지고 있어. 자네도 순록으로 변장해야 해. 어떻게 하는 건지 내가 보여 주지. 우선 가죽옷을 입어 봐."

아오는 가죽옷을 입었다.

마 와미가 턱 밑의 가죽 끈을 묶어 순록의 뿔이 머리 위로 바로 서게 도와주었다. 그러자 순록 아래 완전히 가려져 아오의 모습은 사라지고 없었다.

마 와미가 순록으로 변한 아오를 보며 웃었다. 아오도 웃었다. 그는 네 발로 기어 다니며 순록의 울음소리를 흉내 냈다. 그러자 카마이가 화난 눈빛으로 그들을 바라보았다.

순간 움찔한 두 친구는 다시 진지해졌다. 마 와미는 사냥이 어떻게 진행되는지 친구에게 가르쳐 주었다.

"우선 우리는 순록 떼가 이동하는 방향을 알아내야 해. 그리고 주의 깊게 관찰하면서 그중에서 가장 멀리 떨어져서 무리에서 고립시키기 좋은 녀석을 파악해. 주변 지형의 특수성과 장애물의 존재, 접근하고 포위하기 좋은 협곡이나 언덕이 있는지도 알아보고. 그러고 나면 여러 무리로 나뉜 사냥꾼들이 각기 정확한 임무를 맡지. 한 무리는 공격 신호를 보내는 책임을 맡아. 공격은 보통 짐승들이 아직 잠을 잘 때, 새벽이 되기 직전에 개시돼. 맡은 일에 따라서 어떤 무리는 짐승들이 알아차리지 못할 만큼 아주 먼 곳까지 가야 할 때도 있어. 순록 떼가 얼마나 큰지에 따라 거의 한나절이 걸리기도 하지. 현장에 도착하면 사냥꾼들은 변장용 가죽옷을 입고 자신들의 냄새를 감추기 위해 순록들이 지나간 길에서 주운 갓 누운 똥을 겉에 발라. 그다음이 가장 민감한 단계야. 순록에게 창을 던질 수 있을 만큼 가능한 한 아주 가까이 다가가야 해. 때가 되었다는 신호를 받으면 사냥꾼들이 동시에 일어나서 순록들을 감시하며 에워싸. 짐승의 수가 너무 많아서 다 잡을 수 없더라도 녀석들이 큰 무리 쪽으로 달아날 길을 만들어 줘서는 안 돼. 이때는 무엇보다 당황한 순록들이 사방으로 도망치거나 또는 사냥꾼들을 향해 전체가 떼로 달려들지 않게 하는 게 중요해. 모든 과정에서 참여자들의 협력과 빠른 속도가 필요해. 순록은 아주 민첩한 동물이라서 아주 조금만 틈이 있어도 금세 포위망을 뚫고 도망치거든. 조금만 망설여도 사냥감을 놓칠 수 있어. 또 순록의 반응에 놀라서 지레 겁을 먹으면 사냥감을 몇 마리밖에 잡지 못할 수도 있지. 그러니까 동시에 창을 던지고 적당한 방향으로 짐승들을 몰아야 해. 창도 각자 여러 개씩 가지고 있어야 해. 뒤처져 있다가 포위된 짐승들에게도 사용해야 하니까. 아주 나이 든 수컷 순록들이 뒤에 남아서 작년에 태어난 어린 순록들을 보호하는 경우가 많아. 그때, 주위를 잘 살펴야 해. 그 녀석들이 뒤로 돌아서 사냥꾼에게 돌진하는 일도 심심치 않게 일어나거든. 꼼짝 못하게 갇힌 녀석들은 어떻게든 길을 뚫고 도망칠 방법을 찾으려고 할 거야. 너도 녀석들이 얼마나 위협적인지 잘 알지? 그렇게 부상당한 사냥꾼들도 많아. 첫 사냥에서 너는 나와 함께 가게 될 거야. 이번에는 내 창을 몇 개 줄게. 하지만 이제 너도 창 만드는 법을 배워야 해. 타아 위크에게 부탁하면 거절하지 않으실 거야. 오늘 밤에는 아무도 잠을 자지 않을 거야. 그리고 우린 해가 뜨기 직전에 출발할 거야."

아이들은 유난히 더 흥분해서 낡아서 해진 순록 가죽을 가지고 놀며 소리를 지르고 온 마을을 뛰어다니면서 사냥하는 흉내를 냈다. 샤먼은 정령들을 깨워 봄의 첫 사냥을 대대적으로 알리고 정령들의 협조를 부탁했다. 남자들은 돌을 집어 들고 점점 빠른 속도로 나무 기둥을 쳐서 구멍을 냈다. 순록 가죽옷을 입은 사냥꾼들은 저마다 창을 흔들며 춤을 추었다. 불이 파닥파닥 소리를 내며 타들어 갔다. 사냥하는 동안 몸이 무겁거나 갈증이 나지 않도록 아무도 음식을 먹지 않았다.

아오도 그들과 한데 섞였다. 몇 명이 아오의 주위를 둥글게 에워싸고 우스꽝스러운 몸짓으로 고대인들의 사냥 모습을 흉내 냈다. 샤먼은 완전히 벌거벗은 채 몸에 붉은 흙을 바르고 함께 춤을 추었다.

출발 신호를 알린 것은 여자들이었다. 큰 아이들은 이 세상 무엇과도 바꿀 수 없는 순간을 놓치지 않으려는 듯 새벽까지 잠을 자지 않고 기다리고 있었다. 결국 아이들은 피로에 지쳐 비틀거리면서 어른들과 함께 강가까지 걸어갔다. 춥긴 했지만 사람들은 주저하지 않고 거무스름한 냇물로 첨벙첨벙 들어갔다. 작은 모래섬 사이를 지날 때는 수영을 해야 했다. 하지만 그들은 추위도, 배고픔도 느끼지 않았다. 밤을 지새운 전날의 고조된 분위기가 아직도 영향을 미치고 있었을 뿐만 아니라, 금식을 하고 성스러운 임무를 맡았다는 생각에 신체적 저항력의 한계가 커진 것이다. 여자들은 가죽을 떼어 내고 고기를 잘게 자를 도구와 사냥감을 마을까지 운반하는 데 사용할 나무 막대기를 들고 갔다.

사냥 참가자들은 반대편 물가에서 낮은 언덕의 꼭대기를 향해 걸음을 서둘렀다.

그들은 수풀 뒤에 웅크리고 숨어서 툰드라에 끝없이 펼쳐진 거대한 동물 떼를 응시했다. 이번 사냥의 우두머리인 카 마이가 재빨리 사냥꾼들에게 지시를 내렸다.

나이 든 사냥꾼 카 마이는 이번 사냥을 이끄는 임무를 맡았다. 와갈 탈릭이 자신의 특권을 위임하고 이런 중대한 일에 참여하지 않은 것은 이번이 처음이었다. 이번 결정은 아무렇게나 내려진 것이 아니었다. 현명한 지도자인 와갈 탈릭은 부족의 내부 결속을 다지고 자존심 강한 사냥꾼 카 마이가 느낄 모욕감을 완화시키고자 했다. 그런 고민 끝에 이번 결정을 내려 공개적으로 카 마이의 가치를 높이고 그에 대한 믿음을 내비친 것이었다.

부족장 와갈 탈릭은 이로써 자신이 카 마이를 신임한다는 사실을 부족 사람들에게 확실히 보여 주었을 뿐만 아니라, 그 누구도 카 마이가 내리는 결정에 반기를 들지 못하게 한 것이다.

마 와미는 카 마이에게 아오와 함께 팀을 이루겠다는 뜻을 밝혔다. 카 마이는 내키지 않는다는 듯한 몸짓을 해 보였지만 토를 달며 반대하고 나서지는 않았다. 사실 곰 인간의 존재는 카 마이에게도 부담이었다. 카 마이는 곰 인간이 사냥에 참여하는 것에 찬성하지는 않았지만 그렇다고 반대할 수도 없다는 것을 알고 있었다. 그는 또한 부족 내에서 자신의 어두운 예견을 신뢰하는 자가 아무도 없다는 사실을 깨달았다. 동료들 중 귀가 얇은 자들에게 두려움을 심는 데는 성공했지만 그 효과도 조금씩 사라지고 있었다. 그리고 말은 하지 않았지만 그 역시 자신의 확신에 의문이 들기 시작하던 참이었다.

카 마이는 거대한 순록 떼 중에서 따로 떨어진 무리를 지목했다. 그쪽 무리부터 사냥을 시작할 것이다.

여자들은 언덕 꼭대기에 남아 사냥의 추이를 지켜보았다.

이제 아오와 마 와미가 툰드라를 달려 나갔다. 그들은 말없이 몸을 반쯤 구부린 채 순록의 무리를 빙 돌아 자리를 잡았다. 다른 두 사냥꾼이 몇 걸음 떨어져서 그들을 따랐다. 짐승들은 원래 이동 중인 방향인 북쪽, 끝없이 펼쳐진 평야가 있는 곳으로 계속해서 내달렸다.

아오는 마 와미가 요구하는 속도에 맞춰 힘들이지 않고 따라갔다.

소년 아오는 옆에서 재빠르게 달리는 동료들과 함께 흥분을 나누며 초원을 가로질러 달리는 일에 푹 빠져들었다. 그는 자신이 고대인, 아오라는 사실도 잊어버렸다. 지금 그는 이 부족의 사냥꾼일 뿐이다.

카 마이는 이 거대한 순록 떼를 에워싸는 데만 반나절쯤 걸릴 것이라고 예상했다. 역시 그의 예상은 적중했다. 전체 사냥꾼 무리에서 갈라져 나와 그들이 자리를 잡아야 할 방향으로 가다가 마 와미가 목표 지점에 거의 다다랐다고 판단했을 때는 해가 저물고 있었다. 그들은 다시 순록 떼가 시야에 들어올 때까지 천천히 걸어갔다.

젊은 사냥꾼 마 와미가 속삭이며 아오에게 카 마이의 지시 사항을 상기시켜 주었다.

"우리는 잠깐 잠을 잘 거야. 그러고 나서 새벽이 오기 전에 다시 자리를 잡아야 해. 해가 지평선을 넘어 올라올 때쯤이면 모든 준비가 끝나 있을 거야. 그러면 정령들이 우리 편에 서 주기만 바라면 돼."

아오는 너무 흥분해서 잠이 오지 않았다. 그는 순록 가죽으로 따뜻하게 몸을 감싼 채 큰일을 앞두고 긴장된 이 순간을 만끽했다. 옆에 나란히 누운 마 와미의 평화로운 얼굴을 바라보니 마 와미 역시 잠을 이루지 못하고 있었다. 그는 자신의 얼굴에 꽂힌 시선을 의식하고 눈을 떴다. 젊은 사냥꾼은 아오의 마음을 알겠다는 듯 눈을 찡긋해 보였다. 해가 뜨기 직전에 마 와미는 다른 사냥꾼 두 명을 깨웠다. 그들은 절대적인 침묵 속에서 순록 떼를 향해 걸음을 옮겼다. 목표 지점에 거의 다다랐을 때쯤 지평선 쪽의 하늘이 발그레해지고 있었다. 짐승들은 이제 멀지 않은 곳에 있었다. 아오는 순록 떼에서 아무런 동요도 감지할 수 없었다. 순록들은 대부분 풀밭에 누워 있었고, 간혹 서서 움직이지 않고 고개만 숙인 채 자는 녀석들도 있었다.

네 남자는 계속해서 몸을 움직이며 각자 한 마리씩 목표를 정했다. 그들은 공격 신호를 감지하기 위해 귀를 쫑긋 세웠다. 바짝 긴장하고 눈과 귀가 하나가 되어 움직여야 했다. 어느 순간, 카 마이가 속한 무리의 사냥꾼들이 내지른 고함 소리가 짧게 들리더니 순록 떼가 술렁거리기 시작했다. 네 남자는 그와 동시에 일어나 포효를 내지르며 앞으로 달려들었다. 순록들은 재빨리 반응하며 뒤쪽으로 달아났지만, 갑자기 방향을 바꾸어 반대쪽으로 이동하려니 대열이 흐트러졌다. 마침내 사냥꾼들이 예상한 대로 동물들이 대부분의 순록 떼가 모여 있는 북쪽으로 달아나기 시작했다. 그들은 창을 던졌다. 아오는 동료들보다 이런 경험이 훨씬 적었지만 그들보다 훨씬 재빨랐다. 그는 가장 가까이 있던 순록의 옆구리에 창을 찔러 넣어 즉사시켰다. 뒤이어 재빨리 두 번째 창을 힘껏 던졌지만 목표를 맞추지 못하고 바닥으로 떨어졌다. 순록은 대부분 이미 그의 사정거리를 벗어나 있었다. 하지만 마 와미가 예상한 대로 나이가 어리거나 경험이 별로 없는 순록 몇 마리는 제자리에 남아 있었다. 한순간에 사냥꾼들의 포위망이 무섭게 좁혀졌다. 덫에 걸렸다는 사실을 눈치챈 순록이 머리를 숙여 뿔을 낮게 겨냥하고 사람들을 향해 돌진했다. 목표물에게 오히려 공격을 당하는 사냥꾼은 서둘러 창을 던졌지만 창은 짐승을 살짝 스쳐 지나갔다. 어쨌든 남자는 옆쪽으로 재빨리 비켜서서 부상을 피할 수 있었다. 어린 순록은 순록 떼가 모여 있는 쪽으로 재빨리 달려갔다. 이번 녀석은 죽음을 피했다.

사냥꾼들은 포위되어 당황한 순록들을 죽였다. 무리 중에는 아직 나이 든 수컷 순록 한 마리가 남아 있었다. 툰드라에서 서열을 유지하기 위해 치열한 싸움을 벌이느라 입은 많은 부상으로 몸이 상한 순록은 발굽으로 땅을 파면서 분노와 두려움에 으르렁거렸다. 그때, 뒷다리 허벅지에 창이 하나 꽂혔다. 그러자 순록은 고통 속에서 마침내 결단을 내렸다. 짐승은 마치 무슨 발사체처럼 카 마이를 향해 달려들었다. 나이 든 사냥꾼은 움직이지 않았다. 그는 꼼짝도 하지 않고 동물과 마주했다. 그리고 마지막 순간에 아주 민첩하게 녀석의 가슴에 창을 꽂아 넣었다. 치명상을 입은 순록은 몇 걸음 더 움직이다가 마침내 쓰러졌다. 순록이 최후의 경련으로 몸을 부르르 떨자 나이 든 사냥꾼은 거만한 눈빛으로 아오를 쳐다보았다.

포위망에 갇힌 다른 동물들도 서둘러 해치웠다. 사냥의 성과는 이례적이었다. 부상당한 사냥꾼은 단 한 명도 없었다.

뒤쪽에 있는 거대한 순록 떼가 당황하자 앞쪽에 가던 무리까지 동요하기 시작했다. 아오는 순록 떼를 지켜보았다. 지평선을 가득 메운 거대한 순록 떼는 잠시 술렁이다가 엄청난 흙먼지 구름을 일으키며 요란한 소리와 함께 북쪽으로 이동했다. 수만 개의 발굽이 차고 나가는 통에 땅이 요동쳤다. 순록들은 거대한 진탕을 남겨 놓고 떠나갔다.

카 마이는 잡은 짐승의 숫자를 손가락으로 세어 보았다. 한 번에 이렇게 많은 짐승을 잡아 본 적이 없을 정도로 수확이 좋았다. 그는 결국 숫자 세기를 포기했다.

카 마이는 아오가 다른 사냥꾼들과 함께 기뻐하는 모습을 지켜보았다. 이제 모든 것이 확실해졌다! 곰 인간은 제대로 자기 역할을 감당했을 뿐만 아니라 이례적인 사냥 실적을 통해 정령들이 그에게 호의를 베푼다는 사실을 입증한 것이다. 이런 상황에서 어떻게 샤먼의 결정이 타당하다는 사실을 의심할 수 있단 말인가? 늘 그랬듯이 이번에도 샤먼이 옳았다! 카 마이가 틀린 것이다. 하지만 자존심 강한 사냥꾼은 자신의 실수를 인정하기를 거부했다. 그는 차라리 침묵하기로 했다.

사냥꾼들이 어린 순록의 배를 갈랐다. 아직 따끈따끈한 간과 심장을 나눠 먹고 커다란 불을 피워 그 위에 순록들의 송장을 올려 놓았다.

점심 무렵부터 그들에게 합류한 여자들은 밤늦게까지 쉬지 않고 일했다. 순록의 몸에서 피를 뽑고, 살을 갈라 창자와 허파를 떼어 내고, 고기를 조각내어 네모 나게 대충 자른 커다란 가죽에 싸고 아오와 그의 부족 사람들이 사용한 것과 비슷한 튼튼한 썰매에 차곡차곡 쌓아 올렸다. 남자들은 살을 발라낸 해골에서 귀중한 뿔과 뼈를 몇 개 떼어 냈다. 자신이 잡은 동물의 입에서 이빨을 뽑아 내는 이들도 있었다.

샤먼도 그곳까지 찾아왔다. 그는 단조로운 말들을 읊조리고 죽은 동물들의 영혼을 달래는 의식을 행하며 툰드라를 돌아다녔다.

배불리 먹은 사냥꾼들은 지쳐서 불 근처에서 잠에 빠져들었다.

14

사냥꾼들은 의기양양해서 마을로 돌아왔다. 사냥에 참가하지 않았던 모든 부족 사람들이 이들을 요란하게 맞이했다. 오늘 잡은 동물들은 앙상하게 말라 있었지만 숫자가 많아 고기는 충분히 넉넉했다. 모두 이렇게 이례적으로 사냥 성과가 좋은 것은 정령들의 마음을 얻었기 때문이라고 해석했다. 아오도 동료들과 똑같이 축하를 받았다.

와갈 탈릭은 뒤로 물러나 있었다. 그는 부족 사람들이 기쁨을 마음껏 표현하도록 놔두었다. 어느덧 외침 소리가 잦아들자 사냥꾼들에게 다가갔다.

아오는 와갈 탈릭의 뒤로 모르는 남자 두 명이 따라 걸어오는 것을 보았다.

외모는 이 부족 사람들과 하나도 다르지 않았다. 젊고, 키가 크고, 체격도 단단해 보였다. 그중에 좀 더 나이 든 사람은 귀가 일부분 잘려 있었다. 다른 사람은 얼굴이 둥글고 쾌활한 인상이었다. 두 사람 다 진한 색의 머리카락을 정수리 위로 올려 하나로 묶고 있었다.

와갈 탈릭이 사냥꾼들에게 인사하며 사냥감을 많이 잡아 온 것을 축하해 주었다. 하지만 무슨 일이 있는지 그의 얼굴에는 수심이 가득했다. 아오는 주위에서 함성을 지르는 것을 보고 그 두 남자가 이들에게 낯선 사람이 아니라는 걸 알아차렸다. 나이 든 부족장 와갈 탈릭은 큰 사냥철이 시작되었는데도 강 부족 사람들이 이곳까지 찾아온 이유를 설명해 주었다.

"여러분이 없는 사이에 아크 타아와 오 모크가 도착했다. 그들은 새 부족 인간들이 또다시 찾아올지 모른다는 사실을 알려 주려고 온 것이다."

그런데 정작 이 두 남자는 와갈 탈릭의 말에는 주의를 기울이지 않고 온통 아오에게만 관심이 쏠려 있었다. 그들은 눈을 동그랗게 뜨고 아오를 쳐다보았다.

귀가 잘려 나간 남자의 입이 둥글게 벌어지면서 놀람과 분노의 외침이 터져 나왔다. 그는 동료에게 자신이 본 것을 다시 확인했다. 그들이 아주 작은 소리로 말을 해서 아오에게까지는 들리지 않았지만 자신에 관한 이야기를 하는 것이 분명했다. 아오는 그들의 시선에서 혐오감을 읽었다.

그들의 예의 없는 모습에 기분이 상한 와갈 탈릭은 말을 멈추고 그들에게 이곳에 온 이유를 직접 설명하라고 무뚝뚝하게 말했다.

두 손님의 시선이 마주쳤다. 그중에 나이 많은 사람이 말하기로 했는지 그가 목소리를 높여 말했다.

"아크 타아와 오 모크는 우리 친척인 호수 부족에 위험을 알리러 왔다. 해가 뜨는 쪽에 사는 새 부족 인간들이 큰 강을 따라 내려와 우리 땅 근처를 돌아다니고 있다. 그들은 매우 잔혹하다. 그들은 우리 부족의 사냥꾼들을 공격해 우리가 잡은 사냥감을 빼앗아 갔다. 그때 우리 부족 사냥꾼 두 명이 죽었고, 나머지는 사냥감을 포기하고 도망쳐야 했다. 우리 샤먼들은 그들이 우리 땅을 탐낸다고 말했다."

갑자기 도중에 말을 멈춘 남자는 입을 삐죽거리며 턱 끝으로 아오를 가리켰다. 그리고 계속 말을 이어 나갔다.

"아크 타아는 우리 친척 부족에서 저런 자를 보게 될 줄은 꿈에도 생각하지 못했다. 이제야 정령들이 진노해서 우리에게 못된 인간들을 보냈는지 그 이유를 알 것 같다!"

이번에는 아오도 그의 말을 전부 알아들을 수 있었다. 남자는 와갈 탈릭의 부족과 같은 언어로 말했다.

남자의 말을 듣고 당황한 사람들의 침묵이 이어졌다. 사냥을 성공으로 마치고 돌아온 기쁨은 순식간에 사라지고, 아오에 대한 불길한 말들에 또다시 불안감이 엄습했다.

나파 말리는 입을 다물고 가만히 부족 사람들의 반응을 지켜보고 있었다. 그는 사람들의 얼굴에서 분노나 분개한 표정을 읽어 내고 만족스러운 표정을 지었다. 심지어 카 마이의 분노한 표정을 보고 미소를 짓기도 했다.

마 와미가 일어나 남자의 경멸 섞인 말에 대답하려고 할 때, 놀랍게도 카 마이가 진노해서 그의 앞을 가로막으며 말했다.

나이 든 사냥꾼은 얼굴이 벌게져서 말했다.

"뭔가를 깨달았다면 이곳까지 허튼 발걸음을 한 건 아니겠군! 나머지는 이곳까지 올 필요도 없는 일이었어! 사악한 새 부족 인간들은 이미 이곳에도 왔었다. 그들은 우리가 없는 사이에 우리 부족의 여자들을 잡아갔지. 그들에게 반항하는 노인 한 명을 죽이고 젊은 여자 세 명을 데려갔다. 그뿐 아니라 그 놈들의 우두머리는 이곳에 흔적을 남기고 갔다! (그는 키파 코오를 가리켰다.) 저 자가 그 놈의 이빨을 깨뜨렸지!"

나이 든 사냥꾼은 자리에서 일어나 계속 말을 이었다.

"아타 마크, 마 와미, 카 마이는 강을 거슬러 올라가 그들의 발자국을 따라갔다. 그리고 놈들의 땅을 찾아냈다. 거기에 남자들은 없었고 세 여자 중에 이 타아만 있었다. 마 와미의 아내이자 카 마이의 딸인 키 미는 그곳까지 가는 길에 세상을 떠났다고 했다. 아타 마크의 아내인 아키 나아는 죽을 운명이나 다름없는 뱃속의 아이를 지키려고 새 부족 마을에서 도망쳤다. 우리는 오랫동안 그녀를 찾아다녔다. 그런데 도중에 새 부족 사냥꾼들이 우리를 찾아냈지. 아타 마크는 부상을 입었지만 카 마이가 그중 한 명을 죽였다. 둘만 남은 그들은 싸움을 포기했지. 그래서 우리는 그만 돌아오기로 했다. 어느 날 우리가 절망적인 상황에 놓였을 때, 우리는 자네가 자네 부족의 불행을 불러일으켰다고 주장하는 자를 만났다. 아키 나아와 그녀의 아기가 그와 함께 있었지. 아타 마크는 죽기 전에 자기 아들을 볼 수 있었네. 자네처럼 카 마이도 저 낯선 사람이 우리 부족에 불행을 가져올 거라고 믿었다. 하지만 오늘, 카 마이는 그동안 잘못 생각했다는 것을 인정한다. 저 자는 아키 나아를 해치려는 자들과 싸우고 그들을 죽였다. 마 와미, 이 타아, 카 마이도 저 자에게 목숨을 빚졌지. 더 이상 자세히 이야기할 필요는 없을 것 같네. 정령들도 만족한다는 걸 우리에게 증명해 주었어!"

카 마이는 순록 가죽에 쌓여 있는 엄청난 양의 신선한 고깃덩어리들을 손가락으로 가리키고는 다시 자리에 앉았다.

이번에는 나파 말리가 나섰다.

"카 마이가 잘 말해 주었다. 아오는 우리 손님이다. 우리 아버지들이 한겨울에 산 속을 헤맬 때 아오와 비슷하게 생긴 부족 사람들이 친절하게 대해 주었다. 고대인들은 우리가 그들에게 빚을 지고 있다는 것을 알고 있다. 자네는 우리 부족의 중요한 손님을 모욕했다는 사실을 잊지 마라. 그리고 우리의 손님은 그를 두려워하는 새 부족 사냥꾼들과 싸워 이겼다. 더 이상은 할 말이 없다. 자네가 보고 있는 사람들은 방금 사냥에서 돌아와 무척 지친 상태다. 그들은 배가 고프다. 원한다면 자네들도 우리와 함께 있어도 좋다. 자네들도 우리에게는 환영받는 손님이다. 하지만 우리 친구에 대해 조금이라도 악의적인 말을 한다면 우리 중 누구도 가만히 있지 않을 것이다."

이야기가 끝났다는 것을 보여 주기 위해 샤먼은 뒤로 물러섰다. 그러자 다른 사람들도 뒤로 물러나 두 남자만 남긴 채 불을 피워 놓은 곳으로 갔다.

불을 지펴 뜨겁게 달군 돌판 위에서 신선한 고깃덩어리가 익어가기 시작했다.

두 남자는 구석에서 오랫동안 이야기를 나누더니 뉘우치는 듯한 표정으로 사람들에게 다가왔다.

나파 말리는 경고를 했는데도 그들이 부족 마을에 남겠다는 결정을 내리자 기분이 언짢았다. 그들은 일찍 떠나는 편이 좋았다. 귀가 잘린 남자의 퉁명스럽고 고집 세 보이는 얼굴에서는 그다지 좋은 징조가 보이지 않았다. 이 건방진 젊은 사냥꾼은 왜 아오가 있는데도 이곳에 남기로 한 것일까? 그의 의도는 대체 뭘까?

샤먼은 와갈 탈릭에게 자신의 생각을 말했다. 그러자 와갈 탈릭이 샤먼을 안심시키며 말했다.

"카 마이가 잘 이야기했지만 와갈 탈릭은 고대인의 존재를 받아들이기까지 많은 사람에게 시간이 필요했다는 점을 기억합니다. 그 두 남자는 우리의 친척입니다. 오 모크는 와갈 탈릭의 누이의 아들이고요. 와갈 탈릭은 그보다 새 부족 인간들이 돌아올 것을 더 걱정합니다. 그들의 존재는 우리 모두에게 위협적입니다. 우리가 싸움에서 그들에게 피해를 입혔기 때문에 그들은 반드시 복수하려고 들 것입니다. 그러니 언젠가는 다시 이곳에 나타날 것입니다. 지금은 그냥 음식을 먹읍시다. 필요한 말은 다 했으니 사람들을 그냥 쉬게 놔둡시다. 와갈 탈릭은 아직 누이의 아들과 이야기하고 싶습니다. 그리고 키파 코오가 참여할 성인식에 오 모크와 그의 동료도 함께 참석하길 바랍니다."

하지만 여전히 긴장된 분위기가 감돌았고, 두 남자는 호수 부족 사람들의 대화에 거의 끼어들지 않았다. 비가 내리고 밤이 깊어 가자 사람들은 하나둘 움막으로 돌아갔다.

비가 계속 내렸지만 아오와 아키 나아는 계속 불 옆에 남아 있었다. 두 사람은 아무 말도 하지 않았다. 빗방울에 불꽃이 타닥거리는 소리를 들으며 각자 공상에 잠겼다. 아키 나아는 아오를 향한 아크 타아의 악의적인 눈빛도, 자신을 향한 음란한 시선도 의식하지 않을 수가 없었다.

성인식이 얼마 남지 않았다. 두 여자와 키파 코오가 성인의 세계로 들어서는 매우 중요한 의식을 치를 것이다. 두 사냥꾼은 아마도 그 의식이 진행될 때까지 이곳에 있을 것이다. 의식을 치를 두 여자 가운데 한 명이 저 자들과 함께 떠나게 될까? 아키 나아는 자신을 바라보던 귀가 잘린 남자의 탐욕스런 눈빛이 두려웠다. 호수 부족에서는 사냥꾼이 청혼을 하더라도 부족 내에서 다른 남자의 요구가 있으면 여자들은 사냥꾼의 요구를 따르지 않을 수 있었다. 이제 아오가 떠난다는 생각을 하자 아키 나아는 머릿속이 복잡해졌다. 아키 나아는 누구와도 결혼하고 싶은 생각이 없었다. 하지만 곧 그런 문제가 불거질 것임을 잘 알고 있었다. 두 남자가 찾아왔으니 그 일은 더 빠르게 추진될 수도 있었다. 아키 나아는 그동안 힘겨운 날들을 견뎌 왔다. 종종 그랬듯이, 그녀는 아오가 옆에 있는 것만으로도 안심이 되었다. 그는 아직 그녀의 곁에 있다. 내일은 또 다른 날이 될 것이다. 머리가 무거웠다. 어느새 불의 세기가 많이 줄어들어 있었다. 아키 나아는 아오에게 기대고 몸을 웅크렸다. 차츰 숨소리가 잦아들더니 그녀는 곧 잠에 빠져들었다.

아크 타아는 기분이 안 좋았다. 이 부족 사냥꾼들이 곰 인간에게 보이는 존경심이나 곰 인간이 새 부족 살인자들과 싸운 이야기, 또 이곳 사람들이 드러내 놓고 말하지는 않지만 자신의 부족 사람들이 새 부족을 두려워했기 때문에 싸움에서 졌을 거라고 생각하는 듯한 암시 등이 그를 괴롭혔다.

그들에게는 한 번도 이런 일이 일어난 적이 없었다. 자신이 부족 사냥꾼들 틈에 있었더라면 상황은 달라졌을 것이다. 그는 새 부족 인간들을 두려워하지 않았다. 새 부족도 자신들과 전혀 다를 것 없는 인간일 뿐이다. 이곳의 카 마이라는 나이 든 사냥꾼이 새 부족 인간들 중 한 명을 죽였다면 자신의 부족 사람들이 그렇게 끔찍하게 당하기만 해서는 안 되는 거였다. 강 부족 사람들이 그런 비참한 일을 당한 것은 희생자들이 단지 그들의 겉모습만 보고 놀라고 두려워했기 때문이다. 아크 타아는 결단력 있는 동료 몇 명과 함께 사악한 자들의 땅을 휩쓸어 버리기로 했다.

아니, 그가 정말로 걱정하는 것은 사악한 새 부족 인간들이 아니다. 그의 기분이 나빠진 건 바로 저 앞에 앉아 있는 사람 때문이다. 그런데 멀리 떨어져 사는 자기 부족 사람들에게도 존경받는 이곳 샤먼과 뛰어난 사냥꾼들이 왜 저런 자와 힘을 합하기로 한 것일까? 어떻게 정령들도 저런 자와 협력하는 것을 환영한다고 믿을 수 있을까? 사려 깊은 부족장은 어떻게 자기 딸이 저런 곰 인간과 함께 있는 것을 그냥 두고 볼 수 있을까?

아크 타아는 도무지 화가 가라앉지 않았다. 탱탱한 몸매의 젊은 여자가 저런 반인 반수와 꼭 붙어 앉아 있는 모습을 보고 있자니 더욱 화가 치밀어 아직 이 마을을 떠나고 싶지 않았다. 아크 타아가 이곳에 온 것은 단지 새 부족의 침입에 대해 조심하라고 알려주려는 목적 때문만은 아니었다! 아내를 구하러 온 것이기도 했다.

그는 저 앞에 앉아 있는 여자에게 마음이 끌렸다. 이곳에 도착했을 때부터 아크 타아의 시선은 아키 나아에게 꽂혔다. 그리고 자신이 저 여자와 함께 떠나게 되리라고 확신했다. 카 마이가 그녀의 남편은 죽었다고 말했다. 그날 저녁에 그는 한 사냥꾼에게서 아키 나아가 새 부족 인간들에게 붙잡혔다가 도망친 이야기와 그 곰 인간을 만난 이야기를 들었다. 그리고 그녀가 자신을 쫓아오는 남자 가운데 한 명을 직접 죽였다는 사실과 사냥을 했다는 이야기도 들었다. 그러고 나니 그녀가 겪은 일들을 전혀 무시할 수는 없었다. 이 여자는 매력적이었다. 아키 나아는 남자보다 훨씬 큰 용기를 보여 주었고, 그 점 때문에 더욱 그녀를 갖고 싶었다. 그녀는 아크 타아가 지금까지 봐 온 여자들과 전혀 달랐다. 아키 나아는 자신의 시선을 피하지 않고 자신감 있게 마주 보았다. 오히려 먼저 눈을 내리깐 것은 아크 타아였다. 여자의 그런 태도를 보니 그는 더욱 흥분되었다. 아크 타아는 이렇게 도도한 여자를 원했다. 그는 여자를 자기 뜻대로 굴복시킬 것이다. 그녀의 아이는 용감한 남자로 자라날 것이고, 그녀는 부족의 힘을 강화시킬 또 다른 아이들을 잉태할 것이다.

아크 타아는 내일 자신의 뜻을 밝힐 생각이었다. 그는 곧 자기 부족에서 사냥을 이끄는 부족장이 될 것이다. 그는 그 사실을 믿어 의심치 않았다. 현재 사냥을 이끄는 지도자 이크 와그는 지쳐 있었다. 와갈 탈릭만큼 나이를 먹지도 않았지만 기력이 별로 없었다. 그는 아픈 곳이 많고 기운도 쇠약해졌다. 아크 타아는 자신이 그런 이크 와그를 대신하겠다고 주장할 수 있다. 와갈 탈릭처럼 존경받는 남자의 딸과 결혼하고 기운 센 아들을 둔다면 자신에게 더욱 힘이 될 것이다. 아키 나아와 결혼하는 것은 최고의 선택이었다.

하지만 이미 결정을 내렸음에도 남자는 불안감을 떨쳐 버릴 수가 없었다. 일이 틀어질 리가 없다고 생각하려고 애썼지만 어딘가 찜찜했다. 소리 없는 근심이 그의 단호한 결심을 흔들었다. 그 이유가 바로 그의 앞에 있었다.

아크 타아는 우울해져서 저 앞에서 꼼짝도 하지 않고 앉아 있는 두 남녀를 몰래 관찰했다. 어둠 속에서 어른거리는 불꽃 때문에 그들의 모습이 어른거렸다. 곰 인간은 눈앞에서 춤추는 불꽃을 뚫어져라 쳐다보고 여자는 그의 어깨에 기대 편안하게 자고 있었다. 아크 타아는 이 비현실적인 장면을 믿을 수 없다는 눈으로 쳐다보았다.

왜 아직까지 어느 사냥꾼도 저 여자와 여자의 아들을 요구하지 않은 것일까? 설마 저 여자는 곰 인간의 아내가 되려는 것일까? 하지만 낮에 그녀는 아크 타아의 시선을 피하지 않았다.

아크 타아는 도무지 닮은 데라고는 없는 두 사람의 모습에서 눈을 뗄 수가 없었다. 두 사람은 돌이나 무슨 광물처럼 꼼짝도 하지 않았는데, 마치 그사이에 알 수 없는 힘이 가득 뭉쳐 있는 것 같았다.

빗방울이 떨어지기 시작했다. 아크 타아는 자신을 부르는 동료에게 짧게 투덜거리듯 대답하고 그들에게 마련된 움막으로 들어갔다.

아키 나아는 아이가 젖 달라고 보채며 머리를 흔드는 바람에 해가 뜨기도 전에 잠에서 깼다. 빗물이 두꺼운 가죽 망토 안까지 스며들어 추위에 몸이 부르르 떨렸다. 졸면서 아기의 배고픈 입에 젖을 물린 그녀는 아이가 태어나고 나서 일어났던 사건들을 떠올리며 사랑이 가득한 손길로 사내아이의 머리를 쓰다듬었다. 아키 나아는 새 부족에서 필사적으로 도망치던 일과 매섭게 몰아치던 폭풍우, 동굴 안에서 출산한 일, 아오가 작은 동굴 안으로 들어왔을 때 그를 보고 느꼈던 두려움 등을 떠올렸다. 마지막 생각에 이르자 그녀는 옆에서 잠에 빠져 있는 남자에게 깊은 애정이 솟아올랐다. 그가 곧 떠난다고 생각하니 가슴이 죄어 왔다. 부족에게 돌아온 후로는 아오와 둘이서 함께 지내던 때의 생활이 몹시 그리웠다. 그녀는 아오를 따라 풀밭과 이끼 위, 혹은 강물을 따라 달리거나 언덕 꼭대기까지 올라 다니던 일을 자주 떠올렸다. 그때는 어린 아타 마크도 아오의 어깨 위에 올라타서 드넓은 세상을 마음껏 구경했다.

아키 나아는 자신의 부족 여자들과의 관계에서도 만족할 수가 없었다. 그녀는 아오와 자신의 아기가 다시 함께 지내기를 바랐다. 그 두 사람과 함께 있으면 기분이 좋았다. 그때, 아키 나아는 갑자기 마음 깊은 곳에서부터 무언가를 깨달았다. 아니, 어쩌면 오래전부터 알고 있었는지도 모른다. 그녀는 아들을 데리고 아오와 함께 떠날 것이다.

아키 나아는 아오의 맨살이 드러난 어깨를 덮고 있는 털을 손가락으로 만지작거렸다. 그가 깊고 큰 눈을 떴다. 아키 나아는 주저하지 않고 그에게 몸을 기댔다.

아기는 배불리 먹었다. 그새 많이 자란 아기의 얼굴 생김새는 이름을 그대로 따온 아버지 아타 마크를 많이 닮았다. 아이는 힘이 셌고 얼마 전부터는 혼자 걷기 시작했다. 매일 아침, 아기는 끊임없이 엄마의 감시를 벗어나 아오를 만나러 나이 든 타아 위크가 일하는 곳까지 걸어갔다. 비틀거리며 걷다가 종종 심하게 넘어지기도 했지만 아기는 아랑곳하지 않았다.

오늘 아침에는 멀리까지 갈 필요가 없었다. 아기는 아빠라고 생각하는 사람에게 즐겁게 다가가 그의 품에 안겼다. 아오도 기쁘게 아이를 맞았다.

아키 나아는 그 둘을 지켜보았다. 오늘은 힘든 하루가 될 것 같았다. 그녀는 처음에 아오의 이런 점 때문에 짜증을 느꼈다. 그리고 오늘 또다시 아오의 무감각을 맛보아야 했다. 그녀가 어느 것으로도 아오의 감각을 일깨우지 못한다면 아오가 먼저 다른 누군가에게 감정을 보이는 일은 없을 것이다. 아오도 귀 찢어진 남자가 아키 나아에게 던지는 시선을 알아채지 못했을 리 없다. 아키 나아는 저 남자가 자신을 탐한다는 사실을 아오도 알아챘을 거라고 생각했다. 그런데도 그는 자신과 아무 상관없는 일이라고 생각하는 듯했다! 아키 나아는 한숨을 내쉬었다.

재로 덮힌 미지근한 돌판 위에는 아직 고기가 남아 있었다. 아키 나아가 아오에게 고기 조각을 내밀자 아오는 아기와 함께 나눠 먹었다. 아키 나아는 불꽃을 살려 내면서 조용히 고기를 먹었다.

산 위로 해가 떠올랐다. 한 여자가 죽은 나무를 한 아름 안고 왔다. 하나둘 움막에서 나온 마을 사람들은 옹기종기 모여 작은 무리를 이루고 이야기를 나누었다. 아크 타아와 오 모크는 마지막에 나타났다.

아크 타아가 고개를 높이 처들었다. 그는 싸움을 준비하는 사람처럼 어두운 얼굴을 한 채 입을 꼭 다물고 있었다.

와칼 탈릭이 두 남자를 식사에 초대했다. 그들이 흔쾌히 응하지 않자 나이 든 부족장은 부족 간의 단결을 강조했다. 그래도 아크 타아는 와갈 탈릭의 말에는 아무 관심이 없는 듯했다. 부족장의 말이 끝나자마자 아크 타아는 발언할 기회가 오기를 기다리지도 않고 벌떡 일어섰다. 그리고 자기 가슴을 힘껏 치면서 큰소리로 말했다.

"이제 아크 타아는 부족장이 될 것이다."

사람들이 야유를 보냈다. 많은 사람 앞에서 그런 발언을 하는 것도 먹혀들지 않았다. 젊은 남자의 태도가 건방지다고 달갑지 않게 여기는 이들이 많았다.

하지만 아크 타아는 신경 쓰지 않고 계속해서 말했다.

"여러분도 알다시피 우리 부족은 사악한 새 부족 인간들이 강을 따라 돌아다닌다는 것을 알리려고 내 동료와 나를 이곳으로 보냈다. 우리는 여러분이 이미 새 부족을 만났다는 사실을 알지 못했다. 용감한 사냥꾼 몇 명이면 충분히 그들을 찾아내 죽일 수 있을 것이다. 그러면 그들은 다시 나타나지 않을 것이다."

와갈 탈릭도 동의했다.

"나는 새 부족 인간들이 저 멀리 있는 자기네 땅으로 가서 영원히 돌아오지 않기를 바란다. 하지만 상황은 전혀 그렇지 않다. 지금은 불안한 상황이라고 할 수 있다. 당장은 정령들이 우리 편에서 있어서 첫 사냥의 결과는 아주 좋았지만, 동물들은 툰드라 구석에 숨어 있다. 우리는 곧 그 짐승들의 발자국을 따라 사냥을 떠나야 한다. 그러면 어린아이들과 노인들이 그 살인자 놈들의 공격에 위험해질 수 있다. 우리 부족은 함부로 사람을 죽이지 않는다. 정령들이 살인을 반대하기 때문이다."

그때 카 마이가 끼어들었다.

"마 와미와 카 마이가 그들과 싸웠다. 카 마이는 그중 한 명을 죽였다. 그러니 그들은 물리치지 못할 만큼 강한 존재가 아니다. 사람을 죽이는 것은 동물을 죽이는 것보다 어렵지 않다. 정령들은 우리에게 어떤 분노도 보이지 않았다."

마 와미도 나서서 거들었다.

"아오도 새 부족 인간을 여럿 죽였다. 이제는 그들이 곰 인간과 우리 부족과 싸우는 것을 두려워할 것이다."

그 말에 아크 타아가 건방지게 입을 삐죽거리며 말했다.

"우리가 우리 땅에서 싸움을 하거나 사냥을 하는 데 곰 인간이 필요하지 않다. 우리 무기는 그들의 것보다 훨씬 뛰어나다. 우리는 편안히 잠을 잘 수 있고, 아크 타아는 여러분의 도움 없이도 잘 해낼 수 있다. 나는 우리 부족의 사냥꾼 몇 명과 함께 살인자들을 찾아 떠날 것이다. 새 부족 인간들은 두려움을 맛보게 될 것이다. 그들 중에 요행히 도망치는 자들이 있다면 우리 땅에서 행한 일들에 대한 대가로 언젠가는 위험에 처할 것이다."

사냥꾼들은 군데군데 모여서 서로 질문하며 토론을 벌였다. 어떤 이들은 젊은 남자의 자만함에 화를 냈고, 어떤 이들은 그의 결심을 칭찬하기도 했다.

나파 말리가 끼어들었다.

"아크 타아가 괜한 소리를 한 것이 아니길 바란다. 그가 말한 대로만 행동한다면 우리도 함께 기뻐하고 그를 인정할 것이다. 우선은 새 부족 놈들이 다시 만행을 저지르기 전에 서둘러 길을 떠나라! 그리고 우리의 친척인 강 부족 사람들에게 안부를 전하는 것도 잊지 마라!"

아크 타아는 빈정대는 태도로 자신을 바라보는 노인의 눈빛을 매섭게 노려보았다.

이제 그가 아내로 맞이할 여자를 요구할 순간이 왔다.

"아크 타아와 오 모크는 이제 떠날 것이다. 하지만 아크 타아는 저 여자와 아들을 데려가고 싶다. (그는 손가락으로 아키 나아를 가리켰다.) 아크 타아는 저 여자에게 들소 가죽 스물다섯 장과 바다에서 난 조개껍질 세 개를 줄 것이다. 또 매머드 상아를 다듬어 붙인 창 두 개도 줄 것이다."

그의 말이 끝나고도 사람들은 한참 동안 감탄의 말들을 쏟아냈다. 그가 제시한 선물들이 엄청났기 때문이다. 바다에서 난 조개껍질은 희귀한 물건이어서 그걸 가지고 있으면 여자를 유혹하는 데 유리했다.

상아도 쉽게 구할 수 없는 귀중한 물건이었다.

모든 시선이 와갈 탈릭에게 쏠렸다.

부족장은 별안간 제안을 받은 터라 당황한 마음을 감추지 못했다. 그는 한동안 망설이다가 마지못해서 대답했다.

"그 문제라면 우리 부족 나름의 법칙이 있네. 해가 지기 전까지 여자를 요구하는 다른 사람이 없다면 여자는 자네와 함께 떠날 수 있다."

남자는 그 이야기를 겨우 들었다. 그의 귀에는 '여자는 자네와 함께 떠날 수 있다'라는 말만 들렸다. 그는 모여 있는 사냥꾼들을 건방진 눈빛으로 쳐다보았다. 그들 중 아무도 나서지 못할 것이다. 아크 타아가 제시한 지참금에 그 누가 대적할 수 있단 말인가? 또

저 여자를 탐하는 자가 있었다면 왜 자신이 나타나서 여자를 요구할 때까지 가만히 기다렸겠는가?

이 부족 사람들은 자신들이 옹호하는 저 곰 인간의 불만을 사는 것이 두려웠는지도 모른다! 하지만 이제 그것이 괜한 걱정이었음이 증명되었다. 저 여자는 곰 인간의 소유가 아니었다. 그렇다면 사람들은 여자를 두려워하는 것일까? 그럴지도 몰랐다. 그는 이 부족의 남자들을 비웃었다.

그가 잘못 생각한 것이 아니었다. 아오가 화를 낼까 봐 두려워서 아키 나아와 그녀의 아들을 요구하지 못한 사람도 있고, 아키 나아의 태도 때문에 그렇게 하지 못한 사람들도 얼마든지 있을 수 있었다. 아키 나아의 자립심과 특별한 경험, 자신감 있는 태도는 평범한 남자들에게 깊은 인상을 주기에 충분했다.

아크 타아는 확신에 차서 아키 나아 쪽으로 천천히 다가갔다. 그는 승리의 미소를 지었다. 포식자가 먹이를 붙잡고 더 이상 자신의 손아귀를 벗어날 수 없다고 확신하는 듯한 표정이었다.

모두 꼼짝도 하지 않았다. 아키 나아는 자신의 운명이 이토록 빨리 결정되는 것을 보고 어안이 벙벙했다. 그녀는 평상심을 되찾고 당황한 마음을 통제해 보려고 애썼다. 마치 부족 사람들에게 버려져 혼자가 된 느낌이었다. 그녀는 자기 아버지가 쓴 거북한 표현을 듣고 놀라기도 했다. 남자가 이제 몇 걸음 앞으로 다가와 있었다. 그는 마지막 공격을 하기 전의 맹수처럼 걸음을 멈췄다. 하지만 안 된다. 이런 식으로 될 수는 없다!

아키 나아는 그의 검은 눈동자 속에 깃든 불안감을 보았다. 아오도 그곳에 있었다. 그는 천천히 아키 나아에게 다가와 두 걸음 옆에 와서 섰다. 아오의 시선이 그 앞에 서 있는 귀가 잘린 남자에게 꽂히고, 아오는 그 남자를 뚫어져라 쳐다보았다. 그러자 아키 나아에게 엄습했던 고독감은 순식간에 사라졌다. 마음 한편에서는 안심이 되면서도 분노가 커져 불길처럼 타올랐다. 귀가 잘린 남자는 결단을 내리지 못한 채 여자의 얼굴이 분노로 일그러지고 태도가 변하는 모습을 지켜보고 있었다.

마침내 아키 나아는 소리를 지르며 분노를 폭발시켜 그곳에 모여 있는 사람들을 대경실색하게 했다.

"아키 나아는 아내가 될 수 없다. 아키 나아는 이미 남자가 있다. 바로 저 자다."

그러고는 아오의 어깨에 손을 올렸다. 그녀의 손톱이 맹수의 발톱처럼 아오의 살 속을 파고들었다.

아오는 자신의 몸에 난 상처에서 아키 나아의 분노를 알 수 있었다. 전에는 아키 나아의 이런 모습을 한 번도 본 적이 없었다. 그녀는 너무 화가 나서 딸꾹질이 났다. 젖이 불어 커진 가슴이 심장 박동에 맞추어 들쑥날쑥했다.

아크 타아는 꼼짝도 하지 않은 채 믿을 수 없는 장면을 바라만 보았다. 이렇게 행동하는 여자는 처음이었다! 여자는 정말 신경질적이었다. 저 여자는 곰 인간과 함께 지내다 보니 사악한 영혼의 지배를 받게 된 것이 분명했다.

아크 타아는 너무 화가 났다. 어린 시절부터 함께 지내온 여자들과 너무도 다른 저 건방진 여자를 정복하면 기분이 좋을 것 같았다. 하지만 한편으로는 자기 부족에 불행을 불러올지도 모르는 저 여자를 데려갈 수 없겠다는 생각이 들었다.

젊은 여자의 표정이 약간 누그러졌다. 그녀는 이제 흥분하지 않고 아크 타아를 똑바로 쳐다보았다.

"아키 나아는 아크 타아에게 아무 반감도 없다! 아키 나아는 그의 아내가 되고 싶지 않을 뿐이다. 아크 타아는 자기 부족으로 돌아가라!"

그녀의 말이 끝나자 주위에서 사냥꾼들이 열띤 토론을 벌였다. 아키 나아의 태도는 벌을 받아 마땅한 것이었다. 하지만 대부분 그녀의 잘못을 너그러이 용서해 주자는 쪽으로 의견이 모아졌다. 모두 그녀가 얼마나 참아 왔는지, 그녀가 어떤 용기를 보여 줬는지 잘 알고 있었다. 어떤 여자가 그녀처럼 금방 태어날 아기를 품고 그렇게 적대적인 세상과 혼자서 맞서 싸울 수 있단 말인가? 어떤 여자가 남자를 죽일 수 있단 말인가? 아키 나아는 결코 평범한 여자가 아니었다. 정령들은 곰 인간과 그녀가 결합하는 일이나 그가 부족 내에 있는 것에 반대하지 않는 것 같았다. 모든 정황으로 보아 정령들은 오히려 만족해하는 것처럼 보였다. 심지어 귀가 잘린 남자의 뜻대로 되지 않는 것을 즐거워하는 사람들도 있었다. 그 거만한 사냥꾼은 모욕당하고 교훈을 배울 필요가 있었다. 그는 벌써 몇 번이나 예의 바르지 않은 행동을 했다. 그리고 벌써 아키 나아가 자기 아내라도 된 것처럼 행동했다. 그것은 예의를 지키는 부족의 남자들에 대한 모욕이었다. 이제 모두 와갈 탈릭이 어떤 반응을 보일지 궁금했다.

와갈 탈릭은 특별히 불만이 있는 것 같지는 않았다. 하지만 젊은 남자의 무례한 행동에 결국 그의 인내심도 한계에 다다른 듯 보였다. 심지어 사건의 추이가 마음에 들기라도 하는 듯 입가에 엷은 미소가 번진 것 같기도 했다.

샤먼이 모습을 드러냈다. 와갈 탈릭과 샤먼은 낮은 목소리로 의견을 나누었다.

비밀 회담 끝에 와갈 탈릭이 마침내 앞으로 나섰다. 그는 모든 부족 사람들을 향해 말했다.

"강 부족 사냥꾼은 우리 부족의 관습에 따라 해가 질 때까지 기다릴 필요가 없어졌다. 와갈 탈릭이 한 말을 그도 잘 이해했을 것이다. 아키 나아가 선택한 남자는 우리 종족의 남자는 아니지만 그가 원한다면 그는 우리 부족과 함께 살 수 있다. 우리의 샤먼은 정령들이 그에게 호의를 보인다고 확신하신다. 그러니 그가 여자와 여자의 아이를 책임지기로 한다면 부족의 법은 그의 뜻을 존중하고 조금도 이의를 달지 않을 것이다. 그것이 내 뜻이기도 하다."

와갈 탈릭은 곰 인간을 다정한 눈빛으로 바라보았다. 하지만 아오는 이 사건과 아무 관련 없는 이방인처럼 꼼짝도 하지 않고 태연한 모습이었다.

부족장의 말이 끝나자 그 의견에 찬성하는 목소리가 높아졌다. 반대하는 목소리는 전혀 들리지 않았다. 일은 그렇게 해결되었다. 이제 당사자가 자기 의사만 밝히면 되었다. 모든 시선이 아오에게 쏠렸다.

그런데 아오는 계속 아무 말도 하지 않았다. 태연한 그의 얼굴에는 아무 감정도 드러나 있지 않았다. 아키 나아에게는 몹시 힘겨운 상황이었다.

샤먼이 도움을 주기 위해 나섰다.

"아오는 아직 우리의 예법을 잘 모른다. 우리 언어도 잘 이해하지 못한다. 그러니 내가 이야기해서 결정을 받아내도록 하겠다."

샤먼이 손짓하자 그곳에 모인 사람들이 물러나 자리를 비워 주었다.

부족 사람들이 천천히 흩어졌다. 아크 타아가 와갈 탈릭 쪽으로 다가섰다.

"아크 타아와 오 모크는 해가 가장 높이 떠오르기 전에 떠날 것입니다. 아크 타아는 맡은 임무를 다 수행했습니다. 이제 강 부족으로 돌아갈 것입니다."

와갈 탈릭이 고개를 끄덕였다. 그는 다시 화해를 청하고 싶었다.

"우리에게 정보를 알려 주어 고맙네. 자네들 덕분에 우리는 새 부족 인간들이 다시 쳐들어 와도 놀라지 않고 그 사나운 놈들에게 맞설 방법을 찾아볼 수 있게 되었네. 자네 부족 사람들에게 우리의 우애를 전해 주게. 사냥철이 끝나면 와갈 탈릭과 지원자 몇 명이 강가를 따라 우리의 형제 부족을 방문할 걸세."

아크 타아는 차갑게 대답했다.

"우리 부족에 오실 때 저 곰 인간은 데려오지 마십시오. 그는 우리 땅에서는 환영받지 못합니다. 그는 자기 종족을 찾으러 가야 할 겁니다. 진짜 인간들 사이에 저 자의 자리는 없습니다. 저 여자와 함께 가 버리라고 하십시오! 그것이 제가 드리는 충고입니다. 당신네 땅에서 저 자를 쫓아 버리십시오. 지금은 정령들도 인내심을 보이고 있지만 그들의 인내에도 한계가 있습니다! 그렇지 않으면 후회하실 겁니다."

젊은 사냥꾼의 주장에 와갈 탈릭은 화내지 않고 웃으며 말했다.

“좋네. 의견을 말해 줘서 고맙네. 괜찮다면 이 문제는 우리가 알아서 해결하도록 하지. 나도 자네에게 충고 하나 하겠네. 자네는 정령들의 뜻을 다 아는 것처럼 말하고 이미 연장자의 자리를 차지한 것처럼 말하는데, 우선은 그들의 말에 귀 기울여 보게. 먼저 자네가 이곳에서 보고 들은 것을 그들에게 이야기하고, 그들에게 곰 인간이 돌아왔다는 사실을 알리게. 아니면 자네 부족의 연장자 가운데 한 명이 이곳을 방문해도 좋네. 그들에게 우리 종족의 과거에 대해 이야기하게. 그리고 그들에게 이제 은혜를 갚아야 할 때가 왔고 호수 부족은 뛰어난 사냥꾼 한 명을 더 얻게 되어 자랑스러워한다고 전하게.”

아크 타아가 입을 열어 무슨 말인가를 더 하려고 하자 와갈 탈릭이 손짓하며 더 이상 아무 말도 듣고 싶지 않다는 뜻을 내비쳤다.

두 남자는 서둘러 길을 떠났다. 인사는 짧고 차가웠다. 하지만 와갈 탈릭은 걱정하지 않았다. 나이 든 이크 와그와 나이 든 사냥꾼들은 이해할 것이다. 이 젊은 남자에게는 교훈이 필요했다.

아오와 나파 말리가 와갈 탈릭에게 다가왔다. 날씨가 더워 세 사람은 소나무 그늘로 갔다. 마 와미도 뒤늦게 합류했다.

샤먼이 상황을 요약하는 역할을 맡았다. 아오는 주의 깊게 샤먼의 말을 듣고 그의 손짓을 관찰했다. 아오도 이미 상황을 대충은 알고 있었기 때문에 샤먼이 자세히 이야기할 필요가 없었다.

아오는 바로 대답하지 않았다. 이곳 생활이 편안했지만 언제까지나 머무를 수는 없었다. 그는 한숨을 내쉬었다.

“아오는 떠나야 합니다. 아오는 아키 나아와 그녀의 아들을 데려가고 싶지만 두 사람이 아오를 따라 산을 넘어갈 수 있을까요? 아오가 죽으면 두 사람은 어떻게 될까요?"

아오는 무척 슬퍼하며 다시 말을 이어갔다.

"아키 나아와 아타 마크는 부족 사람들 곁에 남아 있어야 합니다."

그러고는 마 와미를 향해 돌아서며 말했다.

"아오는 친구에게 여자와 아이를 돌봐주고, 그들을 위해 사냥을 해 주기를 요청한다. 아오는 언젠가 반드시 돌아올 것이다."

마 와미는 진지하게 고개를 끄덕였다. 그는 이 남자가 자신에게 보인 믿음과 그가 사랑하는 방법에 감격했다.

"마 와미는 아키 나아와 그녀의 아들을 내 가족처럼 돌볼 것이다. 우리는 아오가 돌아오기를 기다릴 것이다."

와갈 탈릭은 소년 아오의 통찰력에 감탄했다. 아오가 미지의 세계를 향한 긴 여행에서 살아남는다면 그는 이곳으로 돌아올 것이다. 분명히 그렇게 될 것이다.

샤먼이 무언가 할 말이 있다고 나섰다. 강렬하게 번뜩이는 그의 눈빛에는 만족감이 깃들여 있었다.

"아오가 현명하게 말했다. 아키 나아는 스라소니의 용기와 민첩함을 지녔지만 그녀와 아이가 함께 긴 여행을 떠난다면 속도가 훨씬 느려지고 위험에 부닥칠 가능성도 커진다. 하지만 아오는 혼자 떠나지 않을 것이다! 누군가가 아오와 함께하기를 희망했다. 그가 나에게 와서 그의 결심을 말했고, 나는 깊이 생각한 끝에 그 의견에 찬성했다. 그는 고대인 부족에게 보내는 우리의 특사가 될 것이다. 그리고 언젠가 그 소년은 우리 부족의 샤먼이 될 것이다. 정령들은 그가 어른이 되기를 기다리지 않고 벌써 그를 찾아왔다. 정령들은 그에게 이미 키파 코오라는 이름도 주었다. 눈처럼 흰색의 나무껍질을 가진 조상 나무로, 툰드라 지역에서는 흔치 않은 이 나무는 바람의 분노에도 기꺼이 맞섰다. 그는 다리를 절게 되었지만 큰 부상을 입고도 다시 걸을 수 있게 되었다. 그는 인내심이 뛰어난 소년이다. 하지만 그 전에 아버지의 동의를 얻는 일이 남아 있다.”

샤먼은 바로 곁에서 기다리고 있던 젊은 남자 쪽으로 돌아섰다.

“키파 코오, 이리 오너라.”

와갈 탈릭은 깜짝 놀랐다. 아들이 그런 생각을 하고 있었는지 전혀 몰랐다. 자신의 의견을 말하기 전에 그는 먼저 아오의 의견을 듣고 싶었다.

아오는 그가 동의를 구할 때마다 늘 그랬듯이 이번에도 눈을 찡긋하는 것으로 만족했다.

와갈 탈릭은 간단히 말했다.

“키파 코오의 성인식이 끝나면 키파 코오와 아오가 함께 떠날 것이다.”

15

통과의례에는 많은 준비가 필요하지 않았다. 한 사람의 일생에서 아주 중요한 순간인 성인식은 화려한 볼거리를 제공하는 것이 아니라, 공동체 전체의 내재된 감정을 자극하고 함께 나누는 것이었다.

오늘 아침, 샤먼은 이 정신적인 입문 과정에 참여할 세 젊은이를 한 명씩 방문했다. 정령들과 오랫동안 맞서는 과정을 거치면 정령들이 이들에게 어른의 이름을 지어 주며, 어떤 모습이나 생각의 형태로 나타난 것을 샤먼이 해석해 준다.

통과의례에 참여할 사람은 키파 코오와 겁먹은 두 아가씨, 이렇게 세 명이었다. 다 함께 모여 숨죽이고 있는 부족 사람들 앞에서 이들은 지난날의 모든 것을 포기하고 새로운 탄생을 준비한다는 의미로 완전히 옷을 벗었다. 이들은 이 의식을 통해 어린 시절의 무책임과 무관계에서 벗어나 어른들의 세계, 공동체에서 활약하는 일원이 되어 일상생활에서 공동 업무와 개인 업무를 수행하게 된다.

세 사람은 새벽의 선선한 공기에 몸을 부르르 떨었다.

샤먼은 이 두 번째 탄생을 물질적으로 표현하기 위해, 태어나면서 뒤집어쓴 엄마의 피뿐만이 아니라 땅의 피까지 덮어쓴다는 의미로 세 사람의 몸 전체에 황토와 순록의 기름을 발랐다. 이렇게 하면 정령들이 그들을 남자, 혹은 여자로서 알아보고 메시지와 지시 사항을 전달해 준다고 여겼다.

키파 코오는 부족 사람들을 자랑스러운 눈빛으로 쳐다보았다. 이 순간을 얼마나 기다려 왔는지 모른다. 고립된 장소에서 정령들과 만나야 하지만 전혀 두렵지 않았다. 샤먼과 자주 함께 지내다 보니 이미 이런 신비의 세계에 익숙했다. 하지만 두 아가씨는 정반대의 감정을 느끼는 것 같았다. 그녀들은 두려움과 체념을 느끼는 한편 초조와 기쁨도 느꼈다.

벌거벗은 피부를 옷 삼아 세 사람은 샤먼을 따라 걸어갔다. 산밑자락으로 난 길로 접어든 그들은 아무 말 없이 각자 생각에 빠져 걸음을 옮겼다. 누구도 말을 하거나 큰소리로 두려움을 표현해서는 안 되었다.

첫 번째 오르막길에 다다르자 길이 아주 좁은 오솔길로 바뀌었다. 마른 나뭇가지가 어지럽게 널려 있었지만 샤먼은 아주 약간 걸음을 늦출 뿐이었다.

키파 코오는 눈을 들어 안개에 휩싸인 높은 산꼭대기를 올려다보았다. 가파른 절벽을 보자 눈앞이 아찔했다. 그들이 지켜보는 산의 경사면은 거의 수직에 가까웠다. 백 년쯤 된 소나무의 구불구불한 뿌리나 쓰러진 나무들로 바닥이 울퉁불퉁해서 안 그래도 경사가 가파른 오솔길을 오르기가 더 힘들게 느껴졌다.

샤먼은 절벽 앞에서 여러 번 갑자기 멈춰 서는 듯했지만 정말로 그의 발길이 멈춰 선 곳은 길이 있을 것 같지 않은 곳이었다. 그곳에 난 길은 마치 하늘과 바위 사이에 매달려 있는 것 같았다. 똥이 규칙적으로 떨어져 있는 것으로 보아 야생 영양이 다녀간 것 같았다. 허공에 떠 있는 것 같은 두려움을 느꼈지만 세 사람은 용기를 내어 나이 든 샤먼을 쫓아갔다. 샤먼은 나이가 믿기지 않을 만큼 놀라운 민첩성과 활력을 보여 주었다. 이곳은 부족의 옛 샤먼이 발견하고 정령들을 만나는 장소로 적합하다고 인정한 길이었다. 현재의 샤먼은 이미 여러 세대의 남자와 여자들을 데리고 여러 번 이곳을 찾아와서인지 주변의 세세한 부분까지 잘 알고 있었다. 샤먼은 열심히 눈을 굴리며 작은 변화도 모두 감지하려고 애썼다. 위험한 곳은 없는지, 흐르는 물 때문에 불안정하게 흔들리는 돌은 없는지, 썩은 뿌리나 부서지기 쉬운 흙, 습기를 머금고 있어 미끄러지거나 그를 따르는 사람들이 추락해 심각한 부상을 입을 가능성은 없는지 살펴보았다. 그는 조심스럽게 자신이 발을 내딛는 곳으로 젊은이들을 안내했다. 멀리서 보면 네 사람의 형체는 전진도 후진도 못하고 산에 딱 달라붙어서 꼼짝도 하지 않는 것 같았다. 하지만 한나절이 지나자 그 작은 점들은 천천히 정상을 향해 이동했다.

모두 함께 애를 쓰고 있기에 고도가 높아지면서 점점 심해지는 얼음장 같은 추위도 견딜 수 있었다.

오솔길은 이제 말라붙은 물줄기의 도랑을 따라 이어지고 있었다. 그들은 산에서 물이 솟아오르는 구멍의 입구까지 다다랐다. 입구는 좁았지만 한 사람이 빠져나가기에는 충분했다.

샤먼은 마른 나뭇가지에 꿰어 어깨에 메고 있던 짐을 바닥에 내려놓았다.

그리고 키파 코오와 두 여자를 불러 가까이 오게 했다. 몸으로 벽을 만들어 바람을 막고, 옷 밑단에 넣어 가지고 온 마른 이끼와 가루가 된 이끼 한 줌을 조심스럽게 꺼냈다. 그러고 나서 돌멩이 두 개를 부딪쳐 작은 불꽃이 튀게 하더니 이끼 위에 그 불씨를 떨어뜨렸다. 샤먼은 아주 작은 불씨에 한참 동안 입김을 불어넣었다. 이윽고 얇고 가느다란 검은 연기가 피어오르더니 불꽃이 타올랐다. 마른 나뭇가지 몇 개를 갖다 대자 갑자기 큰 불길이 솟아올라, 기름에 적신 나뭇가지 끝에 옮겨 붙었다.

샤먼은 남은 나무를 키파 코오에게 맡기고 자신은 연기 나는 횃불을 흔들며 구멍 안으로 들어갔다. 젊은 남자는 나뭇가지를 한데 묶은 줄 끝을 잡고 어깨에 걸쳤다. 그리고 주저하지 않고 노인의 뒤를 따랐다. 불안하고 긴장하면서도 젊은 여자 두 명도 입구로 들어섰다.

걸어가는 샤먼을 따라 춤추는 불꽃에 시선을 고정시킨 채 세 사람은 희미하게 윤곽이 보이는 천장에 머리를 부딪치지 않으려고 허리를 구부린 채 천천히 경사면을 올라갔다. 그다지 경사가 두드러지지는 않았지만 진흙 바닥이라 미끄러웠다. 어느덧 경사가 완만해지고 있었다. 그들은 이제 바닥에 고인 물을 첨벙첨벙 밟으며 걸어갔다. 첫 오르막이 끝나자 수반이 나타났다. 썩어서 고약한 냄새가 나는 물이 허리까지 찼다. 샤먼은 불꽃에 물이 튀지 않도록 횃불을 머리 위로 치켜들었다. 키파 코오는 너비가 서로 다른 여러 긴 회랑들이 시작되는 것을 발견했다. 샤먼 나파 말리는 아무 망설임도 없이 그중에서 제일 입구가 좁은 곳으로 들어섰다. 그는 칠흑 같은 어둠 속을 헤치고 나아가는 것이 조금도 어렵지 않은 것 같았다. 그곳은 남자와 여자들이 정령들의 메시지를 받는 인간과 영혼의 두 세계가 만나는 장소였다. 그 첫 부분은 일부가 물에 잠겨 있었다. 키파 코오는 짊어진 나무가 젖지 않도록 머리 위로 들어올려야 했다. 하지만 물이 깊은 부분은 얼마 가지 않아 끝났다. 위로 올라갈수록 수위가 눈에 띄게 낮아졌다. 횃불에서 짙고 고약한 연기가 피어올라 기침이 났다.

오솔길이 너무 좁아서 이제는 거의 기다시피 해야 했다. 횃불이 없으면 완전히 칠흑같이 어두울 것 같았다. 압박감으로 심장이 요란하게 고동쳤다. 그곳에서는 더 이상 시간이 존재하지 않았다. 그들의 몸 표면을 덮고 있는 부드러운 살갗은 바위에 머리를 부딪칠 때마다 생긴 상처에서 흘러나오는 피와 진흙이 굳어 딱딱해졌다.

하지만 그들을 괴롭히던 두려움은 조금씩 사라졌다. 한결같은 샤먼의 침착한 태도와 느린 이동 속도, 주변의 깊은 침묵이 그들의 감각을 무디게 하고 믿음이 생기게 했다. 이들보다 먼저 성인이 되는 통과의례를 치른 사람들도 이렇게 추위와 진창 속을 걸어 산을 오르고, 며칠이 지나서야 햇빛을 볼 수 있었다. 이 과정을 거쳐야만 부족의 운명에 적극적으로 참여할 자격을 얻는 것이다. 밖은 벌써 밤이었다.

마지막 단계는 특히 더 힘들었다. 경사가 무척 가팔랐다. 키파 코오는 두 여자를 앞세우고 맨 뒤에서 걸었다. 앞서 가던 여자가 몇 번씩이나 뒤처져 그와 부딪쳤다. 그럴 때마다 샤먼의 목소리가 세 사람에게 용기를 불어넣어 주었다. 이제 오르막길은 거의 막바지에 다다랐다. 마침내 그들은 넓은 동굴 안으로 발을 내디뎠고, 곧 어렴풋이 동굴의 입구가 눈에 들어왔다.

샤먼의 목소리가 이상하게 울려 퍼졌다.

"이제 다 왔다. 정령들이 이곳으로 너희를 찾아올 것이다. 그러고 나면 너희는 우리 부족의 남자와 여자가 될 것이다. 달이 얼굴을 반쯤 가렸을 때 너희를 데리러 오겠다."

세 젊은이는 조용히 고개를 끄덕였다. 샤먼이 횃불로 푹 파인 곳을 비추며 그곳에 기름을 가득 채운 가죽 부대를 내려놓았다.

"나무에 바를 기름이다. 불을 꺼뜨리면 어둠 속에서 다시 불을 지피기가 무척 어려울 것이다. 하지만 정령들은 이미 너희가 이곳에 있다는 것을 알고 있을 테니 걱정하지 말거라."

샤먼이 떠나자 세 사람은 동굴에서 바닥이 불쑥 튀어나온 구석 자리로 가서 서로 몸을 맞대고 웅크리고 앉아 추위에 덜덜 떨었다. 그들이 앉은 곳은 가운데가 불룩 솟아올라 있어서 물이 고이지 않았다.

오랜 기다림이 시작되었다. 고단한 여정과 배고픔에 지칠 대로 지친 그들은 어느새 웅크린 채로 졸기 시작했다. 하지만 추위 때문에 깊이 잠들 수도 없었다. 키파 코오가 두 여자에게 서로의 온기를 방패 삼아 추위를 견디며 돌아가면서 잠을 자고, 셋 중에 한 명은 횃불이 꺼지지 않도록 감시하자고 제안했다. 가장 지친 사람이 먼저 두 사람 사이에서 잠이 들었다. 키파 코오는 정령들이 당장 나타나지 않는다는 것을 알고 있었다. 우선은 그들의 몸에서 인간의 영혼이 빠져나가야 정령들을 만날 수 있었다.

흐르는 물소리와 웅덩이로 똑똑 떨어지는 물방울 소리만이 동굴 속의 적막을 깨뜨렸다.

그 깊은 곳까지 약하게 들어오는 공기에 불꽃이 흔들리면서 그들 주위의 동굴 벽에 움직이는 형체의 그림자가 나타났다. 낯설거나 친숙한 사람들의 모습이 갑자기 나타나고 또 싸움을 하는 것처럼 요동치다가 사라지기도 했다.

시간이 지나면서 긴 시간 걷는 동안 쌓인 피로와 배고픔으로 세 사람은 놀라울 정도로 감각이 예민해졌다.

웅덩이나 돌 위로 물방울이 떨어지며 나는 소리가 점점 크게 들려 머리가 아플 지경이었다. 저 멀리 지하에서 흐르는 물소리가 이들에게까지 들리더니 계속 커져서 천둥소리처럼 귀를 울렸다. 불꽃의 흔들림은 번개와 같았다.

꾸준히 이어지고 반복되는 장면 때문에 정신이 혼미해지더니 세 젊은이의 몸에서 어느덧 영혼이 빠져나가고 그들의 기억 속에 정령들의 메시지가 새겨졌다.

이렇게 의례를 치르는 과정은 무척 힘들었지만, 그렇다고 도중에 죽는 사람은 거의 없었다. 추위와 배고픔쯤은 인간의 생명력으로 얼마든지 견뎌 낼 수 있었다. 그리고 비가 덜 내리는 초여름을 성인식의 시기로 선택해 지하에서 물이 빠르게 차오를 위험의 가능성을 줄였다. 샤먼이 이 의식을 진행한 후로 그동안 딱 한 번, 두 소년이 폭풍우로 불어난 물살에 휩쓸려 죽은 적이 있다. 이 불행한 사건은 숙명으로 받아들여졌다. 부족 사람들 모두 그 사건은 정령들이 결정하는, 강력하고 보이지 않는 힘의 지배로 일어난 것이라고 믿었다. 자연 현상을 관장하는 것도 정령들이었다. 정령들이 내린 결정은 어떤 사건을 통해 표현되어 인간의 생명이나 부족의 생존을 결정했다. 그 사건들은 정령들의 기분을 반영하는 것으로, 정령들이 인간에게 호의적인지 아닌지를 알 수 있었다. 누구도 정령들의 분노를 받아들이지 않을 수는 없었다. 보통사람들은 정령들의 뜻을 이해하지 못했다. 그래서 그 신호를 해석하는 샤먼이 필요한 것이다. 정령들의 호의를 다시 얻으려면 샤먼의 지시에 따라 특별한 태도나 변화된 행동을 해야 했다.

세 젊은이들은 시간이 지날수록 잠을 자야 할 필요를 느끼지 못했다. 그들의 정신적 활동은 최고조에 이르렀다. 얼마 전부터 마지막 횃불도 꺼졌다. 하지만 이제 정령들과 함께 돌아다니는 그들에게는 더 이상 빛이 필요하지 않았다.

젊은 아가씨 한 명이 출구를 찾았다. 샤먼이 돌아와 나머지 두 명은 샤먼과 함께 떠났고, 그녀는 뒤쪽에 남았다. 그녀도 일행을 따라가고 싶었지만 다리가 말을 듣지 않았다. 그들은 그녀를 기다리지 않고 금세 시야 밖으로 사라져 버렸다.

그녀는 혼자가 아니었다. 동굴 안에는 온갖 동물들이 우글거렸다. 동물들은 그녀에게 관심을 기울이지 않았다. 어느 순간 그녀는 물살에 휩쓸렸고, 갑자기 엄청난 힘이 그녀를 덮쳤다. 그러고 나서 그녀는 말이 되었다가 순록으로 변했다. 아니, 한꺼번에 두 가지가 된 것 같았다. 그녀는 자기 안에서 또 다른 세계가 펼쳐지는 것을 느꼈다. 이제 그녀는 까마귀가 되어 끝없이 꼬리를 물고 이어지는 동물 떼 위를 날아다녔다. 그녀는 점점 넓은 곳으로 날아다녔다. 갑자기 앞이 잘 보이지 않을 만큼 강한 빛이 아래서 솟아올랐다. 잿빛 하늘 아래 얼음으로 뒤덮인 거대한 초원이 나타났다. 동물 떼는 순식간에 사라졌다. 그녀는 이제 무엇이 되었을까?

그녀는 자기 몸에 딱딱한 등껍질처럼 서리가 덮인 것을 알아차렸다. 바람이 그녀를 흔들고 지나가자 간지러워서 웃었다. 그녀의 뿌리가 얼음이 언 땅 속으로 단단하게 파고들어 갔다. 바로 그곳에 풀의 정령이 숨어 있었다. 봄의 햇빛이 얼음을 녹이고 그녀의 주위에서 수많은 새싹이 부드럽게 살랑거렸다. 그녀는 풀들이 자신의 몸을 간질이는 것을 느꼈다. 그녀의 온몸에 평화가 가득 퍼졌다. 이윽고 땅에서 벗어나 일어선 그녀는 발로 녹은 땅 위를 미끄러지듯 나아갔다. 이제 그녀는 어머니의 발자국을 따라 걸었다. 그녀의 부족 땅 주위를 둥글게 돌자 그녀가 발을 내디딘 자리에 있던 풀이 노랗게 변했다. 그녀의 앞에 있던 순록들은 평야 쪽으로 달아났다. 갑자기 그녀는 자신의 어머니가 더 이상 그곳에 있지 않다는 사실을 알아차렸다. 한 남자가 언덕 꼭대기에 나타났다. 그는 혼자였다. 얼굴이 둥글고 쾌활해 보이는 남자를 보자 젊은 여자는 가슴이 두근거렸다. 남자의 얼굴은 어딘가 이미 친숙했지만 그는 같은 부족의 사람은 아니었다. 남자가 그녀에게 자기를 따라오라는 손짓을 했다. 젊은 여자는 순순히 그를 따라갔다. 남자는 초원으로 들어갔다. 그녀는 뒤쪽에 있는 호수를 한 번 돌아보았지만 그곳에는 더 이상 호수가 없었다. 마을은 사라지고 없었다. 그곳에는 산만 우뚝 솟아 있었다.

그녀는 얼굴이 둥글고 눈에 웃음기를 머금은 남자를 따라 결연하게 발걸음을 옮겼다.

샤먼은 오래전부터 물웅덩이 안에 서서 목청껏 소리를 지르고 있었다. 그는 참고 기다렸다. 자신의 목소리가 젊은이들에게까지 들린다는 사실을 알고 있었다. 그들은 곧 샤먼의 목소리를 알아차릴 것이다. 샤먼은 이 견디기 어려운 산행을 이제 그만하고 싶었다. 특수한 상황으로 성인이 되는 통과의례를 치르기 전부터 어른 이름을 받은 키파 코오는 그의 부족을 가리키는 친숙한 소리를 알아차렸다. 한 목소리가 산 자들의 세계 쪽으로 그를 천천히 끌어당겼다. 애석하게도 그는 자신의 영혼이 다시 몸속으로 들어온 것을 느낄 수 있었다.

자신의 몸으로 돌아오는 길은 힘들고 가혹했다. 키파 코오의 영혼은 다시 한 번 잠든 몸을 벗어나고 싶었지만 샤먼이 운율에 맞추어 계속해서 그의 이름을 읊조렸다. 키파 코오는 숨 찬 곰처럼 으르렁거리며 마비된 사지의 감각을 천천히 되찾았다. 샤먼의 외침 소리는 계속해서 동굴 속에 울려 퍼졌다. 세 사람은 자신들의 몸속으로 돌아와야 했다. 키파 코오는 팔꿈치로 바닥을 짚고 일어나 앉았다. 순간 현기증이 나서 피가 정상적으로 온몸의 혈관을 흐를 때까지 눈을 감고 있어야 했다.

세 젊은이는 축축하고 울퉁불퉁한 바닥에서 미끄러지지 않으려 서로 몸을 기댄 채 균형을 되찾으려고 애썼다. 그러면서 그곳까지 올라올 때 접어들었던 길의 입구 쪽으로 조심스럽게 걸어갔다.

키파 코오는 긴 침묵 끝에 여전히 약간 망설이면서 쉰 목소리로 샤먼에게 그들의 존재를 알려 안심시켰다. 그는 구멍 안으로 들어가기 전에 조금 더 기다렸다. 내려가는 길은 올라올 때보다 훨씬 수월했다. 경사가 심할 때는 너무 속도가 붙지 않도록 어깨에 힘을 주고 발로 미끄러져 내려가기만 하면 되었다.

나파 말리는 긴 터널의 출구에서 그들을 기다렸다. 그들이 그곳에 머무는 동안 물웅덩이의 수위가 약간 낮아졌지만 물은 아직도 차가웠다.

이제 막 성인이 된 세 사람은 뼛속까지 얼어붙은 것처럼 추위에 몸을 덜덜 떨며 이빨을 부딪쳤다. 오랜 단식으로 몸이 쇠약해진 그들은 천천히 입구 쪽으로 걸어갔다. 나파 말리의 격려의 말을 들으며 마침내 세 사람이 입구에 모습을 드러냈다. 밤이었다. 잉걸불이 발갛게 타고 있었다. 보송보송한 옷도 준비되어 있었다. 센 불꽃 앞에서 오랫동안 몸을 녹인 두 아가씨와 소년은 흥분을 느끼며 잠에 빠져들었다.

마을로 돌아오는 길은 멀었다. 건강한 몸 상태의 정상인들에게도 무척 힘든 길이었다. 기운이 있는 대로 빠진 그들은 자칫 잘못하면 추락할 수도 있었다. 샤먼은 그들의 몸이 음식을 다시 받아들이도록 가끔 불에 달군 뿌리를 조금씩 주어 씹어 먹게 했다. 새벽녘에 마을로 돌아온 그들을 마을 사람들은 열렬히 환영해 주었다. 세 젊은이는 고개를 꼿꼿이 세우고 마을을 걸어 다녔다. 약간 멍한 듯하면서도 반짝이는 눈빛을 보고 부족 사람들은 그들이 정령들과 만났다는 사실을 확인할 수 있었다. 키파 코오는 눈으로 친구 아오를 찾았다. 그 잠시 동안, 그는 심장이 멎는 것 같았다. 아오가 벌써 떠난 건 아닐까? 하지만 다행히 그렇진 않았다. 그는 마와미의 바로 곁에 서 있었다. 아오는 환영의 의미로 고개를 끄덕여 보였다. 키파 코오도 눈을 찡긋하며 기쁨과 자신감을 표현했다. 그들 두 사람은 곧 함께 길을 떠날 것이다. 키파 코오는 피곤했지만 이제 떠날 여행길을 생각하니 기분이 좋았다.

16

두 남자는 새벽에 마을을 떠났다. 그들이 출발한다고 해서 동요하는 사람은 없었다. 아오와 키파 코오는 정령들의 뜻에 따르는 것뿐이었다. 어떤 이들은 자기 일에 열심이었고, 또 어떤 이들은 아무런 감정 변화 없이 이들이 떠나는 모습을 지켜보았다. 먹고살기 바쁜 사람들에게는 생업에 필요한 가장 단순한 일들이 곧 의식이자 신성한 활동이었고, 이들은 아무 이유 없이 일어나는 일은 없다고 믿었다. 무관심이나 자기중심주의도 아닌 단지 존재의 요구에 대한 체념이었지, 우연한 사건은 있을 수 없었다.

삶에서 거저 얻어지는 것은 아무것도 없었고, 그들은 끈질기게 자신의 삶을 살아내야 했다. 여름은 짧고, 겨울은 해가 갈수록 점점 견디기 어려워졌다. 그들의 가장 큰 걱정은 겨울을 나는 동안 먹을 음식을 비축해 두는 일이었다. 모든 구성원 간의 긴밀한 연대

와 자신이 맡은 의무를 수행하는 것만이 유일하게 살아남는 방법
이었다. 각 개인이 공동체에 기여하는 정도에 따라 삶의 척도가 달
라졌다. 사냥꾼들이 서로 공격하는 일은 매우 드물었다. 폭력은 금
기 사항이었다. 부족 구성원들이 행하는 죽음이나 행동에 관한 의
식은 단순히 망자의 영혼을 위로하는 것뿐이었다. 망자의 영혼이
산 자들을 해치지 않는 한 이런 의식은 망자들을 버리는 과정에
지나지 않았다. 중요한 것은 어디까지나 살아 있는 사람들이었다.

요즘은 날씨가 청명했다. 아주 순조로운 조건에서 사냥철이 계
속되었다. 부족 사람들로서는 기껏해야 이제 막 가치를 인정한 사
냥꾼 한 명을 잃게 된 것이 아쉬울 따름이었다. 그들은 정령들이
어떤 사람과 함께 있는 것에 찬성한다고 믿으면 그 사람을 받아들
였다. 하지만 그가 떠나는 것에 이의를 제기할 수는 없었다. 그들
과 마찬가지로 아오도 정령들의 뜻을 어길 수는 없었다.

호수 오른쪽으로 계속해서 펼쳐지는 풀숲과 움푹 파인 부분이
번갈아 가며 이어져, 두 사람의 모습은 저 멀리 사라졌다가 다시
나타나기를 반복했다. 그 두 사람의 모습을 젊은 여자 한 명만이
계속해서 눈으로 좇고 있었다. 그녀는 곁에 서 있는 어린 아들의
작은 손을 손가락으로 붙잡고 있었다. 아이는 엄마 품을 벗어나 아
오의 뒤를 쫓아가고 싶어서 으르렁거리며 몸을 뒤틀다가 엄마가
진지하게 입을 다물고 있는 모습을 보고는 마침내 조용해졌다.

젊은 여자는 마을로 돌아오고 나서 부족 내 구성원으로서 차
지하는 자신의 위치에 만족했다. 아키 나아의 권위 있는 모습이
나 불같이 버럭 화를 내는 모습을 보고 사람들은 그녀의 안에 강

력한 영혼이 찾아왔다고 생각하고, 더 이상 그녀에게 반기를 들지 않았다. 고대인들과 마찬가지로 그녀는 공동체 전체 구성원들에게 존중과 배려를 받았다. 하지만 그렇다고 해서 모두 그녀에게 친근하게 대하는 것은 아니었다. 그녀와 아오의 특수한 관계가 더해져서 만들어진 특별한 위치 때문에 그녀는 어느 정도 고립된 생활을 했다. 그녀는 부족 사람들 대부분이 이상한 생각이나 감정을 갖고 있다는 것을 알았지만 그것으로 만족했다.

그렇다고 아키 나아가 여자들의 일에 참여하지 않는 것은 아니었다. 그녀는 열심히 일했지만 마음은 다른 곳에 가 있었다. 아키 나아는 아오가 돌아오길 기다릴 것이다. 아오는 돌아오겠다고 말했고, 그녀는 그의 말을 믿었다. 그녀는 아이의 팔을 붙잡고 아이가 그렇게 좋아하던 사람의 모습이 멀리서라도 조금 보이면 아이에게 가르쳐 주려고 했다.

아키 나아는 한숨을 내쉬었다. 아오는 이미 멀어졌다. 하지만 그녀는 아직 자신의 몸속에서 그의 존재를 느낄 수 있었다. 지난밤 그와 함께한 기억으로 그녀의 뱃속에 파도처럼 온기가 퍼져 갔다. 그녀는 두 사람 모두 기다렸던 그 순간이 오기 직전에 상황이 어땠는지는 별로 기억이 나지 않았다. 그저 그런 일이 일어났고, 그뿐이었다. 그리고 그건 좋았다.

아키 나아는 아직도 자신의 피부에 닿았던 그의 강한 근육의 움직임이 느껴지는 것 같았다. 그녀의 몸을 누르는 단단한 몸이 그녀 안으로 파고들어 와 그 어떤 느낌보다 강렬한 쾌감의 파도가 온몸 곳곳으로 퍼져 나가며 일렁거렸다. 그녀는 손으로 아오의 큼직한 머리를 매만지고 불룩 튀어나온 그의 얼굴을 쓰다듬다가 두

거운 목덜미를 움켜잡았다. 부푼 가슴 속에 숨겨져 있던 힘이 혈관을 타고 퍼져 가는 것을 느꼈다. 점점 커지는 아오의 으르렁거리는 소리가 자신의 신음 소리와 뒤섞여 그녀의 감각을 더욱 자극했다. 아키 나아는 자기 몸 안으로 흘러드는 강렬하고 자극적인 액체를 곰 인간의 일부로 남겨 두어 그가 반드시 돌아온다는 증거로 뱃속 깊숙이 간직해 두고 싶었다.

아이는 또다시 그녀의 품을 빠져나가려고 조심스럽게 버둥거렸다. 아키 나아는 기계적으로 아이를 바닥에 내려놓았다. 그리고 가죽 처리 작업에 열심인 동료들에게 걸어갔다.

두 남자는 보조를 맞추어 나란히 걸었다. 그들은 무거운 짐을 짊어지고 있었다. 빙하 지역을 지나려면 많은 음식과 추위에서 몸을 보호할 두꺼운 가죽이 필요했기 때문이다.

두 사람의 겉모습은 확연히 구별되었다. 키파 코오는 몸매가 호리호리한 반면에 아오는 상대적으로 작지만 다부진 몸매가 두드러졌다. 두 남자는 거의 동갑이었지만 아오가 훨씬 나이 들어 보였다.

떠나기 전에 그들은 며칠 동안 샤먼과 함께 움막에 틀어박혀 긴 이야기를 나누었다. 늙은 샤먼은 기억을 더듬으며 고대인들이 살던 계곡까지 가는 길을 최대한 떠올려 보려고 애썼다. 가장 높은 언덕 꼭대기를 넘어가면 빙하가 나타나고, 그곳부터는 산이 그다지 높지 않았다. 여름이면 빙하 고개를 넘기가 훨씬 수월했다. 물론 그렇다고 위험이 없는 것은 아니지만, 고개를 넘어가면 이동거리를 크게 줄일 수 있었다. 아오와 키파 코오는 고대인들에게 적대적인 감정을 내비쳤던 사냥꾼들이 사는 땅도 피해 가야 했다.

빙하가 움직이고 있었다. 해마다 날씨가 따뜻해지면 빙하는 잠에서 깨어났다. 누구도 빙하의 존재를 무시할 수 없었다. 빙하가 부딪쳐 호수에 떨어지는 소리를 듣기 위해 귀를 기울일 필요도 없었다. 빙하의 파편이 떨어질 때면 호수에 어마어마한 소용돌이가 일면서 저 멀리 있는 마을에까지 여파가 미치기 때문이다.

멀리서 보면 빙하는 충분히 건널 수 있는 거리처럼 가까워 보였다. 삐쭉 솟은 두 언덕의 꼭대기 사이가 벌어져 그사이에 마치 넓은 구멍이 나 있는 것 같았다. 하지만 실제로 그곳을 지나면서 보면 눈과 얼음으로 무겁게 덮인 산은 무시무시할 정도였다.

샤먼은 두 사람이 얼음이 언 강을 걸어갈 때 주의해야 할 점들에 대해서도 상세히 가르쳐 주었다. 그러지 않으면 목숨을 잃을 수도 있는 위험한 곳이었다. 날씨가 좋은 계절에는 빙하의 정령이 활발하게 움직였다. 그럴 때면 빙하의 무게도 일부 줄어들고 틈은 벌어졌다. 빙하가 녹아내린 성난 물줄기는 경사면을 흘러내려 깊은 우물 속으로 자취를 감추었다. 또 얼음 다리는 한 사람의 무게만으로도 쉽게 무너질 수 있었다. 때때로 꽁꽁 언 얼음판이 녹아내려서 정말로 깊고 깊은 구렁에 빠질 위험도 있었다. 하지만 겨울까지 기다리는 것은 더욱 여건이 좋지 않았다. 추위가 얼음을 더욱 단단하게 해 주기는 하지만, 얼음의 정령이 눈 덮인 얼음 표면 아래서 잠을 잔다. 그리고 겨울에는 폭풍우가 거의 매일 계속되었다. 북풍이 골짜기 안까지 파고들고, 눈과 얼음 입자를 머금은 세찬 바람이 시야를 가렸다. 그때부터는 방향을 가늠할 수 없고 덫을 피할 수도 없게 된다. 아니, 추운 계절에는 누구도 그곳을 지날 수 없다. 하지만 나파 말리는 그들을 안심시켰다. 이제 주의할 점들을 머릿속에 새겼으니 신중한 두 젊은이는 여름 동안 아무 위험 없이 그곳을 지날 수 있을 것이다.

빙하의 푸르스름한 표면이 눈앞에 모습을 드러냈다. 하지만 실제로 그곳까지 다다르려면 아직 한나절은 더 걸어야 했다. 수많은 모기와 파리 떼가 먼지와 땀범벅인 그들의 몸을 괴롭혔다. 여름의 따뜻한 날씨에 길을 떠나는 대신 마땅히 치러야 할 대가라고 생각하는 듯 두 남자는 전혀 불평하지 않았다.

빙하가 가까워질수록 호수 수면이 점점 동요했다.

가끔은 보통 때보다 더 높은 파도가 일어 그들의 몸에 부딪치며 부서졌다.

얼어붙은 강이 호수와 맞닿은 지점에 거의 다다랐는데도 아직 해는 지지 않았다. 아오는 얼음과 물이 치열하게 자리다툼을 벌이는 장관에 깊이 매료되었다. 이미 이곳에 여러 번 와 본 적이 있는 키파 코오도 눈앞의 장면에 빠져들기는 마찬가지였다.

살아서 분노로 요동치는 얼음 위로 지는 해가 붉게 타올랐다. 그들의 주위에는 귀를 멍하게 하는 분노한 바람 소리만이 들렸다. 커다란 얼음 덩어리가 갑자기 물 위로 떨어지면서 생긴 엄청난 파도로 저녁놀을 받아 붉게 변한 호수의 수면이 술렁였다. 파도는 빠른 속도로 수면을 퍼져 나가다가 호숫가에 이르러 부서졌다.

두 남자는 밤을 보내기 위해 호수에서 적당히 떨어진 거리에 자리를 잡았다. 빙하는 완전히 잠잠해지지 않은 상태였다. 여러 번 크게 부딪치는 소리를 내며 중간중간 두 사람의 잠을 깨웠다. 그들

은 새벽빛이 비추자마자 자리에서 일어나 어마어마한 싸움이 벌어
지는 그 장소를 떠났다.

넓고 긴 얼음 복도 양쪽으로 산에서 떨어져 나온 바위와 석회암
더미가 쌓여 있었다.

키파 코오는 친구에게 가파른 오솔길을 가리켰다. 그 길은 호수
에서부터 솟아오른 빙퇴석으로 이어지고 있었다. 그는 예전에 이
위험한 길로 가 본 적이 있는데, 사람보다는 야생 영양에게 훨씬
적합한 길이었다. 어떤 경사면은 도저히 넘을 수 없을 것 같기도
했다. 하지만 이미 나파 말리와 그곳을 지나가 본 적이 있는 키파
코오는 그곳을 오를 때 붙잡을 곳이나 몸을 기댈 곳을 잘 알고 있
었다. 아오는 젊은 친구를 믿고 키파 코오가 움직이는 대로 따라갔
다. 얼음장처럼 차가운 물속으로 추락할지 모른다는 생각에 더욱
조심했다.

그들의 발아래에서 조금 떨어져 있는 호수의 검은 표면은 티끌
한 점 없이 매끄러웠다. 또다시 끔찍한 싸움이 벌어질 징조는 어디
에서도 보이지 않았다. 빙퇴석에 도착했을 무렵에는 해가 산 위로
솟아올라 있었다. 그날 들어 처음으로 얼음 깨지는 소리가 나더니
까마귀 떼가 그들의 머리 위를 돌아다니며 예기치 못한 두 발 짐
승 두 명을 보고 화가 난 듯 요란하게 울부짖었다.

두 사람은 길게 이어진 얼음길을 향해 무너진 빙하 더미 한가운
데로 비스듬히 나아갔다.

호숫가에서 보니 푸른빛 표면은 안에 불순물이 전혀 없는 것처
럼 무척 매끄러워 보였다. 아오는 그럴 리가 없다고 생각했다. 가
까운 곳에 있는 얼음은 호숫가로 떠밀려 온 빙하의 조각들이 서

로 달라붙어 형성된 것이어서 얼음이 앞으로 이동한다는 것을 알 수 있었다. 맑은 급류가 호수 쪽으로 이어지는 경사면을 따라 흘러 내리며 조금씩 깊은 고랑을 만들어 내다가 틈 사이로 흘러들었다. 그 괴물의 얼어붙은 창자 안에서 생명이 꿈틀거리는 것 같았다. 그 안에서부터 불안한 신음 소리와 으르렁거리는 소리가 새어 나 왔다. 두 남자는 불안함을 감추지 못한 채 제발 그곳을 무사히 건 너게 해 달라고 빌었다. 그들은 불규칙한 표면 위를 조심스럽게 지 나갔다. 얼음의 색깔은 흙의 입자 크기에 따라 그리고 화강암이나 석회질이 얼음 안에 포함된 정도에 따라 푸른빛에서 회색까지 가 지각색이었다. 두 사람은 틈 사이로 계속해서 지그재그로 나아가 야 했다. 어떤 틈은 손바닥만 했고 어떤 곳은 정말 커다란 구렁텅 이만 했다.

이따금 얼음 속에 흙이나 자갈이 들어 있어서 그 자체로 단단한 바위가 될 수도 있을 것 같았다. 그들은 미끄러지면 잡아 주기 위 해 서로 꼭 붙잡고 걸었다. 멀리서 보며 생각했던 것처럼 직선으로 걷는 것은 거의 불가능했다. 계속해서 커다란 얼음 덩어리를 돌아 가야 하고, 구덩이나 깊은 균열을 만나면 적당한 거리를 유지하며 걸어야 했다.

황혼이 가까워졌다. 하지만 주위를 둘러싼 얼음 절벽은 현기증 이 날 정도로 높아서 올라가는 것이 불가능했다. 계속 걷는 수밖 에 없었다. 그곳을 지나기 전에 밤이 먼저 찾아올까 봐 두 사람은 걸음을 재촉했다. 그러다 보니 안전한 길을 찾는 데 시간을 낭비하 지 않고 균열을 뛰어넘거나 눈이 쌓여 만들어진 좁은 다리를 건 너야 할 때도 있었다. 다행히 그런 구간은 짧았다. 뒤쪽에는 얼음이 아주 넓게 형성되어 있었다. 갑자기 울퉁불퉁한 빙퇴석에서 떨어져 나온 시커먼 덩어리가 다시 나타났다. 안심한 두 사람은 어두워서 발이 걸려 넘어지지 않도록 바닥을 잘 살피면서 가장 가까이 있는 바위로 다가갔다.

두 남자는 임시 거처로 바위 아래 작은 공간을 찾은 것으로도 만족했다. 그곳에서 서로 등을 맞대고 몸을 웅크린 채 기진맥진해서 잠이 들었다.

키파 코오가 먼저 잠이 깨었다. 그들은 전날보다 더 오랫동안 잠을 잤다. 하늘은 파랬고 모든 상황이 순조로웠다. 그들은 정령들이 힘을 북돋아 준다고 생각하고 기뻐했다.

얼음의 양상이 바뀌었다. 균열은 점점 작아지고, 급류가 가운데로 몰리면서 진짜 강이 형성되었다. 경사는 조금 더 심해졌다. 걸음을 내디딜 때마다 눈 쌓인 표면이 질퍽대서 순록 가죽 신발이 물에 젖었다. 하지만 가죽이 두꺼워서 다행히 동상에 걸리지는 않았다. 햇빛이 반사되어 피부가 따갑고 눈이 부셨다. 눈이 충혈되었고 눈물이 났다. 흙과 돌이 뒤섞인 거대한 빙하가 눈앞에서 출렁이고 있었다. 때때로 산에서 떨어져 나온 거대한 바위가 빙하 자락에 매달려 하늘을 향해 치솟았는데 그 모습이 마치 경고나 도전의 의미 같았다.

이제 중앙의 빙퇴석은 두 빙하가 만나는 지점에 불쑥 올라와 있었다. 다양한 크기의 화강암이 넓게 펼쳐져 있었고, 그 사이로 급류가 흘러내렸다. 키파 코오와 아오는 계속해서 길을 돌아가고 힘들게 경사면을 올라야 했다. 마침내 이 혼돈의 세계를 넘어갔을 때는 이미 날이 저물어 있었다. 완전히 지친 두 남자는 바위 사이의 작은 구멍을 보자마자 그곳에 자리를 잡았다. 두꺼운 가죽으로 몸을 둘렀지만 너무 추워서 아침 일찍 잠에서 깨고 말았다.

나파 말리가 가르쳐 준 대로 두 사람은 가장 왼쪽에 있는 빙하의 가지를 따라갔다. 다행히 그곳은 덜 복잡해서 걷기가 훨씬 수월했다. 때때로 얼음 밑으로 흐르는 물이 보였다. 두 남자는 비교적 이동하기 쉬운 곳이 나오자 기분이 좋았다. 바람이 만들어 낸 매끄러운 얼음 표면과 그 안에 갇힌 화강암 사이사이에서 반짝이는 석영 무늬는 장관이었다. 그들은 그 다채로운 빛으로 이루어진 투명한 세계의 매력적인 풍광을 마음껏 감상하며 감탄해 마지않았다.

그들은 혼자가 아니었다. 가끔 퇴석 꼭대기에서 야생 영양이 꼼짝도 하지 않고 서 있는 모습이 눈에 띄었다. 빙하 양쪽에서도 그와 비슷한 동물들이 얼마 안 되는 식물을 뜯어먹고, 난쟁이 버드나무로 이루어진 아주 작은 숲과 작은 관목들이 기나긴 겨울이 오기 전에 조금이라도 온기를 받으려고 짧은 여름이 온 틈을 타 태양 쪽으로 몸을 뻗치고 있었다. 기후의 변화도, 거센 바람도, 얼음장처럼 차가운 추위도, 눈의 무게도, 눈사태도, 가장 접근하기 어려운 장소에서 밖으로 빠져나오려 애쓰는 배고픈 야생 영양의 이빨도 해마다 찾아오는 이 생명의 부활을 알리는 기적을 막을 수는 없었다. 두 침입자가 식사를 하고 나서 버린 것을 얻어먹으려는 까마귀 몇 마리가 그들의 머리 위를 맴돌며 고집스럽게 계속 울부짖었다.

빙하 길이 좀 더 넓어졌다. 그리고 쌓인 눈이 축축하게 녹아 또다시 두 남자의 발걸음을 늦추었다. 아오는 샤먼의 충고를 떠올렸다. 겉으로는 딱딱해 보이는 얼음이라도 언제 발아래 금이 가서 깨질지 몰랐다. 이곳이 아마도 마지막 위험 지대일 것이다. 주위에는 절벽으로 둘러싸인 흰 분화구가 넓게 펼쳐졌고, 그 안은 얼음으로 가득 차 있었다. 그곳은 눈사태가 가장 많이 일어나는 곳이었다.

그들은 평평한 꼭대기를 향해 조심스럽게 나아갔다. 해가 지기 전에 반대편 경사면에 다다르고 싶었지만 거리를 잘못 계산한 것 같았다. 밤은 생각보다 빨리 그들의 발목을 잡았다. 결국 두 사람은 환한 보름달 빛을 이용해 계속 걸어가기로 했다. 피곤에 지친 걸음으로 드디어 목표 지점에 도달했다. 주변의 산에서 검은 덩어리가 떨어져 내리는 모습이 달빛 아래 어슴푸레하게 보였다. 몇 걸음 더 가자 마침내 넓고 평평한 바위가 서쪽으로 기울어진 반대편 경사면에 다다랐다. 어둠 속에서 얼음에 덮인 화강암 위를 걸어가는 것은 미친 짓이나 다름없었다. 미끄러지기라도 하면 붙잡을 게 하나도 없기 때문이다.

바람은 그다지 세지 않아 견딜 만했다. 피로에 지친 그들은 약간 평평한 바닥에 등을 맞대고 앉아 연기 냄새가 나는 질긴 고기 조각을 몇 개 씹었다. 목이 말랐다. 하지만 그곳에는 물이 없었다. 자리에서 일어난 키파 코오가 얼음을 긁어내 순록 방광을 채웠다. 하지만 두꺼운 가죽옷 속에 집어넣고 체온으로 얼음을 녹이려면 조금 기다려야 했다.

그들이 깊은 잠에 빠져드는 걸 방해하는 건 타는 듯한 목마름 뿐이었다.

17

맑은 날씨가 오랫동안 계속되었다. 오늘 아침, 처음으로 낮게 드리운 구름에 해가 가렸다. 다시 불기 시작한 바람은 다소 온화하면서 습기를 머금었고, 대기에는 안개가 꼈다.

샤먼이 말한 대로 힘든 길을 몇 개 지나자 산의 경사가 완만해졌다. 고개를 넘기가 점점 수월해졌고, 계곡 안쪽에는 초록빛이 감돌았다.

매일 저녁 키파 코오와 아오는 새로운 고개의 꼭대기에서 야영하며 혹시 멀리서라도 마을의 불빛이 보이지 않을까 하는 기대감에 계곡을 샅샅이 훑어보았다. 그리고 매일 불을 지폈다. 그곳에는 나무가 많았다. 인간들이 왜 그곳을 정착지로 선택했는지 알 수 있었다. 먹을 수 있는 식물들이 무척 많았다. 드넓은 땅에는 월귤나무와 시로미가 가득했다. 풀숲 가장가리에는 나무딸기 열매가 많아서 언제든 따먹을 수 있었다. 고원에 펼쳐진 초원은 여름에 풀이 많이 자라서 염소와 야생 영양뿐 아니라 사슴과 작은 말들도 풀을 뜯으러 찾아왔다. 심지어는 순록 떼도 조금 보였다. 하지만 계곡으로 둘러싸여 있는 데다 어떤 곳은 입구가 너무 좁아서 동물들이 많이 모여들 만한 곳은 아니었다. 풀의 양도 한정되어 있었다.

자연적으로 덫이 형성된 곳이 많아 사냥감을 모는 것이 쉬웠다. 계곡은 보통 출구가 한 군데밖에 없는 경우가 많았다. 동물이 지나가면 그 흔적이 뚜렷이 나타났다. 비교적 먹이가 풍부하고 종류도 다양하다는 점 때문에 두 사람은 전에 아오와 아키 나아가 강을 따라 이동할 때 했던 것처럼, 그날그날 기회가 있을 때마다 먹을 것을 구하고, 비축해 둔 음식은 만약을 위해 남겨 두었다. 머지않아 사람들을 만날 수 있을 것 같다는 확신이 들었다.

내내 걸으면서 보낸 하루가 또 끝났다. 매일 저녁 그랬듯이 키파 코오와 아오는 인접한 계곡 사이에서 혹시 불을 볼 수 있지 않을까 하는 기대감에 언덕 꼭대기에 자리를 잡았다. 하지만 이번에도 저 멀리 지평선까지 칠흑같은 어둠이 펼쳐졌다.

그래도 두 사람은 실망하지 않고 낮 동안 모아 둔 장과들을 맛있게 먹었다. 배불리 먹고 나서는 폭신폭신한 잔디 위에 몸을 눕혔다.

아오는 키파 코오의 능력을 높이 샀다. 소년은 다리를 절었지만 불평 한마디 없이 아오와 보조를 맞추었다. 사냥할 때는 장애가 아무것도 아니라는 듯이 정확한 창던지기 실력을 보여 주었다. 또 어떤 일이 있어도 기분 상한 표정을 짓는 일이 없었다. 키파 코오는 꾸준한 관찰력과 능숙한 손재주로 아오에게 훌륭한 길동무가 되어 주었다.

키파 코오는 뿌리를 빻은 것에 석회를 섞어 아픈 발목에 발랐다. 이 즉석 진통제가 통증을 완화시켜 주었다.

온종일 두 사람을 따라다니던 이슬비가 마침내 그쳤다. 바람도 꾸준히 계속 불어서 하늘 한쪽이 맑아지며 별이 몇 개 모습을 드러냈다.

아오가 말했다.

"하늘 불이 켜졌네. 내일은 해가 다시 나타날 거야."

키파 코오가 조용히 고개를 끄덕였다.

아오가 물었다.

"그런데 하늘 불은 누가 켜는 거지?"

"하늘의 불은 절대 꺼지지 않아. 밤이 되면 사람과 동물들이 휴식을 취하도록 달이 해를 흩어지게 해. 새벽이면 흩어진 해가 다시 나타나 세상을 밝히지. 하늘의 불은 원래 땅에 있던 게 솟아오른 거야. 옛날에는 하늘에 달만 살았어. 땅에는 아무것도 없었고. 모든 생명체는 커다란 불이 밝은 빛을 비추는 깊고 넓은 동굴 속에서 정령들과 함께 살았어. 조상 동물과 식물들은 표면으로 올라가고 싶었지만 빛이 충분하지가 않았지. 그래서 그들은 정령들에게 땅을 밝게 비춰 달라고 요구했어. 정령들이 땅의 불을 하늘 쪽으로 불어 주어서 조상들은 정령들이 사는 깊은 동굴을 떠나게 된 거야."

아오는 주의 깊게 그의 이야기를 들었다. 키파 코오는 아는 게 많았다. 아오는 지금까지 해가 어떻게 생겨났는지 몰랐다. 그런데 오늘은 키파 코오가 틀렸다. 정령들은 땅 밑에 사는 게 아니다. 동물과 사람의 영혼은 세계를 이루는 생명체 안에서 살아간다. 그리고 정령들은 바람과 소통하기 때문에 다시 생명체로 구현되기를 기다리면서 땅 표면을 돌아다닐 수 있다. 인간은 때때로 여러 정령의 힘을 이용하기도 했다. 가끔 고대인들의 정령이 아오를 찾아왔는데, 그들은 아오의 머릿속에 있었다. 하지만 얼마 전부터 아오는 그들의 목소리를 들을 수 없었다. 그들의 얼굴도 사라졌다. 아오는 왜 그런 변화가 생겼는지 궁금했다. 왜 정령들은 침묵을 지키고 있을까?

그의 곁에서 키파 코오가 나무 막대기로 돌 하나를 규칙적으로 때리며 알지 못할 말들을 단조롭게 읊조렸다. 그는 자신이 잘 아는 세계를 구성하는 생명체들의 영혼을 깨워, 자신과 아오를 고대인들의 땅으로 안내해 달라고 기도하는 중이었다.

젊은 샤먼이 열거한 땅에 사는 정령들이 아오의 눈앞에 나타났다. 그들은 깊은 곳에서 솟아나 빛과 열을 갈망했다. 그중에는 고대인 부족도 눈에 띄었다. 계속해서 다른 이들도 나타났다. 그들은 세계의 표면에 퍼져 나가며 계곡을 휩쓸고, 숲 가장자리에 자리를 잡았다가 강을 따라 이동하거나 툰드라 가장자리로 가기도 했다. 그들은 어느 곳도 가리지 않고 다녔다. 아오는 아무 문제없이 그들을 쫓아다닐 수 있었다. 하지만 가까이 다가가서 보니 그 남자와 여자들은 아오와 닮은 사람들이 아니었다. 그들은 키파 코오와 그의 부족 사람들과 닮아 있었다. 그들은 키파 코오와 같은 언어로 말했다.

머칠이 지났다. 오늘 아침에 두 사람은 어미 곰과 아기 곰 한 마리와 마주쳤다. 어미 곰은 서둘러 지나가려다가 두 사람이 꼼짝도 하지 않고 적대감도 내비치지 않자 다시 생각을 고쳐먹은 것 같았다. 그 어미 곰은 이미 이 위험한 생명체와 마주친 적이 있었을까?

힘들기는 했지만 아오와 키파 코오는 처음으로 사납고 호전적이어서 쓰러뜨리기 어려운 커다란 멧돼지를 잡았다.

구석에 갇혀서 옴짝달싹 못하던 녀석은 창 두 개가 두꺼운 가죽을 뚫고 꽂히자 갑자기 뒤로 돌아 정면으로 그들을 마주 보았다. 두 사냥꾼은 녀석의 재빠른 반응과 필사적인 상황에 몰려 분노한 모습에 깜짝 놀랐다. 멧돼지는 이렇게 몸집이 무거운 동물에게서는 보기 어려운 놀라운 민첩성으로 몇 걸음 뒤에서 달려오던 키파 코오를 향해 달려들었다. 그때 아오가 민첩하게 행동하지 않았다면 소년은 자신을 방어하기 어려웠을 것이다. 너무 놀라 꼼짝도 하지 못하고 그 자리에 못 박힌 듯 멈춰 버렸기 때문이다.

아오는 짐승의 뒤에서 몽둥이로 공격을 가해 녀석의 사지를 부러뜨렸다. 갑작스러운 공격에 당한 짐승은 키파 코오를 향해 내달리다가 그의 코앞에서 걸음을 멈추고 말았다. 젊은 남자는 짐승의 가슴에 창을 찔러 넣어 고통을 끝내 주었다.

이 짐승은 고기도 많고 맛도 훌륭해서 두 남자의 놀란 가슴에 그나마 위로가 되었다.

사자의 발자국도 여러 번 보았지만 실제로 그 무서운 동물과 맞닥뜨린 적은 없었다.

그들은 인내심을 가지고 계곡을 돌아다니며 아주 작은 흔적이라도 그냥 보아 넘기지 않고 사람이 살기에 적합한 장소를 찾아 돌아다녔다. 길에 사람이 지나간 흔적은 없는지, 집터나 잔재가 있는지, 모래나 진흙 속에 사람 발자국이 있는지 작은 단서라도 놓치지 않으려고 애썼다.

그들의 노력은 마침내 결실을 맺었다.

두 소년은 이틀 전부터 소규모의 말 떼가 남긴 발자국을 따라 풀이 무성한 언덕의 경사면으로 올라갔다. 이 민첩한 동물들은 계속해서 풀을 뜯으며 이동했다. 그들은 지금까지 본 것 중에 가장 넓은 계곡 위로 우뚝 솟은 고개를 따라 이동했다. 그 계곡에는 특히 나무가 많았다.

키파 코오와 약간 거리를 두고 걷던 아오는 친구가 큰소리로 자신을 부르는 소리를 들었다. 눈을 들어 보니 키파 코오가 무어라 손짓을 하고 있었다. 아오는 서둘러 친구를 따라잡았다. 진흙 바닥에서 인간의 발자국을 발견했음에 틀림없었다.

둘이서 말의 발자국을 따라가며 조심스럽게 바닥을 살펴보니 동물의 발자국과 다른 발자국이 섞여 있었다.

키파 코오가 말했다.

"여러 사람이 이곳을 지나갔어. 적어도 한 손의 손가락을 전부 꼽을 정도야. 여자나 아이의 발자국은 없어. 사냥꾼들이야."

아오가 꼭대기 옆쪽으로 올라가는 작은 돌출부를 가리키며 말했다.

"이 언덕을 막 넘어갔어."

그는 발자국을 거꾸로 따라가 보았다. 발자국은 꽤 빽빽한 풀숲 쪽으로 이어져서 사냥꾼 여러 명이 그곳에 잠복해 있었음을 짐작할 수 있었다. 발자국은 풀숲에서 멈춰 있었다. 분명히 사냥꾼들은 동물의 발자국을 발견하고 이곳으로 와서 숨어 있었을 것이다. 반대편에서 말들의 발자국이 이쪽으로 향하고 있는 것을 보니 더욱 확신이 들었다.

아오가 친구에게 다가가 보니 키파 코오도 무언가를 발견한 모양이었다. 그는 커다란 계곡에서부터 이어지는 발자국을 가리켰다.

아오가 요약해서 말했다.

"이 사냥꾼들은 저 꼭대기로 올라갔어. 그랬다가 말이 오는 것을 숨어서 보려고 다시 내려왔고, 저 나무들 뒤에 숨어 있었어. 그리고 말이 지나가자 그 뒤를 쫓았어. 저 앞에 덫이 있을 거야."

키파 코오도 알아들었다는 듯 고개를 끄덕였다. 그는 계곡 아래쪽을 살폈다.

"그들의 야영지가 저 아래 어딘가에 있을 거야."

아오도 고개를 끄덕였다.

"여긴 시야가 탁 트여 있으니까 오늘 밤에는 그들이 피운 불을 볼 수 있을 거야."

그들은 계곡 전체를 살필 수 있도록 경사면에서 가까운 곳에 자리를 잡았다. 계곡 구석구석까지 잘 보이도록 우뚝 솟은 바위 위에 나란히 앉아 밤이 되기를 기다렸다. 하늘은 맑게 개어 있었다. 길게 이어지는 황혼이 마치 그들의 인내심을 시험하는 것 같았다. 마침내 하늘을 오랫동안 붉게 물들이던 마지막 햇빛이 사라지고 땅에 어둠이 내려앉았다. 아오와 키파 코오는 거의 동시에 기쁨의 탄성을 내질렀다. 그들은 동시에 보았다. 그들 앞에 있는 계곡 한가운데서 작고 붉은 점 하나가 약하게 깜빡거리고 있었다. 그 점은 점점 커졌고 그 주위로 또 다른 불빛이 보였다. 키파 코오가 세어 보니 네 개였다.

"야영지가 한 개가 아닌가 봐. 이곳엔 나무가 많으니까. 큰 부족이 살고 있는 모양이야!"

너무 흥분한 두 사람은 가끔 깜빡깜빡 졸면서 밤새도록 앉아 있었다.

아침이 되자 아오는 아직도 흥분해 있는 친구를 약간 진정시켰다. 자신의 경험에 비추어 보면 그곳은 사람이 사는 곳이 아닐 가능성도 얼마든지 있었다. 그리고 혹시 매복한 자가 있을지도 모른다고 생각했다. 인간을 마치 사냥감처럼 사냥하는 자들도 있었기 때문이다.

"신중하자. 고대인들이라고 확신할 만한 증거가 없잖아. 나파 말리의 말을 잘 기억해! 너와 닮은 사람 중에는 나 같은 사람들에게 적대적인 사람이 많으니까. 우선은 우리 모습을 드러내지 말고 접근해서 누굴 만나야 하는지 보자고."

키파 코오도 전적으로 동의했다.

"네 말이 맞아."

불이 있었던 방향을 향해 눈을 크게 뜨고 지켜보니 계곡 한가운데서 가느다란 연기가 피어올랐다. 하지만 거리도 멀고 식물이 시야의 일부를 가려서 마을이 보이지는 않았다.

아오는 걸음을 옮겼다. 가파른 경사면에는 자작나무가 자라고 있어서 몸을 숨기며 나아갈 수 있었다. 그들은 가끔 멈춰 서서 귀를 기울이고 냄새도 맡아 보았다. 하지만 특별히 주의를 끄는 점은 없었다. 계곡 아래쪽으로 갈수록 나무 아래 초목들이 점점 빽빽해졌다. 방향을 가늠하기도 어려워졌다. 관목을 따라가면서 보니 멧돼지 무리가 지나간 흔적이 보였다. 대략 맞는 방향으로 가고 있는 듯했다. 두 남자는 그쪽으로 계속 가다 보면 저 멀리서 본 강에 다다를 수 있기를 바랐다.

그런데 갑자기 바닥이 질퍽해지더니 이윽고 동물들이 늪에서 허우적대는 모습이 보였다.

멧돼지들은 그곳을 지나가지 못했다. 그들은 늪을 피해 덤불 사이를 헤치고 가는 수밖에 없었다. 키파 코오는 다리가 꼬여 이끼 위에서 미끄러지고, 바닥을 덮은 뿌리와 가시덤불 속에 발이 끼이기도 했다. 아오는 옆에서 친구가 투덜대는 소리를 들었다. 그들은 거의 기어가다시피 가거나 질퍽한 진흙 바닥을 지나며 매우 천천히 나아가야 했다.

그들이 지나가는 길에서는 다양한 동물들이 불평하는 듯한 소리가 들렸다. 특히 덤불 속에 사는 새들과 작은 포유류들이었다. 이곳은 포식자들의 눈을 피해 숨어 지내기에 아주 이상적인 장소였다. 아오는 문득 이렇게 계속 가는 것이 맞는지 의문이 들었다. 저녁이 되자 강의 위치를 알 수 있는 지표가 전혀 없었다. 키파 코오는 여정을 떠나온 후로 처음으로 기분이 좋지 않았다. 온종일 제자리에서 빙글빙글 맴돌기만 하는 것 같았다. 이젠 축축하게 젖은 가죽옷을 푹 덮고 쉬어야 했다. 지난밤에 잠을 거의 자지 않아서 누적된 피로와 온종일 애쓰며 돌아다닌 탓에, 두 사람 다 바닥에 주저앉고 말았다. 잠에서 깨어나서도 기분은 별로였다.

그들은 그 적대적인 환경에서 어서 벗어나려고 천천히 걸음을 내딛기 시작했다. 다시 물 흐르는 소리가 들렸다. 강은 멀지 않은 곳에 있었다.

키파 코오가 먼저 침묵을 깼다.

"물소리 들었어?"

"응!"

다시 활기를 되찾은 두 사람은 기운을 내어 앞으로 나아갔다. 가시덤불에 다리가 걸리고 옷이 찢어졌다.

자갈밭 바닥이 나왔다. 이제 나무 사이를 지나는데 그곳에 자란 식물들은 헤치고 나아가기가 훨씬 수월했다. 곧이어 저 멀리 보이는 좁은 길 사이로 마을이 나타났다.

오래전에 암반이 무너진 것 같았다. 흙과 함께 많은 바위가 계곡에 굴러 떨어져 있었다. 일부는 물에 휩쓸려 내려가기도 했을 것이다. 가장 높은 쪽 계곡에는 아직도 위쪽이 평평하게 암반이 떨어져 나간 흔적이 남아 있었다. 사람들은 이 작은 언덕 꼭대기에 마을을 만들었다.

아오와 키파 코오가 만나야 할 사람들을 보려면 아직도 먼 길을 가야 했다.

아래쪽에는 강물이 평화롭게 흘렀다. 바위 양쪽으로는 아무것도 없었다. 두 사람은 모습을 드러내고 앞으로 나아가기가 망설여졌다. 하지만 지금 그들이 있는 곳은 관찰하기에 적합한 장소가 아니었다. 거기서는 움막 꼭대기만 겨우 보일 뿐 다른 것은 아무것도 보이지 않았다.

키파 코오는 서둘러 그곳을 빠져나가고 싶었다. 또다시 젖은 옷을 입은 채 불 없이 하룻밤을 보내야 한다고 생각하니 참을 수가 없었다.

두 남자는 눈만 마주치고도 계속 길을 가기로 서로의 뜻을 확인했다. 그리고 더 이상 우물쭈물하지 않고 화강암 덩어리가 쌓여 있는 언덕 꼭대기로 올라가 마을을 향해 결연하게 발걸음을 옮겼다.

그곳은 사람들로 북적거렸다. 아이, 여자, 남자 할 것 없이 많은 사람이 집 주위로 왔다 갔다 했다. 갑자기 마을에 외침 소리가 울렸다. 한 여자가 마을 쪽으로 다가오는 두 침입자를 손가락으로 가리키며 소리를 지르고 있었다. 놀란 눈들이 두 사람에게 쏠렸다. 잠시 마을이 술렁이더니 곧 완전한 침묵이 이어졌다. 마을 사람들은 믿을 수 없다는 표정으로 숲을 빠져나와 자기들 마을로 성큼성큼 들어서는 두 남자에게 시선을 떼지 않았다.

두 남자는 둥그런 움막의 테두리를 넘어서 사람들이 모여 있는 첫 번째 움막을 향해 걸어갔다. 사람들은 이제 침착해진 것 같았다. 키파 코오와 아오는 단번에 사람들 앞으로 걸어갔고, 순식간에 사람들에게 에워싸였다. 그들은 다소 위협적이었다.

키파 코오는 그곳 정령들에게 경의를 표하는 뜻으로 두 손을 들어 손바닥이 하늘로 향하게 했다.

아직 젊고 뚱뚱한 한 남자가 방문객들을 에워싼 사람들을 헤치며 위엄 있게 앞으로 나섰다. 키파 코오는 정기적으로 춤에 몰두하는 자에게서만 볼 수 있는 특유의 번뜩이는 눈빛과 유연한 태도를 보고 그가 샤먼임을 알 수 있었다. 남자는 마을 사람들에게 조용히 하라고 요구했다. 그러고 나서 침입자 두 명을 조심스럽게 살펴보고는 마치 눈으로 본 것을 직접 확인해 보려는 듯 손으로 그들의 볼을 더듬고 머리카락을 잡아당기기도 했다.

그리고 키파 코오의 부족 사람들이 쓰는 것과 매우 비슷한 언어로 사람들에게 소리쳤다.

"이 자들은 분명히 사람이다!"

마을 사람들은 긴장을 풀었다.

발음은 조금 달랐지만 키파 코오는 그의 언어를 이해할 수 있었다. 키파 코오는 지금 당장 나서기로 마음먹었다.

"나는 키파 코오, 이쪽은 아오다. 우리는 이곳에서 아주 멀리 떨어진 곳(그는 손가락으로 해가 뜨는 방향을 가리켰다), 커다란 호수 근처에 살고 있다. 이 남자는 예전에 이곳에 살던 자기 부족 사람들을 찾으러 왔다. 우리는 우리 샤먼인 나파 말리의 지시로 이곳에 왔다."

샤먼의 이름을 언급했지만 그 마을의 샤먼은 아무 반응도 하지 않았다. 대종족의 긴 방랑 이야기를 모른다면 샤먼은 물론 마을의 다른 사람들도 그런 방랑을 경험해 본 적이 없을 터였다. 키파 코오는 자기 부족의 옛 조상의 이름을 몇 명은 기억하고 있었다. 지금 이 순간은 나파 말리도 아무 이름 없는 어린아이에 불과했다.

샤먼은 자기 곁에 서 있는 사냥꾼에게 낮은 목소리로 이야기를 건넸다. 키가 크고 힘이 세 보이는 남자는 아오에게 반감을 드러냈다. 다른 사람들의 눈빛에서도 비슷한 반응을 볼 수 있었다. 아오는 분명히 이곳에서 환영받는 손님이 아니었다.

키파 코오는 자신이 대종족 구성원의 후손이며 자신의 조상들이 고대인 부족과 만난 이후로 이곳에 정착했었다는 점을 강조했다. 그는 다시 한 번 꼼짝도 않고 입을 꾹 다물고 있는 친구를 가리키며 말했다.

"이 사람과 같은 부족 사람들이 우리 아버지의 아버지들이 이 땅을 지날 때 많은 도움을 주었다. 그들은 우리의 친구다."

아오는 친구의 말을 듣고는 나파 말리가 준 조개껍질을 사람들
에게 보여 주었다.

웃는 낯의 키 큰 남자가 그 조개껍질을 붙잡고 한참을 살펴보다
가 돌려주었다. 그는 한숨을 내쉬었다. 그러고는 손짓으로 마을 사
람들의 불신하는 듯한 웅성거림을 잠재우려 했다.

그가 키파 코오에게 말했다.

"달이 뜨고 하늘의 불이 흩어졌다. 여행자들은 불 옆에 앉아서
듣고 싶어 하는 자들에게 이야기를 들려주어도 좋다."

다시 한 번 심한 비난의 목소리가 높아지자 샤먼은 조용히 하라
고 요구했다. 그의 권위는 나파 말리보다 훨씬 못한 것 같았다. 키
큰 남자도 끼어들어 샤먼을 도왔지만 사냥꾼들 사이에서는 여전
히 불만의 목소리가 새어 나왔다. 어떤 이들은 심하게 화를 내기
도 했다. 그들은 굳은 얼굴을 하고 공격적인 몸짓과 손짓으로 적대
감을 그대로 드러냈다.

환영을 기대하는 건 어림도 없는 일이었다.

키파 코오가 물었다.

"이곳에서 도대체 무슨 일이 있었던 겁니까?"

샤먼을 두둔했던 사냥꾼이 다시 사람들의 원성을 잠재우려고
덧붙여 말했다.

"두 사람은 해가 뜰 때 떠날 것이다."

마을 사람들이 마지못해 뒤로 물러나 아오와 키파 코오는 드디
어 불이 있는 쪽으로 걸어갈 수 있었다.

샤먼은 두 방문객을 자기 앞에 앉혔다. 그다음에는 나이 많은
남자들과 사냥꾼 몇 명이 앉았다. 젊은이들은 그 뒤에 서고 여자

와 아이들은 더 멀리 떨어져 있었다.

샤먼이 말을 시작했다.

그는 북쪽으로 계속 길을 떠난 옛 종족 사람들이 거대한 평야에 도착해 번성했다는 사실을 알게 되어 기쁘다고 했다. 그리고 부족 사람들과 함께 기억을 더듬어 몇 명의 옛 사람들 이름을 이야기했다. 그중 몇 명의 이름은 키파 코오도 나파 말리에게서 들어 알고 있었다.

마을 사람들은 차츰 조용해졌다. 남자들은 샤먼의 이야기에 귀를 기울였고 샤먼은 자기 이야기에 열중했다. 그는 그들의 아버지 세대에 했던 긴 여행 이야기를 들려주었는데, 아버지들이 아오의 종족을 만난 것도 알고 있었다.

"우리 조상들에게 들은 이야기는 이렇다. 남자들과 여자들, 아이들이 죽었다. 샤먼은 정령들에게 사냥을 도와달라고 간청했지만 사냥꾼들은 빈손으로 돌아와야 했다. 어느 날, 우리 부족 사람들은 고대인들을 만났다. 고대인들은 키가 작았지만 힘이 무척 셌다. 그들은 사냥감과 먹을 수 있는 식물이 어디에 있는지 알고 있었다. 그리고 자신들의 음식을 우리에게 나눠 주었다. 그들은 우리 사냥꾼들에게 동물의 발자국과 동물들이 숨어 있는 소굴을 가르쳐 주었다. 또 우리 아버지들을 도와 그들의 마을에서 멀지 않은 곳에 정착해 겨울을 나게 해 주었다. 우리 아버지들은 그 사이에 기운을 되찾았다. 봄이 와 그곳을 떠나려 할 때, 어떤 이들은 그곳에서 계속 살아도 괜찮겠다고 생각했다. 다른 이들은 동물 떼가 많이 모이는 평야에 가기 위해 계속해서 북쪽으로 나아갔다. 고대인들은 우리 부족이 그들의 마을 가까이에 정착하는 것을 받아들였다. 우리는 그들의 사냥터를 침범하지 않도록 조심했다. 사냥감은 모두 먹을 수 있을 만큼 풍부했다. 사냥감을 많이 잡으면 우리 부족 사람들은 고대인들의 마을까지 걸어가서 사냥감의 일부를 주었다. 그들은 사냥감을 받았고, 때때로 그들도 우리에게 자기들이 잡은 사냥감을 주었다. 하지만 그 후로 고대인들과의 만남은 뜸해졌다. 어느 날, 그들은 여럿이서 우리를 찾아왔다. 그들은 배가 고프다고 말했다. 그들은 우리와 닮은 사람들이 그들의 마을 다른 쪽 끝에 나타나 사냥감이 점점 줄어들었다고 말했다. 그리고 그 사람들은 잔인하고 자신들을 동물처럼 추격했다고 말했다. 우리 샤먼은 사냥꾼 여러 명을 데리고 그 잔인하다는 사람들을 만나러 갔다. 고대인들이 안내했지만 그들도 잔인한 자들의 마을이 어디에 있는지 정확히 알지 못했다. 우리 아버지들은 예전에 세상이 끝난다고 생각했던 커다란 호수 근처, 하얗고 커다란 산의 반대편으로 길게 이어진 언덕까지 먼 길을 가야 했다. 마침내 그들은 잔인한 부족의 마을을 찾아냈다. 고대인들은 그곳 가까이 가지 않겠다고 했다. 그 부족 사람들은 우리 부족의 대표단을 반갑게 맞이했다. 같은 언어로 말하지는 않았지만 우리는 그들의 말을 알아들을 수 있었다. 샤먼은 왜 고대인들이 살던 땅에서 그들을 사냥감처럼 추격했느냐고 물었다. 그러자 그들은 고대인들은 인간이 아니라 사냥감을 놀라게 하고 진짜 인간의 자리를 대신 차지하려는 사악한 영혼을 품고 있는 생명체라고 말했다. 우리 샤먼은 그들의 말은 사실이 아니며 고대인들도 우리와 같은 인간이라고 설명했다. 하지만 그들은 더 이상 샤먼의 말을 들으려 하지 않았다. 그리고 화를 내면서 우리 샤먼의 말은 사실이 아니라고 말했다. 그래서 우리 대표단은 그곳을 떠났다. 어떤 이들은 돌아오면서 곰곰이 생각해 보더니 고대인들은 무기도 엉성하고 곰이 으르렁거리는 것과 비슷한 소리를 낸다며 정말 인간이 아닌 것 같다고 말했다. 그래서 우리 조상들은 다른 쪽으로 생각하기 시작했다. 고대인들은 갈수록 더욱 자주 음식을 구하러 우리를 찾아왔다. 그들은 아이들과 여자들이 더 이상 먹을 것이 없다고 말했다. 우리는 점점 고대인들의 말을 믿지 못하게 되었다. 그래서 우리 아버지들은 고대인들에게 더 이상 우리를 찾아오지 말라고 했다. 그러던 어느 날, 겨울이 아직 끝나지 않았을 때 그들이 여럿이서 우리를 찾아왔다. 그들은 매우 위협적이었다. 그들이 또 음식과 가죽을 달라고 요구했지만 우리 사냥꾼들은 거절했다. 우리가 먹을 음식도 부족했기 때문이다. 그러자 곰 인간들은 무기를 휘둘렀다. 그들은 우리 부족 사람 두 명을 다치게 하고 얼마 남지 않았던 음식을 빼앗아갔다. 그들 중 한 명도 죽었지만, 다른 사람들은 먹을 것을 가지고 도망쳤다. 그들은 계절이 여러 번 바뀔 때까지 돌아오지 않았다. 나중에 언덕에 사는 사람들이 우리를 찾아왔다. 그들은 고대인들이 어디에 있느냐고 물었고 샤먼은 이제 그들은 여기에 없다고 말했다. 그러자 언덕 사람들은 우리 사냥꾼들에게 그들을 죽일 수 있게 도와달라고 요청했다. 그들은 그 고대인들이 자기 부족 사람 세 명을 죽이고 사냥감을 빼앗아 달아났다고 이야기했다. 우리 아버지들은 망설였다. 고대인들에게 목숨을 빚진 사실을 잊지 않았기 때문이었다. 최근에 서로 간에 안 좋은 일이 있었음에도 샤먼은 고대인들의 분노를 이해했다. 샤먼은 곰 인간들이 무척 배가 고팠으며 처음에 이곳에 먼저 자리를 잡은 것도 그들이었다고 말하고, 그들이 자신들을 반갑게 맞아 준 것을 떠올렸다. 그래서 자기 부족 사람들에게 언덕 부족 사람들을 따라 고대인들을 죽이는 데 참여하는 것은 정령들의 반감을 살 것이라고 말했다. 언덕 부족 사람들은 탐탁해하지 않으며 우리 마을을 떠났다. 나중에 우리 부족 사람들은 분노한 고대인들이 그들을 덮쳤다는 사실을 알게 되었다. 그들은 언덕 부족을 공격해서 사냥꾼과 여자, 어린아이들까지 죽이고 사라졌다. 언덕 부족 사람들은 다시 돌아와 우리 사냥꾼들에게 도움을 요청했다. 하지만 샤먼은 이번에도 거절했다. 그런데 부족 내에서는 어느새 곰 인간들에 대한 적대감이 커져 가고 있었다. 우리 부족 사람들은 곰 인간이 정말 인간일까 하는 의심을 품었다. 그리고 언덕 부족 사람들을 돕고 싶어 하는 사람이 많아졌다. 언덕 부족은 분명히 우리와 같은 인간이기 때문이다. 그러는 중에 샤먼을 다시 뽑아야 한다는 목소리가 높아졌다. 하지만 샤먼은 잘 버텨 내며 그들의 주장을 꺾었다. 또 계절이 여러 번 지나고 언덕 부족 사람들이 돌아왔다. 그들은 비참한 상황이었다. 고대인들이 계속해서 그들을 괴롭혔기 때문이다. 고대인들은 언덕 부족의 사냥꾼들을 절반 이상 죽였다고 했다. 언덕 부족 사람들은 몹시 두려워하고 있었다. 이번에는 샤먼의 권위가 정말로 심각하게 위협받았다. 어떤 이들은 샤먼의 통찰력을 의심할 정도였다. 모두 샤먼의 고집을 비난했다. 그로부터 얼마 후 사냥꾼 세 명이 돌아오지 않았고, 그들의 시신도 찾을 수 없었다. 그러자 샤먼은 고대인들이 사악해졌다고 인정하고 이제 그들을 죽여야 한다고 말했다. 하지만 고대인들을 찾을 수가 없었다. 그들은 다시 영혼으로 돌아간 것이다. 사냥꾼들이 가끔 멀리서 그들을 보았거나 그들의 발자국을 발견했다고 말했다. 나이 든 샤먼이 죽기 전에 정령들의 귀를 빌려서 나에게 그 이야기를 들려주었다. 그 후로 고대인들을 알던 자들도 하나둘 죽어 갔다. 그런데 몇 해 전 겨울, 놀랍게도 샤먼이 나에게 묘사했던 것과 비슷하게 생긴 사람들이 우리 마을 근처를 돌아다니는 것을 보았다. 그들은 매우 젊고, 야위어 있었고, 굶주린 상태였다. 그들이 사납게 공격을 해서 우리 부족 여러 명이 다쳤다. 결국 우리 사냥꾼들은 그들을 죽였다. 그 후로 다시는 그들을 볼 수 없었고, 지금까지 그들의 발자국조차 발견하지 못했다. (그는 손가락으로 아오를 가리켰다.) 저 자가 그 후로 처음 보는 고대인이다. 그는 이곳에 있어서는 안 된다. 내일 당신들은 우리 마을을 떠나야 한다. 고대인들은 더 이상 우리 땅에서 환영받는 존재가 아니다. 특히 해가 지는 북쪽으로 너무 올라가면 안 된다! 그러면 언덕 부족 사냥꾼들을 만날 위험이 있다. 그들은 고대인들이 휘두른 폭력에 고통당한 자들의 후손이다. 그들은 저 자에게 동정을 베풀지 않을 것이다. (그는 다시 아오를 가리켰다.) 이 지역에는 더 이상 곰 인간은 없다. 그들은 떠났거나 죽었다."

샤먼은 입을 다물었다. 아무도 그의 말에 토를 달지 않았다.

키파 코오는 샤먼의 이야기에 무척 실망했다. 그는 언뜻 친구의 굳은 얼굴을 쳐다보았다. 그는 샤먼의 긴 이야기를 알아들었을까?

부분적으로는 이해했을 것이다.

키파 코오는 해가 지는 쪽을 가리키며 물었다.

"저쪽의 땅은 어떻습니까?"

"양손의 손가락을 전부 셀 만큼 며칠을 걸어가면 저 방향으로 흐르는 큰 강을 만날 것이다. 커다란 얼음 장벽과 북쪽으로 솟은 좁은 산맥 사이로 지나가면 된다. 강을 따라 거슬러 올라가면 해가 지는 방향으로 멀리 넓게 펼쳐진 큰 고원에 다다르게 된다. 그곳은 바람이 계속해서 부는 추운 지역이다. 몸을 피할 나무도 없고, 사냥감도 보기 드물다. 우리 부족 사람들은 그 너머로 한 번도 모험을 해 본 적이 없다.”

샤먼은 일어나면서 자기 이야기를 끝맺고 싶다는 뜻을 내비쳤다.

“새벽까지는 이곳에 있어도 좋다. 하지만 더 이상 지체하지는 마라.”

키파 코오는 조용히 고개를 끄덕였고 마을 사람들도 모두 움막으로 돌아갔다.

그가 친구에게 물었다.

“샤먼의 말을 이해했니?”

아오는 고개를 끄덕였다.

“아오는 환영받는 자가 아니다. 고대인들은 죽었다. 이 사람들이 고대인의 자리를 차지했다. 아오도 이해했어.”

키파 코오는 무슨 말을 해야 할지 몰랐다. 친구의 절망을 느낄 수 있었다. 그는 친구의 용기를 북돋아 주고 싶었다.

“아직 따뜻한 계절은 끝나지 않았어. 아오와 키파 코오는 고원을 건너갈 거야. 그리고 우리는 나파 말리가 말한 고대인들이 살던 장소를 찾을 거야.”

아오는 입을 다물었다. 두 사람은 이 마을 사람들을 믿을 수 없어 교대로 잠을 자고, 날이 채 밝기도 전에 아직 잠에 취해 있는 마을을 떠났다.

18

여러 날이 흘렀다. 두 여행객은 이제 따뜻한 계절이 끝나기 전에 고원 발치까지 다다르기 위해 걸음을 서둘렀다. 가는 동안 날씨가 따뜻할 때 틈틈이 사냥을 하고 음식을 비축해 두었다가 석회암 동굴에서 겨울을 보내기로 했다.

노랗게 변한 풀밭이 흰 눈으로 뒤덮였다. 여러 날이 단조롭게 흘렀다. 어떤 때는 소용돌이치는 바람 때문에 동굴 안에서 연기가 빠져나가지 않아 눈이 벌겋게 충혈되었다. 그렇지 않으면 석회와 재 그리고 그들이 이불 겸 카펫으로 사용하는 가죽에 묻은 소변 냄새가 섞여 작은 동굴 안에 시큼한 냄새가 진동했다. 그들은 정기적으로 바깥에 나와 찬 공기를 가득 들이마셨다. 날씨가 괜찮으면 신선한 고기를 구할 수 있을까 싶은 마음에 주변 숲을 돌아다니기도 했다. 극도로 낮은 온도 때문에 따뜻하게 옷을 잔뜩 껴입어야 했다. 좋은 날씨가 이어지는 기간은 며칠 되지 않는데 눈과 두꺼운 가죽옷의 무게 때문에 빨리 걸을 수가 없었다. 가끔 사냥을 위해 나서는 나들이에서도 성과가 거의 없어서 그저 오랫동안 움직이지 않아 경직된 근육을 풀고 무기와 도구들을 한번 써 보는 데 의의를 두어야 했다. 그들은 이 지역에 풍부한 오리나무나 혹은 더 단단하지만 보기 드문 주목나무를 간직했다가 새로운 무기나 도구에 손잡이를 다는 데 이용했다. 키파 코오는 날카롭게 간 칼날로 나무에 조각을 새겨 넣었다. 아오도 그렇게 따라해 보려고 했지만 기울인 노력에 비해 결과는 시원치 않았다. 그는 대부분 친구가 작업하는 모습을 지켜보며 감탄하면서 시간을 보냈다. 키파 코오는 아무 형태가 없는 물질에서 조금씩 동물들이 나타나게 하는 마법의 손을 갖고 있었다.

처음에 아오는 친구가 건네준 말 모양 조각을 한참 동안 바라보다가 조심스럽게 살짝 손을 대 보았다. 아무리 만져도 질리지가 않았다. 아오는 그 조각품이 살아 있다고 생각했다. 그 안에는 그가 늘 감탄하며 바라보던, 툰드라를 달리는 빠르고 생동감 있는 말의 영혼이 들어 있는 것이 분명했다.

키파 코오는 과연 부족의 샤먼이라고 할 만했다. 나무 속에서 땅에 사는 동물을 살아나게 하는 것은 분명히 평범한 인간들이 보일 수 없는 능력이었다. 아오는 인내심이 강하고 사려 깊은 이 소년과 함께 길을 떠나온 것을 한 번도 후회한 적이 없었다. 그는 어떤 일에도 의기소침해지는 법이 없었다.

어떤 것을 물어봐도 늘 답을 알고 있는 그는 아오가 행동하거나 생각하는 방식에도 많은 관심을 보였다.

그들은 육식 동물들의 주의를 끌지 않도록 접근하기 어려운 인접한 작은 동굴에서 나머지 시간을 보냈다. 두 사람은 걱정하지 않았다. 신선한 고기도 좋았지만 그들의 저장고는 얼린 고기와 기름에 적신 열매들로 가득 차 있었다. 이런 상황을 예상하고 순록의 방광에 기름을 가득 담아서 가죽 끈으로 묶고 이곳까지 가지고 왔던 것이다. 모래에 파묻혀 있던 질긴 나무뿌리도 가끔 먹었다. 땅이 얼어붙기 전에 사슴뿔로 절벽 아래 땅을 힘들게 파놓은 덕분에 겨울 동안 그 작은 구멍을 음식 저장고로 활용할 수 있었다. 동굴 벽에는 조심스럽게 나뭇가지를 세워 놓고 아랫부분을 돌로 고정했다. 무거운 돌도 가져다 놓아 배고픈 포식자들이 접근하지 못하게 했다.

두 남자는 얼마 지나지 않아 근처에서 겨울을 나는 동물들을 잡을 수 있었다. 계속해서 먹이를 찾아 돌아다니다가 이곳까지 온 순록이나 말들은 이곳에서 무리 가운데 몇 마리가 죽자 이제는 접근하기를 꺼렸다.

그리고 아오와 키파 코오는 이웃을 발견했다. 암컷 곰 한 마리가 아주 가까운 동굴에서 겨울잠을 자고 있었다. 필요하다면, 조심하기만 하면 그곳으로 가서 아주 쉽게 먹이를 구할 수 있었다.

추위는 더욱 거세졌다. 바람은 조금 잠잠해진 것 같았지만 아직도 한겨울의 추위가 완연했다. 침묵과 운동 부족으로 마치 시간의 흐름이 멈춰 버린 것 같았다. 때때로 멀리서 들려오는 외침 소리가 울려 퍼지며 그 눈 아래 아주 작은 공간에도 여전히 생명이 있다는 사실을 일깨워 주었다.

또다시 그렇게 여러 날이 계속되었다. 해가 가장 높이 솟을 때면 약하게 햇볕의 열기가 퍼졌다. 이제 바람의 방향이 바뀌었다. 그 바람에 실려 눈이 흩날리기도 했다. 공기는 덜 차가워졌다. 두 남자는 이제 좀 더 멀리까지 가서 야윈 초식동물들을 사냥했다. 그리고 서둘러 길을 다시 떠나기로 하고 봄의 전령사가 나타나자마자 길을 나섰다. 암컷 곰은 아직도 굴에서 나오지 않았다. 곰은 그들이 곁을 지나가도 꿈쩍도 하지 않았다. 두 사람도 곰의 고기가 필요하지 않았다. 겨울이 시작될 때 그곳으로 접근했던 길로 가면 고원까지 올라갈 수 있었다.

바람도, 눈도 닿을 것 같지 않은 그 고원 위에는 아직도 겨울이 위력을 떨치고 있었다. 처음 며칠 동안은 무척 힘들었다. 두 남자는 축축한 눈 위를 걷느라 힘이 다 빠져 버렸다. 녹은 눈이 신발에 달라붙어 발이 무거워졌기 때문이다. 바람은 그들의 갈 길을 막으려는 것처럼 정면에서 불어 댔다.

아오가 앞서 걷고, 키파 코오는 아오의 등 뒤에 숨어서 그의 발자국을 따라 걸었다. 그러다 가끔은 친구가 기운을 회복하도록 용기를 내어 자리를 바꾸기도 했다.

젊은 샤먼은 부족한 저항력을 끈기로 채웠다.

그들은 온 힘을 앞으로 걸어 나가는 데 쏟아 붓기 위해 아무 말 없이 천천히 걸었다. 아오는 이와 비슷한 상황에서 아키 나아를 만났던 기억을 떠올렸다. 하지만 그때는 한여름이었다.

피로에 지친 낮을 보내고 나면 또 힘겨운 밤이 찾아왔다. 그곳은 바위도 없어서 몸을 피할 곳이 전혀 없었다. 짐 때문에 걷는 속도가 처지지 않도록 두 사람은 피난처를 만들 때 사용할 수 있는 나무 장대도 버렸다. 그게 없어도 돌과 눈덩이로 벽을 세우면 몸을 쪼그리고 있는 동안 충분히 바람을 막을 수 있었다. 하지만 역시 웅크리고 앉아 서로 몸을 기대고 잠을 자는 건 힘들었다. 그리고 긴 시간을 눈밭에서 걸으면 온몸의 근육이 다 아팠다.

그러는 동안 해는 점점 하늘 높이 떠올랐고, 마침내 햇빛이 추위를 몰아냈다. 눈이 녹고, 바람은 다시 온화해졌다. 평야의 땅은 덜 질퍽거렸다. 석회암 사이의 구멍으로 물이 스며들었기 때문이다. 저 멀리 지평선에 바위나 모래, 때때로 작은 풀밭이나 얼마 안 되는 관목들이 보이기도 했다. 이제 두 사람은 매일 아주 먼 길을 걸었다. 유일하게 그들의 발걸음을 막는 장애물은 흐르는 물에 파여 만들어진 커다란 협곡이었다. 때로는 온종일 계곡 아래쪽에서 길을 찾다가 다시 위로 올라가서 건널 곳을 찾아야 할 때도 있었다. 지표에는 물이 거의 없어서 그 깊은 강에서만 물을 얻을 수 있었다.

하지만 이 지역은 산 부족의 샤먼에게 들은 것보다는 훨씬 덜 적대적인 곳이었다. 그 부족의 사냥꾼들은 고원 바깥쪽까지만 가본 모양이었다. 사냥감도 샤먼이 말했던 것만큼 드물지는 않았다. 풀과 작은 관목들도 충분해서 간혹 멀리에서 영양과 염소들이 포식자들의 눈을 피해 조용히 풀을 뜯으러 왔다.

또다시 똑같은 날들이 계속되었다.

계곡의 좁은 구간을 지나자 점점 넓어지면서 조용히 강물이 흐르고 물고기들이 보였다.

고원보다는 걷기가 불편했지만, 물을 구하느라 가파르고 위험한 길을 왔다 갔다 할 필요가 없도록 그냥 강을 따라 움직이기로 했다. 강에는 물고기가 많아서 배고플 때 바로 먹을 것을 구할 수 있었다. 그렇게 하니 시간과 힘을 벌면서 가능한 한 빠르게 서쪽으로 갈 수 있었다.

앞으로 나아갈수록 고원은 더 높아졌다. 툰드라 북쪽과 기후가 비슷한 고원 표면에는 식물과 동물들이 전혀 보이지 않았다.

하지만 그다지 기복이 심하지 않아서 고원을 넘는 것은 쉬웠다.

작은 계곡 너머에는 평야가 펼쳐지고 그 옆으로 강이 흐르고 있었다. 계곡 기슭에는 버드나무와 오리나무의 모습도 보였다. 그때까지 먼 길을 걸어왔는데도 해가 지는 장소는 거기에서도 여전히 멀리 있는 것 같았다! 키파 코오와 아오는 세상이 정말 넓다는 것을 깨달았다. 북쪽 지역에서 가장 살기 좋은 곳이긴 했지만 구석진 이곳에 인간이 살 것 같지는 않았다. 아오는 때때로 의기소침해졌지만, 키파 코오는 항상 밝고 고집스러울 정도로 낙관적이었다. 새로운 지역을 지난다는 것은 새로운 것을 발견할 기회이기도 했다. 키파 코오는 날마다 새로운 주제에 열중했다. 어려움에 부딪히든, 피로에 지치든, 먹을 것이 떨어지든, 기후가 혹독하든 간에 세계에 대한 그의 호기심과 관심은 사그라지지 않았다.

강물과 늪지대가 많아 두 남자는 계속해서 멀리 돌아가야 했다. 하지만 그들은 꾸준히 서쪽으로 전진했다.

그날 저녁은 날씨가 특히 맑았다. 키파 코오가 해가 지는 쪽의 높은 언덕을 가리키며 말했다.

"저 언덕에 사람이 살고 있을 것 같아. 키파 코오는 고대인들이 저기에 살고 있을 거라고 믿어."

아오는 으르렁거리며 당황스러운 마음을 표현했다. 그가 젊은 친구에게서 그런 말을 들은 건 이번이 처음이 아니었다. 하지만 키파 코오는 늘 확신하며 말했다.

두 사람이 만난 이들은 이번에도 고대인들이 아니었다. 아오와 키파 코오는 진작부터 그들을 발견했다. 수가 많고 떠들썩한 그들은 많은 사냥감을 들고 한 줄로 서서 걸어가고 있었다. 남자들은 여자들처럼 둘씩 짝을 지어 장대를 둘러멨는데, 장대에는 젊은 메가케로스(뿔이 거대한 사슴과 동물로, 뿔의 무게 때문에 제대로 운신하지 못하다가 얼마 지나지 않아 멸종했다. 인격과 능력에 비해 너무 큰 감투를 쓴 사람을 가리켜 메가케로스라고 부르기도 한다―옮긴이)의 무거운 시체가 사지를 묶인 채 매달려 있었다.

키파 코오는 남자와 여자의 숫자를 세어 보았다. 적어도 두 손을 다 써도 손가락을 두 번씩 셀 정도였다. 고기를 현장에서 잘게 자르지 않은 것으로 보아 마을이 아주 가까이에 있는 것 같았다. 아오와 키파 코오는 그들에게 접근하기 전에 풀숲 사이로 도망칠 수 있는 길을 조심스럽게 살펴 두었다.

견실하게 생긴 남자들이 두 사람을 보고 놀라서 소리를 지르며 갑자기 멈춰 섰다. 아오와 키파 코오는 미리 무기를 멀지 않은 곳에 감춰 두었다. 그들은 손을 들어 인사를 하고 상냥하게 말을 건넸다. 뒤이어 도착한 사람들도 주위로 하나둘 모여들었다. 그들은 시끄럽게 놀라움을 표시하며 전혀 알아들을 수 없는 말로 질문을 했다. 하지만 불안감이나 적대감을 드러내지는 않았다. 계속해서 장황하게 수다를 떨며 짐을 내려놓는 그들을 보며 키파 코오는 이토록 소란스러운 가운데 어떻게 서로의 말을 알아들을 수 있는지 의문이 들었다.

키파 코오는 사람들의 말을 들으려고 귀를 기울이다가 곧 포기했다.

두 여행객은 이제 웃고 있는 남자와 여자들에게 완전히 둘러싸였다. 다소 긴장이 풀리고, 환영하는 듯한 태도를 보니 그나마 안심이 되었다.

아이처럼 행동하기는 했지만 그들의 모습은 오해의 여지가 없었다. 큰 키와 괴상하게 걸친 옷과 멋있는 장신구, 다양하고 훌륭한 무기를 보면 그들을 우습게 볼 수 없었다. 두 남자의 운명은 이제 그들 손에 달려 있었다.

아오가 엉덩이를 흔들거나 손짓으로 표현하는 모습을 보고 사람들은 박장대소를 했다. 이런 식의 표현 방법은 그들의 의사소통 방식과 비슷한 데가 있는 것 같았다. 그리고 아오의 의사소통 방식에 충분히 좋은 점이 있었는지 자기들도 같은 방식으로 아오에게 질문을 했다. 그들의 몸짓은 단순하고 간단했다. 키파 코오는 짐작으로 알아맞혔던 것이 사실이라는 걸 알았다. 정말로 그들의 마을은 아주 가까이에 있었다. 그들은 두 남자를 마을로 데려갔다.

아오와 키파 코오는 순순히 그들의 말에 따랐다. 마을은 두 강줄기 사이의 숲속 빈터 한가운데에 자리 잡고 있었다. 땅은 축축했지만 습기를 피하도록 강가에서 채취한 돌을 쌓아 올려 움막을 지었다. 오리나무 몇 그루가 마을에 그늘을 드리우고 있었다. 강에서 놀던 아이들이 순식간에 다가와 약간의 두려움과 호기심 가득한 눈으로 아오의 주위를 맴돌았다.

머리를 사자 꼬리처럼 길게 늘인 사냥꾼 한 명이 웃으며 한 노인을 불렀다. 노인은 천천히 그들에게 다가왔다. 키파 코오는 나파 말리 말고는 그렇게 나이 많은 사람을 본 적이 한 번도 없었다. 노인의 야위고 주름진 몸은 꼭 몇 걸음 못 가 금방 쓰러질 것 같았다.

사냥꾼이 그 노인과 이야기를 나누는 동안 아오와 키파 코오는 아름다운 마을을 감상했다. 움막은 무척 높고, 가죽을 여러 개 이어 붙여서 지붕을 씌워 놓았다. 매우 번영하고 안정된 부족 같았다.

웃음기 머금은 얼굴의 사냥꾼이 노인과 대화를 마치고 두 사람에게 다가와 무슨 말을 했다. 그들은 두 사람이 함께 있는 것을 이상하게 여기며, 각각 어느 부족에 속하는지 또 어디로 가는 길인지 묻는 것 같았다.

아오의 존재에 대해서는 놀라는 것 같기는 했지만 그다지 반감을 보이지는 않았다. 키파 코오는 이 사람들이 이미 고대인들을 만났거나 혹은 어쨌든 고대인들의 존재를 알고 있는 것 같다고 생각했다.

키파 코오가 어떻게 대답할지 생각하는 동안, 노인이 아오에게 다가와 말을 걸었다. 노인은 심각한 표정을 지었다. 알아들을 수 없는 말을 하면서 가끔 다소 놀라운 손짓을 곁들여 으르렁거리는 소리와 외침 소리를 내질렀다.

아오는 노인이 왜 자기네 땅에 왔냐고 묻는 것이라고 생각했다. 그래서 북쪽을 가리키며 고대인 부족과 강을 표현했다. 그는 해가 뜨는 방향을 가리키며 노인에게 두 사람 모두 아주 멀리서 왔다는 것을 이야기하려고 했다. 그동안 노인은 끼어들지 않고 주의 깊게 아오를 관찰했다. 그러자 용기를 얻은 아오는 설명을 계속해 나갔다. 자기 부족 사람들이 사라진 이야기, 툰드라를 방황한 이야기, 호수 부족에 들어간 이야기 등을 계속했다. 자기 부족 사람들을 찾고 싶다는 희망도 표현했다. 그리고 노인에게 산 부족의 샤먼이 이야기한 강이 어디 있는지 물었다.

노인은 세차게 고개를 흔들더니 좀 전에 이야기를 나눴던 사냥꾼에게 말을 건넸다. 다른 부족 사람들도 그들 주위에 모여들어 이야기에 끼어들었다. 어떤 이들은 웃음보를 터뜨렸고, 다른 이들은 소리를 지르고 흥분하기도 했다. 키파 코오는 이렇게 자기표현에 적극적인 사람들을 본 적이 별로 없었다. 아오의 침착한 모습에 어느 정도 안심이 되기는 했지만 그는 이들이 원기 왕성한 모습 뒤에 공격성을 감추고 있을지도 모른다고 생각하고 계속 경계를 늦추지 않았다. 그리고 그 틈에 마을 사람들을 한 명 한 명 자세히 살펴보았다.

다소 키가 큰 그들은 걸음걸이가 가벼워 보였다. 대부분 사람은 가죽 천을 허리에 두른 옷을 입고 있었다. 특히 더운 이 지방에 맞는 여름 옷 같았다. 어떤 이들은 가죽 끈을 매달아 배 주위에 두르고, 두꺼운 가죽 끈 두 개를 가슴 부위에서 교차해 어깨에 두른 옷을 입고 있었다. 다양한 색을 칠한 나무 고리, 구멍을 뚫은 이빨, 진주, 동물 모양을 새긴 물건들이 그 가죽 끈에 매달려 있었다. 보온성은 전혀 없어 보였다. 장신구는 일부 남자나 여자들만 달고 있는 것을 보니 부족 내에서 특별한 지위를 나타내는 것 같았다.

움막을 덮고 있는 가죽이나 가죽옷은 여러 조각을 잘 이어 붙여서 마치 한 조각처럼 보였다. 여자들은 웃통을 벗고 가슴을 그대로 드러냈고, 다소 강한 인상이었다. 키파 코오는 여자들의 행동에 당황스러웠다. 여자들은 평범하지 않은 자신감을 드러내 보이며 공동체 내에서 차지하는 큰 권위를 즐기는 것 같았다. 남자들은 길을 내어주며 여자들에게 기꺼이 자리를 양보했다. 그중에는 배에 황토 칠을 한 여자들도 있었다. 다른 부족 사람들과 마찬가지로 정수리 위에서 머리를 하나로 묶고 아래로 길게 늘어뜨렸다. 친근감도, 적대감도 보이지 않는 여자들은 그중에서 가장 시끄러웠고, 노인이 입을 다물라고 하자 그제야 말을 멈췄다.

노인은 짜증이 났는지 화난 눈동자를 이리저리 굴렸지만 직접적으로 여자들을 노려보지는 않았다.

신경질적으로 정수리 쪽을 긁으며 무언가 깊은 생각에 잠긴 듯하던 그는 갑자기 까마귀처럼 까악까악 소리를 내며 한쪽 발을 쾅쾅 굴렀다. 그럴 때마다 비틀거리며 넘어질 것 같았다. 그와 동시에 머리를 흔들며 시끄럽게 울리는 소리를 내질렀다. 하지만 그 모습에 주눅이 드는 사람은 아무도 없었고, 아이들은 오히려 더 재미있어 했다. 눈을 잔뜩 찌푸리고 얼굴은 일그러뜨린 채 입에 거품을 문 노인의 모습은 인상적이었다.

사자 꼬리 머리를 한 사냥꾼이 웃으며 손가락으로 하늘을 가리키고 잠깐 기다리라는 표시를 했다. 키파 코오는 노인이 정령과 만나려는 것이라고 생각했다. 뼈만 앙상한 노인의 상체가 불끈불끈 올라왔고 빨개진 피부에서 피가 흘러내렸다. 그는 점점 더 비틀거렸다. 키파 코오는 노인이 금방이라도 쓰러질 것 같다고 생각했지만 노인은 기적처럼 균형을 잡고 있었다. 그리고 아직 벌겋게 열기가 가시지 않은 잉걸불 위를 돌아다니며 먼지와 재로 구름을 일으켰다. 그러면서도 전혀 고통스러워 보이지 않았다. 그러더니 뼈만 앙상한 손으로 눈을 가리고, 아직 연기가 나는 잿더미 속에 발을 집어넣고 꼼짝도 하지 않았다. 노인의 행동에 마을 사람들은 별다른 감정의 동요를 보이지 않았다.

노인은 몇 번 더 소리를 지르다가 마침내 정상적인 태도를 되찾았다. 그러고는 이제야 만족한 듯 마치 계시를 받은 표정으로 긴 독백을 중얼거리며 정령들에게 들은 이야기를 전했다. 그리고 자기 움막 쪽으로 갔다.

노인의 말은 마을 사람들에게 두 방문객에 대한 불안감이나 적대감을 불러일으키지는 않은 것 같았다.

웃음기 띤 얼굴의 남자가 샤먼은 휴식을 취하러 간 것이라고 알려 주었다. 그리고 잠시 생각에 잠기더니 두 남자의 주의를 환기시켰다. 그는 손가락으로 두 사람을 가리켰다가 다시 북쪽 방향을 가리켰다. 손으로 두 사람에게 옆쪽을 보라고 지시하고, 허공에 해를 그리고 한 손의 손가락을 전부 펴 보였다. 그런 다음 양팔로 커다란 원을 그리며 물웅덩이를 가리켰다.

키파 코오는 북쪽으로 5일을 걸어 호수가 있는 곳까지 가야 한다는 뜻을 알아차렸다. 그가 노인이 한 것처럼 고개를 끄덕이며 이해했다는 것을 나타내자 남자는 무척 기뻐했다.

아오와 키파 코오도 함께 웃었다. 그러자 모여 있던 마을 사람들 모두 따라 웃었다.

사람들이 잠잠해지자 사냥꾼이 설명을 계속했다. 호수를 빙 돌아 반대편에 있는 언덕을 올라가야 한다. 맨 꼭대기에 다다르면 강이 보일 것이다. 강가에 다다라 물줄기만 따라가면 고대인들의 마을까지 갈 수 있다.

아오와 키파 코오는 마을 사람들의 식사에 초대받았다. 짐승 여러 마리가 이미 잘게 잘려져 있었고 뜨거운 돌판 위에서 큰 고깃덩이가 구워졌다. 마을은 환희에 넘쳐 있었다. 남자들과 여자들은 함께 고기를 먹었고 여자들은 무척 흥분해 있었다.

그곳은 날씨가 아주 더웠다. 석양이 지면서 모기떼가 계속해서 달려들었다.

엉덩이가 큰 젊은 여자가 발가벗은 채 두 남자에게 다가왔다. 나무 그릇에 기름 달인 것과 냄새 나는 약 같은 것을 담아 들고 온 그녀는 그 두 가지를 섞어 바르면 밤에 곤충에 물리지 않을 거라고 이야기해 주었다. 두 남자가 주저하자 여자는 허물없이 키파 코오의 옷을 벗기고 가져온 것을 피부에 듬뿍 발라 주었다. 여자는 노련하게 움직이며 그의 몸을 문질렀고, 곧 소년의 성기에까지 손을 뻗쳤다.

커다란 불 근처에서 남자와 여자들이 서로 시끄럽게 웃고 소리치고 있었다. 어떤 이들은 좀 멀리 떨어져서 성교를 하고 있었다. 어린 축에 속하는 젊은이들조차 별 흥미 없는 표정으로 어른들을 흉내 내고 있었다.

키파 코오는 젊은 여자의 의도를 알아차렸다. 불에 굽는 고기 냄새를 맡고 나왔는지 갑자기 아까 그 노인이 다시 나타나 웃으면서 키파 코오를 젊은 여자 쪽으로 밀어붙였다. 그러자 다른 사람들도 웃음을 터뜨리며 부추기듯 손짓을 해 댔다.

키파 코오는 사람들의 성화에 용기를 내어 젊은 여자를 따라가기로 했다. 불빛이 환한 곳을 조금 벗어나자 마을 사람들은 아무도 그들에게 관심을 보이지 않았다. 하지만 아오에게 관심을 보이는 여자는 아무도 없었다. 모두 아오와 눈을 마주치지 않으려고 하거나 그와 일정한 거리를 유지했다.

고대인들은 존중받기는 했지만 두려운 존재였다. 두 종족은 서로 피했고, 각자 서로의 영역을 침범하지 않도록 조심했다. 그들은 이 작고 높은 산 북쪽 언덕과 계곡에서 강을 따라 이동하며 사냥했다. 여름에는 그 너머에 넓게 펼쳐진 초원까지 가서 거대한 초식동물 떼의 발자국을 따라 사냥하기도 했다. 두 종족이 만나는 일은 거의 드물었고, 서로 간에 교류하는 것은 아주 이례적인 일이었다.

순록이 밖으로 나올 때쯤이면 말은 이미 땅 위를 돌아다녔다. 고대인들은 말의 영혼에 속했다. 그래서 사냥꾼들은 말을 죽일 때마다 고대인들의 영혼을 화나게 하지 않으려고 말의 눈과 성기를 조심스럽게 떼어 냈다.

아오는 시끄러운 가운데 앉아서 꾸벅꾸벅 졸았다. 그러다 밤늦게 돌아온 키파 코오가 그의 잠을 깨웠다. 키파 코오는 지난밤의 경험이 무척 즐거웠던 모양이었다. 어느덧 마을이 조용해지자 엉덩이 큰 여자는 만족스럽지 않았는지 다시 돌아와 그를 따라다녔다. 키파 코오는 여자의 요구에 응하지 않을 수 없었다.

키파 코오가 마침내 텐트 바깥으로 나왔을 때 아오는 벌써 잠이 깨어 있었다. 키파 코오가 얼빠진 표정으로 나타나자 주위에 있던 사람들이 모두 웃음을 터뜨렸다.

아오는 떠날 준비를 마쳤다. 평소답지 않게 아오는 초조함을 드러냈다.

"난 서둘러 떠날 거야. 넌 갈래? 말래?"

키파 코오는 당황해서 서둘러 떠날 채비를 했다.

"가자."

아무도 그들을 붙잡지 않았다. 마을을 지나가면서 그들은 잠시 멈춰 서서 나무 기둥에 구멍을 뚫느라 분주한 남자를 쳐다보았다. 남자가 단단한 나무 조각이나 돌로 나무 기둥을 내리칠 때마다 쩌렁쩌렁 소리가 울렸다. 그는 키파 코오가 구경하는 것은 내버려 두었지만 아오가 접근하자 화를 냈다. 남자가 소리를 지르기 시작하자 다른 사람들이 쳐다보았다. 그 속에서 사자 꼬리 머리를 한 남자가 그들에게 그만 떠나라는 손짓을 했다. 그의 얼굴은 심각했다. 그는 더 이상 웃지 않았다.

19

아오와 키파 코오는 호수 근처에 펼쳐진 늪의 진흙 속을 질퍽거리며 걸었다. 그들은 근처의 산꼭대기에 솟아 있는 커다란 언덕을 향해 갔다. 벌거숭이 언덕을 오르는 일은 하나도 힘들지 않았다. 풀도 자라지 않는 이 황량하고 바람 부는 곳부터는 경치가 무척 훌륭했다.

두 여행객은 맑은 날씨 덕분에 멀리까지 볼 수 있었다. 그들은 출발해서 지금까지 온 거리를 따져 보았다. 걸음을 내디딜 때마다 세상의 끝을 또 다른 지평선 쪽으로 밀어내는 것 같았다. 그들은 눈으로 넓은 강물을 따라가 보았다. 평야로 향할수록 계곡은 점점 넓어졌고, 그사이로 강이 굽이치며 흐르다가 평야 근처에서 안개 속으로 사라졌다. 강 양쪽에는 깊은 숲이 자리 잡고 있었다.

남자가 말한 강이 흐르는 계곡 양쪽으로 작은 언덕이 두 개 보였다. 두 사람은 그날 저녁 그곳에 다다랐다. 물은 맑고 그다지 깊지 않았다. 키파 코오는 여러 번 실패한 끝에 마침내 창으로 커다란 물고기를 잡을 수 있었다. 굶주린 두 사람은 불을 지피길 기다리지 않고 날 생선을 그냥 먹어치웠다. 배불리 먹은 두 사람은 돌아가며 보초를 설 수도 없을 만큼 피로에 지쳐 있었다. 그들은 따뜻한 여름밤 공기가 주는 편안함에 금세 잠에 빠져들었다. 다음날이 되자 다시 걸음을 옮기기 시작했다. 이번이 마지막 단계였다. 이제 목표 지점에 다 와 간다. 곧 고대인들을 만날 수 있을 것이다.

키파 코오는 친구의 태도에 변화가 생긴 것을 알아차렸다. 인상을 쓰며 얼굴을 찌푸린 아오는 신경이 날카로워 보였다. 목표 지점에 가까이 갈수록 그는 더욱 불안한 모습을 보였다. 아오와 같은 종족 사람들은 그를 어떻게 대할까? 아오는 처음으로 자신이 만나려는 사람들과의 관계에 의문이 생겼다. 오래전부터 죽은 자들의 얼굴이 나타나지 않았다. 그들의 침묵은 아오에게 또 다른 불안감을 안겨 주었다. 혹시 나중에 더 기뻐하며 만족감을 표시하려는 것일까? 그게 아니라면, 이럴 리가 없었다.

키파 코오는 그 질문에 관해 나름의 생각이 있었지만 친구를 더 괴롭게 하고 싶지 않았다. 아오 스스로 그 질문에 대한 답을 찾는 편이 나을 거라고 생각했다.

그들은 강가에 무성한 풀 사이를 헤치고 나아가기보다는 물이 그다지 깊지 않은 곳에서 물속을 걷는 편을 택했다. 바닥의 모래 속으로 발이 푹푹 들어갔다.

세 번째 날이 되자 갑자기 계곡이 깊어지고 물길이 좁아졌다. 그들은 반대편 강가로 헤엄쳐 가야 했다. 강물의 수위가 변하면서 생긴 침식 작용으로 강가의 바위가 위쪽만 넓게 남아 물 위로 뻗어 나와 있었다.

폭이 좁아진 강의 반대편 기슭에 올라섰을 해는 이미 하늘 높이 솟아 있었다. 그때, 어디선가 외침 소리가 들렸다. 뒤이어 또 다른 소리가 들렸다. 그들이 막 올라선 강가 근처에서 나는 소리였다. 나무에 가려 누가 내는 소리인지 알 수가 없었다. 당황한 키파 코오와 아오는 다시 헤엄쳐서 반대편 강가로 돌아갔다. 두 사람은 오리나무 뒤에 숨어서 그곳에서 일어난 일들을 찬찬히 다시 떠올려 보았다. 그때, 강가에서 몇 발자국 떨어진 진흙 속에 털 많은 코뿔소 한 마리가 누워 있는 모습을 보았다. 짐승은 아직도 심하게 몸부림치고 있었는데 죽음이 임박했음을 알 수 있었다. 가슴팍에 여러 개의 창이 꽂혀 있고, 그중에 몇 개는 자루가 부러져 있었다. 짐승의 뿔은 피투성이였다. 그 옆에는 남자 한 명이 배가 찢긴 채 누워 있었다. 아오와 키파 코오가 들은 소리는 그 남자를 둘러싼 세 남자가 슬픔에 잠겨 내지른 것이었다. 두 사람은 계속 몸을 숨긴 채 그들을 지켜보기로 했다. 사람이 임종을 맞이하는 순간은 힘든 시기다. 그러므로 지금 모습을 드러내 봐야 사냥꾼들의 반감만 살 것이다.

세 명의 사냥꾼들은 잠시 죽은 동료에게서 관심을 돌렸다.

그들은 커다란 코뿔소의 시체를 오랫동안 힘들여 잘게 자르고, 그 작업이 끝나자 고기를 장대 두 개에 나누어 매달았다. 그리고 한 명이 죽은 자에게 가까이 다가가 그를 불렀다. 동료들도 그 옆에 다가섰다. 그들은 망자에게 손짓하며 어서 일어나 자신들을 따라오라는 시늉을 했다. 하지만 죽은 자는 일어나지 않았다. 그러자 한 사냥꾼이 목구멍에서 나는 소리로 노래 비슷한 것을 불렀다. 두 번째 사냥꾼은 부러진 창 조각을 모으고 세 번째 사냥꾼은 코뿔소의 고깃덩어리를 잘랐다. 조심스럽게 망자의 피 묻은 가슴 위에 고깃덩어리를 올려놓은 그들은 그 위에 다시 돌과 나뭇가지를 쌓아 올렸다. 그렇게 하고 나서 그들은 가 버렸다.

키파 코오와 아오는 그 장면을 매우 흥미롭게 지켜보았다. 사냥꾼들은 두 남자가 숨어 있던 곳과 반대편으로 걸어갔다.

키파 코오는 그 비극의 장소를 빙 둘러 가자고 제안했다. 죽은 자의 의도가 어떤 것인지 알 수 없기 때문에 조심해야 했다. 망자가 죽음을 분하게 여겨 두 남자를 데려가려고 할지도 모르는 일이었다. 혹은 전염병이 퍼질 위험도 있었다. 코뿔소처럼 아주 강력한 동물의 공격으로 죽음을 맞은 사람의 영혼은 위협적이고, 죽음의 원인을 모르는 경우는 그 영혼이 시체 주위를 떠돌아다닐 수도 있었다. 또한 망자가 자신의 부족 땅에서 이방인들의 존재를 보면 불만이 커질 수도 있었다. 키파 코오는 분노한 망자의 영혼과 싸우고 싶은 생각이 전혀 없었다.

그들은 나뭇잎으로 몸을 가리고 조심스럽게 앞으로 나아갔다.

키파 코오는 걱정스러웠다. 코뿔소와 싸우다 죽은 남자는 사냥꾼이었다. 그의 죽음은 부족 사람들에게 커다란 손실이다. 부족의 샤먼은 정령들을 통해 그가 죽은 진짜 원인을 알아내려고 할 것이다. 망자의 영혼을 위로하고 그에게 새로운 상태를 받아들이도록 하는 어려운 임무는 샤먼의 몫이었다. 그 과정에서 두 남자를 발견하면 그가 이 남자의 죽음에 대한 책임을 그들에게 전가할지도 몰랐다.

사자 꼬리 머리를 한 사냥꾼은 고대인들이 자기네 땅을 침범한 침입자들에게 호전적인 태도를 보인다고 말했다. 잿빛 강이 흐르는 계곡은 고대인들의 땅이었다. 고대인들은 자신들의 땅 밖으로 나가는 일이 별로 없었다. 그들은 이 땅에서 매우 오래전부터 존재한 것으로 알려졌다. 동물 떼의 발자국을 발견했을 때도 다른 부족 사냥꾼들은 그들과 부딪히는 것을 피하려고 차라리 사냥감을 포기했다.

키파 코오는 고대인들을 만나는 데 최악의 순간을 선택할 수는 없었다. 그는 친구에게 자신이 걱정하는 점을 알려 주었다. 그러자 아오도 같은 생각을 했다고 말했다.

그들은 확신하지 못한 채 혹시 뒤따라오는 사람이 없는지 살피며 세 사냥꾼이 사라진 방향으로 계속해서 나아갔다. 사냥꾼들은 코뿔소 고기의 무게 때문에 천천히 걷다가 가끔 멈춰서 휴식을 취했다. 키파 코오는 사냥꾼들의 엄청난 힘에 다시 한 번 놀랐다. 그의 부족 사람들이었다면 똑같은 무게를 드는 데 사람이 두 배는 더 필요할 것 같았다.

그들은 해가 질 때까지 힘을 써서 계속 갔다. 계곡은 다시 좁아졌고 사냥꾼들은 걸음을 늦추었다. 해는 서쪽 언덕 너머로 사라져 버렸다. 사냥꾼들은 그곳에 멈춰서 야영을 할 것이다.

몸을 숨기지 않고 몇 발자국 걷다가 갑자기 아오가 뒷걸음질을 쳐 키파 코오까지 덩달아 뒤로 밀려났다. 동시에 외침 소리가 들렸다. 어둡기는 했지만 강 반대편 남자들이 아오를 발견한 것이다. 아오의 재빠른 반응 덕분에 그들은 나무에 가린 키파 코오를 보지 못한 것 같았다. 외침 소리를 듣고 앞에 가던 사냥꾼 세 명이 걸음을 멈추고 뒤를 돌아보았다. 그들에게 경고했던 사람들이 반대편 강가에서 달려오고 있었다.

그중에 아주 젊은 남자들, 아니 어린아이로 보이는 이들은 반쯤 절벽에 걸친 바위 아래의 피난처로 이어지는 계단을 재빨리 오르고 있었다. 그곳에 고대인들의 마을이 있었다. 사냥꾼들도 곧 모습을 드러냈다. 남자 다섯 명이 그새 경사면을 내려와 물가까지 다가왔다. 그들은 망설이지 않고 물속에 뛰어들어 재빨리 강을 헤엄쳐 건너서 그들을 기다리던 사냥꾼 세 명과 합류했다.

키파 코오는 상태편의 재빠른 반응에 어찌할 바를 몰라 친구를 불렀다.

"아오, 이리 와! 아직은 도망칠 시간이 있어. 저 자들이 우릴 죽일 거야. 그들은 우리의 마법 때문에 사냥꾼이 죽었다고 생각할 거야! 어서 달아나!"

아오는 망설였다. 그는 목숨을 잃는 것은 두렵지 않았다. 정령들이 그를 이곳까지 이끌고 왔기 때문이다. 하지만 친구가 위험에 처하는 것은 두려웠다. 저들은 동료 한 명이 죽은 것 때문에 화가 나서 죽음의 책임을 그에게 돌릴지도 모를 일이었다.

그들은 창을 흔들며 소리를 질러 댔다. 무척 화가 난 것 같았다.

키파 코오는 숨어 있는 덤불 속에서 좀 더 뒤로 물러섰다. 그는 절박한 심정이었다.

"떠나야 해! 더 시간을 끌면 너무 늦어!"

아오는 그렇게 오랫동안 찾아다닌 고대인들 앞에서 달아나기를 거부했다. 하지만 더 망설일 시간이 없었다.

"가. 저 사람들은 널 보지 못했을 거야. 난 두려울 게 없어. 저 자들과 같은 종족이잖아. 내 목숨을 앗아가지는 않을 거야. 나이 든 샤먼이 있던 부족으로 돌아가. 거기서 날 기다려. 거기로 갈게.”

키파 코오는 아직도 약간 망설였다. 그는 친구를 포기할 수가 없었다. 하지만 죽고 싶지는 않았다. 그러자 아오는 흥분해서 으르렁거렸다. 그는 화를 내며 말했다.

“지금 떠나! 저 자들이 오고 있어!”

키파 코오는 뒷걸음질 치며 뒤로 물러났다. 반은 기어서, 반은 달려서 수풀 속에 몸을 감추고 재빨리 좁은 길로 접어들었다. 지금이 도망칠 기회였다. 사냥꾼들은 두 편으로 나뉘었다. 그들은 마치 아오가 먹이라도 되는 것처럼 행동했다. 이런 식의 포위 방법은 그들이 적대감을 갖고 있다는 것을 분명하게 드러내는 것이었다. 아직 너무 멀리 있어서 아오가 그들과 같은 종족이라는 것을 알아차리지 못한 걸까?

아니면 아오를 친구로 여기기를 거부하는 걸까? 아오는 의구심에 사로잡혀 부족의 정령들을 불러보았지만 아무도 그의 기도에 응답하지 않았다. 지금 당장 달아나면 아직은 그들을 벗어날 기회가 있을지도 몰랐다. 조금 전에 키파 코오 앞에서 보여 준 확신은 사라지고 없었다. 이제는 두려움이 그를 엄습했다. 아오는 당장이라도 친구의 발자국을 따라 그리로 달려가고 싶은 마음을 꾹 참았다. 이제는 너무 늦었다.

사냥꾼들의 포위망이 좁혀졌다. 그중에 한 사냥꾼이 아오를 보고 놀라서 소리를 질렀다. 아오는 자기 앞에 선 남자의 시선에서 의구심을 읽을 수 있었다. 사냥꾼 한 명이 다른 사람들에게 지시를 내렸다. 그들은 여전히 경계를 늦추지 않았지만 적대감은 이제 당혹감으로 변했다.

키파 코오는 달아나길 잘한 것 같았다. 이곳에 남아 있었다면 그는 이미 죽었을지도 모른다.

그들은 아오에게 다가와 오랫동안 그를 뚫어져라 쳐다보며 아오의 부족 언어와는 다른 언어로 말했다. 손짓은 거의 사용하지 않았다.

그들의 무기는 아오나 그의 부족 사냥꾼들이 사용했던 것보다는 새로운 인간들의 것과 더 흡사했다. 옷은 단순했지만 잘 만들었다. 대부분 상체를 드러내 놓고 있었다. 아오는 코뿔소를 잡은 사냥꾼 세 명을 알아보았다. 젊은이들이었다. 그들의 얼굴과 상체는 짐승의 피로 얼룩져 있었다. 그들은 간단한 가죽 천을 다리 사이에 두르고 허리에 가죽 끈을 돌려 묶은 옷을 입었다. 그들은 눈썹을 찌푸리고 꼼짝도 하지 않는 아오를 향해 몇 마디 말을 중얼거렸다.

아오가 그들의 지시에 따르지 않자 그들 중 한 명이 조심스럽게 내려놓았던 몽둥이와 창을 다시 집어 들었다. 다른 한 명은 아오에게 마을을 가리켜 보였다. 그러더니 세 번째 남자가 아오를 마을이 있는 방향으로 사정없이 밀었다. 그렇게 아오는 남자들에게 포위당해 걷기 시작했다.

그들이 건너온 강가에 이르자 그들은 아오에게 물속으로 들어가라고 명령했다. 무기를 사용하지는 않았지만 매우 강압적인 태도에 아오는 그들의 말을 따르는 수밖에 없었다. 아오는 저항하려고 하지 않았다. 그들은 아오가 자신들을 만나기 위해 그렇게 먼 길을 걸어온 줄을 모르지 않는가!

아오는 순순히 반대편 강으로 헤엄쳐 갔다. 그곳에 서 있는 사냥꾼 몇 명은 아오가 강물을 따라 그들에게서 도망치려고 하면 바로 물속으로 뛰어들 채비를 하고 있었다.

아오는 반대편 강가로 올라서면서 마침내 목적지에 다다랐음을 알았다. 그는 부족 사람들의 영혼을 불렀지만 그들의 얼굴은 여전히 나타나지 않았다. 걸어가면서도 마음속으로 그들의 무심함을 원망하며 제발 모습을 드러내 달라고 계속해서 빌었다.

'어서 나와 기뻐하지 않고 도대체 뭘 기다리는 겁니까? 아오가 당신들을 대신해 고대인들을 찾았습니다!'

하지만 그들은 고집스럽게 침묵을 지켰다. 놀랍게도 그의 앞에 나타난 것은 아키 나아와 어린 아타 마크의 얼굴이었다. 그들 뒤에는 마 와미가 웃는 얼굴로 서 있었다. 나파 말리도 있었다.

아오는 그런 환영을 본 의미를 곰곰이 생각할 시간이 없었다. 이제 고대인들의 마을 안으로 들어섰다. 아오의 앞에 또 다른 노인이 모습을 드러냈다. 그는 옷을 하나도 걸치지 않았다. 얼굴에는 진흙을 발랐고, 긴 머리는 세 갈래로 갈라 나무 고리로 묶었다. 그 고리 사이에 뭔가를 끼워 넣어 위엄이 있어 보였는데, 마치 뿔 같았다. 남자는 아오에게 아무 관심도 없는 것 같았다. 사냥꾼들은 아오를 마을 구석으로 사정없이 밀어 버리고는 두 명에게 그를 감시하게 했다. 더 중요한 다른 일이 있는 것 같았다.

샤먼은 깊은 수심에 잠긴 것 같았다. 그는 얼굴이 피범벅인 사냥꾼 세 명에게 다가가 위엄 있게 뭔가를 이야기했고, 젊은이들은 샤먼의 질문에 열심히 대답했다. 아오는 사건이 일어난 경위를 설명하는 모양이라고 생각했다. 그들은 소리치며 사고가 일어난 쪽을 여러 번 가리켰다.

다른 사냥꾼들은 아무 말 없이 그들의 이야기를 주의 깊게 들었다. 여자와 아이들도 그들 뒤에 모여 마을 한쪽에 나란히 늘어서 있었는데, 서 있는 바위가 좁아서 다닥다닥 붙어 서야 했다. 바닥은 모래였다. 마을의 집들은 벼랑 가에 길게 늘어선 바위를 따라 늘어서 있었고, 그 사이사이에 비스듬히 벽이 쌓아져 있었다. 아오는 그중에서 일부가 매머드의 상아로 만들어진 집을 발견했다. 매머드는 매우 위협적인 동물로 자신의 살을 쉽게 내어주는 법이 없었다. 매머드를 잡았다면 적어도 한두 명의 사람이 희생되었음이 분명하다.

세 사냥꾼의 말소리가 멈췄다. 샤먼은 염소 가죽으로 그들의 얼굴에 묻은 피를 닦아 주었다. 그리고 그들의 머리를 조심스럽게 빗겨 주고 나서 마치 숨어 있는 망자의 영혼을 찾으려는 것처럼 몸 구석구석을 살펴보았다. 다른 사람들은 그들 주위에 빙 둘러서 있었다. 망자의 영혼이 빠져나가는 것을 막으려고 장막을 친 것 같았다.

하지만 그들은 약간 거리를 두고 있었다. 샤먼은 세 사냥꾼의 머리에서 발끝까지 진흙을 발랐다.

아오는 그 이상한 예식을 주의 깊게 관찰했다.

그리고 그들이 사냥꾼의 죽음과 관련이 있나 보다고 생각했다. 그 남자들은 망자의 영혼과 접촉한 것이다.

샤먼은 코뿔소를 죽인 사냥꾼들의 입에서 나오는 말을 중간중간 끊으며 단조로운 주술을 읊조렸다. 옆에 서 있던 사람들도 다같이 따라 불렀다. 남자와 여자들이 모두 앞으로 나왔다 뒤로 물러났다 하며 막대기로 바닥을 쿵쿵 내리치면서 소리를 질렀다.

샤먼이 여자들 중 한 명을 불렀다. 샤먼의 질문에 여자가 뭐라고 대답하자 이번에는 여자의 몸에 석회를 발랐다. 그러고 나서 부족 사람들이 길을 터 주자 여자는 그사이로 걸어갔다.

의식은 오랫동안 계속되어 어느덧 해가 계곡 반대편으로 넘어가며 강 표면을 붉게 물들이고 있었다. 모두 석양을 바라보았다. 샤먼은 만족스러운 표정을 지었고, 어떤 이들은 해가 있는 쪽을 손으로 가리키며 소리를 지르기도 했다.

아무도 아오에게 관심을 두지 않았다. 불이 피어올랐다. 하지만 코뿔소 고기는 나뭇가지에 끼워 절벽에 난 균열 속에 꽂아 두고 아무도 손을 대지 않았다. 짐승의 피가 절벽을 따라 흘러내렸다. 불에 굽고 있는 고기는 따로 있었는데, 굽자마자 바로 저장고로 들어갔다. 냄새를 맡아 보니 오래전에 사냥한 고기 같았다. 어둠이 내리자 아까 의식을 치른 사냥꾼 세 명과 여자가 강으로 목욕을 하러 갔다. 그들 중 누구도 음식을 먹지 않았다. 네 사람은 약간 떨어져 있는 바위틈에 머물렀고, 샤먼이 모래에 살짝 선을 그어 그들이 넘어오지 말아야 할 경계를 표시했다.

아오는 그 복잡한 의식을 보고 매우 깊은 인상을 받았다. 하지만 각각의 행동이 정확히 무슨 의미인지 알 수 없었다. 자기와 비슷하게 생긴 사람들 사이에 있으면서도 불청객이 된 느낌이었다. 그는 키파 코오가 그에게 말하길 망설였던 것이 무엇인지 이제야 깨달았다. 겉모습이 같은 사람이라도 말이 통하지 않을 수 있고, 서로 다른 법에 따라 살고, 서로 경계하고, 심지어는 싸울 수도 있는 것이다. 반면에 다르게 생긴 사람들끼리도 서로 이해하고 관계를 맺으며 살아갈 수 있다. 이는 고대인들도 마찬가지였다. 아오는 당황스러웠다. 이 사람들은 아오가 필요하지 않았다. 그들의 행동은 아오가 속해 있던 부족의 사람들보다는 오히려 새로운 인간들에 더 가까웠다. 넓은 땅을 차지하고 있어서 아무도 그들에게 대항하지 못했고, 물질적으로도 부족함이 없었다. 그들은 주변 지역에 사는 새로운 인간들에게 존중받았고, 두려움의 대상이기도 했다.

한참 더 시간이 흐르고 나서야 샤먼은 비로소 아오에게 관심을 보였다. 그는 나이 많은 사냥꾼 여러 명과 함께 천천히 다가와 아오를 면밀히 살펴보았다. 아키 나아가 흰 곰의 가죽으로 만들어 준 낡은 옷도 한참 동안 쳐다보고 아오의 무기도 자세히 살펴보았다. 확실히 그들과 같은 인간의 모습이긴 하지만 뭔가가 분명하지 않다고 느끼는 것 같았다. 손짓을 지나치게 느리게 하는 것으로 보아 생각할 시간을 벌려는 것 같았다. 아오를 뚫어져라 바라보는 나이 든 사냥꾼들의 시선에는 불신이 가득했다. 그들은 아오가 자신들과 같은 종족이 아니라고 생각하는 것 같았다. 거대한 평야 근처 계곡에는 여러 고대인 부족이 살았다. 하지만 아오는 그들과도 달랐다. 고대인들은 누구도 혼자서 여행을 하지 않았다. 게다가 아오는 그들의 말도 이해하지 못하고 무기는 엉성했다. 또 이 인간은 부족의 사냥꾼이 죽음을 맞이한 순간에 나타났다. 이들은 적대적인 영혼들이 때때로 친근한 동물의 형상으로 나타난다는 것을 알고 있었다. 그러니 하물며 인간의 모습으로 나타나지 않는다는 보장이 어디 있는가?

친척 부족에 속하지 않는 인간이 그들의 영토에 침입하는 일은 극히 드물었다. 모르고 남의 땅에 들어오더라도 자신의 실수를 깨닫고 재빨리 그곳을 빠져나갔다. 그러면 이들은 멀리서 공격적인 몸짓을 취하며 상대방에게 적대감을 표현하는 것으로 그쳤다.

침입자가 폭력을 휘두르지 못하게 자극하려는 목적에서 그런 태도를 보이는 것이다. 그러면 상대방도 아무런 해를 입지 않고 달아날 수 있다.

하지만 남의 땅에 침범하고도 달아날 생각을 하지 않으면 죽이는 수밖에 없었다. 그런 자를 죽일 때는 부족을 보호하기 위한 매우 구체적인 의식을 함께 거행했다. 죽은 자의 몸은 완전히 분해했다. 샤먼은 죽은 자의 눈을 먹고 사냥꾼들은 그 자의 살을 나눠 먹었다. 머리와 팔, 다리뼈는 멀리 떨어진 장소에 나누어 흩뿌리고 나머지 해골은 마을 한쪽 끝에 쌓인 쓰레기 더미에 던졌다.

각자의 영토 가장자리 부근에서 비슷한 종족의 다른 부족 사람들을 만나는 일도 종종 있긴 했다. 하지만 양측이 재빨리 서로 멀어져 싸움이 일어나는 경우는 드물었다. 서로 거리를 유지하는 한 그들은 적이 아니었다.

하지만 아오는 그런 종족에 속하는 자가 아니었다. 그는 진짜 인간과 비슷하기는 했다. 여러 해 전의 겨울, 다른 부족 사냥꾼들이 저 멀리 해가 뜨는 장소 근처에서 살다가 온 사람들을 만났었다. 그들은 곰처럼 으르렁거리고 손짓으로 말을 했다. 또 굶주리고, 옷도 형편없었다. 그들의 무기는 엉성하기 짝이 없었다. 하지만 그들은 진짜 인간의 모습이었고 용감한 사냥꾼들이었다. 그 부족은 기꺼이 그들을 맞이했고 그들은 그곳에 남았다. 아마도 이 남자는 그들의 후손일 것이다.

샤먼은 충분히 오랫동안 생각에 잠겼다. 그리고 마침내 다른 사람들에게 주목하라고 하고 이야기를 시작했다.

그는 해의 정령이 기쁨을 표시하고 있으니 이는 매우 좋은 징조라고 말했다. 강이 땅의 피처럼 붉게 물드는 것 또한 상서로운 징조라고 했다. 또 코뿔소는 매우 중요한 동물인데, 이 남자의 안에 코뿔소의 영혼이 깃들어 있다고 말했다. 그래서 강력한 영혼을 화나게 하지 않으려면 아오를 받아들여야 하며 정중하게 대해야 한다고 말했다. 그렇지 않으면 망자의 영혼이 조상들의 땅으로 가는 길을 찾는 데 필요한 도움을 받지 못한다고 했다. 그러면 망자의 영혼은 계속해서 산 사람들 사이를 떠돌아다니며 원한을 드러내다가 항상 숨어서 인간들의 영혼을 지키는 긴 인간들에게 잡혀가게 될 것이다.

모두 샤먼의 말에 복종하기로 했다. 메시지는 명확했다. 이 남자가 그들의 말을 이해하는 능력이 있다는 것을 누구도 의심해서는 안 된다는 것이었다.

아오는 이제 자신이 그곳에 남아 있을 수 있다는 것을 깨달았다. 또 코뿔소의 영혼이 그와 인척 관계라는 것도 깨달았다. 그건 알지 못했던 사실이었다.

며칠이 흘렀다. 아오는 그들을 자기 부족 사람들과 같이 생각하려 애쓰며 그들과 동화되려고 노력했다. 그러면서 부족에 매우 중요한 일이 있을 때는 물론이고 일상생활에서 아주 사소한 일들이 벌어질 때마다 수많은 의식이 행해진다는 것을 알게 되었다. 그는 긴 여행을 하는 도중에 만났던 새로운 인간들의 행동과 이들의 행동이 비슷하다는 사실을 발견했다.

죽은 자들은 두려움의 대상이고, 망자들이 산 자들을 공격하는 것을 막기 위해 온갖 의식이 행해졌다.

아오가 잘 모르고 몇 가지 규칙을 어겨 의식이 중단되었을 때도 모두 인내심을 보였다. 거기서 좀 더 북쪽에 사는 다른 부족 사람들과는 자주 만남이 이뤄졌다. 사람들은 그들의 가족들을 만났다. 그 기회에 여자들은 끝없이 이야기를 나누었는데, 가끔은 아주 쓸모 있는 이야기들도 많았다. 특히 동물과 조상들 이야기나 최근에 발견된 나무와 식물 이야기가 도움이 되었다. 아오는 많은 말을 알아듣지는 못했지만 다른 사람들이 웃으면 함께 웃었다. 때때로 누군가가 사람들이 웃는 이유를 친절하게 설명해 주기도 했다.

이곳 사람들은 지식이 해박했다. 알고 있는 식물도 놀라울 정도로 많았다. 식물들은 동물들처럼 각기 이름이 있었고, 아이들도 일찍부터 식물들을 구분할 줄 알았다.

사냥꾼들은 매우 효율적으로 일했다. 그들은 모든 사냥감의 습관과 지나가는 길, 모여 있는 장소를 잘 알고 있어서 기회를 잘 포착했다. 강가에는 잡기 쉬운 새들과 작은 포유류가 많았다. 여자들은 그런 동물들을 사냥하는 데 뛰어난 능력을 보였고, 기회가 되면 물고기도 잡았다.

한번은 그들의 땅 근처에서 새로운 인간들과 마주쳤다. 그러자 새로운 인간들은 이들과 부딪치지 않으려고 일부러 방향을 바꾸어 멀어졌다.

아오는 그들에게서 재단 기술을 배워 보려고 했다. 어떤 것은 키파 코오의 부족 사냥꾼들이 쓰는 기술과 비슷하기도 했고, 어떤 것은 다르기도 했다. 그들처럼 이 고대인 부족 사람들도 돌이나 뼈, 상아, 드물게는 사슴 뿔 같은 많은 재료를 사용해서 매우 다양

한 도구를 만들었다. 그들이 만든 칼날이나 송곳은 호수 부족의
석공이 만든 것과 거의 비슷한 수준이었다. 손잡이에 매머드의 엄
니를 끼워 넣어 만든 튼튼한 창은 호수 부족에서 만든 것이 전혀
부럽지 않을 정도였다. 손잡이를 다는 기술은 호수 부족과 달랐다.
이들이 만든 손잡이의 끝부분은 아랫부분이 갈라지게 한 것이 아
니라 계속 손질해서 둥글거나 얇게 만들고 자루 안에 홈을 파서
끼워 넣은 것이었다. 그런 다음 동물의 피나 송진에 적신 가죽 끈
으로 단단하게 동여매 튼튼하고 효율적인 무기를 만들었다. 그들
은 동물 뼈로 길게 다듬은 가느다란 핀이나 송곳을 만들어 옷을
여미는 데 쓸 줄도 알았다.

아오는 새로운 인간들처럼 이들도 별로 쓸모없어 보이는 물건들
로 몸이나 옷을 장식했다는 것을 깨달았다. 특히 뿌리째 뽑은 이
빨을 쪼개거나 구멍을 뚫어서 매달고 다니길 좋아했다. 또 여러
다른 형태의 뼈나 상아 조각에 조심스럽게 구멍을 뚫어 하나로 잇
기도 했다. 단단한 물질에 구멍을 뚫을 때는 호수 부족의 석공이
표면을 긁고 얇게 만들어 홈을 파내던 것과 다른 방법을 사용했
다. 이들은 돌이나 순록의 뿔로 만든 송곳으로 강한 압력을 가하
면서 표면을 파내어 구멍을 만들었다. 이것은 매우 오랜 시간이 걸
리며 지루한 작업이었고, 작업하던 물건이 도중에 부서져 실패하
는 경우도 많았다. 그런 만큼 이렇게 만들어 낸 물건은 간단한 홈
을 파서 매달고 다니는 장신구보다 훨씬 값어치가 컸다. 그리고 새
로운 인간들처럼 몸치장은 사람마다 각기 달랐다.

일상적인 일은 남녀 간에 그다지 확연하게 구분되지 않았다. 여
자들도 때로는 공동 사냥에 참여했다. 남자들 중에 특히 젊은이

들은 가죽 처리 작업에 함께 참여했지만 옷을 만드는 일에는 전혀 개입하지 않았다. 옷 만드는 일은 오직 여자들의 몫이었고, 주로 순록 가죽을 이용했다. 여자들은 자신이 사용할 도구와 무기를 직접 만들었다. 부족은 여러 가족으로 구성되어 있었다. 어떤 남자들은 두 여자를 먹여 살리기도 했다. 또 나이가 들어도 계속 일하는 노인도 여럿이었다. 그들은 이제 사냥을 하지는 않았지만 열매를 따 모으거나 버섯, 나무뿌리 등을 캤다. 공동 사냥이 끝나면 사냥꾼들이 맡은 역할을 고려해 정확한 규칙에 따라 사냥감을 나누었다.

젊은이들이 성인으로 인정받으려면 강 한가운데 있는 섬까지 물길을 거슬러 헤엄쳐 가야 했다. 이 섬은 특정한 의식을 행할 때, 죽은 지 오래된 시신에서 채취한 해골의 일부를 쌓아 놓은 곳이었다. 성인식을 치르는 자들은 발가벗은 채 몸에 기름을 바르고 음식 하나 없이 추위에 떨며 그 섬에서 며칠 동안 머물러야 했다. 그러다 샤먼의 부름이 있어야 시험이 끝났다. 그들은 각각 돌과 뼛조각 같은 것을 하나 가지고 와야 했는데, 샤먼이 그 물건을 보고 정령들이 그들에게 어떤 삶을 허락했는지 파악했다.

섬은 강이 범람할 때마다 정기적으로 침수되었다. 그러면 그곳에 쌓여 있던 뼈는 대부분 물살에 휩쓸려 떠내려갔다. 그때 죽은 자들은 강물에 이끌려 정령들의 땅으로 기나긴 여행을 떠나게 된다. 그러면 마을에서는 그때부터 새로운 의식이 시작되었다. 범람기에는 누구도 강 가까이 접근해서는 안 되었다.

아오는 이 부족의 마을에서 샤먼의 영향력이 매우 크며, 그의 역할은 새로운 인간들의 부족에서 샤먼의 역할과 거의 비슷하다는 사실을 알게 되었다. 아오가 속한 고대인 부족에는 샤먼이 없었다.

이들은 부족 사람 중 한 명이 죽으면 그 사람의 영혼이 산 자들의 세계를 떠나고 싶어 하는 것으로 여겼다. 그것은 이 부족 사람들이 '긴 인간'이라고 부르는 부족 사람들과 마찬가지였다. 이들은 긴 인간들과 아주 먼 인척 관계가 있다는 것은 인정하면서도 자기들보다 지위가 낮은 사람들로 여겼다. 아오는 자신의 부족 사람들의 영혼이 염려되었다.

여자들 중 한 명이 아오에게 관심을 보이는 것 같았다. 성인식을 치른 지 얼마 안 되는 여자였는데, 아직까지 그 여자를 아내로 요구하는 사냥꾼이 아무도 없었다. 하지만 그녀는 그다지 신경 쓰지 않았다.

마을에서는 아오에게 결혼하지 않은 젊은이들이 모여 사는 곳에 자리를 내주어 살게 했다. 젊은이들은 죽은 자들의 섬에서 무사히 며칠을 보냈더라도 사냥 시험을 치러야 했다. 아오의 넘치는 기운과 대담성을 보고 새 동료들은 점점 그를 높이 평가했다.

하지만 아오는 만족스럽지 않았다. 그는 지금까지 늘 한결같은 꿈을 꾸었다. 더 이상 부족 사람들의 목소리도 들리지 않고, 그들의 얼굴이 떠오르지 않은 지도 한참 되었다. 죽은 자들이 고집스럽게 침묵을 지킨다면 그들의 영혼이 편히 잠들었는지 아닌지 어떻게 알 수 있단 말인가? 아오는 우울해졌다.

어느 날 아침, 고대인들은 아오가 떠난 것을 알게 되었다. 하지만 그렇다고 정말로 슬퍼하는 사람은 아무도 없었다. 삶은 그렇게 계속되었다.

20

아오는 도망쳤다. 그는 고대인들의 땅을 떠나 친구를 찾아서 서둘러 달렸다. 아오가 동족들과 함께 지낸 시간은 달이 두 번 바뀔 동안밖에 되지 않았다. 키파 코오가 자신을 기다리고 있을 것이다. 그렇지 않고 혼자서 떠났을지라도 그를 따라잡을 수 있을 것이다. 아오는 자신이 있었다. 겨울이 오기 전에 두 사람은 다시 만나 함께 돌아갈 것이다.

아오는 뒤도 돌아보지 않고 달렸다. 머릿속이 조금 혼란스러웠다. 이렇게까지 서둘러 떠나는 이유를 자신도 이해할 수 없었다. 하루하루 지날수록 자신 안에서 떠나야 한다는 요구가 걷잡을 수 없이 커졌고, 결국 그 마음에 지고 말았다.

그가 두려워한 것은 고대인들이 아니라 그가 달아나는 것에 반대할지도 모를 정령들이었다. 아오를 사로잡은 두려움은 이성적인 것이 아니었다. 그는 사실 너무 행복해서 다리도 마음대로 움직여지지 않았지만, 아직은 자기 결심에 확신이 서지 않아 마음껏 즐거워하지 못했다. 언젠가 또다시 자신 앞에 넘을 수 없는 장애물이 나타나 자신과는 어울리지 않는 이곳에 남아 있어야 할지도 모른다는 걱정이 들었다.

하지만 아무 일도 일어나지 않았다. 마을은 이미 저 뒤로 멀어져 있었다. 새로 발걸음을 내디딜 때마다 불안감은 사라지고 마음 깊은 곳에서부터 강렬한 기쁨이 솟구쳐 올랐다.

그는 잠깐 잠을 잘 때를 제외하고는 계속 걸음을 멈추지 않아 이틀 만에 커다란 언덕 아래에 도착했다.

바위 사이로 간신히 들어가 언덕 꼭대기 쪽으로 올라갈 때, 어디선가 갑자기 외침 소리가 들렸다. 아오는 꼼짝도 하지 않고 선 채로 방어 태세를 취했다. 이윽고 몇 걸음 떨어진 앞에 한 남자가 불쑥 나타났다. 깜짝 놀란 아오는 키파 코오의 환한 얼굴을 알아보았다. 그는 기쁨의 탄성을 질렀고, 두 친구는 마치 치열한 싸움을 벌이듯 서로에게 달려들었다. 그들은 새끼 사자들처럼 부둥켜안고 바닥에서 뒹굴었다. 키파 코오가 웃으며 이제 그만하라고 했다.

아오가 소리쳤다.

"날 기다리고 있었던 거야? 아오는 정말 기쁘다! 난 네가 이미 떠났을까 봐 걱정했어. 그래서 널 따라잡으려고 달려왔어!"

키파 코오가 웃으며 말했다.

"겨울이 시작될 때까지 널 기다리려고 했어. 네가 반드시 이곳을 지날 거라고 생각했지. 언덕 이쪽 편에 동굴이 몇 개 있어서 그 안에 들어가 있었어. 그런데 오늘 아침에 검고 큰 새들이 네가 온다는 소식을 알려 주었어. 그래서 숨어서 엿보면서 네가 지나가기를 기다린 거야."

소년은 좀 더 진지한 말투로 계속해서 말했다.

"키파 코오는 걱정했어. 그래서 까마귀의 날개를 빌려서 신성한 산까지 날아갔어. 거기서 커다란 회색 늑대를 만났고, 그 늑대가 키파 코오를 툰드라 쪽으로 내려가는 망자들에게 데려다 줬어."

아오가 이해할 수 없다는 표정으로 그를 쳐다보자 키파 코오가 설명해 주었다.

"한 사람이 죽으면 샤먼은 늑대의 영혼을 불러서 그 자가 왜 죽었는지 물어봐. 왜 죽었는지 알고 있을 때는 노여움을 가라앉히고 나서 늑대의 털북숭이 꼬리에 매달리면 늑대들이 지하에 있는 영혼들의 땅까지 데려다 줘. 늑대가 없으면 그곳까지 가는 길을 찾을 수 없고 산 자들의 세계를 떠돌아야 해."

아오는 한참 동안 생각에 잠겨 있었다. 그는 지금 막 떠나온 땅에 사는 사람들의 믿음을 떠올려 보고 그들이 새로운 인간들과 비슷한 점을 한 가지 더 확인할 수 있었다. 하지만 아오의 마음속 깊은 곳에서는 자신의 부족에 존재하지 않던 믿음에 대해 반감을 느꼈다. 그의 것이 아닌 현실 속으로 빠져들고 싶지는 않았다. 그는 화가 났다.

아오는 자기가 알고 있는 것을 무뚝뚝하게 말했다.

"늑대의 영혼은 아주 강력해. 늑대들은 인간보다 먼저 이 땅에 왔고 인간들에게 떼 지어 사냥하는 방법을 가르쳐 줬어. 하지만 죽은 자들은 땅 속에 살지 않아. 죽은 자들의 영혼은 바람의 힘을 빌려 세상을 자유롭게 돌아다녀. 죽어서든, 꿈속에서든 영혼은 사람의 몸을 빠져나갈 수 있어. 어떤 영혼은 바람과 함께 오랫동안 여행을 하고, 인간들의 질문에 대한 답도 알고 있어. 아오의 부족 고대인들은 그렇게 생각해."

키파 코오는 아오의 냉담한 말투에 놀랐다.

하지만 아오의 말을 아주 주의 깊게 들었다.

아오도 친구가 관심을 보이는 것을 확인하고는 계속해서 말했다.

"예전에 세계는 온통 밤이었어. 바람이 두꺼운 안개를 몰고 와서 해가 땅을 밝히지 못하게 막았지. 그때 풀과 다른 식물들이 땅에서 나왔어. 그들의 몸 일부는 여전히 땅 속에 박혀 있어서 몸이 날아가지 않았어. 물소와 말, 순록이 그 풀과 나뭇잎을 먹었어. 그들은 식물을 먹고 사는 새로운 종을 많이 만들어 냈어. 그러자 식물이 점점 줄어들었지. 바람은 풀과 나뭇잎들과 함께 노는 것을 좋아했기 때문에 무척 화가 났어. 그래서 매서운 바람을 아주 강하게 일으켜 식물들을 땅에서 전부 뽑아 버렸고, 식물들은 하늘을 날아다니는 새가 되었어. 늑대는 큰 까마귀와 툰드라의 풀이 결합해서 태어난 동물이야. 늑대들은 풀과 나뭇잎을 먹는 짐승들을 일부 먹고 살아. 동물과 식물은 서로 결합했지. 이렇게 해서 땅에 사는 생물들이 퍼진 거야. 사람은 늑대와 자작나무의 후손이야. 땅에 사는 모든 생물은 같은 가족에 속해. 동물과 식물이 죽음을 받아들이는 건 그들의 영혼이 또 다른 몸에서 살 수 있다는 걸 알고 있기 때문이야. 사냥꾼들은 자기가 죽인 동물의 영혼이 시체에서 빠져나가 비슷한 다른 동물 안에서 다시 살아나는지 잘 살펴봐야 해. 우리 부족 사람들은 새로운 사람들을 죽이면 입 안에 조심스럽게 돌멩이를 집어넣어. 그렇게 하면 영혼이 빠져나오지 못하고 그 안에 갇혀 있게 되지."

아오가 자신의 신념에 대해 이렇게 길게 이야기하는 것은 이번이 처음이었다. 키파 코오는 친구의 실망이 얼마나 컸는지 알 수 있었다. 그와 비슷한 사람들이 사는 마을을 이렇게 서둘러 떠난 것을 보면 그들과 함께 지낸 짧은 기간이 만족스럽지 않았다는 뜻이다.

키파 코오는 친구의 씁쓸한 기분을 이해할 수 있었다. 그 사람들은 아오가 자란 부족 사람들과 많이 다른 것 같았다. 외모만 비슷했지 사실은 고대인들이 아닐 수도 있었다. 그는 또 진짜 고대인들이 모두 정령들과 소통하는 것을 보면, 어쩌면 고대인들이 전부 샤먼이었을지도 모른다고 생각했다. 인간이 다양하다는 것은 오래전에 깨달았다. 각 부족은 정령들의 신성한 말을 들을 수 있었다. 그래서 조상들은 정령들로부터 부족의 구성원들이 따라야 할 법칙을 전해 들었다.

이제 키파 코오는 회색 늑대의 영혼이 정령을 데리고 다니는 바람 덕분에 하늘을 날아다닐 수 있다는 것을 알았다. 또 정령들이 항상 땅 속에서만 사는 것이 아니며 여러 장소에서 만날 수 있다는 사실도 알게 되었다. 그는 바람의 메시지를 들으려고 귀를 기울이는 자신의 모습을 보며 놀랐다. 바람의 얼굴을 느끼고, 바람이 풀 사이로 즐겁게 뛰어다니는 모습을 보는 것은 무척 즐거운 일이었다.

키파 코오의 비장한 결심에 이어 두 남자는 분발하기로 마음을 다졌다. 그들은 첫눈이 내리고 나서 더욱 발걸음을 재촉해 높은 고원 말치에 도달했다. 하지만 거기에서 머무는 것은 포기해야 했다. 북극 지방의 기후는 나무 한 점 없는 고원에서 더욱 매섭게 느껴졌다. 거기서 겨울을 보낼 순 없을 것 같았다. 동물들은 계곡 깊숙이 숨어 버렸고, 평평한 언덕 꼭대기는 바람의 땅이었다. 키파 코오는 영혼들이 언덕 꼭대기에서 바람과 함께 춤추는 모습을 상상했다.

두 남자는 이미 힘겨운 순간들을 보낼 준비가 되어 있었다. 그들은 한참을 걸어야 했다. 저장해 둔 음식은 하나도 없었다. 그들은 겨울 동안 늑대처럼 사냥을 해야 했다.

봄의 문턱에 다다랐을 때쯤 그들은 마르고 쇠약해졌다. 이 계절에 종종 그렇듯이 며칠 전부터 눈보라가 거세졌다.

배고픔이 그들을 끈질기게 괴롭혔다. 며칠 전부터 아무것도 먹지 못했다. 이제 키파 코오는 불에 나무를 집어넣으러 일어설 힘조차 없었다. 그는 반쯤 혼수상태에 빠졌다가 아오의 으르렁거리는 소리에 정신을 차렸다. 그들이 머무는 동굴의 어둠 속에서 두 눈이 번뜩였다. 아오가 추위와 바람에 맞서려고 옷을 단단히 여미고 있었다.

아오는 다른 선택의 여지가 없다는 것을 알았다. 더 이상 기다리다가는 두 사람 다 죽을 것이고, 키파 코오가 먼저 세상을 떠날 것 같았다. 키파 코오가 힘겹게 자리에서 일어나자 아오는 손짓으로 그냥 있으라고 말했다. 지쳐 쓰러질 것 같은 친구가 옆에 있어 봐야 방해만 될 것이 뻔했다. 키파 코오는 아무 말 없이 그의 말을 따랐다. 사실 아오도 그렇게 움직이는 데 엄청난 노력이 필요했다. 하지만 그는 두 사람의 운명을 정령들의 뜻에 맡겼다. 빈손으로 돌아오게 된다면, 그는 친구의 곁에서 죽을 것이다.

눈보라가 얼굴을 매섭게 후려쳤다. 아오는 처음부터 지난 며칠 동안 쌓인 눈을 헤치고 나아가느라 그나마 남은 힘을 다 소비해야 했다. 어느 순간 현기증이 일어 무릎을 꿇고 주저앉아 짧은 숨을 몰아쉬었다.

아오는 거센 바람과 눈보라 때문에 눈을 감았다. 그러자 그의 눈 앞에 어떤 모습이 떠올랐다. 그는 남자와 여자들에게 둘러싸여 있었다. 아오는 그들을 알아보았다. 그의 옛 부족 사람들이 키파 코오의 부족 사람들과 나란히 서 있었다. 모두 아오에게 계속하라고 부추겼다. 다시 일어설 힘을 찾은 아오는 그들 한가운데로 걸어갔다. 그들은 순록 떼의 발자국을 쫓는 늑대들을 뒤따라가고 있었다. 앞에는 여전히 눈이 쌓여 있었지만 아오는 조금 전보다 훨씬 쉽게 앞으로 나아갔다.

눈보라의 장막을 통과하자 비로소 앞이 보였다. 대열에서 벗어난 나이 든 암컷 순록 한 마리가 피를 흘려 흰 눈이 빨갛게 물들어 있었다. 늑대 두 마리에게 옆구리를 물린 암컷 순록은 이 계절을 버텨 온 강렬한 생존 본능으로 계속해서 앞으로 나아갔다. 세 번째 늑대가 순록의 다리 한쪽을 물어뜯었고, 순록은 마침내 쓰러졌다.

그때 늑대들이 사람 냄새를 맡았다. 늑대들은 곰이나 사자보다 사람을 더 두려워했다. 순간 뒤로 물러서더니 몇 걸음 떨어진 곳에 다시 한데 모였다. 늑대 무리는 먹이를 찾을 가능성을 높이려고 서로 나뉘었다. 늑대들의 수가 아주 많지는 않았지만 남자는 혼자였다. 늑대들은 서로 부추기며 사납게 으르렁거렸다. 새벽부터 추격한 먹이를 포기하기보다는 싸우는 편을 택한 것이다. 아오도 울부짖었다. 그는 늑대의 영혼에게 자신과 친구가 함께 먹을 만큼의 고기를 떼어 가게 해 달라고 빌었다. 늑대는 스라소니와도 맞설 만큼 위협적인 짐승이었다. 가장 큰 놈이 덤빌 태세를 취했다.

늑대는 날카로운 송곳니 위로 입술을 올린 채 노란색 눈으로 남자를 뚫어져라 쳐다보며 눈밭에 납작 엎드려 천천히 앞으로 나아갔다. 다른 늑대들은 이미 사냥꾼을 포위한 상태였다. 아오는 한쪽 눈을 큰 늑대에 고정시키고 곁눈질로 무리 중 가장 어린 녀석을 포착했다. 다른 녀석들보다 참을성도 없고 경험도 부족한 어린 늑대가 아오의 오른쪽으로 다가왔다. 어린 늑대는 몸을 살살 흔들면서 대장 늑대가 공격 신호를 보내기를 기다리고 있었다. 계속 소리를 지르던 아오가 한순간에 어린 늑대를 향해 돌아서자 깜짝 놀란 녀석은 잠시 주저했다. 그건 치명적인 실수였다. 남자는 반쯤 벌어진 어린 늑대의 입 속에 뾰족한 창끝을 꽂아 넣었다. 그리고 금세 다시 자세를 갖추고 늑대 무리를 이끄는 녀석 앞에 섰다. 남자는 더 거세게 포효하며 몽둥이로 주위의 땅바닥을 세게 내리쳤다. 그 기세에 늑대들은 몇 발자국 물러서며 남자에게 길을 터 주었다. 아오는 그때를 이용해 서둘러 순록의 시체 쪽으로 달려갔다. 사나운 육식 동물들의 관심은 잠시 그에게서 멀어졌다. 늑대들은 성난 듯이 쓰러진 동료에게 달려들었다. 아오는 시간이 별로 없다는 것을 알고 있었다. 굶주린 늑대들은 앙상하게 마른 짐승을 금방 해치워 버릴 것이기 때문이다.

아오는 아직 팔딱거리는 순록의 살을 칼로 베었다. 옆에서는 이미 살육이 끝난 뒤였다. 늑대 두 마리가 이미 너덜너덜한 고기를 두고 치열하게 싸움을 벌이고 있었다. 아오는 순록의 시체에서 떼어 낸 엉덩이 살점을 어깨에 턱 걸쳤다. 대장 늑대가 꼼짝도 하지 않고 조용히 서서 그를 바라보고 있었다. 아오는 한 발짝씩 뒤로 물러섰다. 그는 포식자의 눈을 뚫어져라 쳐다보면서 사냥꾼들이 자신을 살아남게 해 준 이들에게 감사할 때 쓰는 의례적인 말을 읊조렸다.

늑대는 계속해서 그의 시선을 마주보았다. 위험한 두 발 짐승이 후퇴했다. 이제 고기는 그들의 것이다. 늑대는 만족스러운 듯 으르렁거리며 순록의 시체로 달려들었다.

아오는 몹시 배가 고팠지만 시간을 들여 불을 지폈다. 가느다란 불꽃이 두 번이나 꺼지는 바람에 다시 처음부터 시작해야 했다. 키파 코오는 친구가 돌아와도 움직이지 않았다. 하지만 아오는 키파 코오의 숨소리를 들었다. 살짝 흔들어 깨우자 키파 코오가 눈을 떴다.

그의 얼굴에 피로에 지친 미소가 피어올랐다.

키파 코오가 가쁘게 숨을 몰아쉬며 말했다.

"키파 코오는 아오가 돌아올 줄 알고 있었어. 늑대의 영혼이 아오를 보호해 줄 테니까."

여러 날이 흐르고, 아오는 빠르게 기운을 회복했다. 순록에서 떼어 낸 커다란 고깃덩어리는 폭풍우가 끝날 때까지 두 사람의 배를 채워 주기에 충분했다. 키파 코오는 회복하는 데 좀 더 시간이 걸렸다. 이런 경험으로 두 사람은 더욱 가까워졌다.

해가 구름 사이를 뚫고 모습을 드러냈다. 미풍이 하늘을 말끔히

치워 주었고 눈도 다시 녹기 시작했다. 순록들은 겨울 동안 숨어 있던 숲 밖으로 모습을 드러냈다. 두 남자도 빨리 길을 떠나고 싶었다. 아오는 덤불에서 덜 노출된 경사면 쪽으로 이동한 말 몇 마리의 발자국을 발견했다. 풀이 자라기 시작한 것으로 보아 정찰병 몇 마리가 답사를 떠난 것 같았다. 그들이 기다리던 출발 신호였다.

두 사람은 기회가 생겨 먹을 것을 구할 때를 빼고는 걸음을 멈추지 않고 서둘러 길을 갔다. 때로는 며칠 동안 열매나 식물만 먹기도 했고, 그것도 열매를 딴 그 자리에서 먹어치우고 바로 길을 떠났다.

산 부족의 땅을 지났지만 그곳 사람들을 만나지는 않았다. 여름이 끝나기 전에 빙하에 다다르려고 발걸음을 재촉했기 때문이다.

그들은 겨우 때에 맞추어 그곳에 도착했다.

산꼭대기에서 호수가 보이자 가슴이 벅차올랐다. 그들은 더 시간을 지체하지 않고 얼음이 언 강 위를 조심스럽게 걸어갔다. 빙하의 괴물이 날카로운 바람 소리로 그들을 맞이했고, 키파 코오와 아오도 기쁨의 탄성을 지르며 거기에 대답했다. 두 사람은 매일 저녁 바위에 올라 마을이 있는 방향으로 호숫가를 살펴보았다. 오늘 처음으로, 그들은 불빛을 보았다.

키파 코오는 기쁨과 걱정이 교차하는 것을 느꼈다. 불안감은 여전히 사라지지 않았다.

두 남자는 이제 호숫가를 따라 걸었다. 밤이 되기 전에 마을에 도착할 수 있었다. 그들은 걸음을 늦춰 목표 지점에 거의 다다른 기쁨을 맛보았다. 키파 코오는 바람이 싣고 온 친근한 냄새를 들이마셨다. 마을에 도착하기도 전에 외침 소리가 들려 키파 코오는 깜짝 놀랐다. 대부분의 마을 사람들이 사냥에 나갔어야 할 때인데 사냥꾼들이 그들을 만나러 온 것이다! 그건 이례적인 일이었다.

이들이 길을 떠나기 전에는 아직 이름이 없던 젊은 남자 두 명과 카 마이가 함께 있는 모습이 보였다. 아오는 그들을 보는 둥 마는 둥 했다. 아오의 시선은 그 뒤쪽에 꽂혀 있었다. 한 여자가 빠른 걸음으로 걸어오고 있었다. 그녀는 팔에 아기 한 명을 안았고, 뒤이어 어린 소년이 뒤처지지 않으려고 서둘러 아장아장 걸어오고 있었다. 아오의 가슴이 심하게 두근거렸다. 카 마이의 불길한 말도 그의 귀에는 들리지 않았다. 아오는 사냥꾼들을 지나쳐 계속 걸어갔다.

아오와 아키 나아가 마주 섰다. 그들은 아무 말도 하지 못했다. 젊은 여자의 눈은 극도의 기쁨으로 반짝였다. 아오는 그녀의 얼굴을 아무리 보고 있어도 질릴 것 같지 않았다. 그는 너무 기뻤다. 그녀의 곁에는 어린 아타 마크가 약간 겁을 먹은 채 얌전히 서 있었다. 아타 마크는 엄마가 매일 이야기를 들려주던 남자의 얼굴을 알아보았다. 아이는 그의 얼굴과 냄새, 눈빛을 희미하게 기억했다. 아오의 시선은 엄마의 품에 안겨 자는 아이에게 쏠렸다. 약 두 해 전 겨울에 태어난 사내아이였다. 아이의 얼굴은 특이했다. 두개골이 무척 크고, 눈은 안와 깊숙이 들어가 있었다.

아키 나아가 웃는 얼굴로 아오에게 아기를 내밀며 말했다.

"아버지처럼 아주 힘이 센 아이야!"

아오는 아이를 받아들고 만족해하며 으르렁거렸다.

그리고 곁으로 다가와 자신의 다리를 붙잡고 선 아타 마크의 머리를 부드럽게 쓰다듬어 주었다.

그는 말했다.

"아오가 돌아왔어."

아키 나아가 고개를 끄덕였다. 그녀는 곁으로 다가온 키파 코오와 인사를 나누었다. 뒤이어 카 마이가 그들에게 다가왔다. 두 남자는 수심에 잠겨 있었다.

카 마이가 아오에게 상황을 설명해 주었다.

"자네들이 떠나고 나서도 정령들은 우리에게 계속 호의를 보였네. 사냥철에는 성과가 아주 좋았지. 우리는 새 부족 인간들도 보지 못했고, 강 부족 사람들이 아크 타아의 약속을 그대로 따랐을 것이라고 생각했지. 그런데 겨울이 끝나갈 때쯤 오 모크가 사냥꾼 두 명과 함께 돌아왔네. 그는 거기에서 일어난 일을 우리에게 들려주었어. 새 부족 인간들과 싸운 사람 중에 오 모크 혼자 살아남았다는 거야. 이미 새 부족과 만난 적 있던 사냥꾼들이 살생을 좋아하는 그놈들이 얼마나 잔인하고 술책에 능한지 이야기했지만, 아크 타아는 사냥꾼들의 말을 듣지 않았지. 새 부족 인간들이 아크 타아와 그의 동료들의 영혼을 앗아가 버렸네. 그놈들은 자기 손으로 사람을 죽이면 자신들의 힘이 커진다고 생각하기 때문에 절대로 만족하는 법이 없어. 오 모크는 이렇게 말했네. '그 자들은 인간 사냥꾼이다. 그들은 한밤중을 이용하거나 오솔길을 돌아서 교묘히 공격하기 때문에 가장 용감한 사냥꾼들도 겁을 먹고 팔에 힘이 빠진다.' 이크 와그의 마을은 두 번 공격을 당했네. 사냥꾼들은 나중에도 돌아오지 않았어. 우리 친척 부족에는 두 손의 손가락을 전부 세고도 모자랄 정도로 죽은 사람이 많았네. 그들은 배고픔과 추위에 고통을 당해야 했어. 새 부족 인간들이 저장해 둔 음식과 가죽을 전부 훔쳐가 버렸기 때문이지. 오 모크는 새 부족 인간들이 자기네 부족 땅 가까운 곳에 정착했다며 우리에게 그들을 찾으러 갈 수 있게 도와달라고 했네.”

나이 든 사냥꾼은 말을 멈추고 자신감 있는 표정으로 고개를 들며 말했다.

“우리 중 여럿이 그와 함께 떠났네. 그들 중 한 명을 죽인 적이 있는 카 마이가 선두에 섰지. 카 마이는 새 부족 인간들도 다른 사람들처럼 배가 말랑말랑하고 방망이로 내리치면 뼈가 부서진다는 걸 알고 있어. 하지만 우리는 그들의 마을을 찾지 못했네. 그래서 새로운 사냥철이 돌아와 다시 각자의 부족으로 돌아온 걸세. 어느 날, 마 와미가 우리 땅에서 녀석들의 발자국을 발견했네. 지난 여름, 사냥꾼들과 여자들 일부가 마을에 없을 때 새 부족 인간들이 우리 마을에 나타났네. 하지만 와갈 탈릭이 카 마이와 마 와미가 사냥을 이끌도록 하고, 사냥꾼 두 명과 함께 마을에 남아 사람들을 지키고 있었지. 새 부족 인간들은 숫자가 많았어. 하지만 우리 부족 사람들은 그들이 올 것을 예상하고 있었기 때문에 그다지 놀라지 않았지. 와갈 탈릭, 사냥꾼 아 와크, 이타 키이, 나파 말리, 노인들과 여자들, 아이들은 늑대처럼 맹렬히 싸웠네. 아 와크, 이타 키이와 노인 와아 카아는 죽고 말았지. 와갈 탈릭은 큰 부상을 당했고, 그는 다리를 못 쓰게 되었지. 이제 그의 영혼은 몸을 떠나려고 한다네. 우리는 공격한 새 부족 놈들 중 둘을 죽이고 세 명에게 부상을 입혔네. 우리가 그렇게 격렬하게 저항하는 것을 보고 당황한 새 부족 인간들은 동료들의 시체를 가지고 돌아갔지. 그러고 나서 찾아온 겨울은 매우 혹독했네. 우리 부족은 사냥감을 조금밖에 구하지 못해서 배고픔과 추위에 고통을 당해야 했어. 정령들이 화가 났던 거야. 추운 계절 동안 우리는 다시 새 부족 인간들의 존재를 파악했네. 나파 말리가 그들은 영혼들의 요구로 복수를 포기하지 않았으며 아직 우리 땅을 떠나지 않았다고 말해 주었지. 겨울이 끝나자마자 마 와미가 남자와 여자 몇 명을 데리고 사냥을 하러 떠났다네. 하지만 우리가 가져온 사냥감은 겨우 며칠 동안 부족을 먹여 살릴 정도밖에 되지 않았지. 그래서 우리는 곧 다시 떠나야 했고, 카 마이는 두 젊은 사냥꾼과 함께 마을에 남아 있었네. 아키 나아도 함께 있었지."

남자는 아오의 곁에 서 있는 젊은 여자에게 존경의 눈빛을 보내며 말했다.

"새 부족 인간들이 마을을 공격했을 때, 나파 말리가 여자들을 내어주지 않으면 그자들이 순순히 물러나려 하지 않을 거라고 말했지. 아 와크, 이타 키이, 와갈 탈릭과 와아 카아가 그들의 공격에 쓰러졌을 때도 아키 나아의 팔은 조금도 떨리지 않았네. 나파 말리는 커다란 회색 늑대의 영혼이 아키 나아에게 깃들어 있어서 새 부족 인간들의 눈 속에서 두려움을 읽어 낸다고 말했어. 하지만 오늘은 상황이 매우 나빠졌네. 마 와미와 사냥꾼들이 늦게 돌아온 거야. 우리만으로는 동물 떼를 포위하기에도 부족했지. 우리는 더 큰 위험을 무릅쓰고 먼 거리를 쫓아갔지만, 보잘것없는 사냥감만 가지고 돌아왔네. 당연히 음식이 모자랐지. 늙은 와아 카아의 아내는 툰드라에서 세상을 떠났네. 오늘 태어난 아이들도 온 곳으로 돌아가야 했지. 신생아 두 명은 죽을 수밖에 없었지. 아이 엄마들이 아이에게 젖을 먹일 수가 없었기 때문이야. 부족 전체의 생존이 위협받고 있네."

아오는 카 마이의 이야기를 대충 알아들은 것 같았다.

그는 화가 났다. 카 마이가 몇 마디 말을 덧붙이려고 했지만 키파 코오가 끼어들었다.

"아오와 키파 코오가 이제 돌아왔습니다. 그건 정령들의 뜻입니다. 시간을 낭비하지 맙시다. 와갈 탈릭과 나파 말리가 우리를 기다리고 있습니다."

두 남자가 도착했다는 소식을 들은 샤먼은 임종을 기다리는 늙은 부족장 곁으로 가서 그렇게도 기다리던 소식을 전달했다. 와갈 탈릭의 영혼은 고통스러운 몸을 부여잡고 있었다. 키파 코오는 그렇게 오랫동안 자신의 부족을 이끌던 강한 사냥꾼이자 아버지의 모습을 겨우 알아볼 수 있었다. 상처가 잘 아물지 않은 베인 자국이 정수리 부근에서 얼굴까지 길게 나 있었다. 얼굴빛은 노랬다. 희미한 눈빛 뒤에서 생명의 빛을 겨우 발견할 수 있었다. 남자는 이미 이승과 저승 사이를 오가고 있었다. 그는 바로 앞에 있는 두 남자를 보지 못하는 것 같았다. 하지만 그는 입을 열어 간신히 몇 마디 말을 했다.

"와갈 탈릭은 떠날 수 있다. 그의 영혼은 만족한다."

그리고 더 이상 아무 말도 덧붙이지 않았다.

키파 코오가 나파 말리에게 말했다.

"키파 코오는 커다란 회색 늑대가 내려가는 것을 보았습니다. 우리는 빨리 걸어왔습니다."

나파 말리는 알아들었다는 표정으로 고개를 끄덕였다.

"나파 말리는 너희가 돌아오길 기다리고 있었다. 정령들이 미리 소식을 전해 주었다."

그리고 그는 고대인을 향해 돌아서서 간단히 말했다.

"돌아왔구나."

아오는 진지한 표정으로 고개를 끄덕였다.

"네. 아오는 돌아왔습니다. 아오에겐 다른 사람들은 필요 없습니다."

나파 말리는 아무 말도 하지 않고 그저 젊은 친구의 어깨 위에 손을 올려놓았다.

저녁 동안 아오와 키파 코오, 카 마이는 오랫동안 회의를 했다.

그리고 다음날 일찍 카 마이가 전에 사냥꾼들이 마지막으로 새 부족 인간들의 발자국을 발견했던 곳으로 그들을 데려갔다. 며칠 동안 세 남자는 그 근방에 일부러 흔적을 남기며 돌아다녔다.

새 부족 인간들은 화가 나 있었다. 특히 거인은 지난여름 싸움에서 패하고 동료를 잃은 뒤로 자신의 권위가 심하게 흔들리는 것에 분노했다. 그는 싸움의 전개 과정을 지겨울 만큼 다시 떠올리고 또 떠올렸다. 일은 절대로 그런 식으로 벌어질 수는 없었다. 마을로 침투하기 전에 어디선가 외침 소리가 들렸었다. 그들 앞에 서 있던 남자들은 용감하게 싸웠다. 건장한 남자 한 명을 죽이고, 늙은 부족장이 자신의 손에 쓰러졌을 때도 그 부족의 다른 사람들은 싸움을 포기하지 않았다. 거인은 싸움 장면을 떠올리며 눈살을 찌푸렸다. 그는 샤먼이 계속해서 부족 사람들을 부추기던 것을 떠올렸다. 그가 창을 던졌지만 어느 것도 제대로 꽂히는 것 같지 않았다! 그는 자신들을 괴롭히던 또 다른 노인의 모습도 떠올렸다. 그는 창 두 개에 찔려 죽어 가면서도 남은 힘으로 새 부족 남자 한 명의 목을 베어 버렸다! 하지만 무엇보다 그 여자를 떠올리자 분노가 목구멍까지 차올랐다. 그는 샤먼 옆에 있는 한 여자를 보고 자신의 눈을 믿을 수가 없었다! 도대체 무슨 마법으로 저 여자는 이곳에 있는 것일까? 그녀는 곰 인간이 마을에 나타났던 날 신기하게도 사라져 버렸던 바로 그 여자가 아닌가! 자신의 동료들의 눈에서도 의심과 두려움을 읽을 수 있었다. 그 자신도 믿음이 흔들리는 것을 느꼈다. 그들이 주저하는 모습을 보고 그곳 부족 사람들은 두 배로 힘을 냈다. 사방에서 돌멩이가 날아왔다. 그 여자가 던진 창이 자신의 옆에 서 있던 남자의 가슴에 꽂혔다. 결국 그들은 분하고 원통함에 울부짖으며 부상자와 사망자를 데리고 후퇴했다.

그 끔찍했던 굴욕의 순간을 떠올리니 잠도 오지 않았다. 이제 그들은 네 명밖에 남지 않았다. 그 부족과의 싸움에서 세 명이나 잃은 것이다! 하지만 그들도 겨울을 나야 했다. 이번에는 결코 적들을 과소평가하지 않을 것이다. 그들은 달이 두 번 바뀔 동안 그곳에서 지내며 참고 기다렸다.

호수 부족의 사냥꾼들도 분명히 전부 마을을 떠날 때가 있을 것이다. 그걸 알고 있는 새 부족 인간들은 적당한 때가 오기만을 기다렸다. 지난겨울은 매우 혹독했고, 여름은 이미 많이 지났다. 음식을 충분히 비축해 두지 않으면 다가올 추운 계절은 호수 부족에게 치명적일 것이다. 하지만 네 남자는 이미 자신들이 사냥감이 되었다는 사실은 전혀 알지 못했다.

어느 날 아오와 키파 코오, 카 마이는 새 부족 인간들이 마지막으로 피웠던 불의 재가 아직도 따뜻하게 남아 있는 것을 발견했다. 그리고 다음날 밤에는 언덕 꼭대기에서 덤불숲 한가운데 피운 불빛을 보았다.

세 사람은 조심스럽게 밤이 깊어지기를 기다렸다. 하늘이 구름에 덮여 깜깜한 밤이었다. 아오의 신호에 맞춰 세 사람은 새 부족 인간들의 야영지로 조용히 올라갔다. 그곳은 공격하기에 적합한 장소였다. 그들이 자리 잡은 작은 숲속의 빈터 주위에는 나무가 많아서 몸을 가리고 놈들에게 접근할 수 있었기 때문이다. 놈들은 소스라치게 놀랄 것이다. 자신들이 공격을 받을 줄은 꿈에도 생각지 못할 테니.

아오는 그들의 숨소리가 들릴 만큼 아주 가까이 접근했다.

보초를 서려고 나무에 기대앉은 남자는 쏟아지는 잠과 싸우고 있었다. 아오는 그의 앞에 섰다. 그가 가장 먼저 죽음을 맞이할 것이다.

남자가 인기척을 느끼고 눈을 뜨는 순간, 아오의 창끝이 그의 가슴을 찔렀다. 새 부족의 다른 세 명은 낌새를 알아차리고 재빨리 반응했다. 하지만 그들이 이불을 젖히기도 전에 카 마이와 키파 코오의 방망이가 그들의 두개골을 세게 내리쳤다. 오직 이빨 깨진 남자만 재빨리 공격을 피할 수 있었다. 그는 순식간에 상황을 파악했다. 그의 무기는 손이 닿지 않는 곳에 있었다. 그래서 그는 달아나는 편을 선택했다. 이빨 깨진 거인을 본 아오는 창을 집어 드는 데 시간을 쏟지 않고 바로 그를 쫓아서 달렸다. 거인은 발이 빨랐다. 그는 조금 앞서 가며 강 쪽으로 향했다.

아오는 달리는 속도를 일정하게 유지했다. 이런 속도라면 자신이 아주 오랫동안 달릴 수 있다는 것을 알고 있었다. 도망치는 거인이 어깨 너머로 슬쩍 아오에게 눈길을 던졌다. 그는 남자 한 명만 자신을 따라오는 것을 보았다. 무기도 없는 것 같았다. 다른 두 명은 멀리 뒤에서 쫓아오고 있어서 그들이 따라잡기 전에 앞서 오는 녀석을 끝내 버릴 수 있을 것 같았다. 그는 갑자기 뒤로 돌아서서 자신의 힘을 믿고 미소를 지어 보였다. 지금까지 힘으로 자신을 이긴 자는 없었다.

하지만 아오는 속도를 줄이지 않고 계속 내달렸다. 예상치 못한 상황에 깜짝 놀란 거인은 무기도 없으면서 혼자 겁도 없이 자신과 싸우려 달려드는 남자를 자세히 보려고 눈을 끔뻑거렸다. 거인이 그 남자가 바로 곰 인간이라는 것을 알아차린 것은 마지막 순간이 되어서였다.

처음의 놀란 순간이 지나자 거인은 분노에 울부짖으며 남자에게 달려들었다. 두 남자는 거세게 부딪쳤다. 충격은 엄청났다. 두 사람 모두 비틀거렸다. 먼저 다시 중심을 잡은 아오는 거인의 뒤에서 자신의 두 팔을 적의 겨드랑이 사이로 집어넣어 그의 목 뒤로 팔을 두르고 세게 힘을 주었다. 거인은 적의 무릎이 자신의 등을 찍고, 저항할 수 없는 두 손의 압력에 목덜미가 휘어지는 것을 느꼈다. 끔찍한 두려움이 엄습했다. 그는 자신이 가장 강한 자가 아니며 이제 곧 죽으리라는 걸 깨달았다. 목덜미를 강하게 짓누르는 끔찍한 압력에 저항하지 못하고 그가 가늘게 우는 소리를 냈다. 그리고 곧 와지끈 소리와 함께 거인의 목이 부러졌다.

그때 키파 코오가 친구에게 다가왔다. 그는 아오보다 먼저 돌을 집어 들고 죽은 자의 벌어진 입 속에 집어넣었다.

마지막 네안데르탈인, 아오

펴낸날	**초판 1쇄 2010년 8월 30일**

지은이	**마르크 클라프진스키**
옮긴이	**양진성**
펴낸이	**심만수**
펴낸곳	**(주)살림출판사**
출판등록	**1989년 11월 1일 제9-210호**

경기도 파주시 교하읍 문발리 파주출판도시 522-1
전화 **031)955-1350**   팩스 **031)955-1355**
기획·편집 **031)955-1399**
http://www.sallimbooks.com
book@sallimbooks.com

ISBN 978-89-522-1489-8   03860

※ 값은 뒤표지에 있습니다.
※ 잘못 만들어진 책은 구입하신 서점에서 바꾸어 드립니다.

책임편집 **최은하**